TRONO DE MONSTRUOS

AMBER V. NICOLE

TRONO DE MONSTRUOS

DIOSES Y MONSTRUOS II
PARTE I

Traducción de
Cristina Macía

MOLINO

Papel certificado por el Stewardship Council®

Título original: *The Throne of Broken Gods*

Primera edición: julio de 2024

© 2023, Amber V. Nicole
Original English language edition published by Rose and Star Publishing, LLC
4144 Commonwealth Ave, La Cañada California 91011, USA
Arranged via Licensor's Agent: DropCap Inc. All rights reserved.
© 2024, Cristina Macía Orio, por la traducción
© 2024, Penguin Random House Grupo Editorial, S. A. U.
Travessera de Gràcia, 47-49. 08021 Barcelona
© 2022, DewiWrites, por el mapa
Ilustraciones de los arranques de capítulos:
iStockPhoto (Dianna, Samkiel); Freepik (el resto)
Ilustración de la p. 12 (sangre): Freepik

Penguin Random House Grupo Editorial apoya la protección de la propiedad intelectual. La propiedad intelectual estimula la creatividad, defiende la diversidad en el ámbito de las ideas y el conocimiento, promueve la libre expresión y favorece una cultura viva. Gracias por comprar una edición autorizada de este libro y por respetar las leyes de propiedad intelectual al no reproducir ni distribuir ninguna parte de esta obra por ningún medio sin permiso. Al hacerlo está respaldando a los autores y permitiendo que PRHGE continúe publicando libros para todos los lectores. De conformidad con lo dispuesto en el artículo 67.3 del Real Decreto Ley 24/2021, de 2 de noviembre, PRHGE se reserva expresamente los derechos de reproducción y de uso de esta obra y de todos sus elementos mediante medios de lectura mecánica y otros medios adecuados a tal fin. Diríjase a CEDRO (Centro Español de Derechos Reprográficos, http://www.cedro.org) si necesita reproducir algún fragmento de esta obra.

Printed in Spain — Impreso en España

ISBN: 978-84-272-4120-6
Depósito legal: B-9.264-2024

Compuesto en Aura Digit
Impreso en Rotoprint by Domingo, S. L
Castellar del Vallès (Barcelona)

MO 41206

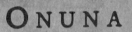

Océano Muerto
Isla de Novas
Kashvenia
Hayyel
Ipiuquin
Naaririel
Arariel
Mar de Naimer
Ruuman
Ofanium
Eoria
Fosa Desconocida
El Donuma
El Donuma
Morael
Chasin
Zarall
Tirin
Océano Muerto

Hubo un tiempo en el que el mundo tenía sentido. Mi hermana se puso enferma y Kaden la salvó, le devolvió el aliento cuando el mundo entero amenazaba con quitárselo. Me cambió a mí, me hizo suya, me dio poderes extraordinarios que temen hasta los seres de la noche. A cambio, yo le di todo lo que me pidió y, a mi manera, lo quise. Bueno, tenía un horario de trabajo abominable, y, en ocasiones, las cosas se ponían feas. «Mata a ese, Dianna. Mutila a aquel, Dianna. Tráeme lo de más allá, Dianna». Era exigente, pero todo me resultaba fácil. Tenía lógica. Todo tenía lógica hasta que apareció él.

Un rey dios al que llamaban Destructor de Mundos. Nunca tuve la intención de hacer que volviera, pero maté a uno de sus celestiales y quiso vengarse, y el mundo se detuvo. El último dios viviente regresó a este plano de la realidad, y el Altermundo se estremeció.

Kaden quería una antigua reliquia y nos mandó a buscarla. Me colé en el consejo mortal para comprobar si el Destructor de Mundos la llevaba con él. La necesidad de proteger a Gabby, de que estuviera a salvo, había sido mi fuerza motora durante siglos, pero el Destructor de Mundos tenía algo especial. No pude apartarme de él. Era como una polilla atraída hacia las llamas. Ese fue mi primer error. El segundo error fue dejarme capturar. Sus lacayos y él me encerraron, trataron de arrancarme la información que sabía, y no lo consiguieron. Durante un intento fallido de rescate, tomé una decisión debido al miedo, al amor y a la necesidad de proteger a Gabby. Esa decisión lo cambió todo.

Luego llegó lo más difícil. Otra negociación por la vida de Gabby y un trato con mi enemigo, el Destructor de Mundos. Los suyos la protegerían mientras yo colaboraba con él para localizar el artefacto. Por mi hermana habría hecho lo que fuera. No tenía elección. Se dice que el enemigo de un enemigo es tu amigo, pero las consecuencias de mi traición tuvieron un precio muy alto.

Me quedé con Liam y colaboré con él. Buscamos la reliquia durante unos días que se convirtieron en meses. Las miradas de ira se convirtieron en miradas de pasión; las discusiones, en risas, y la chispa que había saltado entre nosotros, en llamas abrasadoras. El odio mutuo que sentíamos desapareció y dejó paso a algo más letal y mucho más dulce.

Después de pasar semanas entre aliados, semanas en las que tuvimos que enfrentarnos a la tensión creciente entre nosotros, por fin dimos con una buena pista para llevar a cabo la misión. Encontramos el Libro de Azrael en una antigua tumba y caímos en una trampa. Para salvar a Samkiel y al mundo, a la desesperada, arriesgué mi vida, pero Samkiel escogió salvarme a mí en lugar de hacerse con el libro.

No lo sabíamos, pero había traidores entre nosotros. Algunas personas a las que había confiado mi vida y la de Gabby estaban a las órdenes de Kaden. Aprovecharon nuestra ausencia y, como castigo a mi traición, se llevaron a la persona que más quería, y se la entregaron a Kaden.

Regresamos a Onuna de inmediato y la buscamos si éxito hasta que una retransmisión llegó al mundo entero, a todos los dominios. Kaden quería transmitirnos un mensaje, sobre a todo mí. Y quería que el mundo entero también lo oyera.

Fue un simple chasquido, un crujido. Y la vida que había tenido sentido dejó de tenerlo.

«Así es como acaba el mundo», había susurrado el hado. Y yo les iba a demostrar que estaba en lo cierto.

Dianna

I
SAMKIEL

Habían pasado veinte mil ciento sesenta minutos desde que se marchó, y los conté uno a uno. Los ojos se me fueron hacia el gran reloj que había al otro lado de la habitación. Ahora, sesenta y uno.

—¿Me estás diciendo que una bestia gigante con alas y piel escamosa destruyó la mitad de la Ciudad de Plata y luego desapareció?

La presentadora de las noticias se vuelve hacia mí en la silla para mirarme. Se llama Jill, creo. O Jasmine.

El metal al rojo me laceró la piel cuando aparté un trozo enorme que me había caído encima. El suelo retumbó mientras salía del agujero que había hecho mi cuerpo al caer en la calle. Me silbaban los oídos y, cuando me los toqué, noté humedad en los dedos. El brillo plateado me contó toda la historia. Sangre. Dianna había gritado tan fuerte que me había reventado los tímpanos.

Otro rugido estremecedor me hizo alzar la cabeza hacia el cielo. Era un alarido de dolor, de rabia, de tristeza devastadora. Sacudió las ventanas y me pareció que se había oído en todos los dominios.

Se oyó un poderoso batir de alas, luego otro, y emprendió el vuelo. Los truenos restallaron en el aire a su paso cuando desplazó el aire con la velocidad del ascenso. En las calles, centellearon luces y aullaron las sirenas mientras las llamas empezaban a lamer los edificios que me rodeaban.

Yo no podía dejar de pensar en el tiempo que habíamos pasado juntos, en cada segundo, del primero al último. Las palabras de Dianna resonaron en mi interior como si volviéramos a estar en aquella condenada mansión.

Su sonrisa había despertado algo en mí y, por primera vez en un milenio, sentí que se agrietaba el hielo que me había envuelto el corazón. Ella me miró con aquellos ojos avellana cálidos, enmarcados en pestañas oscuras, y vio en mí algo de valor. Cada vez que alzó el dedo meñique se me cortó la respiración. ¿Qué me estaba pasando?

«Alteza, te hago una promesa de meñique: nunca te abandonaré».

Y todas esas cosas raras que decía, palabras extrañas, pero que para mí tenían significado. Todos aquellos a los que había querido me habían dejado. Los había perdido, me había aislado de ellos, pero aquel ser... no, aquella mujer, me prometió lo que yo más había deseado. Unas palabras tan sencillas, un acto tan simple, bastó para romper algo dentro de mí, para poner mi mundo patas arriba.

Contemplé el cielo desierto de la noche, vi cómo batía las alas, cómo su silueta esbelta desaparecía entre las nubes tormentosas. Cómo se alejaba de mí.

«Me lo prometiste», susurré mientras las sirenas seguían aullando.

El sonido volvió de golpe al plató de noticias y me arrancó de los recuerdos para devolverme al presente. Los focos nos estaban iluminando. No conseguí recordar el nombre de la mujer que tenía delante, pese a que me lo habían dicho varias veces.

Desapareció. Eso decían. Había huido tras dejar un agujero enorme en el edificio. Y en mi pecho.

Sonreí como pude, con una sonrisa falsa y desesperada. Me incliné hacia delante.

—Yo no diría que «desapareció». Es un término incorrecto. Como sin duda sabes, los seres poderosos pueden ocultarse con facilidad.

Un ligero rubor le coloreó las mejillas y se me revolvió el estómago. Qué fácil era manipular a los mortales con una sonrisa y unas pocas palabras amables. No tenían ni idea de lo que se nos venía encima. Las muertes no tardarían en empezar.

—Bueno, hablando de eso, ¿cómo quieres que te llame la gente? —Se movió para acercarse un poco más y se recogió un mechón de pelo tras la oreja—. Dado que tu regreso es oficial...

No tuve que pararme a pensar. Sabía la respuesta, aunque la negaba desde hacía demasiado tiempo.

—Samkiel. —Me obligué a sonreír con desgana. ¿Cómo era posible que no lo notaran?—. Prefiero Samkiel.

Liam era el escudo tras el que me había escondido, como si pudiera disimular que era el Destructor de Mundos. Liam había sido mi búsqueda de un nuevo comienzo, aunque fuera un mal inicio. Y Liam me lo había costado todo. Si yo hubiera sido el rey para el que se escribieron todos los textos, si hubiera sido el protector al que los antiguos dioses erigieron monumentos, tal vez la habría podido salvar, la habría podido ayudar más. Así que no, era Samkiel. Sería Samkiel para siempre. Liam había muerto con la parte del corazón de Dianna que se rompió aquella noche.

Una vez de regreso en la cofradía de Boel, puse ambas manos sobre la mesa.

Vincent, a mi lado, suspiró y se cruzó de brazos.

—Tenían una lista de preguntas a la que se iban a ceñir. Lo siento mucho.

Vincent le lanzó una mirada severa al hombre delgado que tenía a mis espaldas. Este se subió las gafas sobre el puente de la nariz y estudió la tableta que llevaba siempre encima.

—Te juro que eligieron ellos las preguntas, mi señor. Jamás se me habría ocurrido… —Hizo una pausa—. Lo arreglaré.

Suspiré y me encaminé hacia la ventana antes de volverme a ellos. Gregory. Se llamaba Gregory. Era miembro del consejo y me lo habían asignado como consejero para cortar de raíz la creciente animosidad de los mortales. Contaba con el beneplácito de Vincent. Por lo visto, contaba con el beneplácito de todos. Estaban de acuerdo en que yo necesitaba ayuda, pero Gregory no podía hacer nada respecto a mi problema.

—Recuérdamelo otra vez, ¿qué cargo ocupas? —pregunté a Gregory al tiempo que clavaba la mirada en Vincent. Sabía muy bien que Vincent tenía mucha más responsabilidad que el nervioso celestial.

Greg tragó saliva.

—El artículo 623 en los estatutos de la Casa de Dreadwell dicta que todo monarca debe contar con un consejero. Con el debido respeto, mi señor, tus padres lo tenían, y sin duda tú también lo tienes. Me deberían haber asignado a tu servicio el mismo día en que volviste, pero no fue así. Dado que has regresado, el consejo cree que ya es hora de que asuma el cargo. Tengo la experiencia necesaria para encargarme de los medios de comunicación. También de todos los asuntos políticos, legislativos y judiciales. Soy el más cualificado.

—Ah. —Asentí. La atmósfera en la estancia estaba cada vez más cargada. Vincent, nervioso, repasó los papeles que tenía delante—. Dadas tus cualificaciones, ¿puedo dar por hecho que los accidentes como el de hoy no se repetirán?

Gregory miró a Vincent y luego bajó la vista para no establecer contacto visual conmigo.

—Me encargaré de la situación actual.

—Excelente —dije, y me volví hacia la ventana para contemplar el cielo despejado y a los mortales de las calles.

Sus pisadas se alejaron y, un momento más tarde, oí como se cerraba la puerta.

Las luces parpadearon y respiré hondo para controlar los nervios. Hubo un chisporroteo eléctrico. Inhalé de nuevo por la nariz y exhalé por la boca.

—Tienes que sacarlo. —Vincent se me acercó con las manos en los bolsillos—. No pasa nada porque haya otra tormenta —dijo al tiempo que hacía un ademán en dirección a la ventana.

Negué con la cabeza.

—Hace días que llueve.

—Y ya se ha secado. Venga. Te hace falta.

Alcé la cabeza y, cuando invoqué la energía, noté el familiar cosquilleo bajo la piel. Percibí cada átomo. Chocaron entre ellos para originar la tormenta. Un tentáculo de energía brotó de mí y respiré hondo otra vez. El sol se ocultó y las nubes densas cubrieron el cielo. Un trueno estremeció el mundo, las nubes se abrieron y la lluvia cayó como si se hubiera abierto un grifo inmenso. Oí bajo el aullido del viento las protestas y palabrotas de los mortales de la calle.

—¿Te encuentras mejor?

—No.

El reflejo en la ventana salpicada por la lluvia me devolvió la mirada. Se suponía que los trajes que me daban para que me los pusiera tenían como objetivo hacerme más asequible para los mortales, pero sabía que en realidad eran para que les demostrase que no me estaba desmoronando. Me acababa de afeitar y tenía el pelo recién cortado. Querían que me vieran así, no como al rey quebrado del que apenas sabían nada.

«Finge una sonrisa. Ponte presentable, aunque tu mundo entero se venga abajo».

«Finge, finge, finge».

Eso me había dicho Vincent, eso me predicaba. Quería que los mortales se sintieran seguros, no como si el mundo estuviera al borde de otra catástrofe.

Un relámpago rasgó el cielo y la puerta se abrió de golpe. Clavé la vista en el reflejo de la ventana. Me moría por verla entrar por la puerta con un plato de comida para mí y una sonrisa de oreja a oreja, como en la mansión Vanderkai.

«¿Ves? Está de mal humor, como tú».

Me volví mientras su imagen se esfumaba y vi entrar a Logan con una tableta más pequeña que la de Greg.

Me la tendió y vi un gráfico en la pantalla: líneas azules, amarillas y rojas que mostraban una tendencia en aumento. Me fijé en los números diminutos de la base. Era una progresión de tiempo de treinta minutos, pero aún carecía de sentido.

—¿Qué es esto? —pregunté con un suspiro mientras me rascaba la frente.

Vincent se retiró tras su escritorio y nos miró a Logan y a mí.

—Esas ondas muestran una interferencia electromagnética similar a la que emiten la televisión y la radio durante una transmisión. Hay un incremento aquí, cuando Kaden empezó a hablar, que se prolongó hasta que… —Se detuvo en seco y supe que parte de él sufría por la muerte de Gabby, aunque no lo dijera—. Bueno, que cesó poco después.

—¿Y qué?

Vincent carraspeó para aclararse la garganta.

—Logan cree que la retransmisión no se dirigía solo a nosotros, sino que llegó más allá de Onuna.

Logan miró a Vincent con gesto desdeñoso.

—Estoy seguro. Hubo un pico de energía, un incremento hasta el punto de que no solo llegó a todas las radios y televisiones de este dominio, sino también más allá.

Vincent puso los ojos en blanco.

—Vale, lo que tú digas. A mí me parece que no hay manera de que saliera de este dominio. Los dominios están cerrados. Además, aunque fuera posible, ¿a quién querría llegar Kaden? Todos los demás han muerto. ¿De verdad crees que alguna entidad cósmica ha sobrevivido durante todo este tiempo y le interesa una emisión especial sobre Dianna?

—¿Por qué no se me había informado antes? —Fruncí el ceño y los miré a los dos.

Entonces fue Logan quien carraspeó.

—Vincent pensó que eso llevaba a otro callejón sin salida, pero ahora que he visto el gráfico estoy seguro de que iba bien encaminado.

—Nos tenemos que centrar en el hecho de que los mortales estén tranquilos, no en suposiciones locas. Los incrementos se pueden deber a la energía que emitieron ambos cuando…

—No respondes ante Vincent —estallé. No era mi intención hablarle así, pero ya lo había hecho muchas veces en las dos semanas anteriores. Logan miró a Vincent con el ceño fruncido mientras yo cogía el dispositivo. No les hice caso y examiné la pantalla—. Si da la casualidad de que Logan está en lo cierto, ¿a quién se dirigía? Y más importante aún, ¿qué interés podía tener en Dianna y en su hermana?

Logan se encogió de hombros.

—No lo sé. Lo único que sé es que hubo un pico de energía tan importante que no solo afectó a los dispositivos tecnológicos, sino también a los satélites. Tal vez no podamos llegar a los dominios, pero…

—Pero nada. Es imposible —lo interrumpió Vincent.

Su discusión pasó a ser ruido de fondo cuando me concentré en el gráfico. Logan tenía razón en lo relativo al pico de energía, pero lo que me hizo olvidarme del resto de los sonidos, del mundo entero, fue lo que vi a continuación. La energía cayó de inmediato tras la muerte de Gabby. En la parte baja de la pantalla se veía una línea recta, continua. El grito volvió a resonar dentro de mi cabeza.

—Gracias, Logan —dije al final, interrumpiéndolos en mitad de la discusión.

Me di la vuelta y salí sin dejar de mirar la tableta.

—¡Aún nos queda una entrevista! —me gritó Vincent, pero no me siguió.

—Cancélala.

—No puedo —lo oí susurrar.

—Pues hazla tú —le replicó Logan.

Sus voces quedaron atrás cuando fui a la sala de conferencias. Subí varios pisos en el ascensor con la mirada clavada en la tableta mientras memorizaba el gráfico y se me pasaban por la cabeza un millón de posibilidades. Si Logan estaba en lo cierto, ¿quién tenía tanto interés en presenciar lo que había ocurrido?

19

Abrí las puertas de dos hojas de caoba. Las luces de la sala de conferencias ya estaban encendidas. La silla de cuero negro se giró hacia mí y paró cuando me tuvo de frente. Las uñas manicuradas tamborilearon sobre el escritorio y ella me sonrió.

—¿Esto es nuevo?

Dianna.

II
SAMKIEL

—Dianna.

El nombre se me escapó como un susurro y estuve a punto de aplastar la tableta entre las manos. Se levantó y salió de detrás del escritorio. Fui hasta ella y la rodeé con mis brazos. Al notar su cuerpo contra el mío estuve a punto de llorar. Su calidez me traspasó la ropa, y la parte de mí que era suya despertó entre gritos. ¡Cuánto, cuánto la había echado de menos! Y allí estaba, sana y salva. Podía tocarla, podía sentirla. Mis labios buscaron los suyos, necesitaba esa conexión, pero apartó la cabeza. Me agarró los brazos con las manos y me empujó hacia atrás para que la soltara.

—Si no te importa, esto que llevo es caro.

El corazón me dio un vuelco cuando dio un paso atrás y se colocó bien la chaqueta abierta del traje. Se pasó las manos por el tejido como para liberarse de mi contacto.

—Te he estado buscando. ¿Dónde te habías metido? Han pasado semanas. Dos semanas.

Se volvió al tiempo que se apartaba un mechón de la cara.

—¿Llevas la cuenta?

—He llevado la cuenta de cada segundo que has estado ausente.

Dejó escapar una risita y arqueó las cejas al tiempo que pasaba los dedos por la mesa y ordenaba los utensilios.

—Caray, ¿no vas un poco deprisa?

Se me paró un momento el corazón y de pronto me puse alerta.

—¿Qué te pasa?

—La verdad, nada. —Hizo una pausa como si estuviera recordando—. Ah, lo dices porque perdí la cabeza. —Agitó una pluma en el aire antes de darse unos golpecitos en la palma de la mano—. Fue un poco teatral, ya. Siento lo del edificio, pero bueno, lo has arreglado, así que no ha pasado nada.

Negué con la cabeza.

—No me importa el edificio. Te fuiste cuando…

—Ah, eso. —Se encogió de hombros—. Sí, bueno, tenía muchas cosas que hacer y quería despejar la cabeza. Ya sabes.

—Dianna. —El nombre me salió como una súplica angustiada. Sentí su dolor, lo recordaba bien, y ella trataba de enterrarlo.

—Venga, venga, no pongas esa cara. Estoy bien. —Me guiñó un ojo, estiró el meñique y lo agitó en el aire—. Promesa de meñique.

—¿Te he agraviado en algo? —pregunté, con el corazón en un puño. ¿Por qué se comportaba de esa manera? ¿Por qué parecía tan indiferente?

—¿Que si me has agraviado en algo? —Contuvo la risa—. Dioses, a veces se me olvida lo antiguo que eres. ¿Qué quiere decir eso?

—Solo quiero entender lo que pasa.

Hizo girar la pluma entre los dedos.

—¿Qué parte?

—Lo nuestro.

Soltó un bufido.

—¿Lo nuestro? Entre nosotros no hay nada. —Me mostró la mano con la palma extendida hacia mí—. La marca se ha borrado. Ya no trabajamos juntos, ¿recuerdas?

—¿Para ti no era más que eso? ¿Trabajo?

—Oye, no, también me divertí. Vale, nos liamos, pero no hay por qué darle importancia. No sé, chico, con tu historial pensé que lo entenderías.

—¿Mi historial?

—Has tenido ligues, ¿no te acuerdas? Los he visto. —Se dio unos golpecitos en la sien con un amago de sonrisa.

Noto el latido de la circulación en los oídos, se me acelera el corazón. Aquello no podía ser. Me mentía. No era ella. Lo sabía. Sabía muy bien lo que hubo entre nosotros, lo que sentimos los dos. El dolor que me lastraba el corazón se convirtió en resolución férrea. Yo había entrenado a muchos guerreros para enterrar sus emociones, para arrinconarlas y prepararse para batallas que les podía costar la vida. Y justo eso hacía Dianna: tratar de apartarme a un lado y prepararse para la guerra. Para su guerra.

Me crucé de brazos.

—¿Se puede saber por qué haces esto?

—Porque te conozco. Sé que te preocuparás y querrás intervenir, pero estoy bien, en serio. Solo tengo que matar a unas cuantas personas. —Hizo una pausa y esbozó una sonrisa juguetona—. O a unos cuantos cientos.

Di un paso hacia ella para reducir la distancia que nos separaba.

—Sabes que no lo voy a permitir.

Dianna siguió jugando con la pluma.

—Lo sé. —Se me acercó un paso y me acarició el pecho con las manos. Hice una mueca cuando me agarró por la barbilla y sonrió—. Por eso he venido. Para avisarte.

Esbocé una sonrisa.

—¿Avisarme? Dianna, con todo lo que ha pasado, ¿hemos vuelto atrás, al punto de las amenazas?

—No es tanto una amenaza como una promesa. Tú no te metes en mi camino, yo no me meto en el tuyo, y todos contentos.

—¿Una promesa? No me puedes hacer daño. Lo sabes.

Era mentira. Me había estado desgarrando con sus palabras. Me había destrozado su manera de mirarme, sin un atisbo de sentimientos. Todo eso me hacía daño.

Dio media vuelta y se alejó de mí, arrastrando la pluma por el tablero del escritorio.

—Por cierto, me gusta la limpieza que estás haciendo. —Volvió la cabeza para lanzarme otra sonrisa. Solo con los labios, no con los ojos. Era apenas una sombra de su auténtica sonrisa, de la que me moría por ver otra vez—. ¿No te cansas de estar guapo ante las cámaras? Bonito corte de pelo, te queda muy bien.

—Dianna.

—Ah, y vuelves a ser Samkiel, ¿eh? Estás dejando el rollo de Liam. No, si lo entiendo. Al final todos nos cansamos de fingir ser lo que no somos. A mí me ha ocurrido lo mismo.

Pasó unas páginas que había sobre la mesa.

—Dianna.

—Además, investigando no los vas a encontrar. Seguro que se han refugiado en sus haciendas, escondidos como cobardes.

La agarré por el brazo y la hice volverse hacia mí.

—Escucha, sé que sufres, digas lo que digas. Deja que te ayude.

—Acabo de decirte lo que quiero de ti.

—Eso no es... —Me detuve en seco cuando la parte racional de mi cerebro tomó el control. La sorpresa de verla ya había pasado, y por fin reparé en el olor penetrante que despedía. Se me revolvió el estómago—. ¿Por qué hueles a sangre mortal?

La sonrisa que se le dibujó en la cara iba cargada de veneno.

Me encontraba delante de ella, y apenas un momento después ya me había tumbado contra el escritorio de espaldas, con tanta fuerza que la madera crujió con el impacto.

Dianna me agarró por el cuello y se inclinó sobre mí. Traté de incorporarme, pero me detuvo con una facilidad sorprendente. Aquello supuso toda una conmoción para mí. Dianna nunca había sido más fuerte que yo cuando entrenábamos, nunca pudo derribarme y detenerme. Se había alimentado de mortales. De muchos.

—Vamos a dejar esto bien claro. Te conozco. Eres amable, buen tipo y todas esas cosas que nosotros no somos. Querrás ayudarme, pero no puedes. Lo único que puedes hacer por mí es apartarte de mi camino. He venido a pedírtelo por las buenas. No te lo repetiré. Si te cruzas conmigo, lo pagarás con sangre, igual que ellos, igual que él. Así que, venga, haz la vista gorda, como hace mil años, ¿vale?

—Sabes que no reacciono bien a las amenazas.

Le agarré la esbelta muñeca, pero no traté de hacer que me soltara el cuello. Si era necesario, fingiría sumisión. Dejaría que creyera que iba ganando. Todo con tal de que siguiera hablando.

—De acuerdo. Tú recuerda que eres inmortal, pero tus amigos, tu familia, todos esos que confían en ti... —Chasqueó la lengua—. Ellos no son inmortales. ¿A cuántos estás dispuesto a perder por no dejarme hacer lo que tengo que hacer?

Las piezas encajaron y vi la oscura imagen que formaban.

—¿Vas a matar a todos los responsables de su muerte?

¿Ese era su plan? Recordé el grito, el alarido que profirió al morir su hermana. Hacía dos semanas que era mi pesadilla recurrente. Aún sentía el dolor de mi cuerpo al atravesar paredes, ventanas, metal, todo por la fuerza de aquel grito. Lo que tenía delante no era ella. Aquel cascarón vacío de emociones no era mi Dianna.

—No eres tú misma, Dianna. Pasara lo que pasara, nunca me hablarías así. Nunca me amenazarías.

Dejó escapar una risita y me soltó.

—Te tomas muy a pecho todo eso del héroe, ¿eh? ¿Ahora viene cuando me dices que me conoces de verdad? Por favor, que voy a vomitar el almuerzo.

Me froté el cuello para aliviar el ligero dolor y, con un movimiento fluido, me puse de pie. La mesa gimió. La grieta entre los dos se ensanchaba.

—Nada más marcharte, la busqué. Busqué a Gabby. Y a ti.

Dianna se detuvo y se le borró la falsa sonrisa. Algo se le pudría en la mirada. La máscara que se había puesto se agrietó ante mis palabras. Vi una chispa de vida en los ojos color carmesí.

—No la encontré, pero lo intenté. Di por hecho que la habías hallado tú, pero tu expresión me dice que no.

No respondió; se limitó a mirarme, de modo que le cogí las manos entre las mías. Bajó la vista y se las miró, pero no se apartó de mí como había hecho antes.

—Sé que estás sufriendo, Dianna. No me importa lo que me digas o lo que me hagas, sé de dónde sale todo esto. He estado ahí. Eso también lo sabes. Estás sufriendo y estás sola, y yo... Deja que te ayude. Por favor. Tú no eres así.

Alzó la vista bruscamente y nuestros ojos se encontraron al tiempo que apartaba las manos. Supe entonces que había tocado una fibra sensible, que de alguna manera la había afectado.

—Ahora, sí.

Negué con la cabeza.

—No. No te creo, jamás te creeré. Hace meses me mostraste quién eres de verdad. Recuerdo cada segundo de aquel día. Me ayudaste, cuidaste de mí sin tener ninguna obligación. Arriesgaste la vida por los demás. Yo llevo una armadura a la batalla, y esta es tu versión de esa armadura. Te estás encerrando para protegerte, lo estás reprimiendo, pero estoy seguro de que mi Dianna sigue ahí dentro.

En ese momento se abrió la puerta.

—Me he ocupado de lo que te...

Gregory se interrumpió a media frase al verme, y luego al detectar la presencia de Dianna.

Un segundo. No hizo falta más. Dianna cogió algo de la mesa y lo lanzó por el aire a la velocidad del rayo, y oí el sonido al acertar en el blanco. El corazón se me encogió. Gregory cayó al suelo de bruces mientras la pluma sobresalía por el occipucio. La luz azul emanó de su cuerpo y quedó suspendida en torno a él durante un segundo antes de salir disparada por el techo.

—¿Me crees ahora?

No dije nada. ¿Qué podía decir? Aún no había asimilado lo sucedido en los últimos minutos y Dianna ya acababa de matar a un celestial delante de mí como si tal cosa.

—Ya hay un cadáver. Como intentes detenerme, habrá dos. Voy a vengarme. Sabían lo que pasaría si le ponían un dedo encima, y ahora tú sabes lo que pasará si te interpones en mi camino. Haz la vista gorda, Samkiel. Esto no es va contigo.

Sonó una lámpara, las luces parpadearon y un torbellino de rayos plateados iluminó la zona cercana a la puerta. Empezó a filtrarse en la estancia un humo químico diseñado para estremecer a los seres del Altermundo. Era un nuevo mecanismo de defensa que Vincent había instalado tras el anterior ataque de Dianna a la cofradía, pero ya era demasiado tarde.

Dianna miró las luces parpadeantes y luego volvió a mirarme a mí.

—Cuando reduzca a cenizas este mundo, cuando volváis a pintarme como la mala, recuerda que... intenté ser buena. Una vez.

Su forma cambió y la niebla oscura la engulló, y me quedé a solas en la habitación.

Estaba aterrado, con un terror tal que no sabía ni por dónde empezar.

III
CAMILLA

—Camilla, hay que recoger lo que tenemos y huir. La isla ya no es segura.

Hice tamborilear el dedo sobre el vaso. La luz suave de la lámpara del techo iluminó a Quincy y al resto del aquelarre, en la puerta. Tenían las maletas hechas, en el suelo junto a sus pies, con todo preparado para partir. Sentí sus miradas clavadas en mí; llevaba los diminutos cráneos que coleccionaba en una bolsa cruzada ante el pecho.

—No queda ningún lugar seguro, Quincy.

—La Mano controla el resto de los emplazamientos, pero no sabe nada del escondite que hay junto a la costa. ¿A qué otro sitio podemos ir?

Se me escapó una risita.

—A Iassulyn, seguramente. —Quincy se acercó a la mesa. Los delicados rizos rubios le enmarcaban el rostro—. Márchate, podéis iros. No importa a dónde vayáis. Ella no os perseguirá.

Quincy me puso una mano en el hombro con suavidad.

—Que la diosa vele por ti.

—Los antiguos dioses están muertos, cariño —susurré.

Me obligué a sonreír, y Quincy asintió y se volvió hacia los demás. Recogieron las bolsas y la siguieron, y escuché sus voces preocupadas mientras el sonido de los pasos se alejaba hacia la puerta.

El viento había cesado; la isla no había estado tan silenciosa desde que la hice mía. El cristal frío me rozó los labios y el sabor intenso del vino me estalló en la boca. Lo había reservado para una ocasión especial que ya no iba a llegar. Lo saboreé y contemplé las llamas de color verde esmeralda que bailaban bajo la repisa de la chimenea.

—¿Qué has hecho? —Agarré a Drake por la manga y lo obligué a volverse hacia mí. Los demás seres del Altermundo que ocupaban la estancia susurraban entre ellos. Los cadáveres que Tobias había utilizado para el espectáculo de Kaden yacían en el suelo, inútiles ya.

Drake me miró. Los ojos dorados del príncipe vampiro estaban turbios de dolor.

—Lo que Kaden ha ordenado. Lo que tenía que hacer.

—Ha sido un error, y lo sabes. Lo sabes muy bien. Dianna era tu amiga.

—También era tu examante, y la has entregado igual que yo —me replicó; sacudió el brazo para librarse de mí—. No he tenido elección, Camilla. Ninguno la tenemos por Kaden, por la Orden. Ethan es mi hermano, es la única familia que tengo. Mis sentimientos dan igual, no podía permitir que perdiera a su compañera.

La mirada se le suavizó tras la máscara monstruosa que llevaba. Supe que una parte de él lamentaba lo que había hecho, pero los lazos familiares no le habían dejado opción.

—Ahora vendrá a por nosotros. A por todos nosotros. Ya has oído el grito de muerte, ya has visto cómo ha temblado el mundo. Gabby era la correa que retenía a la fiera rabiosa; ahora la correa ya no existe. Nada la detendrá. Lo percibo. Todos lo percibimos. Algo ha cambiado, algo viejo y... —Me faltaban las palabras para explicar lo que sentía, pero el espanto que me invadía era innegable.

Drake se limitó a encogerse de hombros como si no encontrara las palabras.

—Puede que la muerte sea un alivio después de todo lo que hemos hecho.

Antes de que me diera tiempo a responder, la voz de Ethan se abrió paso entre la multitud que se dispersaba. Estaba llamando a su hermano. No le vi en la cara ni rastro de remordimientos mientras abrazaba a la esposa que nos había condenado a todos.

—*Vete a casa, Camilla. Ve a pasar tiempo con tu aquelarre, porque ella va a volver, y esta vez ni Kaden ni Samkiel podrán detenerla.*

Un escalofrío gélido me recorrió el cuerpo mientras lo miraba alejarse. Me froté los brazos y volví a la habitación. Tenía que hacer una última cosa. Tal vez fuera por remordimientos o por el sentimiento de culpa, pero me negaba a darle otra arma a Kaden.

Eché la cabeza hacia atrás, me crucé de brazos y sacudí la melena que me caía por la espalda. ¿Qué había hecho? Nuestra relación no había terminado de la mejor manera, pero arrebatarle a Dianna lo único que amaba era imperdonable. Kaden y la Orden eran más antiguos y poderosos que cualquiera de nosotros. Eran imparables. Yo tenía las manos tan sucias como Drake, como todo el consejo de Kaden. A ojos de ella, todos éramos responsables. Y así era. Tal vez Drake tuviera razón. Tal vez la muerte no fuera más que un alivio.

Hice girar el reluciente líquido rojo en la copa. Retumbó un trueno, pero al mirar por la ventana no vi ni una nube en el cielo. Entonces, supe que no era el trueno lo que había desgarrado la noche. No salté ni me moví cuando empezaron los gritos, sino que me quedé mirando el cristal, las ondulaciones del líquido color rojo sangre. No se me alteró el pulso cuando sentí cómo se estremecía mi hogar. Sentí la canción de la magia que me acariciaba la piel cuando trataron de luchar, pero no había lucha posible. No cuando se enfrentaban a la venganza, a la destrucción, a la muerte.

Las puertas de dos hojas se abrieron de golpe y chocaron contra la pared con tanta fuerza que la pesada madera se agrietó. El aire frío entró en la habitación, y la piel desnuda se me erizó en un intento ridículo de protegerme del frío que me invadió. A lo largo de las paredes y en todo el techo, las velas se agitaron y se apagaron. El silencio llenó la mansión: cesaron los gritos y los hechizos, los latidos de todos los corazones aparte del mío. Bebí otro sorbo de vino sin apartar la vista de las llamas verdes de la chimenea. Hasta ellas parecieron encogerse ante lo que acababa de entrar.

—Qué cosas. —Sus tacones repiquetearon contra el suelo despacio, con deliberación—. Me había olvidado de Quincy.

Cuadré los hombros. Sabía que no había perdonado a nadie.

—Era una bruja muy joven.

—Hummm, y mona. Frágil, pero mona. Vi sus rizos en la pantalla, tan elásticos y brillantes... A mí me hace falta un buen acondicionador.

Supe, sin lugar a duda, a qué pantalla se refería; recordé cómo se me había encogido el corazón cuando Tobias volvió hacia nosotros la cámara. Dianna había memorizado todos y cada uno de los rostros, y ahora quería sangre. Me había equivocado. Nadie de mi aquelarre estaba a salvo. Los había condenado a muerte.

—Has redecorado esto desde mi última visita —comentó con voz vacía, carente de emoción—. Es muy bonito. Bueno, era muy bonito.

Me volví y estuve a punto de dejar caer la copa de vino. Las llamas verdes saltaron más altas: mi combustión mágica trataba de protegerme de lo que se acercaba a mí. Vino pasando las uñas por la mesa, haciendo saltar esquirlas de la piedra pulida. El poder oscuro, arcaico, que emanaba de ella me hizo estremecer. Recordé que ella era una fracción de lo que sentía en la habitación, pero eso era antes, cuando Gabby estaba viva y la mantenía apartada del abismo. Sin Gabby, el límite por el que siempre había caminado era ya cosa del pasado. Se había lanzado de cabeza, se había hecho pedazos por el camino.

Los ojos de Dianna, antes de color avellana, eran ahora rojos carmesí. La ig'morruthen ya no se ocultaba: la bestia mostraba su presencia. Tenía los pómulos más marcados. El traje de una pieza que llevaba le envolvía unos músculos esbeltos y engañosamente femeninos al tiempo que le realzaba las curvas. La chaqueta le ondulaba con una brisa invisible que soplaba detrás de ella. Se había alimentado. Se había alimentado mucho.

—Sí, hubo que poner muebles nuevos cuando Samkiel y tú lo dejasteis todo destrozado.

Bebí de un trago el resto del vino y puse la copa vacía en la mesa antes de que se me cayera con el temblor de las manos.

Se detuvo un instante y me di cuenta. La rabia, la ira, el odio... Todo desapareció por un instante. Mi magia también lo notó. El poder dañino que la envolvía como un escudo se fracturó como si el nombre fuera la canción de un enamorado, capaz de calmar a la bestia. Pero la esperanza duró lo mismo que la canción, un segundo, lo que tardó en recuperarse. Pensé que ni ella había sido consciente de la reacción visceral que había mostrado ante la sola mención.

—Ay, Dianna, ni siquiera en este estado, cuando queda tan poco de ti, puedes ocultar tu corazón. Kaden también lo sabía. ¿Por qué crees que actuó de manera tan temeraria? —Yo había estado en lo cierto. Estuve en lo cierto cuando los vi juntos. Kaden también lo notó, y ese fue el verdadero problema. La reacción de Dianna, por breve que hubiera sido, era la prueba definitiva—. Por cierto, ¿dónde está Samkiel?

Los ojos se le oscurecieron y centellearon, y de pronto la tuve delante. Me cogió por la barbilla y me levantó la cara para acallar cualquier otra cosa que fuera a decir.

—¿Sabes? No he probado bruja desde... —Me dirigió una sonrisa leve, taimada; me miró antes de bajar los ojos hacia mi cuerpo—. Bueno, ya sabes.

—Hazlo de una vez —conseguí decir entre los dientes apretados.

Pero me soltó.

—Venga ya, no seas tan dramática. No te pega.

Caí al suelo y tuve que echar las manos adelante para evitar el golpe. Dio la vuelta por detrás de mí y apartó una silla, se sentó y puso los tacones sobre la mesa, un tobillo sobre el otro.

—No sé si es pura arrogancia o estupidez. Sácame de dudas, ¿qué te ha hecho volver al lugar donde podías estar segura de que te buscaría?

—Qué quieres qué te diga. No me interesaba retrasar lo inevitable.

Me levanté y me limpié las manos contra la parte delantera del vestido. Dianna chasqueó la lengua y se miró las uñas.

—Siempre supe que eras la bruja más lista. No entendí qué veía él en Santiago.

—Santiago es mejor que yo a la hora de obedecer órdenes.

Suspiró.

—En fin, ya lo veremos.

Cambié de postura, confusa. Por lo que decía, Dianna no me iba a hacer pedazos de inmediato.

—¿No me vas a matar? —susurré, sorprendida. Era una posibilidad que ni se me había pasado por la cabeza.

Se encogió de hombros como si no fuera lo que me amenazaba; pero yo sabía muy bien de lo que era capaz cuando se había alimentado. Se convertía en un ser casi invencible. Recordé la primera vez que había caído en el abismo. Fue hace mucho tiempo y casi lo había olvidado. La única persona capaz de recuperarla era Gabby, y había muerto.

—¿Matarte? Pero vamos a ver, Camilla, seamos sinceras. Si te hubiera querido muerta, te habría matado un segundo después de llegar. He venido a hablar.

—¿A hablar?

Tragué saliva con dificultad. No sabía por qué, pero la perspectiva me resultaba aún más aterradora. Dianna asintió.

—Sí. Siéntate.

Me negué a obedecer. Al segundo siguiente, Dianna apareció detrás de mí, me agarró por el cuello y me empujó hacia la mesa. ¿Cómo se podía mover tan deprisa? Ni siquiera había agitado el aire. Las manos como zarpas de acero me hicieron descender hasta que tuve el culo contra la silla. Reapareció al otro lado.

—Eso es. Mucho mejor. —Inclinó la cabeza y me examinó—. ¿Qué te pasa, Cam Cam?

Cam Cam. Mi apodo. Solo ella me llamaba así y llevaba siglos sin oírlo.

—¿Qué ha sido de aquella bruja tan dura? ¿Dónde te has dejado el sarcasmo y la magia? ¿Dónde está la que me engañó, la que se quedó mirando mientras ella moría? ¿Eh?

Tragué saliva.

—No creí que fuera a hacerlo. Ninguno lo creímos.

—¿De veras? —Rio entre dientes—. Lo conoces tan bien como yo, así que mejor no juegues al «soy inocente». Ya sabías lo que vendría luego. Todos lo sabíais. —Se inclinó hacia atrás y jugueteó con la larga cadena de oro de su collar—. Pero no pasa nada, porque tienes algo que me hace falta.

Negué con la cabeza.

—No sé dónde está. Se marchó en cuanto pasó aquello. Abrió un portal cuando se enteró. Se fueron los dos, Tobias y él.

Se inclinó hacia delante y la estancia se oscureció. Tras Dianna, las puertas se cerraron muy despacio y el chirrido de las bisagras me provocó un escalofrío que me recorrió la columna. Le brillaron los ojos de tal manera que se iluminó la habitación. Eran casi tan brillantes como su sonrisa. ¿Cuánto había consumido para tener ese nivel de control?

—Ah, no. Todavía no me hace falta que me ayudes a encontrarlo.

—¿Qué quieres, entonces?

La pregunta quedó suspendida en el aire y me arrepentí casi nada más formularla. La sonrisa se le ensanchó y mostró los caninos. Ya no trataba de ocultar a la ig'morruthen. Recordé los tiempos en que se miraba al espejo constantemente para confirmar que el reflejo mostraba su envoltorio mortal. Esa parte de ella también había desaparecido.

—Más poder.

Estudié su rostro y me erguí.

—Si vamos a dejar las formalidades y las mentiras, como has dicho, tienes mucho más poder que yo. Cuentas con el poder de Kaden que te recorre entera y has vuelto a alimentarte. Con todo el respeto, te equivocas. No me necesitas.

Chasqueó la lengua y agitó un dedo.

—Ahí te equivocas. No me enfrento solo a Kaden. También me enfrento a Samkiel y a su legión de celestiales que creen en la paz, en el amor y en cosas blanditas de peluche. Y se presentarán en cuanto lo destruya todo.

El corazón se me aceleró.

—¿Qué quieres decir?

—La he hecho buena. —Puso la cabeza entre las manos y la movió en gesto negativo—. Di por hecho que era como Kaden, que no le importaría lo que hiciera. A veces Kaden se pasaba semanas sin hablarme. Pero con Samkiel me equivoqué, y no entiendo por qué. Ni siquiera hemos follado.

Tragué saliva y decidí decir algo con la esperanza de que no me costara la cabeza.

—Eres consciente de que se te puede querer sin necesidad de follar contigo, ¿verdad?

Alzó la vista. Todo rastro de humor había desaparecido. Puso las palmas de las manos contra la mesa. Yo no sabía qué había dicho, pero un atisbo de emoción le encendió el rostro. Lo enterró a toda prisa; si no la hubiera estado mirando, ni me habría dado cuenta.

—Lo que te digo es que te va a tratar de parar. No se detendrá ante nada con tal de llegar a ti, y no es como Kaden. Todo el mundo ha visto cómo te mira Samkiel, cómo se comporta contigo. Kaden quiere poseerte, pero lo de Samkiel es mucho más, y parte de ti lo sabe.

Esperaba que saltara, que me corrigiera, o tal vez que alzara una mano y me prendiera fuego, pero su respuesta fue de lo más inesperado.

Una sonrisa forzada se le dibujó en los labios.

—Qué bonito. Bueno, ya está. Necesito que me hagas una cosa.

Parpadeé. Aquella no era Dianna. Fuera lo que fuera lo que se rompió por dentro con la muerte de su hermana la había cambiado a los niveles más profundos. ¿De verdad no le importaba? Deslicé un poco de magia bajo la mesa. Chocó con un muro antes de llegar hasta ella. La volví a recoger con un siseo.

—Muy bien. —Me eché el pelo hacia atrás para tratar de mantener el gesto de despreocupación, pero se me estaba escabullendo entre los dedos.

Los labios de Dianna se curvaron en un amago de sonrisa e hizo un ademán con la mano.

—Mira, si ya estás resultando útil.

Bajé la vista y me miré las uñas, me pasé un pulgar sobre el otro. ¿Qué elección tenía? ¿Luchar? Aunque lo hiciera, no podría detenerla, y lo sabía. Sabía lo que era Kaden y sabía que no tenía la menor opción. Cuando llegó Dianna, mi única esperanza había sido que me matara deprisa para no tener que decir en voz alta lo que iba a contarle. Habría sido mejor para ella descubrirlo después de reducirme a cenizas; pero, si me guardaba la información, cuando se enterara de lo que había hecho sería mucho peor.

Respiré hondo y lo solté de golpe.

—Tengo su cadáver.

Se hizo un silencio absoluto.

—Cuando sucedió aquello, lo cogí. Se marcharon nada más oír tu grito. Creo que lo oyó el Altermundo entero. Lo sentimos pese a la distancia. Cuando gritaste, la onda de energía recorrió el mundo, aunque no te dieras cuenta.

Alcé la vista. La sonrisa burlona se le había borrado de la cara. Apretó los dientes con una expresión que me recordó mucho al Destructor de Mundos. ¿No se daba cuenta Dianna de lo profunda que era la conexión entre ellos? ¿No lo sentía? Y me pedía ayuda para esquivarlo mientras destruía Onuna.

—Sé que tu cultura pide que se lleven a cabo ciertos ritos, y no quería que Kaden la tuviera... que tuviera su cuerpo. No quería que Tobias la animase para hacerte aún más daño. Además, conservarla solo requería un hechizo sencillo.

La oscuridad se hizo más espesa, más densa, se arremolinó procedente de todos los rincones, absorbió el aire mismo de la estancia. Dianna clavó los ojos en los míos, y supe que había estado buscando a su hermana sin encontrarla.

La miré sin vacilar.

—¿Dónde está? —susurró.

Me levanté sin apartar la vista y alcé una mano. La pared se movió detrás de nosotras y en la esquina más lejana apareció una puerta. Me dirigí hacia allí y se levantó para seguirme. Recorrimos un pasillo estrecho, en medio de un silencio opresivo. Los candelabros de las paredes se iluminaban con llamas esmeraldas a nuestro paso. Saber que iba detrás de mí hizo que se me erizara el vello de la nuca. Todo mi cuerpo lanzaba señales de alarma, pero seguí caminando, un paso tras otro.

El pasillo desembocaba en una estancia amplia. Giré la muñeca y la magia saltó de una antorcha incrustada en la pared a la siguiente. En los estantes había tarros de huesos y plumas. Un cuadro olvidado y medio desgarrado de mi hogar ocupaba la pared más lejana. Todo estaba lleno de arte y reliquias que había recogido.

Me detuve en la puerta y me hice a un lado para dejarle paso. Las llamas de las paredes se retorcieron para alejarse de ella. Allí, en el centro de una mesa de piedra, cubierto por una sábana fina, estaba el cadáver de Gabby.

Dianna apartó la tela y el mundo se detuvo.

Me esperaba un grito, un muro de llamas, violencia. Se me aceleró la respiración. Pensé que me iba a cortar la cabeza de un momento a otro. Pensé que habría una exhibición de rabia y venganza. Pero fue mucho peor.

Dianna se quedó inmóvil ante el cadáver de su hermana sin dejar de mirarle la cara. Alzo la mano y apartó unos mechones de pelo del rostro blanco de Gabby. Vi cómo se le movían las aletas de la nariz y supe que el golpe contra la realidad había sido muy duro. El hechizo que lancé había servido de ayuda, pero ni toda mi magia podía detener a la muerte.

—En mi cultura se dice que, cuando mueres, solo queda tu envoltorio vacío. El alma se va y, con ella, todo lo que nos hace ser lo que somos. Vas a un gran paraíso de luz y amor. No hay más dolor ni preocupaciones, Solo el paraíso. —Le pasó la mano por el pelo como si tratara de colocárselo en su sitio—. Qué fría está.

Los ojos de Dianna no se apartaron de su hermana. Ni una respiración, ni una brizna de emoción le alteraron las facciones. Junté las manos y me llevé los nudillos a los labios, me tragué las lágrimas al ver su dolor. El silencio en la habitación se hizo insoportable mientras los tentáculos de oscuridad se acercaban de entre las sombras, atraídos por ella, por su sufrimiento.

Dianna apartó otro mechón de pelo del rostro de Gabriella.

—Al principio pensé que quizá me equivocaba. Que había sido una pesadilla espantosa y aún podía ir a verla, ¿sabes? Qué tontería, ¿verdad? Hasta cuando sentí cómo se me borraba la marca de la palma, tuve esperanza. Pero ahora, al verla así... —Se inclinó y le dio un beso en la frente antes de levantarse de nuevo—. Ya no me queda nadie.

—No...

Las llamas envolvieron el cuerpo de Gabriella y se me escapó un grito, no palabras de consuelo. Dianna se alzó contra el fondo de fuego rabioso con las manos extendidas, las llamaradas brotándole de las palmas. Retrocedí horrorizada mientras la hermana a la que tanto amaba ardía entre nosotras.

Contempló las llamas crepitantes, las puntas que se alzaban en busca de más combustible. Pensé que mi hogar iba a arder con nosotras dentro, pero en ningún momento llegaron al techo. Dianna las controlaba, controlaba la temperatura e intensidad.

—Enterré a mi padre. Enterré a mi madre. Ahora voy a enterrarla a ella.

Dianna no se movió. Se quedó ante la pira ardiente. Un dolor fantasma me recorrió los costados, el pecho y la garganta al recordar las zarpas de la fiera que me había atacado, que estuvo a punto de hacerme pedazos hacía tan solo un mes. Traté de mantenerme erguida, pero cada célula de mi cuerpo me pedía a gritos que atacara, que me defendiera o que saliera huyendo. De pronto, Dianna era muy parecida a Kaden; llevaba grabado en la piel todo el poder oscuro y siniestro que había heredado de él.

—No te queda bien el olor a miedo, Camilla.

Tragué saliva e intenté recuperar la compostura.

—Estás diferente. Lo nota todo el mundo.

Me miró a los ojos entre las llamas, y el hedor del cadáver al arder me provocó náuseas.

—Mejor.

—Haré lo que quieras. —Las palabras me salieron un poco más deprisa de lo que pretendía.

—Ya lo sé.

El chisporroteo del fuego y el olor eran demasiado hasta para mí, y me di la vuelta para salir. La voz de Dianna me detuvo.

—Antes de empezar, necesitaré una urna. Y una cosa más.

Me volví hacia ella con el corazón acelerado.

—¿Antes de empezar qué?

Me miró y las llamas iluminaron su silueta oscura.

—A desmantelar un imperio.

IV
DIANNA

182 días

Me aparté de la mejilla los mechones de pelo que me agitaba la brisa oceánica, precursora de la noche. Lo de ir a la playa con tacones era una idea pésima. Los pies se me hundían en la arena. Ni rastro de aves o mortales en las cercanías. El único sonido que se oía era el murmullo de las olas. El sol, una fiera llameante, envolvía las nubes en un brillo rosa y amarillo al ponerse. Entrecerré los ojos tras las gafas de sol. La luz me estaba dando dolor de cabeza. Ya se acercaba el anochecer y la brisa empezaba a refrescarse cuando oí la llamada.

Cerré los ojos y la voz me susurró mientras agarraba con fuerza la urna.

¿Qué te parecería volver a las islas Sol y Arena? Mientras estaba allí escondida, descubrí una playa remota y casi virgen. Es preciosa, con acantilados desde los que te puedes zambullir. No vamos juntas a la playa desde hace lo menos treinta años. Ni siquiera invitaré a Rick. Será un viaje de hermanas, agradable, relajante y divertido. Que sean nuestras primeras vacaciones. ¡Porfa, porfa, porfa!

Abrí los ojos de repente cuando su voz se apagó. Clavé los dedos en la tapa de la urna.

—No son las vacaciones perfectas, pero querías venir aquí. Más vale tarde que nunca —dije mientras miraba la urna negra y dorada.

Camilla me la había dado y recogí hasta el último resto de cenizas. Había que llevar a cabo el ritual de Havlousin. Era lo que nos habían enseñado nuestros padres. Nuestra cultura lo requería para el descanso eterno en un lugar más allá de las estrellas, aunque yo ya no sabía en qué creer. Lo del paraíso me parecía un chiste, pero ahí estaba, esparciendo sus cenizas para que toda ella volviera a tener utilidad. Nuestros padres nos habían enseñado que el cuerpo no era más que un recipiente, un cascarón vacío cuando lo abandonaba el alma, que era la parte más esencial. Tal vez por eso me sentía así. Yo no era ya más que un cascarón vacío. Sentía el peso de un millar de rocas que me aplastaban el pecho. Ya no había ningún movimiento, ni rastro de vida. Sabía que era el momento de gritar y llorar, pero no me salía nada.

—Me necesitabas, y no estuve a tu lado. Me había distraído con... —Se me hizo un nudo en la garganta al recordar su rostro. Samkiel. Otra emoción me golpeó con tanta fuerza que se me revolvió el estómago. Conseguí ahogarla, cerré otra puerta con llave en la cabeza, en el corazón—. Tendría que haberme marchado contigo. Nos habríamos escondido y que se pelearan ellos por esa mierda de libro. Lo siento mucho, Gabs.

Me detuve un momento, sin palabras. Acaricié la tapa con las yemas de los dedos mientras las olas eternas lamían la orilla y su ritmo constante llenaba el silencio.

—Lo he estado pensando. Tal vez habría sido mejor si hubiéramos muerto en Eoria. Debí quedarme allí, contigo, sin más, en vez de suplicar a ningún dios que te salvara. Drake no nos habría encontrado y no habríamos acabado ante Kaden.

Apreté los labios al recordar aquel día. Mi nombre era entonces Mer-Ka, mientras que Gabby era Ain y Eoria era el hogar donde habíamos conocido la paz hacía ya tanto tiempo.

—*Ven, por aquí.*

Indicó con la cabeza la cortina de tela que era nuestra puerta. Te llevaba en brazos como si no pesaras nada. ¡Qué fuerza tenía aquel hombre tan extra-

ño! Tragué saliva y asentí, y fui tras él. Mientras tuviera a Ain, haría lo que me dijera, lo seguiría a donde fuera.

Salí de nuestra casa; mis pisadas eran apenas un susurro tras él. No se volvió para comprobar que lo seguía. Se movía tan rápido y silencioso como si caminara por el aire. Pasamos ante varias chozas vacías de piedra a izquierda y a derecha. La mitad de la aldea se había marchado cuando empezaron a caer los fragmentos del cielo. Todos sabían que se acercaba algo malo, pero mis padres no hicieron caso. Pensaron que no había peligro. Ahora, al ver toser a Ain, pensé que ojalá hubiéramos insistido más.

—¿A... a dónde nos llevas? —pregunté con voz de miedo, del miedo que sentía.

Miró hacia atrás y me dedicó una breve sonrisa.

—Tengo un amigo que quizá os pueda ayudar.

Asentí de nuevo para no mirarlo a los ojos. Parecían llenos de fuego fundido, con un jaspeado dorado que era antinatural. Era imposiblemente atractivo, con unos rizos oscuros que le enmarcaban el rostro. Su piel era como la de Ain, como la mía. Nunca había visto a nadie como él. Tal vez también fuera de otro mundo. Yo había rezado pidiendo un salvador. Tal vez él lo fuera. Era como las imágenes que me había mostrado mi madre, esos ángeles alados en los que creía. Me había contado historias sobre lo fuertes y poderosos que eran; sin duda, aquel hombre era fuerte y poderoso. Cargaba con mi hermana sin el menor esfuerzo. También era cierto que, a aquellas alturas, ninguna de las dos pesábamos gran cosa. Hacía semanas que se nos había terminado la comida de verdad y solo sobrevivíamos gracias a las raciones que encontraba. Se las daba casi todas a ella, por mucho que protestara: les había prometido a mis padres que la cuidaría. Era mi hermana pequeña. No iba a dejar que se muriera de hambre.

Le miré los rizos oscuros del occipital mientras nos dirigíamos hacia una zona abandonada de la ciudad. Cuando nos detuvimos ante un templo en ruinas, me invadió la aprensión. El hombre bajó por unos peldaños de piedra parda. Las estatuas que se alzaban a ambos lados estaban erosionadas, irreconocibles.

Tragué saliva.

—No podemos entrar ahí. El edificio está cerrado porque es inestable. No es seguro. Podemos morir aplastados.

Se volvió hacia mí y me miró como si estuviera loca.

—Espera aquí. Tengo que hablar con ellos. Volveré a por ti.

Me atraganté.

—¿Con ellos? ¿Cuántos son?

—Tú espera. —Sonrió como si oyera los latidos acelerados de mi corazón y tratara de calmar mis temores.

—No te vas a llevar a mi hermana a los dioses saben dónde sin mí.

Avancé un paso y miré hacia el agujero oscuro del suelo. Llegado el caso, me enfrentaría a él, aunque sabía que no podía ganar. Se le marcaban los músculos a través de la tela fina de la ropa. Era un tejido extraño que le ceñía todo el cuerpo. Debió de interpretar mi expresión, porque me dedicó otra sonrisa tranquilizadora.

—Oye, te agradezco que intentes ayudar, pero mi hermana... —La señalé; estaba reclinada contra él y en aquel momento volvió a toser—. No puede entrar ahí sola. Casi no puede respirar, y no sé quién eres.

—Me llamo Drake. —Esbozó una sonrisa burlona—. Ahora ya sabes quién soy. Por favor, espera aquí.

Me dispuse a protestar, pero los ojos le brillaron con más intensidad. Guardé silencio, ya sin rastro de ansiedad. Tal vez fuera lo correcto.

—De acuerdo, esperaré aquí.

Sonrió de nuevo, se dio media vuelta y bajó por los peldaños de piedra hasta perderse de vista.

Pese al agotamiento, no paré de dar vueltas mientras me retorcía los dedos. Esperé.

Y esperé.

Me detuve y miré hacia abajo. «Espera aquí», me había dicho. Tenía que esperar allí, pero ¿por qué? El corazón me latía a toda velocidad. Aquel hombre tenía a mi hermana y la iba a ayudar. Yo tenía que esperar, pero, de nuevo..., ¿por qué? Adelanté un pie sobre la arena; mi cuerpo se resistía a la orden que me había dado. Abrí y cerré los puños una vez, dos, con el estómago revuelto. Tenía que ir con Ain. Se la había llevado y yo no sabía quién era, ni quién más aguardaba allí abajo. ¿Por qué lo había obedecido? No. No podía esperar. Moví los pies por la arena, sin pensar en nada que no fuera llegar hasta Ain, y empecé a bajar por la escalera.

Apoyé las manos contra las paredes, arrastré los dedos por la piedra polvorienta mientras descendía con cautela. La oscuridad era absoluta, no veía nada. Aquella era una pésima idea. Lo sabía, pero ¿qué otra cosa podía hacer? Llegué al final de la pared y pisé suelo firme. Extendí los brazos al frente para palpar lo que hubiera.

—¿Drake? —susurré para tratar de atraer la atención del atractivo desconocido; pero no obtuve respuesta—. ¿Drake? —susurré una vez más.

Oí un murmullo cerca de mí como si algo se deslizara por la arena. No había pensado en las víboras, tan aficionadas a los lugares frescos y oscuros. ¿En qué estaba pensando? Vamos, vamos. Podía hacerlo. Podía hacerlo. Por mi hermana. Respiré hondo y traté de evitar el lugar de procedencia del movimiento, y fui en dirección contraria, siempre con las manos extendidas para no tropezar contra nada mientras avanzaba despacio, pero sin pausa.

Al final, rocé con los dedos un muro sólido, y suspiré de alivio al palpar la textura irregular de la pared, los símbolos grabados en la piedra. Seguí caminando, siempre con las manos contra la pared. Dioses, lo que habría dado por ver. La oscuridad era total. ¿Cómo había podido avanzar Drake? Los pensamientos se me desbocaron hasta que escuché voces. Al principio no eran más que susurros, pero cuando me acerqué subieron de volumen. Era una discusión.

—No queremos un cadáver que ya se está pudriendo. Yo no me voy a comer eso —le oí decir a alguien. Tragué saliva.

—No es para comer. Se la he traído a Kaden.

—¿Me vas a alimentar con sobras, vampiro? —replicó una voz grave.

¿Vampiro? ¿Qué era un vampiro?

Me acerqué con sigilo y las voces se oyeron con más claridad. Vi una luz tenue y suspiré de alivio cuando por fin pude apartar las manos de la pared para seguir caminando. No era mucha luz, pero sí la suficiente para llevarme hasta ellos. Procedía de un extremo del templo, y proyectaba contra la pared sombras que se movían. Muchas sombras.

—No —dijo el ángel de pelo rizado—. Te la traigo para que la salves. Sé que puedes hacerlo.

—¿Por qué la voy a salvar?

Hubo una breve pausa mientras me acercaba más.

—Tendrás otra persona que te ayudará en tus planes.

Me detuve en la entrada, temerosa de interrumpir la conversación.

—Hummm, no me hace falta nadie más. Mátala.

Casi se me paró el corazón y, sin pensar, entré corriendo en la estancia.

—¡No! —grité, y me detuve ante Ain.

Abrí los brazos para protegerla con mi cuerpo. Ain se encogió, aterrada. El miedo me dominó. No había irrumpido en una habitación con dos hombres. Allí había más de una docena de individuos. Iban vestidos con atuendos de colores diversos, y todos me miraron.

—Sois los viajeros de los que se habla. Los que cruzaron el desierto a pie y llegaron con vida.

—¿Así nos llaman?

El hombre alto que tenía delante se echó a reír, y unos cuantos más lo imitaron. Tragué saliva y lo miré. Era más alto que yo, que ya era decir mucho. Lo miré de arriba abajo, desde las gruesas sandalias negras a la falda tableada y al amplio pecho musculoso. Tenía la piel más oscura que yo, en cierto modo parecida a las arenas de mi tierra, pero de un color más intenso. Las prendas rojas con las que se cubría los hombros y parte del pecho ofrecían un hermoso contraste.

Debía de ser su líder. El poder que irradiaba era casi físico. Llevaba el pelo recogido en una trenza que le caía por la espalda, pero muy corto en las sienes, de modo que se le veía el cuero cabelludo. Tenía un atractivo arrebatador, pero mortífero, como las hermosas víboras de las arenas que podían atacar en cualquier momento. Clavó en mí unos ojos color avellana.

—Solo los bendecidos de los dioses pueden cruzar las grandes arenas y sobrevivir —susurré al tiempo que miraba a los presentes.

Los demás lo miraron como si solo esperaran una orden suya para matarnos a Ain y a mí.

—¿Bendecidos de los dioses? —Se le escapó una risotada y miró a los demás, que se rieron entre dientes o se limitaron a sonreír, burlones. Se volvió de nuevo hacia mí y se encogió de hombros—. Bueno, depende de a quién le reces.

Drake dio un paso al frente.

—Lo siento, Kaden. Le ordené que esperase fuera. No sé cómo...

Kaden, aquel hombre atractivo y aterrador, se volvió hacia él y arqueó una ceja. Drake bajó la cabeza y retrocedió para situarse junto a otro hombre que se parecía mucho a él. Los demás se miraron entre ellos e intercambiaron susurros.

Kaden volvió a centrarse en mí.

—Te lo ordenó, pero aquí estás —dijo.

Me acerqué a Ain y la rodeé con los brazos. Los demás siguieron hablando. Lancé una mirada en dirección a la puerta semiderruida. Podía tratar de huir. Tal vez llegáramos a...

—Excelente. —Kaden dio una palmada que me hizo centrarme en él—. Se queda. Ahora es mía.

Las palabras me golpearon la piel como si fueran ácido, y algo estalló dentro de mí. Sin importarme que me superaran en número, sin importarme que estuviera en una estancia rodeada de gente que podían matarnos a las dos, me agaché y desenvainé el puñal que llevaba sujeto a la cara interior del muslo. Kaden me observó sin inmutarse.

Mi padre me había regalado aquella arma cuando me enseñó a defenderme. Entonces, no había entendido por qué se mostró tan insistente al darme instrucciones, pero cuando se derrumbó el cielo empecé a pensar que tal vez tenía el don de la vista del que hablaban los sacerdotes. Tal vez había sabido lo que se acercaba y quiso que estuviéramos a salvo. Ya no importaba. Di las gracias a los antiguos dioses por aquellas lecciones, porque en aquel momento me iban a hacer falta.

—Yo no soy de nadie.

Recordé lo que me había dicho mi padre sobre dónde golpear y dónde hacer daño hasta al rival más corpulento. La entrepierna, la garganta, o sacarle los ojos. Mantuve la hoja frente a mí, ladeada. El hombre me miró, se le acentuó la sonrisa y, al final, estalló en carcajadas.

—Ah, es pendenciera, me encanta. Dime, ¿siempre llevas las armas entre las piernas?

Era un comentario grosero y basto, pero no vacilé. Mi padre me había enseñado a no dejarme engañar por los trucos y las palabras del enemigo.

—Acércate un poco más y te lo enseñaré.

No se le borró la sonrisa y se acercó un paso más.

—¿Así?

Le lancé un tajo a la cara. En toda la estancia, los ojos se iluminaron con diversos colores. Varios hombres se acercaron veloces como relámpagos. Los ojos de Kaden ya no eran de color avellana, sino que tenían el fulgor rojo de la sangre. El corte que le había hecho en la mejilla se cerró al instante. Dejé escapar un grito, solté el puñal y retrocedí junto a mi hermana. Monstruos. Estaba rodeada de monstruos.

—Vaya si es pendenciera —*dijo al tiempo que se limpiaba la sangre de la mejilla como si no fuera nada; pero los murmullos que oí a mi espalda lo desmentían.*

—¿Qué eres? —*Mi voz era apenas un susurro.*

Se inclinó y alargó hacia mí una mano enorme. Retrocedí para proteger a Ain con mi cuerpo. El hombre recogió el puñal y se presionó el dedo contra la punta. Hizo girar la hoja, que relució a la escasa luz de la caverna. Cuando la recibí, me pareció de cristal, pero en aquel momento se asemejaba más a un ópalo.

—Es preciosa. ¿De dónde has sacado algo tan bello?

—De mi padre —*contesté, sin siquiera saber por qué le respondía.*

Dijo algo en un idioma desconocido; una mujer con el pelo rojo como la sangre cambió de postura. Otro hombre, demasiado alto y delgado, repitió las palabras. Luego se hizo el silencio. Kaden asintió y alzó la daga hacia atrás. Un hombre cubierto de ropas que le tapaban la cara y el pelo se adelantó para cogerla. Kaden entrelazó las manos y me examinó.

—¿Qué eres? —*pregunté de nuevo con voz temblorosa.*

—El que puede ayudar a tu hermana.

El corazón se me aceleró.

—No. Te he oído. Has amenazado con matarla.

—Cierto. —*No trató de mentir*—. Pero he cambiado de opinión. Ahora tienes algo que quiero.

—¿El qué?

Me recorrió con la mirada y, a pesar de mi inocencia, supe la respuesta.

—A ti.

—¿Para qué? —me atraganté.

Me volvió a sonreír y miró a los seres que había detrás de él antes de volver a clavar los ojos en mí.

—Drake estaba en lo cierto. Para lo que estoy construyendo, necesito más gente. Tu hermana está débil, moribunda. No me sirve de nada. Tú, en cambio, eres perfecta.

Me dolió el corazón ante aquella manera de hablar. Sabía lo cerca que estaba Ain de la muerte. No había tiempo que perder.

—¿La puedes salvar?

Tragué saliva porque sabía que, si era necesario, me entregaría a esos seres, a esos monstruos. Sin dudarlo ni un momento, por ella.

—Tobias. —Hizo un ademán con la mano, pero no apartó la vista de mí—. Alistair. Llevad abajo a la hermana, por favor.

Un hombre salió de entre las sombras. El color bronce de las ropas proyectaba un hermoso brillo dorado sobre la piel oscura. Llevaba el pelo como Kaden, pero más corto. Cuando me miró, tenía los ojos rojos, y su rostro era una máscara inescrutable. El segundo hombre era pálido como la luz de la luna, pero su rasgo más llamativo era el pelo. Se asemejaba al azúcar puro, muy blanco. Nunca había visto cabello de un tono tan hermoso.

El tal Tobias pasó por detrás de mí hacia Ain. Me moví para interponerme. Antes de poder darme cuenta, Kaden me había levantado por los aires con una mano de hierro y me apartó a un lado mientras los dos hombres cogían a mi hermana por los brazos. Ain gimió, tratando de no perder el sentido, y me tendió las manos. Yo extendí el brazo hacia ella, tratamos de tocarnos. Forcejeé con Kaden mientras se la llevaban.

—Chis, no pasa nada —me susurró para calmarme, pero yo solo vi que se la llevaban.

Alcé la vista hacia Kaden. Sentía el pánico como un ser vivo que se me retorcía por dentro.

—¿Qué le van a hacer?

—Nada —respondió—. Por el momento.

Forcejeé todavía más, pero lo único que conseguí fue magullarme los brazos. Él era fuerte, demasiado fuerte, y por el brillo rojo de sus ojos debería haber sabido que no me enfrentaba a un ser humano.

—¡Mentiroso! —grité—. ¡Has dicho que la ibas a ayudar!

—Y la voy a ayudar, pero antes tengo que comprobar que esto funciona. De lo contrario, no tiene sentido.

Dejé de forcejear.

—¿Que funciona qué?

—Lo tienes que querer de verdad.

Kaden me volvió a sonreír y pasó a sujetarme con una sola mano con facilidad mientras se llevaba la otra muñeca a la boca. Vi con horror cómo le surgían unos colmillos como cabezas de víboras. Se clavó en la piel las puntas afiladas. Hice una mueca. Alzó la mano sobre mi rostro, y una sangre tan negra como jamás había visto empezó a caer hacia mí. Intenté apartarme, pero me agarró por la nuca y me inmovilizó. Abrí la boca para gritar y me puso la muñeca contra los labios. El líquido caliente me llenó la boca, la garganta, los pulmones. Sabía a veneno, quemaba como ácido, me hizo gritar contra su carne. Me debatí, pero se me derramó por dentro, por la garganta. Cuanto más luchaba, más le brillaban los ojos. Se inclinó hacia mí y apoyó la cabeza contra la mía mientras me alimentaba. Se me revolvió el estómago y la sangre me dio ganas de vomitar.

—Chis, piensa en tu hermana. En lo mucho que deseas que viva. En lo mucho que necesitas que viva.

Dejé de forcejear, dejé de debatirme, y él se inclinó. Conocía mi punto débil. Ya sabía lo que necesitaba para controlarme. Yo quería que Ain viviera. ¿Qué otra cosa si no?

Alcé las manos, lo agarré por el brazo y me pegué más la muñeca a la boca. Bebí con codicia, tragué más y más de aquel líquido espantoso. Lo quería todo. Si eso era lo que iba a salvar a Ain, quería lo que me diera, aunque me sintiera como si me estuvieran arrancando las entrañas para darles una nueva forma. Me miró a los ojos, y el humor burlón se le borró de ellos cuando bebí más y más. Le apreté el brazo para extraerle tanto como fuera posible. Me había dicho que, si funcionaba, yo tendría poder, y quería mucho poder. Si tenía mucho poder, nadie nos volvería a hacer daño a Ain ni a mí.

Noté que algo cambiaba dentro de mí. Una parte de mi ser se agrietó y murió, mientras que otra parte despertó y reptó bajo mi piel. Poco a poco, el ardor cesó; se retorció para convertirse en algo diferente, más oscuro. La luz de la vela parpadeó y los seres que nos miraban cambiaron de postura, incómodos. La sonrisa de Kaden se acentuó como si se diera cuenta de algo que yo ignoraba.

Apartó la muñeca de golpe. Tosí y estuve a punto de caer de rodillas. Luché por respirar. Notaba el pecho y los pulmones como si se me estuvieran quemando. Me agarró por el brazo, me puso en pie y me sostuvo.

Vi cómo se le cerraba la herida de la muñeca. Me limpié la cara.

—¿Cómo sabré si funciona? —pregunté con voz ronca, rota, como si la sangre que me había dado me hubiera desgarrado la garganta.

—Tendrás un poder como nunca has soñado —respondió. Me pasó los dedos por la mejilla en una caricia y luego me dejó la mano en el cuello—. Pero eso será si sobrevives, claro.

Fue lo último que oí antes de que me retorciera la cabeza hacia un lado. Fue solo un crujido, pero mi mundo cambió para siempre.

El recuerdo se desvaneció y la dura luz de la realidad regresó mientras se me calentaban las manos. El sol se hundió en el océano poco a poco, y se llevó consigo la luz del mundo.

—Fui así de egoísta porque no me podía imaginar un mundo sin ti, y luego Kaden no me dejó opción. Igual que yo no te la dejé a ti. Puede que sea igual que él. —Las llamas me brillaron en las manos y la urna se agrietó—. De modo que… Sea.

Las llamas rugieron cuando me concentré y el recipiente se convirtió en un polvo de fuego que la dejó libre. Contemplé como sus cenizas bailaban y giraban en torno a mí antes de dispersarse en la noche estrellada. La media luna se reflejaba en el agua y suavizaba los filos brutales de la oscuridad. Me quedé allí hasta que las últimas brasas se alejaron tanto que no pude distinguirlas de las estrellas. Una estrella en particular pareció brillar con más intensidad y parpadeó alegre como si me saludara.

Un relámpago esmeralda apareció detrás de mí.

—Ya está —dijo Camilla.

—Bien.

Oí que el corazón de Camilla se aceleraba. Podía escuchar muchas cosas más que antes. Todos mis sentidos se habían agudizado. No me había dado cuenta de hasta qué punto había estado ahogando mi verdadera naturaleza. Me quedé allí en silencio y contemplé la estrella que parpadeaba.

—Y ahora, ¿qué?

—No recordaba que fueras tan cobarde. —Me di la vuelta hacia ella y puse los ojos en blanco—. Relájate, el corazón te va a estallar. No pienso matarte. Tú me la has devuelto. Mientras hagas lo que te digo, mantendrás la inmunidad.

V
SAMKIEL

Una semana más tarde

Pasé los dedos por la sábana limpia de seda. Ya no quedaba ni rastro de nuestro olor, solo el recuerdo.

—Esta será tu habitación mientras estés con nosotros —dijo la vampira de pelo corto y castaño al tiempo que abría de par en par las grandes puertas de madera oscura tallada.

Entré y me asaltó el olor a colonia. Miré los gigantescos armarios que sin duda contenían muchas más cosas que las que necesitaba. En el centro de una gran cama con dosel había un traje como el que me había proporcionado Logan.

—Mi señor Ethan se ha encargado de que tengas todo lo necesario, pero si hay algo que pueda hacer por ti... personalmente, por favor, no dejes de decirlo.

Me lanzó una mirada sugerente. Oí las risitas de los vampiros que aguardaban junto a la puerta.

El calor de su mirada debería haberme hecho sentir algo, pero no fue así. No como la mujer de arriba, la que había procedido a olvidarse de mí nada más ver a su amigo. Hice una mueca despectiva ante la sola idea de rebajarme a darle importancia. Ese hombre no era nada.

—No será necesario.

Se oyeron suspiros de decepción en el pasillo.

—Bueno —dijo la menuda vampira que tenía delante—, si cambias de idea...

Se me quedó mirando durante un momento demasiado largo para mi gusto, y al final cerró la puerta al salir.

Los susurros indiscretos persistieron en el pasillo mientras me volvía hacia el interior de la habitación. ¿Cómo sería la de Dianna? ¿Igual, o más grande? Un momento. No, no. No podía pensar en eso. Sacudí la cabeza y alcé la vista para calmarme. Allí todo era aparatoso, excesivo, como para compensar el poder del que carecían. Recorrí la habitación, observé los muebles demasiado pequeños para mí, y al final llegué al baño. Tras ducharme y vestirme, cogí el dispositivo que Logan me había dado. Me abroché el último botón de la camisa antes de llamarlo. El teléfono sonó unas cuantas veces y por fin me respondió una voz femenina aguda.

—¿Señorita Martinez? —pregunté, sorprendida de que la hermana de Dianna hubiera cogido la llamada.

—¡Ah, hola! Si llamas a Logan, no está —dijo Gabby.

Oí que mordisqueaba algo y luego lo masticaba.

—¿Por qué ha abandonado Logan su puesto?

El eco de su risa resonó a través del teléfono.

—Dianna estaba en lo cierto. Qué manera más rara tienes de hablar.

Su comentario me provocó una reacción extraña en el pecho. Una especie de aleteo en el corazón, como las alas cálidas de un pájaro.

—¿Dianna habla de mí?

Se hizo un momento de silencio, como si fuera consciente de que se había ido de la lengua.

—Hablando de mi hermana, ¿cómo está?

Tragué saliva.

—Está... bien.

—Vaya. Y vosotros, ¿qué? ¿Os lleváis... bien?

Su manera de repetir la misma palabra que había utilizado yo me recordó a Dianna y me hizo sonreír. Por lo visto, me estaba encariñando con mujeres vivaces de pelo oscuro. Podía percibir su presencia en la habitación. El agua caliente en su cuarto se detuvo. Tal vez los Vanderkai me habían instalado en el piso justo debajo del suyo solo para provocarme. ¿Iba a llevar a algún amante a su dormitorio, encima de mí? Sacudí la cabeza. ¿Por qué se me pasaban esas ideas por la cabeza? Debía de ser por el cansancio, por los viajes, por haber pasado demasiadas noches envuelto en su olor. Si nos quedábamos allí, ¿mantendría las distancias? Miré en dirección a la cama y supe que sí. Necesitaba que mantuviera las distancias, sobre todo con el sueño que había tenido hacía pocas horas. Me atraía demasiado y, a fuer de ser sinceros, cuando la tenía cerca era incapaz de resistirme a ella.

Me borré la sonrisa de la cara y hablé con voz severa.

—¿Dónde está Logan? —pregunté—. No debería haberla dejado sola.

—Eeeh, calma —dijo Gabby, de una manera muy parecida a su hermana—. Está aquí al lado, bueno, más o menos. Neverra y él se encierran media horita para hacerlo. Supongo que respetan mi espacio, aunque a mí no me molestan.

—¿La dejan a solas para hacer qué?

—Vaya pregunta. Hablamos de sexo, claro —dijo a toda velocidad, en un susurro apresurado.

Dejé escapar un bufido de exasperación y me rasqué el puente de la nariz. Qué vulgar. Igual que su hermana, ya no cabía duda.

—De acuerdo. Dígale que me llame en cuanto Neverra y él vuelvan.

—¿Y tú vas a hacer lo mismo con mi hermana?

Por poco se me cae el teléfono.

—Le aseguro que no es mi intención, señorita Martinez —conseguí replicar, aunque el sueño de la noche anterior indicaba lo contrario.

Gabby no dijo nada y siguió masticando. El sonido me llegó a través del teléfono.

—¿Por qué? ¿Te parece fea?

—Desde luego que no.

—¿Un poco bocazas?

—Eso nunca.

—¿Te trata mal? A veces, cuando éramos pequeñas, a mí me trataba mal, pero luego, cuando crecimos, le empecé a quitar los juguetes, y luego la ropa.

—No me trata mal.

O no más de lo que me merecía; y solo cuando se enfadaba conmigo.

—Ah, ¿entonces es porque te parece que es un monstruo?

—No se me ocurriría… ¿Por qué me interroga acerca de mis intenciones para con su hermana?

Dio otro mordisco.

—Pues para saber cuáles son.

—Mis intenciones están muy claras. Desde el principio. Vamos a localizar ese libro y a hacernos con él. Nada más. —Alcé la vista al oírla caminar en el piso de arriba—. Nada menos.

—Pues vaya rollo. Mi hermana ha pasado por un montón de cosas feas. De algunas tuve que ayudarla a salir como pude, y a veces pensé que no lo iba a lograr. Estaría bien que tuviera en su vida a alguien con buenas intenciones, para variar.

Las palabras de Dianna al otro lado del techo ahogaron las de su hermana. Estaba hablando con alguien. Al comprender con quién era, quién estaba con ella en su habitación, apreté los dientes.

—No tiene motivos para preocuparse. El vampiro con el que nos alojamos tiene muchas intenciones.

Gabby soltó un bufido y me di cuenta de la imagen que le daba.

—¿Drake? Venga ya. Si se fueran a acostar juntos, lo habrían hecho cuando Dianna volvió de Novas. Lo pasó fatal, fatal. La ayudé a superar aquello, y desde entonces son íntimos.

—¿Usted la ayudó? —La curiosidad me pudo—. ¿Qué sucedió?

—Eso es información confidencial entre hermanas. Igual te lo cuenta ella algún día, si cambias de intenciones. O igual no. Yo lo único que digo es que cualquiera tendría suerte de contar con mi hermana. Nunca me he rendido con ella. Y si vais a hacer juntos esta misión, tú tampoco deberías rendirte.

—De acuerdo.

No pude ocultar una sonrisa y me senté en la cama. Me incliné para ponerme primero un zapato y luego el otro mientras Gabby seguía hablando.

—Venga, te doy más información supersecreta, ya que trabajáis juntos. Mi hermana nunca pedirá ayuda. Te lo digo yo. Es muy tozuda y se mete en las cosas sin pensar. Se cree invencible, así que cuidado también con eso. Es muy dura consigo misma y cree que hace mal cosas que no hace mal, y es una tontería porque yo pienso que es perfecta, pero bueno. Y no se te ocurra decirle que te lo he dicho. Fíjate bien en la cara que pone cuando alguien le dice algo bonito: arruga la nariz y te partes de risa. Ah, y si se queda callada de repente, cuidado. Eso quiere decir que está planeando algo gordo. Puede ser muy reservada. De toda la vida.

—Me proporciona una información de gran valor.

Esbocé una sonrisa y me levanté.

—Mira, oye, lo único que quiero es que mi hermana vuelva sana y salva.

—Le aseguro que así será.

—Mejor. —Dio otro mordisco—. No es como la gente cree. Es buena persona, divertida, lista, generosa… Bueno, cuando quiere.

—Sí, ya lo estoy… descubriendo.

—Mejor. —Un mordisco más—. Y no le digas que hemos hablado.

—Se lo juro.

—Gracias. No eres tan abominable como me había dicho Dianna.

Sonreí y me dispuse a responder, pero se me ahogaron las palabras en los labios cuando oí algo que pareció un sollozo. Alcé la cabeza de inmediato y clavé la vista en el techo. Escuché con atención el susurro de la voz de aquel vampiro insufrible. Drake.

—Disculpe, tengo que colgar.

No esperé a que me respondiera: corté la llamada y corrí escaleras arriba. Si Drake le había hecho algún daño, lo iba a despellejar vivo.

—Samkiel. —La voz de Logan me arrancó de mis recuerdos.

—¿Qué?

—Las furgonetas están cargadas. Todo listo. Solo tenemos que escoltarlos —dijo, agarrado a la jamba de la puerta con una mano.

Logan no tenía buen aspecto. Su cara parecía un reflejo de cómo me sentía yo. Tenía la barba y el cabello descuidados. Habían pasado tres semanas desde el ataque en la Ciudad de Plata. Tres semanas desde la desaparición de Neverra. Tres semanas de buscar a los que Dianna había jurado que mataría, lo que me había llevado de vuelta a Zarall.

Asentí y los ojos se me fueron de nuevo hacia la cama.

—Bajaré enseguida —dije.

Logan se fue y el sonido de sus pisadas se perdió pasillo abajo. Suspiré y contemplé la cama. Debería haberla sacado de este lugar, pese a las minúsculas pistas, pese a su confianza en aquellos a los que creía amigos. Podríamos haber vuelto a la cofradía, haber invertido más tiempo en investigar a mi manera. La habría protegido, habría protegido a su hermana. La culpa amenazaba con devorarme como una fiera de fuego.

Me aparté de la cama y me dispuse a salir de la habitación. Ya casi estaba en la puerta cuando me llegó su olor, la sutileza especiada de la canela. Antes de ser consciente de ello, me transporté de una punta a otra de la estancia. Mis poderes eran más erráticos que nunca. La mano me tembló ligeramente al coger la prenda gris. La agarré con fuerza, me la llevé a la nariz y respiré hondo. Con su olor, llegaron los recuerdos, las imágenes como destellos, una tras otra. Dianna al sonreír, al reírse, el sonido de aquella musiquita espantosa que sonaba entre las atracciones.

Me aparté la chaqueta de la cara. Era la misma que le había dado a Dianna aquella noche, cuando tuvo frío en la feria. Era un gesto que había copiado de un mortal y a ella la hizo reír.

Al bajar la chaqueta, me fijé en la tira blanca y gris que sobresalía de un bolsillo. Se me encogió el corazón al sacar el papel y ver las imágenes. En una de ellas, Dianna reía; en otra, sonreía. En la última, me miraba con el ceño fruncido. Pero mi favorita era la tercera, en la que me agarraba la cara para obligarme a mirar hacia la cámara.

Sentí un nudo en la garganta. Tuve miedo de no ver de nuevo su sonrisa, de no oír de nuevo sus carcajadas. No me había dado cuenta de hasta qué punto se había acrecentado lo que sentía hacia ella en los meses que pasamos juntos. Hasta qué punto me había implicado con aquella fiera mujer. No me había dado cuenta hasta que fue demasiado tarde, hasta que se marchó y se llevó con ella una parte de mí. La cabeza me dio vueltas mientras una rabia densa, cegadora, me invadía y arrollaba la tristeza. Ellos habían tenido la culpa. Ellos le habían arrebatado la felicidad. Lo iban a pagar muy caro.

Me guardé las fotos en el bolsillo y salí de la habitación con la chaqueta estrujada en el puño. Varios celestiales se cruzaron conmigo en los pasillos, concentrados en recoger todo objeto que hubiera pertenecido a los Vanderkai. Detuve a una joven que llevaba varias bolsas de muestras cerradas con precinto rojo.

—Llévate esto y ponlo en la furgoneta con las demás pruebas —le dije al tiempo que le entregaba la chaqueta.

La mujer asintió y guardó la prenda en una bolsa de plástico; acto seguido, desapareció escaleras abajo. Bajé los peldaños de dos en dos mientras me llegaban voces del piso principal y todo el mundo inclinaba la cabeza a mi paso. Las puertas de entrada estaban abiertas y los celestiales entraban y salían para cargar los diferentes objetos en las furgonetas del exterior.

Pasé tras la baranda y entré en la estancia más grande. Logan estaba con los brazos cruzados ante el pecho, flanqueado por dos celestiales. Había más guardias que vigilaban a los vampiros.

—Todas vuestras posesiones son mías. Toda propiedad, edificio, objeto, reliquia y cuenta bancaria. Todo mío —dije. Drake me miró antes de volver la vista hacia Ethan y su mujer, Naomi. Ethan quería tanto a Naomi que, por ella, había condenado al mundo entero—. Ya no poseéis nada. No poseeréis nada en el futuro, suponiendo que tengáis un futuro después del juicio.

La rabia que me había hervido por dentro en el piso de arriba me desbordó al enfrentarme a Drake.

—¿Ha valido la pena? ¿Duermes bien, sabiendo lo que has destruido? —le pregunté taladrándolo con la mirada.

El jersey, los pantalones y los zapatos viejos que llevaba no eran las prendas caras que había lucido en tiempos. El príncipe antaño extravagante y alegre no era más que una cáscara vacía, una sombra del hombre que había reído, bromeado y coqueteado con mi Dianna. Parecía casi destrozado. Me miró con los ojos enrojecidos, muertos.

—Hice lo que hice por mi amada —interrumpió Ethan mientras yo seguía mirando a Drake—. Por mi familia. Tú deberías entenderlo.

—¡Dianna os escondió de Kaden para proteger a tu familia y, como pago, vosotros le habéis arrebatado la suya! —rugí; las luces de la sala parpadearon—. Le permitisteis que se apoderara de Gabriella. Presenciasteis sin hacer nada cómo asesinaba a la única familia que le quedaba, ¿y crees que lo debo entender? ¿De verdad justificas lo que hicisteis? Espero que hayáis disfrutado del tiempo que habéis estado juntos, porque esta es la última vez que os veis.

Vi por el rabillo de ojo cómo Drake agachaba la cabeza mientras Ethan ahogaba una exclamación. Su esposa, la mujer menuda y morena que estaba a su lado, le agarró el brazo con más fuerza.

—No era eso lo que habíamos planeado, te lo aseguro. Kaden solo quería hacer salir a Dianna. Nada más. Siempre ha querido tenerla y siempre lo querrá. Está dispuesto a hacer lo que sea con tal de recuperarla. Estoy seguro de que eso también lo entiendes.

Apreté los dientes. Aquel hombre no sabía lo que estaba dispuesto a hacer yo con tal de recuperar a Dianna. La necesitaba. La necesitaba feliz, a salvo y conmigo.

—Compareceréis ante el Consejo de Hadramiel. Drake y tú estáis acusados de traición. No solo secuestrasteis a Gabriella, sino que también os llevasteis a un miembro de la Mano, delito que acarrea la pena de muerte. Y ni siquiera he mencionado que sois cómplices de asesinato. Tendréis suerte si no acabáis en el Olvido. —Miré a Ethan, y luego a Drake—. ¿Ha quedado claro?

Ethan miró a su esposa, que le había puesto una mano sobre el hombro. Se la apretó. Me fijé en las marcas a juego que tenían en los dedos antes de que se volviera hacia mí.

—Tenemos muy presentes las consecuencias, pero si he de ser sincero no me arrepiento. Quiero a mi esposa, y conocía los riesgos. Pensamos que no había ninguna otra manera...

—¡La había! —estallé, sin control. Varias luces estallaron y las esquirlas de cristal llovieron sobre nosotros. Sentí que en la estancia se condensaban átomos que vibraban con un poder que en las últimas semanas estaba escapando a mi control. Todo a mi alrededor parecía sobrecargado. Reparé en que Logan se acercaba para situarse junto a mí con un movimiento discreto: estaba en guardia para protegerme a mí, no a ellos. Un trueno retumbó en el horizonte antes de que consiguiera controlar mi temperamento—. ¿Cuántas semanas estuvimos en vuestra casa? Me lo pudisteis decir a mí, se lo pudisteis decir a ella. Os habría ayudado. A todos. Pero no hiciste nada. Has condenado a tu familia, no la has salvado. Si nos lo hubieras dicho, el resultado habría sido muy diferente.

—Kaden no es lo que crees.

Solté un bufido y me pasé los dedos por el puente de la nariz. La cabeza me dolía cada vez más.

—Aparte de arrogante y megalómano. Claro que sé lo que es. —Drake y Ethan me miraron como si estuviera loco—. Es uno de los reyes de Yejedin. No importa. He luchado contra reyes, contra bestias y contra dioses, y he ganado. Ya lo sabíais, ¿y pensáis que me voy a compadecer porque os habéis aliado con un psicópata? No es compasión lo que siento por vosotros.

Ethan dijo algo, pero no lo oí. No me interesaban sus excusas. Cerré los ojos y me froté la frente con la mano. Los dolores de cabeza habían vuelto. No pegaba ojo desde que Dianna se marchó, y Logan, tampoco.

—En nuestro mundo hay una palabra que sirve para denominar a los que son como vosotros. —Abrí los ojos y miré a Ethan—. No tiene traducción a vuestro idioma, pero denomina a lo más bajo de entre los hombres. Sois cobardes. Traidores. He visto a animales sin piel pelear mejor que vosotros dos. No sois ni la mierda que dejan tras de sí los roedores. Decíais que la queríais, pero permitisteis que Kaden le quitara a la única persona que amaba. —Hice una pausa y traté de controlar el trueno que sentía en el pecho, las nubes que se agolpaban fuera de allí. Respiré hondo, sacudí la cabeza y los miré—. Con vuestras acciones me habéis quitado a alguien... A alguien de inmenso valor para mí. Habéis ayudado a un lunático a corromper su corazón dolorido, se lo habéis roto en un millón de pedazos. Los pedazos los recogeré y los recompondré, pero lo que habéis hecho es imperdonable. Os lo haré pagar. Mataros sería una obra de misericordiosa y no os la merecéis.

Me volví hacia Logan, asqueado.

—Quítamelos de la vista. Metedlos en vehículos y en celdas separadas. No quiero que hablen entre ellos hasta que llegue el juicio. Tendrán suerte si les dejo comer algo.

Drake asintió y miró a su hermano mientras los celestiales de Logan se dirigían hacia ellos. Los guardias sacaron las esposas y las cerraron en torno a las muñecas de los tres vampiros. Ethan y su esposa se mostraron sumisos hasta que los celestiales los separaron.

—¡No nos hagas esto! —gritó Ethan cuando sacaron a Naomi de la estancia. Luego se llevaron a Drake con la cabeza gacha—. ¡Por favor, Samkiel! —siguió gritando Ethan—. La acabo de recuperar. Deja que me pudra en una celda, pero con ella. No me importa lo que me pase luego. ¡Por favor!

No respondí. Logan le hizo un ademán de asentimiento al celestial que estaba detrás de Ethan.

—Mira, sé lo que sientes. Lo entiendo. Sé que la quieres. Kaden también lo sabe. ¿Por qué crees que ha hecho lo que ha hecho? —La voz de Ethan estaba cargada de desesperación. Lo miré con los ojos entrecerrados. Cada una de sus palabras no hacía más que avivar las llamas de la ira que sentía—. La apartará de tu lado, aunque sea lo último que haga. Eres demasiado fuerte, demasiado poderoso para lo que tiene planeado, para lo que ellos tienen planeado. Si Dianna se hubiera quedado contigo, todo se habría ido al traste. No deberíais haberos conocido jamás —dijo mientras forcejeaba con los celestiales.

La rabia que me consumía se congeló al oírlo.

—¿Qué? —Alcé la mano. Los dos guardias se detuvieron ya en la puerta—. ¿Qué es lo que sabes?

—Sabemos que no podíamos enfrentarnos a él, que no podíamos matarlo, pero... ¿vosotros dos, juntos? Vosotros dos podéis destruir mundos enteros, y él lo sabe, todo el mundo lo sabe. Eres una amenaza para él y para los demás, igual que Dianna. ¿Por qué crees que nos empeñamos tanto mientras estabais aquí? Hasta Camilla lo intentó. Kaden nos controlaba, pero lo teníamos que intentar.

«Tenía que intentarlo. Tenía que verlo».

Di vueltas en la cabeza a aquellas palabras. Eran como lo que había dicho Roccurrem en su dominio.

—No añadiré nada a no ser que me prometas que al menos podré estar con mi esposa mientras nos hallemos en tu poder. —La exigencia de Ethan me arrancó de mis pensamientos.

La energía brotó de mí y destruyó las luces que quedaban en la casa. Apreté los puños y el edificio entero quedó a oscuras. Los guardias soltaron a Ethan cuando lo levanté por los aires. Lo sostuve en alto, sin rastro de su habitual arrogancia. Ya no era un rey, era un hombre destrozado. ¿Qué le había hecho o dicho Kaden para acobardarlo así?

—Los tratos ya se han hecho. No hay más. No habrá más negociaciones, no más alianzas. Me dirás lo que sabes...

La piel se me erizó y me detuve en seco al notar que el vello de la nuca se me ponía de punta. El mundo se paralizó de miedo. Oí el batir de muchas alas en el cielo, luego las pisadas de animales grandes y pequeños que huían a toda velocidad. Y luego, lo noté.

Era ella.

El corazón se me aceleró con un sonido como el de las armas que se disparaban en el exterior. Un aullido bestial rasgó el aire de la noche, seguido de gritos aterradores. Los celestiales se gritaron órdenes, centellearon luces al apretar los gatillos de las armas. Solté a Ethan sin preocuparme por si huía o me seguía. Doblé la esquina y bajé los peldaños de piedra de tres en tres. Logan alzó el arma ardiente y la movió de un lado al otro mientras ordenaba a sus hombres que siguieran en sus puestos. Uno a uno, se vieron arrastrados al bosque, seguidos por todos los vampiros que no estaban en alguna de las furgonetas.

Vi a Drake con las palmas de las manos contra la ventanilla. Miraba hacia el bosque oscuro a través del cristal con el miedo agazapado en lo más profundo de los ojos.

Los focos iluminaron zonas enteras del bosque, pero estaba inmerso en un silencio antinatural. Entre los árboles no quedaba ni un ser vivo. Solo se oía el latido del corazón de mis celestiales. En un radio de ochenta kilómetros, todos los demás seres habían huido.

Llegué junto a Logan.

—¿Licántropos?

Logan negó con la cabeza sin dejar de mirar en dirección al lindero del bosque.

—No. Solo un lobo.

Negué con la cabeza. El olor que me había llegado no era de una fiera.

—No. Una ig'morruthen.

—Así que está aquí —susurró Logan.

Oí pisadas detrás de mí.

—¿Dónde está mi esposa? —preguntó Ethan.

Un segundo más tarde recibió la respuesta. Dianna salió de la oscuridad y recorrió con la mirada roja a los celestiales hasta detenerse en mí. Sentí a Ethan moverse a mi espalda y los ojos de Dianna se clavaron en él con un gesto torvo. Y supe dos cosas con total certidumbre. Una, que cuando iba a pelear llevaba el pelo como en aquel momento, apartado de la cara y recogido en una coleta larga a la espalda. Segundo, que aquel ser cruel no era mi Dianna.

Los años de guerra me habían endurecido ante las atrocidades más sanguinarias, pero verla allí, con la cabeza de la mujer de Ethan en la mano con tanta naturalidad, me revolvió el estómago.

Todos se quedaron inmóviles y contuvieron el aliento. El cuerpo entero me estaba palpitando y el poder me salió a la superficie. No por deseo hacia ella, sino preparándome para actuar, para protegerla. El poder que giraba en torno a ella era mucho más intenso que cuando nos conocimos. Giraba y se retorcía, la envolvía entera con una fuerza densa, llena de matices. Sentí que mi propio poder me corría hacia las manos y la luz cobró vida en mis palmas. La apagué de inmediato, pero el esbozo de sonrisa que se le dibujó en los labios me dijo que se había dado cuenta.

Era diferente. Todos lo percibimos. Hasta el propio bosque parecía querer retroceder. Su energía chocó con la mía, casi abrasiva. Logan, a mi lado, cambió de postura como si estuviera aplacando su propio poder; no quería reaccionar porque se trataba de Dianna. No era letal, no era una amenaza para nosotros. Lo sabía en lo más profundo de mi ser. Era Dianna. Mi Dianna.

Dianna avanzó desde el bosque con la elegancia natural de un depredador. Era una cazadora; los vampiros eran su presa. Se pasó de una mano a la otra la masa de carne y oí como Ethan caía de rodillas al suelo junto a mí.

—¿Esto era todo lo que valía mi hermana? —preguntó mientras miraba a Ethan y a Drake, todavía en la furgoneta—. ¿Cuarto y mitad de carne?

Se detuvo con la cabeza cortada sobre la palma de la mano. La piel se agrietó y aparecieron brasas rojas, y al final estalló en llamas. El fuego de la muerte verdadera se llevó lo que había sido la esposa de Ethan. Dianna se inclinó hacia delante y sopló las cenizas que le habían quedado en la palma de la mano. Fue el acto más cruel y sádico que había presenciado jamás.

El grito de angustia de Ethan resonó por encima de los latidos de mi corazón. Se oyó el sonido apresurado de los pasos cuando los vampiros trataron de huir.

—No me haces caso. —Dianna se limpió las manos y se volvió hacia mí—. Te dije que no te metieras en esto.

Dio un paso adelante. Los celestiales que tenía más cerca retrocedieron.

—Y sabes muy bien cómo respondo a las amenazas.

—Ya te lo dije. —Se detuvo y me miró de la cabeza a los pies. Alzó una comisura de la boca en una sonrisa para mostrar un colmillo—. Era una advertencia.

Mi cuerpo reaccionó casi con violencia cuando se detuvo ante mí. Su poder, su olor a sangre, el aura que irradiaba, me dijeron la espantosa verdad. La codicia había sido su alimento. Cada una de mis células estaba alerta ante el peligro, por mucho que el alma me dijera que era mentira. Se me paró un momento el corazón y me pareció que todos se daban cuenta, pero no pude evitarlo. Pasara lo que pasara, Dianna aún me dejaba sin aliento incluso sin intentarlo. Qué idiota había sido al negar lo que sentía por ella. Qué idiota. No volvería a mentir al respecto. Ni siquiera en aquel momento, pese a la carnicería. Solo existía una sencilla verdad: la echaba de menos con desesperación.

—¿Dónde te habías metido?

No era la pregunta que tenía pensado hacerle, pero la preocupación por ella me superó y se impuso a la parte racional de mi cerebro.

—Lo siento, me he tomado unos días libres. Tenía que organizar un funeral.

Se encogió de hombros y sentí que se me helaba el corazón. Supe lo que había sucedido, y fue como si una ola me pasara por encima.

—Has encontrado a Gabriella.

Alzó un dedo como si fuera algo sin importancia.

—En realidad fue Camilla.

—¿Estás con Camilla? —Casi di un paso atrás.

—Oooh, no pongas esa cara de pena, mi amor. ¿O debería decir examor? No estoy con ella. Si sigue con vida es porque ha demostrado que puede ser de utilidad. Además, he aniquilado a todo su aquelarre, así que se podría decir que estamos empatadas. Y lanzó un hechizo que me dijo que tenía que esperar hasta que os mostrarais todos. —Miró a Ethan, todavía de rodillas, y a Drake, encerrado en la furgoneta—. Bonita exhibición de cobardía.

Dianna iba a por todo. Sin duda sopesaba sus posibilidades e ideaba un plan para pasar por encima de mí y llegar a ellos.

—¿Dónde está Neverra?

Logan tenía la voz rota. Su tono era suplicante al dejar en el aire la pregunta.

Dianna le lanzó una mirada despectiva a Logan como si el sonido de su voz fuera un insulto. Inclinó la cabeza con una sonrisa venenosa. No quedaba ni rastro de la mujer con la que había bromeado y reído.

—Ni idea. No sé, ve a ver en el depósito de cadáveres. —Hizo una pausa y sonrió con crueldad—. Aunque no servirá de nada, claro, porque estalláis en partículas de luz al morir.

Vi de reojo que Logan se miraba la marca de Dhihsin del dedo. Sabía que, si Neverra estuviera muerta, la marca que los unía habría desaparecido. Me di cuenta de que se aferraba a aquella esperanza.

—Oye, te lo reconozco, esto ha sido muy astuto. —Dianna volvió a clavar los ojos en los míos. Cuando nuestras miradas se encontraron, algo diminuto y breve se iluminó bajo el brillo de las brasas rojas, pero pronto quedó oculto bajo la rabia. Entreabrió los labios en una mueca feroz que dejó a la vista los largos caninos afilados—. Lo de llegar a ellos antes que yo. ¿Entra en tus planes salvar a todos los que tuvieron algo que ver con su muerte?

—No. He venido para salvarte a ti.

—¿A mí? Qué encanto. Pero llegas unos mil años tarde —dijo, y por un momento el pesar se le reflejó en la mirada.

—Pagarán por lo que hicieron, Dianna. Se enfrentarán a la justicia por...

—¿A la justicia? —Se le escapó una risa desganada y rechinó los dientes—. Pero qué noble eres. Los dos sabemos que en nuestro mundo no hay justicia. La sangre se paga con sangre.

—No.

—Ya empezamos otra vez con tu palabra favorita. —Se le endureció el gesto—. De verdad crees que eres un caballero de brillante armadura, ¿eh? O al menos te gusta fingirlo. Qué gran corazón, mira cómo ayuda a los que matan. Pero claro, hay que entenderlo, porque tú también eres de los que matan. Como tu padre, como todos los reyes que hubo antes de él. Así funcionan los imperios, claro.

—No sigas.

El tono fue tan seco y cortante que Logan dio un paso al frente. Dianna sabía cómo hacerme daño y se valía de ello como arma.

—¿He metido el dedo en la llaga? —La sonrisa se ensanchó aún más—. Voy a probar otra vez. Mira al rey, tan grande y poderoso. Solo que no. No eres poderoso. Sé qué te da miedo, qué punto débil tienes, qué te hace sufrir. Por algo te llaman Destructor de Mundos, ¿no? Bueno, ¿qué? ¿Sigues creyendo en la justicia? —Soltó un bufido burlón y puso los brazos en jarras—. Venga, vale. Yo también seré justa. La protegiste, le diste un hogar, y por eso te voy a hacer un favor. Márchate. Llévate a Logan y a tu gente, y vete.

—Dianna.

—Vete a casa. Vete a tus castillos y a tus torres de plata. Vete a casa y deja que los monstruos zanjemos nuestros asuntos.

Se me encogió el corazón al ver que se nos venía encima lo que más había temido. Lo supe en cada célula de mi cuerpo. Me faltaron palabras para describir el dolor que sentí. Lo que estaba a punto de suceder lo iba a cambiar todo para ella, para nosotros, para los demás.

—No puedo, Dianna. Tiene que haber orden en el dominio. Es imprescindible.

—¿Desde cuándo? —me espetó con una voz cargada de veneno—. Has estado ausente mil años. Lárgate otra vez.

—Sabes que no puedo. Tiene que haber un límite. Lo sabes, y sabes que soy yo. De lo contrario solo existiría el caos. Matarlos no sería justicia ni equilibrio. Sería exterminio y venganza. Y una vez te hayas vengado no te quedará nada. Así solo conseguirás más enemigos, no menos. Confía en mí. Sé lo que estás sufriendo.

Una sonrisa le bailó en los labios antes de fruncir el ceño. Yo conocía aquella expresión. Era una de las muchas que había memorizado y supe lo que estaba pensando.

—No te equivoques. —Di un paso hacia ella y la tierra crujió bajo la bota—. Quiero ayudarte. No tienes que estar sola. No tienes que soportar sola todo este dolor, esta pérdida inmensa. Lo que quieres hacer, matarlos, no te aliviará, no te curará; y cuando se te acaben la rabia y el dolor, no te quedará nada, solo un vacío inmenso. Confía en mí. Por favor.

Dianna hizo una pausa. Fue breve, pero avivó la llamita de la esperanza que yo llevaba en el pecho, la esperanza de que aún quedara algo de ella.

—Ya confié en ti una vez. Cuando estábamos en Novas, me dijiste que Kaden no le haría daño, que Gabby era lo que me ataba a él, y confié en ti. Esperé, me quedé contigo y... —Cerró los ojos con fuerza como para contener y encerrar una parte de ella misma. Respiró hondo y volvió a abrirlos—. En ninguna versión de esta historia va a sobrevivir nadie que estuviera implicado, pero eso ya lo sabes. Ya sabes que voy a ir a por Kaden.

Asentí.

—También sé lo que tienes que hacer para conseguir la fuerza que vas a necesitar. Lo que debes consumir y desde cuándo no lo tenías. Sé lo que eso te va a hacer. Lo que ya te ha hecho.

Sonrió de nuevo y el carmesí de los ojos brilló con más fuerza.

—Sí, porque hay que conocer al enemigo, ¿verdad? A esos ig'morruthens traicioneros. Son lo único que temían los dioses. Los crearon para haceros daños.

—No es la única manera. Lo sé. Te ayudaré igual que tú me ayudaste a mí.

—De acuerdo. —Se encogió de hombros de medio lado y sonrió—. Mátalos.

—¿Qué?

—¿Quieres ayudarme? Pues ayúdame. Mátalos. Ahora mismo. Empieza por Ethan. Que Drake lo vea, que vea cómo matas a todo su aquelarre. Guárdatelo a él para el final, así sabrá lo que se siente al perder a todos los que ama.

—Dianna.

—Venga. —Los señaló con un ademán—. ¿No quieres ayudarme? Pues ayúdame.

No dije nada.

—Eso me parecía a mí. —Dio un paso adelante y bajó la voz hasta que no fue más que un susurro—. Porque, al final, siempre habrá una línea, como has dicho. Y tú estarás a un lado; y yo, al otro.

—No tiene por qué ser así.

—¿No? ¿No te recuerda esto a cuando nos conocimos? Cuando me colé en la cofradía. ¿Sabías que no pintaba nada en aquella reunión? Tendría que haber estado buscando el libro con Alistair y Tobias mientras vosotros estabais reunidos abajo. Pero no me pude contener. Quería protegerla, era lo que más deseaba en el mundo, así que me colgué el puñal del muslo y fui allí. En cuanto puse un pie en el edificio, me sentí abrumada. Ni siquiera tuve que buscarte. Te percibí a través de las paredes.

Cerró los ojos y se meció sobre los pies como si saborease el aire que nos separaba. Yo apreté los puños para controlar el temblor de las manos. Volvió a abrir los ojos, aquellas simas de remolinos rojos que eran todo mi mundo.

—Eres energía pura, cegadora. Me hiciste vibrar entera. ¿Tú también lo sientes? ¿Me sientes?

Incliné la cabeza hacia un lado. Lo cierto era que no, y ella lo sabía. La atracción que sentí hacia ella llevaba al bosque.

—Me estás distrayendo.

Se le dibujó una sonrisa lenta, pausada.

—Qué bien me conoces.

Detrás de ella, los árboles empezaron a vibrar, y la silueta de Dianna desapareció en un remolino de magia verde. Una gigantesca cabeza cubierta de escamas se alzó sobre los árboles con múltiples cuernos sobresalientes que protegían el enorme cráneo. Abrió las fauces y un fulgor anaranjado le brilló en la garganta. Solo dispuse de un segundo para reaccionar, un segundo para decidir a quién salvar y un segundo para hacerlo. El rugido de llamas que le brotó de la boca lo arrasó todo a su paso.

Agarré a Logan y abrí el portal a varios kilómetros, en el centro del bosque. Todo estalló a nuestras espaldas. El calor me lamió la piel, las llamas devoraron la chaqueta que llevaba. Me la quité a toda prisa. La mansión ardió y la columna de humo se alzó hasta el cielo. El brillo intenso de las llamas se divisó sobre las copas de los árboles. Se oyeron toses procedentes de los demás celestiales. Yo había utilizado una porción del conjuro que me había enseñado mi padre hacía ya eones para alejarlos de la mansión.

—Saca de aquí a los demás —ordené.

Eché a andar hacia la mansión incendiada. A su alrededor, el bosque aullaba mientras los árboles ardían y se derrumbaban.

—Estás loco. —Logan me agarró del brazo—. No te voy a dejar aquí.

—No me va a pasar nada, Logan.

—¿La has visto bien? ¿Has notado ese calor? Es mucho peor que antes. Dianna es más fuerte, Samkiel. No te puedo perder a ti también.

Supe que hablaba así por miedo, por falta de sueño, que la parte racional de su cerebro había entrado en modo de supervivencia.

—¿Se te ha olvidado que soy inmortal y a prueba de fuego? Las llamas no me van a hacer nada. Quien corre peligro eres tú, no yo.

Logan me miró, luego miró la mansión con una chispa en los ojos.

—¿Te acuerdas de Shangulion?

Fruncí el ceño, pero de pronto lo entendí.

—Sí.

—Tengo un plan.

VI
DIANNA

La siguiente patada en el vientre hizo toser a Drake. Las llamas treparon por las paredes, devoraron hasta la última cortina, foto enmarcada, todos los cuadros. Cayeron escombros a medida que la mansión se venía abajo.

—Mira, te voy a ser sincera. —Gemí, eché la cabeza hacia atrás y alcé los brazos—. Soy una cabrona egoísta, la verdad.

Otra patada hizo salir despedido su cuerpo, que cayó al suelo con un duro golpe.

—No soporto que nadie toque lo que es mío.

La siguiente patada arrojó a Drake contra la pared contraria, con tanta fuerza que la piedra se agrietó. Lanzó un gemido y escupió sangre al suelo.

—Y no te lo vas a creer —dije mientras me acercaba a él—, te vas a morir de risa: pensé de verdad que era otra puñetera ilusión. Qué tontería, ¿eh?

Lo levanté por la pechera de la camisa. Le di un puñetazo que le abrió una brecha en el pómulo.

—Te puedes imaginar cómo me quedé cuando se rompió el pacto de sangre.

Un puñetazo más.

—El dolor lacerante que sentí al verla caer al suelo.

Un puñetazo más.

—Y la cara de idiota que se me quedó cuando me di cuenta de que la única persona a la que consideraba un verdadero amigo me había traicionado.

La sangre le corrió por los labios rotos que se le iban curando muy despacio, pero el corte de la mejilla no se le cerró.

—No sabíamos que iba a matar a Gabby —dijo Drake con voz ahogada, llena de dolor, mientras trataba de erguirse entre mis manos—. Solo nos dijo que se la lleváramos. Nada más. Te lo juro.

—No digas su nombre. No se te ocurra decir su nombre —siseé con los dientes apretados antes de darle un rodillazo en el vientre. Se derrumbó hacia delante sin siquiera resistirse, no como antes—. ¿Te puedes creer que lo arriesgara todo para proteger a tu familia y luego tú vendieras a la mía?

—Lo siento, Dianna, de verdad. —Drake hizo una mueca.

—¿En serio? —Le eché la cabeza hacia atrás para obligarlo a mirarme—. Yo también lo siento. Siento haber confiado en ti, haber creído en ti, haberte ayudado. Siento haberte seguido en aquel puto desierto. Siento haber sido tan crédula como para pensar que eras un ángel a quien habían enviado para salvarnos. Pero, sobre todo, siento haber pensado alguna vez que tenía un verdadero amigo.

Se me entrecortó la voz y casi me dominaron las emociones. Sentí picor en los ojos y lo vi todo borroso cuando las lágrimas amenazaron con desbordarse. Cada vez que hablaba con Samkiel me ocurría lo mismo. Cerré los ojos y me imaginé otro candado en una cadena, en una puerta, en una casa lejana. Tragué saliva y abrí los ojos, y reprimí las emociones para mirar a Drake. Sentí una oleada de alivio cuando el nuevo candado se cerró y solo quedó el odio frío, duro.

—Me traicionaste de la peor manera posible. Espero que, cuando te reduzca a cenizas, no vuelvas a ver a tu familia en otra vida, igual que yo no volveré a verla a ella.

Drake se limitó a asentir, derrotado.

—Hazlo.

Lo agarré por la nuca y tiré hacia atrás hasta que quedó a la vista la parte delantera del cuello. No se resistió, no se movió. Le miré la garganta.

—Lo haré, pero antes quiero ver cómo fue.

Se le flexionaron los músculos del cuello y le palpitó la vena que recorría la parte baja de la mandíbula. Bajé la boca hacia el pulso acelerado. Los colmillos perforaron la carne. La sangre me llenó la boca y me sacó de aquella habitación.

Estaba ante el ventanal de la mansión, mirando a Samkiel y Dianna, que se adentraban en el jardín. La cena no había sido tan desastrosa como me había temido. Excelente, sobre todo porque Ethan no se había comportado como habíamos acordado que haría.

Oí como suspiraba detrás de mí.

—¿De verdad crees que lo que vio Camilla es cierto? —le pregunté.

—Los antepasados de Camilla se remontan a tiempos que ni nosotros conocimos. Si de pronto hay una fuerza mágica que le proporciona visiones, pues sí, lo creo.

Solté un bufido.

—¿Una fuerza mágica? Hablas igual que nuestro padre. ¿Qué crees, que es cosa del Hado?

Ethan le dio otra larga calada al puro.

—Yo no creo en el Hado.

—Entonces ¿por qué te enfrentas tanto a él? —Vi como desaparecían en el jardín y me aparté de la ventana.

—Mira quién fue a hablar. —Ethan dio otra calada y la brasa anaranjada brilló en el cigarro.

—Lo del vestido me pareció buena idea. Solo quería saber si la mira igual que la mira Kaden.

—¿Cómo la mira Kaden?

—Como si fuera un trofeo que quiere cobrarse, o un trozo de carne.

Ethan expulsó el humo y sacudió la ceniza del puro en el cenicero que tenía delante.

—¿Y cómo la mira el Destructor de Mundos, hermano?

—Igual que yo miraba a Seraphine hace muchos años, igual que tú miras a Naomi. —Ethan clavó la mirada en la mía—. Como si el mundo no existiera sin ella.

Apartó la mirada.

—Por la cuenta que le trae al mundo, esperemos que estés en lo cierto.

Asentí y Ethan resopló. Le dio otra calada al cigarro, pero se detuvo a media bocanada. Clavó la mirada en el espejo que había al otro lado de la estancia. Estaba vibrando, con el reflejo ondulante.

—Es él, está llamando. Sube la música para ocultar el sonido y asegúrate de que no vuelven del jardín.

Le hice un saludo militar.

La visión se volvió trémula y centelleó; el escenario cambió.

La luz del sol bañaba la Ciudad de Plata. Me puse bien las gafas de sol.

—¿Cómo es que conoces esta cafetería, Drake? Nunca habías estado en la Ciudad de Plata, ¿no? —bromeó Gabriella, y se echó a reír al tiempo que me clavaba un dedo en el costado.

Aparté la cabeza de su cuello y me atraganté; la sangre me resbaló por el labio y me corrió por la barbilla. Las llamas chisporrotearon detrás de mí y volví a ver con claridad la mansión en llamas, a punto de derrumbarse. Gabby. Había oído su voz tan clara, tan nítida, tan feliz... ¿Se me había olvidado? ¿Ya? ¿La sangre que había consumido me estaba robando sus recuerdos? Sujeté la cabeza de Drake, que se tambaleaba contra mí. Tenía la respiración errática y no dejaba de ver su sonrisa. Más. Necesitaba más.

Bajé de nuevo la cara y le clavé los colmillos con más fuerza. Drake gimió y sentí la vibración del sonido en los labios. Le sujeté la nuca para acercármelo más.

Otra vez en la Ciudad de Plata, pero ahora en la tienda, haciendo cola.

—Pide lo que quieras. Invito yo.

Sonreí con la esperanza de resultar convincente. Si los vampiros sudaran, estaría empapado. Me sonrió y me detesté por ello. No me sonrías, Gabby. No hemos venido aquí a divertirnos.

La celestial de pelo oscuro que iba con ella vio cómo la miraba y entrecerró los ojos. Se acercó a Gabby en gesto protector para tenerla siempre cerca. A Dianna le habría encantado. Sacudí la cabeza para quitarme la idea antes de lucir mi mejor sonrisa falsa.

—Y lo que usted quiera también, claro, señora Neverra.

Se llamaba así. Era la compañera de Logan, que, por suerte, estaba ausente. El único problema era el tal Rick. El varón mortal me había estado mirando mal desde el principio.

—Bueno, ¿y de qué conoces a Gabriella? —me preguntó con un deje de celos al tiempo que la estrechaba contra él.

Me dio pena ver su amor, sabiendo lo que se avecinaba.

Gabriella comprendió por qué lo preguntaba y le dio un empujón. La interacción me recordó mucho a Dianna.

—Trabajo con su hermana. Nos conocemos hace mucho.

Sonreí a Gabriella, que me devolvió la sonrisa.

—Así que te envía Samkiel.

—Sí. —Le devolví el guiño mientras la cola avanzaba—. Es buen tipo. Lo que se dice de él no es verdad.

Gabriella dejó escapar una risita y se metió un mechón de pelo detrás de la oreja.

—¿Cómo está Dianna?

Solo pensaba en su hermana, claro. Otra cosa que tenían en común.

—Tan insolente como siempre.

Sonrió y me dio un empujoncito juguetón, igual que solía hacer su hermana.

—Te he echado de menos. Cuando todo esto acabe, tienes que venir más a menudo.

No digas eso, y no me sonrías, por favor.

—Claro —me obligué a responder.

El barista nos sonrió cuando llegamos al mostrador.

—¡Hola! ¿Qué van a...?

Las palabras se interrumpieron y los ojos se le empañaron. Ya no había nadie manejando la marioneta. La cafetería entera se quedó en silencio al cesar el control. Kaden salió de detrás de la pared que separaba la cafetería de la cocina, acompañado por Tobias. Bebió un sorbo de café y dejó el vaso de plástico beis.

—Yo pensaba que, en una ciudad respetable como esta, no dejarían entrar a cualquiera. —Dio unas vueltas al café en la taza.

Se me hizo un nudo en el estómago cuando me sonrió. Vi el momento exacto en el que el miedo invadía a Gabriella.

—Drake. Vámonos de aquí.

Me alejé un paso de ella, de todos ellos. El espacio que puse entre nosotros nos separó para siempre.

—Lo siento, Gabriella. Sé que no sirve de nada, pero os quería a las dos, de verdad.

Le centellearon los ojos y se agarró al brazo de Rick.

—¿Qué has hecho?

Se me encogió el corazón al oír el tono acusador de su voz, ver la mirada traicionada en sus ojos.

—Lo que me ordenaron. Alejarte de la Cofradía para que los refuerzos no llegaran a tiempo.

Neverra no titubeó. Dos espadas aparecieron en sus manos. Las hojas ondularon de poder cuando se situó ante Gabriella.

—Aquí moriréis los dos —dijo con voz gélida.

Era una celestial tan poderosa, tan intrépida...

—Qué bien, me encanta cuando intentáis pelear —ironizó Kaden.

Sonrió a Tobias, que le devolvió la sonrisa.

La mueca de Kaden dio paso a un gesto letal. Tobias alzó la mano y todos los presentes en el establecimiento se retorcieron y se quebraron; los cadáveres volvieron a la muerte. Luego, uno a uno, nos rodearon para ayudar a su amo. Neverra se detuvo en seco, espantada. Gabriella se llevó las manos a la boca, incapaz de ocultar su miedo.

—No tienes manera de vencer, pequeña celestial, pero quiero ver cómo lo intentas —la provocó Kaden.

La habitación se estremeció y las imágenes se volvieron borrosas.

Neverra se giró hacia Kaden y sus espadas danzaron en el aire. Pero, por muchos cadáveres que derribara, siempre había más. Kaden agarró a Neverra *por el cuello y un portal flamígero se abrió en el suelo. La celestial se debatió, pero él era más fuerte. Se le cayeron las espadas, y la risa de Kaden resonó mientras la lanzaba hacia la oscuridad.*

La cafetería se estremeció; la realidad se distorsionó como si el tiempo se hubiera acelerado.

Tobias tenía cogido por el cuello a Rick, inmóvil, con la cara cubierta de magulladuras como si hubiera luchado y perdido.

El mundo se estremeció de nuevo.

Gabby gritó y forcejeó presa de Kaden, con las mejillas llenas de lágrimas. La arrastró con ella al portal y desaparecieron.

La oscuridad me consumió cuando los seguí.

Eché la cabeza hacia atrás y el recuerdo se empezó a desvanecer. Casi había desangrado a Drake y no me importó. La había llevado hasta Kaden. Yo había visto lo que vio, había sentido lo que sintió. Sabía que no había dudado, que no se le había pasado por la cabeza cambiar de idea. Eso rompió cualquier vestigio de conexión o de afecto que pudiera quedarme. Lo poco que restaba de mi corazón estaba hecho jirones. No tenía amigos de verdad. Nunca los había tenido. Y ahora, por su culpa, tampoco tenía familia. Mi último nexo se rompió y todas las emociones parecieron morir dentro de mí.

—Lo... lo siento —consiguió jadear Drake, entre mis brazos.

Replegué los colmillos.

—Todavía no, pero lo sentirás —dije, con voz rota. El recuerdo de mi hermana se alejó a la deriva—. Todos lo vais a sentir.

VII
SAMKIEL

El bosque se hizo pedazos, los árboles se resquebrajaron y ardieron cuando el incendio incontrolado se extendió y el humo espeso ocupó el lugar del aire para llevar al mundo hacia la oscuridad que la estaba devorando. El fuego se agitó en todas direcciones y el poder que había liberado Onuna lo cubrió todo de una ceniza negra y espesa. Nada sobrevivía a su paso, nada. Los árboles chisporrotearon y estallaron, las brasas volaron por el aire. El calor me llegó en oleadas de una intensidad devastadora. Era un fuego nacido de la rabia y el dolor. Dianna se consumía.

Las cenizas opacas que vi ante la mansión incendiada me dijeron que Ethan ya no existía. Fui hacia la furgoneta carbonizada donde había estado Drake. La puerta estaba arrancada, pero no había cenizas dentro. ¿Había escapado para huir de las llamas o lo había sacado ella a la fuerza?

Una ventana de un piso superior estalló y las llamas salieron en busca de aire. La piedra se había derrumbado ante el poder de Dianna y la estructura apenas resistía ya. La mansión no tardaría en derrumbarse. Tragué saliva con un nudo cada vez más apretado en la garganta y subí por los peldaños ennegrecidos que llevaban a la casa destruida. Ya no quedaba nada de la puerta principal. Entré con cautela. El interior, antes extravagante y lujoso, apestaba a piedra y madera quemada. El humo venía del pasillo del fondo a la derecha y hacia allí me dirigí. Doblé una esquina y otra más con la esperanza de encontrarla antes de que lo matara. No se lo podía permitir, pero no por los motivos que ella pensaba. Una parte de mí temía que, si lo hacía, la perdería para siempre.

Allí reinaban la oscuridad y el silencio. El caos del exterior aún no había llegado a aquella parte de la mansión. Di un paso sigiloso, luego otro. El pretencioso candelabro del techo se mecía de lado a lado; era lo único que se movía aparte de mí. La oscuridad dominaba todos los rincones, y sentí todas las miradas clavadas en mí a medida que me adentraba en la casa. Abrí todos los sentidos y escuché para tratar de localizarlos, pero no oí nada.

—Lo he visto.

Su voz me susurró al oído y me sobresalté. Me di la vuelta pensando que la iba a ver detrás de mí, pero allí no había nadie. Imposible.

—He visto cómo la engañó.

Me volví muy despacio y la busqué por toda la estancia, pero no estaba en ninguna parte. Su voz parecía proceder de todas partes a la vez, pero aún era como una caricia íntima junto a mi rostro.

—Me he alimentado de él y he visto cómo la atrajo, lo que le dijo. Drake siempre tuvo una manera de hablar muy elegante, ¿sabes? Gabby se alegró mucho de verlo. Le creyó porque yo le había contado que lo había puesto a salvo. Le conté muchas cosas.

Me adentré más en la mansión. El aire se volvía más denso a cada paso. Pasé a otra estancia y las puertas se cerraron de golpe detrás de mí. Los anillos que llevaba en las manos vibraron ante la creciente amenaza. Pero no era una amenaza. Era Dianna. Mi Dianna.

—Tú no has tenido la culpa —le dije.

Una voz de terciopelo y hielo me acarició y me erizó el vello, me invadió el subconsciente, activó mis instintos de lucha o huida.

—¿No?

Me volví hacia la voz, de pronto sólida y plena, y me quedé paralizado. Dianna estaba en la puerta de la estancia, con el magullado y ensangrentado Drake sujeto por el cuello. El corte que tenía en la garganta le seguía sangrando y le había empapado la ropa. Me acerqué sin alzar los brazos.

—Siempre haciéndote el héroe. —Me recorrió con la mirada antes de clavar los ojos en los míos—. Siempre me había visto como un monstruo, y bueno, ahora lo soy. No tienes ni idea de lo que he hecho. De lo que voy a hacer. Antes detestaba esa parte de mí. No me daba cuenta de lo liberador que sería asumirla plenamente, que no me importara. —Una sonrisa se le dibujó en la cara. Apretó tanto la mano con la que sujetaba a Drake que la sangre le corrió por los nudillos—. Ya no la detesto.

—Dianna. —Abrí las manos para demostrarle que no era una amenaza.

—No es mi verdadero nombre, ¿sabes?

—¿Qué? —Sacudí la cabeza.

—Me llamo Mer-Ka. Ain se empeñó en que nos cambiáramos el nombre cuando llegamos a Onuna. Dijo que había que empezar de cero. Los sacó de no sé qué programa idiota que le encantaba. Dianna y Gabby, dos hermanas que viven en un pueblo, con su historia, su trabajo, todas esas cosas que creía que podíamos tener. —La venganza le ardía en el fondo de los ojos con tanta fuerza que me pilló desprevenido—. Pero tú y yo sabemos que no es así. En nuestro mundo no puede haber normalidad. No hay finales felices. Ni siquiera podemos salvar a aquellos a quienes amamos.

Volvía a tener aquella mirada aterradora, brutal.

—No llegué a decirte que había hablado con Gabby.

Se detuvo e inclinó la cabeza a un lado, en un movimiento que le era ajeno.

—Desde esta misma mansión, hace meses. Cuando vinimos la primera vez. —Miré detrás de ella mientras Logan se acercaba. Movió las manos y aparecieron unas runas bajo los pies de Dianna. Necesitaba que me siguiera mirando, que se concentrara en mí—. Llamé para ver cómo iban las cosas y me lo cogió Gabby. Me habló de un momento como este. Cuando cambiaste, lo más fácil habría sido fingir que eras lo que no eras, pero ella nunca se rindió. Y yo tampoco me voy a rendir.

—Tú no eres Gabby —gruñó, y agarró a Drake con más fuerza.

Le sostuve la mirada caótica, brutal.

—Claro que no. Los sentimientos que albergo hacia ti son muy diferentes. Por ti haría cosas inimaginables. Me niego a permitir que te causes daño por cruel que seas conmigo. Sé que estás padeciendo. Sé que sufres, y una persona como tú sufre con tanta intensidad como ama.

—Pues te equivocas. —Clavó más las uñas en el cuello de Drake—. Ya estoy muy por encima de eso. Ahora solo quiero sangre.

Sus manos estallaron en llamas, que envolvieron a Drake. Drake gritó con tal fuerza que ahogó el sonido de los pasos de Logan: consiguió ponerse detrás de Dianna y arrancarle al vampiro para lanzarlo hacia mí. Drake se derrumbó en el suelo y Logan se puso a mi otro lado mientras susurraba entre dientes.

—No huyas —le ordené a Drake; pero ni siquiera había tratado de levantar la cabeza.

Dianna soltó un taco y se adelantó con las manos llameantes. Su cuerpo chocó con una pared invisible cuando la última runa se dibujó bajo sus pies. Bajó la vista y luego nos volvió a mirar, burlona. Logan se hizo un corte en la palma de la mano con un puñal ardiente y habló en nuestro antiguo idioma. La luz de la prisión de Dianna se encendió y la columna que la contenía se alzó hasta el techo para envolverla en un cilindro de plata ideado para retenerla. El anillo se cerró y la rodeó por completo, y su grito me provocó una mueca de dolor. Golpeó con los puños apretados mientras la rabia le afloraba. Escupió y pataleó como un animal salvaje atrapado en un cepo. Había consumido mucha sangre, de modo que la prisión no solo la iba a retener; también la torturaría mientras estuviera en ella. El mero hecho de pensarlo hizo que se me revolvieran las tripas.

—No quiero dejarla así.

Miré a Logan, que se estaba secando la frente al tiempo que trataba de recuperar el aliento. Dianna ya sufría demasiado y no deseaba causarle más dolor.

—No es una runa incineradora. Es básica, no hace más que retenerla. —Miró los grabados en el suelo y luego clavó los ojos en ella—. No creo que sufra. Solo está cabreada.

El fuego ya había llegado a donde estábamos, pero Dianna dispersó las llamas con la mirada: retrocedieron hacia el rincón más oscuro, donde aguardaron sus órdenes con impaciencia. En el exterior se acumularon las nubes, que cubrieron el cielo. Sin truenos ni relámpagos; solo una intensa oscuridad.

—Te juro que no le hago daño, Samkiel —dijo Logan, dando por hecho que yo había provocado el repentino cambio.

Pero no había sido yo, y me di cuenta de que nunca había sido yo. Los anillos que llevaba en los dedos empezaron a vibrar.

¡Peligro! ¡Peligro!

Miré a Logan, que se examinó los anillos de la mano y luego me devolvió la mirada. Él también lo estaba notando. Dianna se quedó inmóvil en el centro del confinamiento de runas. Clavó la mirada en mí y abrió las manos.

—Ya no puedes retenerme. Nadie puede retenerme.

Nada más pronunciar la última palabra, golpeó con las palmas el suelo, bajo ella. El fuego rugió y llenó el círculo con llamas rojas y anaranjadas. Se alzó hacia el techo como una columna destructora que buscara salida. Las llamas eran tan densas que dejé de verla. Logan y yo retrocedimos un paso. Las runas del suelo ardieron una tras otra, chisporrotearon y echaron humo cuando el poder de Dianna las superó y las extinguió. El anillo de contención vaciló por un momento y volvió a formarse, pero a duras penas.

—Para, Dianna. Ya sé que sufres, pero piensa. Por favor. Si vas a por él sola te va a matar. Recuerda lo que nos hizo Tobias. Son los Reyes de Yejedin. Hicieron falta dioses para detener a uno de ellos. Dioses, Dianna, en plural.

No me prestó atención, sino que lanzó otro rugido atronador. El círculo estalló y las alas batieron, libres, seguidas por la cola, gigantesca y letal.

Se me paró el corazón y no pensé, sino que actué por puro instinto. Estábamos en la mansión en ruinas y de pronto nos encontramos en el bosque, a un kilómetro. Logan tosió a mis espaldas mientras yo veía como la forma gigantesca se alzaba hacia el cielo. Nos sobrevoló y lanzó bocanadas de fuego sobre los árboles antes de pasar sobre la mansión en llamas y dirigirse hacia el jardín. Se me rompió aún más el corazón ante su determinación de borrar todo recuerdo de aquel lugar, incluso los que compartía conmigo. Un último rugido espantoso hendió el aire. Las poderosas alas batieron contra el viento y salió propulsada hacia el cielo, lejos de allí. Me tragué el pesar y me di la vuelta.

Logan estaba inclinado sobre la forma derrumbada mientras las llamas chisporroteaban tras él. Las cenizas habían formado una nube espesa que ocultaba la luna y las estrellas.

Agarré a Drake por el cuello de la camisa quemada y lo levanté.

—¿Lo ves ahora? ¿Ves lo que me ha costado tu traición, lo que le ha costado al mundo?

Logan me agarró por la manga e interrumpió la diatriba. Por fin, miré a Drake. No se estaba resistiendo. Las quemaduras le habían marcado el cuello, la cara y el torso, y no se le estaban curando. La ira dejó paso al miedo y lo puse en pie. Las piernas no lo sostuvieron y cayó contra el árbol que tenía a un lado. Tosió y gimió al tiempo que se llevaba una mano al pecho.

—Tenemos que salir de aquí —dije.

Las cenizas, el humo y las brasas nos impedían ver y respirar. Me invadieron los recuerdos del incendio en Rashearim. Conocía el alcance del poder de los ig'morruthens y sabía qué nivel de daños podían causar. Eran capaces de reducir a ruinas y cenizas los mundos más fuertes, pero jamás pensé que vería a mi Dianna sucumbir a ese impulso destructor. Mi corazón dolido la buscó para obtener respuestas sin lograrlo. Me sentí vacío y abrumado a la vez, y no sabía si me sentía a mí mismo o a ella.

—No puedo —tosió Drake; trató de sentarse, pero no lo logró.

—Tienes que hacerlo —le espeté, y lo agarré—. No hay tiempo para esto.

La alternativa era que Drake muriera y eso era lo último que quería. Era la única esperanza que le quedaba a Dianna, la última chispa de vida para ella. Lo necesitaba vivo.

Mi frustración iba en aumento. Logan se adelantó para agarrar a Drake, pero este lo apartó con un gesto.

—Ya descansarás cuando lleguemos a la Ciudad de Plata. Venga, arriba.

Drake me dirigió una sonrisa ensangrentada y se apartó las manos de la herida del pecho.

—No puedo. De verdad.

Solo entonces lo vi, y perdí toda esperanza. Tenía clavado en el pecho un fragmento de hoja desolada. Dianna era consciente de que trataría de salvarlo, así que se había asegurado de que muriera. Caí de rodillas y le puse una mano en el pecho mientras trataba de arrancar el fragmento.

¡No, no, no!

—A Dianna le gusta llevar encima estos puñales. —Drake sonrió y la sangre le burbujeó en la boca con cada exhalación. Me agarró la mano—. Es demasiado tarde, Destructor de Mundos. Lo noto. Es lo que llamamos la muerte definitiva. La verdad, no es tan malo como pensaba.

—¡No! —grité.

Las líneas plateadas me subieron por el brazo. Si me concentraba, podía extraerlo y reparar los tejidos a la vez. Pero de ningún modo debía distraerme.

—Ya sabía yo que te caía bien —dijo Drake, y tras la sonrisa llegó una tos húmeda que solo sirvió para que la hoja se le clavara más. Mierda.

—No te puedo perder. Eres mi última esperanza.

Se me quebró la voz y bajé la cabeza.

—No, te lo digo yo.

Me pellizqué el puente de la nariz con los dedos resbaladizos de cenizas, de su sangre. Algo se me rompió por dentro y las lágrimas me escocieron en los ojos.

—¿Cómo la voy a recuperar?

—No me necesitas a mí para eso. Traicioné y perdí a mi mejor amiga.

Sacudió la cabeza con un esfuerzo doloroso.

—No la puedo perder. —Contuve un sollozo.

—No la perderás.

Alcé la vista hacia él.

—¿Cómo lo sabes?

—Lo vi cuando salió del bosque. Fue un destello en sus ojos, como si una parte de ella tratara de salir a la superficie, por ti. Pensaba que Gabby era lo último que la sujetaba, pero no, eres tú. Eres lo único que la ata a la parte mortal que queda de ella. Así que no dejes que Kaden gane, haga lo que haga Dianna, diga lo que diga. Créeme. Ahora mismo eres lo único que le importa.

Trató de incorporarse e hizo una mueca de dolor. La luz de las llamas que bailaban detrás de nosotros le proyectó sombras en el rostro ensangrentado y chamuscado mientras contemplaba las ruinas de su hogar.

—Debería haberle puesto más empeño. Tenías razón. Quise ayudar a mi familia, pero ella también era mi familia. Lo he comprendido demasiado tarde.

Los ojos amarillos de Drake brillaron con las lágrimas que se le derramaron una tras otra por las mejillas. Supe que sentía remordimientos por lo que había hecho. Logan se arrodilló junto a él. Su expresión se había dulcificado.

Drake se volvió hacia mí.

—Ahora Dianna es más fuerte. Lo supieron todos los seres del Altermundo cuando Gabby murió. El mundo cambió, pero sigue siendo Dianna. Todavía es la chica a la que salvé en el desierto, la que daba tanta importancia a los demás que siguió a un desconocido a un mundo espantoso. Todavía es la chica a la que le gustan las flores y los regalos de un rey dios arrogante. Es dulce, bondadosa, divertida y ama con todo su corazón. Por eso está como está. Porque sufre. Si la quieres, si la quieres de verdad, no te rindas. El amor verdadero lo vale. Vale la pena luchar. No lo olvides.

Asentí mientras oía que el latido rítmico de su corazón se ralentizaba. Los ojos ambarinos se nublaron. Ya no era el despreocupado príncipe vampiro, sino un hombre que sabía que había hecho mal.

Sonrió y las lágrimas que le corrían por las mejillas hirvieron y se evaporaron cuando las grietas doradas y anaranjadas le cruzaron la piel del rostro. Hizo una mueca de dolor mientras se le abría la carne de los brazos.

—No te rindas con ella —dijo con una voz que era una herida—. Gabby no se habría rendido.

—No me rendiré. Lo juro.

Drake consiguió volver la cabeza hacia Logan.

—Siento lo de Neverra, pero está viva. —La expresión de Logan se relajó, y me di cuenta de que le hacía falta que se lo dijeran, aunque aún llevara la marca de la mano—. La tiene Kaden. Tenéis que dar con él. Buscadlo donde el mundo se abre.

Las palabras salieron de entre sus labios como un susurro roto. Fue lo último que dijo. Luego, su cuerpo se convirtió en cenizas, y sus restos se reunieron en el viento con los de su familia y su hogar.

—¿Qué leches ha pasado?

La voz de Vincent fue lo primero que oímos en medio del caos cuando las puertas se abrieron en el piso superior de la cofradía.

Logan y yo salimos cubiertos de sangre y hollín de los pies a la cabeza. Fuimos directos a la sala de conferencias. Allí había algo que me hacía falta. Había celestiales caminando en círculos, todos con un teléfono pegado a la oreja. Una franja roja parpadeaba en las múltiples pantallas colgadas de la pared en toda la habitación, y en todas se veía una imagen distorsionada de la forma ig'morruthen de Dianna cuando volaba alejándose del infierno de Zarall.

—Eh, que hablo con vosotros —dijo Vincent cuando llegó a nuestra altura.

—He tenido que apagar un incendio forestal —le expliqué.

—No sé dónde está el problema —dijo Logan al tiempo que señalaba al pasar una pantalla—. Si dices que los protegerás por encima de alguien que te importa, estarías mintiendo.

—¿Qué? —casi gritó Vincent por encima del caos de gente que hablaba al mismo tiempo—. ¿Qué ha pasado?

—Es una tontería enfadarse con ella. Yo en su lugar haría lo mismo. Mataría a cualquiera que hiciera daño a Neverra. ¿Por qué nos preocupa lo que les pase?

Abrí las puertas con más ímpetu del necesario.

—No nos preocupa.

—¿De quién hablamos? ¿Por qué arde todo Zarall? —insistió Vincent.

Dejé de prestarles atención mientras Logan ponía al día a Vincent sobre los últimos sucesos. Llegamos a la sala de conferencias y fui directo a la pila de libros y pergaminos que había sobre la mesa. Suspiré y empecé a buscar el que me interesaba.

Vincent vino a toda prisa a mi lado.

—Samkiel, si está matando a...

—Lo sé.

—¿Qué sabes? —intervino Logan—. Como he dicho, está matando a los malos. Es lo que nos interesa, ¿no?

El corazón me pesaba en el pecho, pero encontré el texto que buscaba: Cadros: la historia de muchas guerras. Lo abrí y pasé las páginas en busca de la información que necesitaba.

—La que me importa es Dianna, no ellos. Pero no se conformará con matarlos. Ambos lo sabemos. Necesitará más poder, sobre todo si piensa ir a por Kaden. En el tiempo que pasamos juntos, jamás se alimentó de mortales ni de sangre. Es lo que hace ahora, y seguirá en esa espiral ascendente. ¿Sabes lo que pasa cuando un ig'morruthen consume demasiado?

Se quedaron en silencio. De pronto, el texto se abrió y las páginas se extendieron en diagonal para mostrar las palabras de la parte superior. «La primera regla de Farzar». Creada cuando aparecieron los ig'morruthens, describía con exactitud lo que me temía que podía pasar.

—La desolación total, absoluta. Esa es la amenaza. Me llaman el Destructor de Mundos, pero ellos fueron los primeros.

Retrocedí un paso y me froté los ojos. Me palpitaba la cabeza y no paraba de ver imágenes de la última hora, de verla a ella sin que fuera ella, de sentirla a ella sin que fuera ella.

—De acuerdo, pero Dianna no es una fiera voraz —dijo Logan a mi espalda.

Vincent dejó escapar un gruñido gutural.

—Lo sé, pero hay una leyenda. La recuerdo de cuando mi padre y yo pusimos sitio a Jurnagun. Me contó que yo tenía la habilidad de percibir a los ig'morruthens. Somos diferentes, pero todos procedemos del mismo caos del universo. Cuando los dioses experimentan un acontecimiento traumático, se petrifican, se convierten en piedra. Sus moléculas se endurecen como si ya no quisieran existir. Los ig'morruthens son diferentes. El ansia de sangre llega a devorar las funciones cognitivas de su cerebro. No consumen de una única manera. El exceso de sangre los lleva a la masacre, a cambios de humor, a un comportamiento errático.

Me pasé la mano por el pelo mientras trataba de recordar hasta el último detalle de mi entrenamiento.

—Es como un interruptor. Pierden todo rastro de lo que tuvieron como mortales y solo queda la fiera. Mi padre me dijo que los peores son aquellos privados por completo de luz y amor, los que emanan un caos absoluto. Que algunos de los más antiguos, los más poderosos, hasta tenían miedo del sol. Se cuentan historias sobre ig'morruthens quemados por el sol, como si el poder oscuro que se utilizó para crearlos lo odiara. Dianna no es como ninguno, pero está en el camino que le ha marcado Kaden. No la voy a perder por culpa de un tirano. Me niego.

Se hizo el silencio en la estancia.

—De ahora en adelante, o estáis conmigo al cien por cien o no estáis. Y si no estáis... —Los miré a los ojos.

—Estoy contigo —dijeron los dos sin vacilar.

—El Consejo de Hadramiel no sabe nada de este asunto. Atribuid lo de Zarall a una tormenta. Un descuido con mi poder —dije.

—Muy bien. —Vincent se irguió y pareció más alto—. Conseguiré que todas las cofradías y los embajadores se pongan de nuestro lado.

Asentí.

Vincent salió de la sala. Su misión estaba clara, y sabía que era capaz de llevarla a cabo.

Logan se quedó conmigo, como siempre. Se examinó la marca del dedo.

—Él los ha dejado marchar —dije.

—¿Qué? —se sorprendió.

—Kaden ha dejado libres a los responsables sin ofrecerles ninguna protección. Quiere que Dianna los mate, que se alimente hasta que deje de existir. Espera que así no tenga a nadie a quien acudir, solo a él. Es su manera enfermiza de intentar recuperarla. Cree que seré el rey de las leyendas, el asesino de monstruos y bestias, protector de los dominios y los mundos. Pero Dianna es mi... —Me interrumpí, incapaz de decirlo.

—Lo sé.

Sí, Logan lo sabía, claro. Me conocía mejor que casi todos los demás. Era lo más parecido a un hermano que había tenido nunca.

—Si supieras que hay la menor posibilidad de salvar a la persona que más te importa, tú también la aprovecharías, ¿verdad? Por todos los medios. Fueran cuales fueran. ¿No?

Logan me miró como si fuera una pregunta absurda.

—Por supuesto. Sin pensarlo dos veces.

—Vincent está con nosotros por el momento, pero... pase lo que pase, ordene lo que ordene, tú estás conmigo, ¿correcto?

—No tienes ni que preguntarlo.

Asentí una vez más.

—Si hay la más mínima oportunidad de salvar a Neverra, la aprovecharé —añadió.

Tragué saliva y me puse la mano en la frente. El dolor de cabeza se me había asentado tras los ojos.

—Eso haremos. Las dos cosas. Salvaremos a Neverra, a Dianna, al mundo.

Logan consiguió esbozar la sonrisa que a mí no me salió.

VIII
DIANNA

Un mes más tarde

*P*asé el pulgar por el metal frío del candado mientras se me solidificaba en la mano. Alcé la vista. Otra hilera de cadenas se arrastraba por la madera. La puerta se combó con los golpes procedentes del otro lado. Cerré el candado, me sequé las manos en los pantalones y me di media vuelta para recorrer el pasillo. Los murmullos procedentes del otro lado de la puerta cesaron cuando doblé la esquina.

—Se te acaba el tiempo. —La voz de Gabby me llegó a través de la sala.

Me agaché y cogí una brocha del cubo rectangular que había en el suelo. La mojé en pintura y fui hacia ella.

—¿Qué? —pregunté al tiempo que le daba un brochazo a la pared.

La gruesa capa de pintura blanca cubrió el papel pintado fino, roto. La casa era vieja y necesitaba arreglos, pero era nuestra. El primer hogar nuestro de verdad desde Eoria, y lo primero en lo que había gastado dinero tras acabar con una banda criminal que a Kaden le estorbaba.

—No nos queda mucho tiempo para decorar. —Me miró con manchas de pintura blanca en la cara, las manos y la ropa. Bajó la brocha y me sonrió, y sacudió las coletas sobre los hombros, con algunos mechones pegados a la cara—. ¿Sabes esos meses en que Onuna está más lejos del sol? Son mis favoritos. Me encanta la Celebración del Otoño.

Solté un bufido y puse los ojos en blanco al tiempo que seguía con la pintu-

ra. Ya habíamos cambiado el suelo y la cocina. Lo último que nos quedaba era pintar las paredes. La sala de estar era la habitación más grande y la habíamos dejado para el final.

—Te va a encantar el frío, seguro.

—No es solo el frío. Me gustan las luces y la música.

—Claaaro, y no tiene nada que ver con los regalos.

La miré con una ceja arqueada. La sonrisa le iluminó los ojos; sacudió la cabeza y se encogió de hombros.

—Bueno, vale. O sea, sí, eso también. Pero es que para mí son meses de felicidad.

Le di un empujón de costado.

—Ya lo sé, ya lo sé. Pero me encanta tomarte el pelo.

Se agachó para pintar el otro extremo de la pared.

—No me lo puedo creer. Después de esto, se acabó. Tengo la sensación de que llevamos siglos trabajando en esta casa, pero por lo menos es nuestra. Es el primer hogar que tenemos desde… todo lo que pasó.

Se encogió de hombros de nuevo y apartó la mirada.

—Es nuestra. —Le devolví la sonrisa—. Y me encargaré de que nadie la encuentre ni nos la pueda quitar.

Sonrió. Las dos dejamos las brochas a la vez. Se puso los brazos en jarras para observar el trozo de pared ya pintada. Me incliné hacia delante y dibujé las letras en la pintura húmeda.

—¿Qué haces? —preguntó Gabby.

—Marcarla como propiedad nuestra.

Terminé y retrocedí un paso para ver las letras en la pared: QRMA. Gabby sonrió al ver que eran las iniciales de nuestros padres y las nuestras.

—A papá y a mamá también les habría encantado esto. Sobre todo, las estaciones.

—Y la fiesta que tanto te gusta —bromeé.

Se echó a reír y dio otro brochazo.

—Sí, eso también. Si este año puedes venir, deberíamos decorar la casa.

—Podré venir. Quiero pasar un poco de tiempo contigo antes de que te vayas a la universidad.

Se quedó en silencio un momento.

—Pero solo si Kaden te deja.

Solté un bufido.

—Bueno, si me dice que no, me escaparé. Ya sabes que se me da bien.

Le guiñé un ojo para hacerla sonreír una vez más. No le gustaban mis condiciones actuales, pero estábamos vivas, sanas y salvas. Y eso era lo único que me importaba.

—Bueno.

—Oye, sabes que haría lo que fuera por ti.

Me acerqué a ella y la obligué a mirarme. Sonrió de mala gana.

—Ya, ya lo sé. Venga, sigue pintando, so vaga, que no pienso hacerlo todo yo —*dijo, y trató de pintarme con la brocha.*

Solté un bufido y puse los ojos en blanco.

—Vaya birria de intento, Gabs. Ni te has acercado. —*Me sacó la lengua y me eché a reír*—. Necesitamos más pintura. Espera.

Fui a la cocina y cogí varios botes. Se le había ido la olla comprando. Me eché a reír de nuevo y volví a la sala.

—¿De verdad has pensado que nos hacían falta veinte botes, Gabs?

Oí un zumbido a mi espalda y me detuve, y agarré el bote con más fuerza. Me di la vuelta muy despacio. La puerta de entrada se sacudió. El pestillo vibró, y una luz roja se coló por los resquicios. Se derramó por debajo de la puerta y los tentáculos se deslizaron hacia mí e iluminaron la estancia.

Solté el bote de pintura y la tapa saltó y cayó al suelo. Retrocedí mientras la luz crecía y la puerta se estremecía.

—Ten cuidado con la luna de sangre roja.

—¿Qué?

Me giré en redondo para encontrarme ante una versión apagada y rota de mi hermana. Me devolvió la mirada. Era apenas una sombra de sí misma. Los ojos blancos, sin vida, me miraron sin verme. Una sarta de moretones le rodeaba el cuello, y el espantoso crujido volvió a resonarme en los oídos.

Me siguió mirando, con la piel gris, enfermiza. El corazón se me aceleró cuando avanzó un paso. La casa se estremeció y apareció una grieta en el te-

cho, y a su alrededor empezaron a llover cascotes. *Avanzó a trompicones y me agarró por los hombros.*

Abrí los ojos y me incorporé. La voz de Gabby me seguía resonando en los oídos, pero ya no me perseguía. La luz del día se colaba por las cortinas abiertas para iluminar la habitación del hotel de lujo.

Había un cuerpo caliente contra mi costado desnudo y recordé por qué estaba allí. Me senté y me desperecé. El brazo que me rodeaba cayó al suelo con un golpe sordo. Ya no estaba unido al tipo que me había llevado a su encantadora habitación. Me volví para echar un vistazo al desastre que era la cama.

Webster Malone era un lacayo de Kaden. El traficante de armas había perdido los brazos. La verdad, no había estado mal: Webster fue guapo hasta que lo cogí por mi cuenta, con el pelo rubio y los ojos verdes clavados en un punto lejano. Igual que los de Gabby.

Quise gritar, hacer algo, lo que fuera, pero no me salió nada. Era lo que sentía en esos escasos momentos en que dormía. El dolor me atenazaba el pecho con una fuerza que me subía por la garganta, y luego se detenía. No había llorado, no había derramado ni una lágrima desde el accidente. Me sentía anestesiada por dentro. Puede que estuviera rota.

Una luz esmeralda centelleante se manifestó en la habitación.

—Cada vez eres más descuidada.

Volví la cabeza y vi la imagen translúcida de Camilla de pie junto a la cama. Echó un vistazo al caos de destrucción y miembros dispersos por la habitación. Todos se habían puesto del lado de Malone. Mala elección.

—No me importa.

Aparté la sábana y me levanté. Camilla miró hacia otro lado y suspiró.

—Pues que te importe. Se supone que queremos pasar desapercibidas. Esto solo servirá para que Samkiel te localice antes.

Me froté la mejilla con el dorso de la mano.

—Ya lo sé. Por eso le estoy dejando un regalito.

Caminé por la habitación y atravesé la imagen que Camilla estaba proyectando.

—¿Es tu manera de vengarte por el toque de queda mundial?

Esbocé una sonrisa malévola.

—Puede.

Camilla suspiró.

—Esto no es más que otro coqueteo altivo entre vosotros.

—No estoy coqueteando. —Le lancé una mirada asesina reforzada con un gruñido—. Así se enterará de que la chica que busca ya no existe.

—¿Quién se va a enterar?

Hice caso omiso, pero me detuve cuando chasqueó los dedos y la enorme pantalla de la pared se encendió. No tenía sonido, pero la franja de la parte inferior mostraba las últimas noticias. Pese a la distancia, Camilla podía ejercer allí su poder. Nunca supe por qué Kaden había preferido a Santiago, cuando a todas luces ella era más poderosa. Bueno, mejor para mí.

Camilla señaló la pantalla.

—Tú matas y él te persigue. Ha cerrado el mundo para localizarte, Dianna. No se puede salir después de medianoche. Tiene vigilados todos los lugares donde cree que puedes estar. Anda en busca de cualquier rastro de ti, y esto... —Hizo un ademán que abarcaba toda la habitación—. Esto es como un puñetero faro.

—No me digas que tienes miedo —me burlé.

Camilla negó con la cabeza.

—No, pero no puedo tapar esto, buscar a los otros y esconderme en un templo en medio de Eoria.

Hice un ademán y me dirigí hacia la ducha.

—No quiero que lo limpies.

—¿Por qué?

Me detuve con una mano en el marco de la puerta y me volví hacia ella con un atisbo de sonrisa.

—Ya te lo he dicho. Estoy mandando un mensaje.

—No es mal sistema. Creo que lo entenderán.

Tragó saliva y trató de no mirar la carnicería.

—Ya que estás aquí, ¿me puedes invocar algo de ropa sin manchas de sangre? Gracias.

No esperé la respuesta y entré en el baño. Camilla tenía razón. Samkiel tenía a todo el mundo encerrado, lo que ralentizaba los movimientos. Me había costado encontrar a un solo informante de Kaden, y el toque de queda lo hacía todo más difícil. ¿Quién se podía imaginar que secuestrar a una bruja, masacrar un aquelarre y acabar con una estirpe de vampiros iba a poner a Samkiel en alerta?

Abrí el grifo de la ducha y esperé a ver vapor antes de meterme. El agua me corrió por la piel, pero no noté la temperatura. No estaba tan caliente como debía. Nunca estaba tan caliente como debía. No sentía nada, ni el agua contra la piel ni los labios, dientes y manos que me habían tocado la noche anterior. No sentía nada aparte de ese doloroso vacío con el que tanto me había familiarizado. Un vacío que se hizo en el momento en que murió, y que yo no sabía cómo curar. Seguí pensando en eso y mientras me frotaba con la esponja, sin saber bien si quería volver a sentir. Tenía la piel limpia, reluciente, intacta. Las heridas las llevaba por dentro.

Al salir de la ducha, las volutas de vapor me rodeaban el cuerpo. Me puse el albornoz que había colgado detrás de la puerta y me situé ante el espejo. Pasé la mano por el cristal frío y el agua condensada desapareció bajo el contacto. La imagen que me devolvió era yo, pero no del todo. Tenía la piel más luminosa, los ojos más brillantes, los rasgos más afilados, más seductores. El ente que me miró era fascinante, cautivador; otra ventaja de ser lo que siempre debí ser.

Un depredador. Un monstruo.

Me di media vuelta y volví a la habitación. La proyección astral de Camilla seguía allí. Se estaba mordiendo una uña mientras miraba la pantalla de televisión. Recorrí el cuarto, entre los sofás mullidos y las sillas, en busca del maletín que había visto la noche anterior. Sonreí al verlo en un rincón. Lo cogí y vacié sobre la mesa el contenido, varios papeles y dos pistolas.

La forma de Camilla apareció junto a la mesa.

—¿Eso es lo que parece?

Asentí y examiné un par de páginas.

—Venga, Webster. ¿Dónde se hará la entrega?

Lo había saboreado la noche anterior, un fogonazo, un recuerdo cuando me alimenté: escondites subterráneos, unos cuantos barcos cerca del muelle, una especie de sala de reuniones. Fue una visión borrosa, cosa que nunca me había pasado, pero lo vi sentado ante una mesa. Tal vez Kaden sospechaba que algunos de sus hombres estaban en mi lista de objetivos y había dado con la manera de bloquear mis ensueños de sangre. No me sorprendería.

Una palabra en un recibo me llamó la atención.

—¿Hierro?

Camilla se acercó para ver mejor.

—¿Por qué hierro?

—No lo sé, pero lo pienso averiguar.

Dejé las páginas sobre la mesa y pasé los dedos por los nombres y números. Me detuve al llegar a Donvirr Edge. Lo conocía, era un atracadero en el mar Banisle.

—¿Crees que está haciendo envíos a Novas?

Negué con la cabeza.

—No, apenas queda nada de la isla.

Me incliné hacia delante, pensativa. Si estaban utilizando los muelles era porque quería enviar algo. Pero ¿a dónde? Novas era un montón de escombros y cenizas, así que no era allí.

—Iré a la reunión a la que tenía que asistir Malone esta noche y...

—Sigues matando sin tener ninguna pista, Dianna —dijo Camilla.

—Vale, los torturaré y, cuando hayan hablado, los mataré.

Me aparté de la mesa y cogí la ropa que Camilla había creado para mí.

—Somos conscientes de que la amenaza va a más, pero puedo garantizar que no es lo que parece.

Me detuve en mitad del movimiento y se me aceleró el corazón al oír aquella voz. Me llevé la mano al pecho y apreté el tejido del albornoz para tratar de recuperar la compostura.

Samkiel.

Volví la cabeza hacia la pantalla en la que se veía el rostro de Samkiel.

Camilla se cruzó de brazos y supe que había esperado aquel momento antes de subir el volumen de la televisión.

—Qué... normal lo ponen con esos trajes y corbatas que le hacen vestir. O bueno, al menos lo intentan. Es demasiado guapo. Sigue pareciendo muy dios. —Hizo una pausa—. ¿Cuántas entrevistas como esta le obligan a dar para que la gente se sienta segura?

No respondí.

—Bueno, con las nuevas normas hace un mes que no se registran incidentes, pero ¿lo puede afirmar con seguridad, después de todo lo que ha pasado? Todos vimos la amenaza y, ahora que usted está de vuelta, es normal que estemos nerviosos...

Una risa femenina remató la frase. La cámara abrió el plano y vi como Samkiel se inclinaba hacia delante con su carísimo traje y cruzaba las manos. Camilla tenía razón. Era demasiado guapo, joder. El corazón se me aceleró solo con verlo. Sonrió, y eso hizo que la perfecta mandíbula destacara aún más. La presentadora del programa se derritió.

—Bueno, con el nuevo toque de queda y la presencia de más celestiales en la ciudad, estoy seguro de que...

Se hizo el silencio en mi mente mientras su voz llenaba la habitación del hotel. La cámara mostró cada puto rasgo perfecto de sus facciones, pero no era su atractivo lo que hacía que me doliera el corazón como si me fuera a estallar. Agujas de hielo me perforaron la piel y una ola de frío amenazó con consumirme cuando la mente me llevó a otra habitación, a otra pantalla que me miraba a la cara. Se me aceleró la respiración. El hotel desapareció y solo oí ruido blanco, junto con las malditas palabras.

¿Qué intenciones albergabas respecto a esa relación fallida?
Para él no eres nada, y nunca lo serás.
¿De verdad crees que, cuando todo esto termine, te elegirá a ti?
Sé realista.
Aunque yo no gane, tú perderás.
Recuerda que te quiero...

Agité la mano con fuerza. Un chorro de llamas salió propulsado y atravesó la forma inmaterial de Camilla para abrir un agujero en el condenado rostro de Samkiel y en la pantalla. Camilla desapareció y la habitación entera se convirtió en un infierno: saltaron chispas, rugieron las llamas y el humo lo llenó todo. El alarido de las alarmas perforó el aire, junto con los gritos y el sonido de pies corriendo por el pasillo.

Salí de la habitación incendiada.

—Llegas tarde, Malone —dijo el hombre; tenía un aspecto tosco y brutal.

Escupió tabaco por la comisura de la boca. El cráneo rapado le brillaba a la luz de la luna, que le destacaba los tatuajes de un lado del cuello. Mortal. Olía a mortal, y había otros ochenta y cuatro en las proximidades, contando a los de un bar de mala muerte cercano. Mientras no se presentara Tobias, todo perfecto. Eran criminales de baja estofa, de los mortales.

—El mensaje decía que a las diez de la noche —discutí mientras él le daba una patada a la puerta.

El ventanuco de metal se deslizó a un lado y alguien nos examinó antes de volver a cerrarlo.

—El jefe lo ha adelantado. Se está poniendo nervioso. Yo no dicto las normas, tío. Entra, venga.

Se llamaba Donte y era un matón a sueldo, un guardaespaldas de

Webster. Tenía un tamaño capaz de intimidar a la mayoría, pero no era rival a menos que fuera del Altermundo en secreto.

La puerta se abrió y la música sonó retumbante. El sonido procedía de más allá de la pared adyacente. Donte y yo pasamos de largo ante el escuálido portero. Oí las voces de dos hombres cada vez más fuertes a medida que avanzábamos por el pasillo de luces rojizas.

—Puto tramposo.

—No llevo cartas escondidas, imbécil. Lo que pasa es que no sabes perder.

Donte abrió la puerta y apareció una habitación minúscula, un almacén. Alguien dio un puñetazo contra la mesa y las fichas salieron volando. Conté cinco hombres. Seis, incluido yo. El latido de los corazones me dijo que no eran del Altermundo, y el estómago me rugió.

—¿Hay hambre, jefe? —preguntó Donte.

Todos nos prestaron atención. Se volvieron hacia nosotros al tiempo que se cerraban las puertas.

—Ya era hora de que aparecieras, Malone —dijo uno que tenía un puro en la boca.

Lo reconocí por los recuerdos de Malone. Las entradas se le habían convertido en una calva y el pelo gris delataba su edad. Tenía la voz rota y le crepitaban los pulmones con cada inhalación, fruto de años y años de fumador.

Edgar. Se llamaba Edgar.

Los demás prestaron atención. Uno barajó y repartió de nuevo.

—¿Una partidita mientras esperamos? —preguntó Edgar. Se quitó el puro de la boca y sacudió la ceniza a un lado.

Apreté los puños y entrecerré los ojos. El olor que me llegaba había despertado recuerdos dolorosos de algunos a quienes creía mis amigos y que me habían traicionado de la peor manera posible. Traidores. Traidores todos. Ya debería haberlo aprendido. Nadie me quería de verdad, nadie estaba de mi lado. Solo ella, y por culpa de estos la había perdido.

Cómo detestaba los cigarros.

—¿A ti te parece que hay tiempo para juegos de mierda?

Mi voz, grave y masculina, retumbó entre las paredes. Todos se pararon en seco y me miraron. Los dos hombres que Edgar tenía al lado enrojecieron, pero el hombre bronceado miró sus cartas y se limitó a responder con un gruñido.

Edgar se acomodó en la silla.

—¿Qué pasa, Malone, hay prisa? —preguntó al tiempo que me lanzaba una mirada agresiva por encima de los naipes—. Sabes de sobra que no hacemos nada hasta que él llame.

Asentí despacio. No eran más que unos peones de mierda.

—De acuerdo.

Donte se quedó de guardia junto a la puerta. Acerqué una silla, arrastrando las patas contra el suelo. Me puse bien la chaqueta y me senté. Webster había sido corpulento.

El tipo barajó y repartió. Me incliné hacia delante y resoplé al ver las cartas que me había dado: dos reyes, un as, un tres y un cinco. Tenía una memoria de mierda en todo lo relativo a aquel juego. Solo había jugado unas cuantas veces, y siempre por aburrimiento más que por otra cosa. Alistair nos obligaba a jugar a Tobias y a mí cuando estábamos esperando a Kaden.

Y siempre estábamos esperando a Kaden.

—*Joder, qué mal se te da.*

Alistair se echó a reír y me quitó las cartas. Nos habíamos sentado alrededor de una mesa en Novas.

—*Lo siento, no es mi fuerte. Es que no lo entiendo.*

Tobias gruñó entre dientes, lo que le granjeó una mirada torva de Alistair. Sacudí la cabeza y Alistair se me acercó para enseñarme.

—*Fíjate bien.* —*Volvió las cartas y me las puso delante*—. *¿Cuál te parece la más alta?*

Puse los ojos en blanco.

—*El rey y la reina, claro.*

Tobias dejó escapar una risita estrangulada y Alistair se frotó la barbilla.

—*Eso es en ajedrez, pero no en este juego. El as manda. Decide quién gana, por así decirlo.*

—¿El as?

—*Es el que no parece gran cosa comparado con estos.* —Señaló el rey y la reina—. *Pero, cuando la tienes en la mano, puedes dominar el mundo. Bueno, la mesa de juego.*

—¿Jugamos de una vez o no? —gruñó Tobias con las cartas bien pegadas a la cara.

Alistair las recogió y barajó sin dejar de mirarme.

—*Hay un millón de reglas y trucos, pero vamos con lo básico para que Tobias no llore.* —Barajó una vez más y repartió—. *Recuerda, Dianna: el que manda es el as, y si juntas un as con un rey...* —Silbó entre dientes—. *Eso es imbatible.*

—Si nos hace esperar más, me voy a cabrear —gruñó otro hombre.

Eso me arrancó de mis pensamientos.

—Ya estás cabreado.

—Todo está bajo control. Tenemos suerte de poder movernos un poco.

Unos cuantos asintieron y mascullaron protestas acerca del toque de queda.

—Hace semanas que espero y suministro esta puta mercancía, y aún no ha pagado —estalló Edgar.

Cada uno tiró una carta sobre la mesa. ¿Semanas? Fruncí el ceño y traté de recuperar lo que Malone sabía, pero había comido demasiado. Los recuerdos que conservaba estaban borrosos. Aquello no tenía sentido. Kaden siempre pagaba. Si la cagabas, pagaba con sangre, pero no engañaba en los negocios. Eso explicaba que tuviera tantos seguidores. Kaden les proporcionaba lo que necesitaban y ellos lo obedecían como perros apaleados.

Respiré hondo y, en aquel momento, lo olí. El olor que me llegó del hombre sentado frente a mí, al otro lado de la mesa, fue breve, pero inconfundible. Lo miré. Rondaba los treinta años, pero la costosa chaqueta de cuero y la gruesa cadena de oro que llevaba al cuello con el puto símbolo lo delataban como miembro del aquelarre de Santiago. Apreté los dientes. De ese jefe hablaban, y no de Kaden.

Tiré una carta, y jugué mal a propósito. Me hacía falta más información.

—Así que nos toca esperar a Santiago. Como siempre. —No me molesté en ocultar el desdén.

Edgar soltó un bufido y se oyó una risa.

—Sí, bueno, tiene el barco que necesitamos, y no voy a hacer que mis hombres lleven todo ese hierro.

Hierro. Perfecto.

—¿Has traído las transcripciones, Malone? Vienes sin nada. —Edgar me apuntó con el puro. Cada vez que movía el puto puro, la fiera que había dentro de mí rugía y trataba de liberarse. Me habría gustado arrancárselo de la mano y metérselo por un ojo.

—No pienso traer nada aquí. No me fío de vosotros.

Me encogí de hombros y volví a poner las cartas boca abajo sobre la mesa. Se hizo el silencio y luego estallaron en carcajadas.

—Bien pensado. La zorra incendiaria de Kaden ha estado jodiéndonos las rutas y los planes.

—No digas su nombre —le siseó el tipo que se sentaba frente a mí.

El que tenía al lado se echó a reír.

—¿Por qué? ¿Te da miedo invocarla? No seas tan supersticioso. Ni tan cobarde.

—¿Cobarde? ¿No querrás decir inteligente? Mira lo que les pasó a los Vanderkai y al aquelarre de Camilla. No quedan más que ruinas y cenizas. Se dice que, cuando está cerca, se oye un trueno, solo que no es un trueno. Son sus alas. La muerte alada. Y luego solo hay fuego, un fuego más ardiente que el sol.

—Déjate de chorradas, Emmett —le respondió otro hombre—. Y no le hagas caso al primero que te venga con esas tonterías.

El hombre que estaba a mi lado dejó escapar una risa burlona.

—Se lo tuvo bien merecido —dijo. Se recostó contra el respaldo y cruzó los brazos—. No sé qué se creía que iba a pasar. Traicionó a Kaden, mató a Alistair, se alió con el Destructor de Mundos y luego se lo folló. Todo es culpa suya, joder. Por ella está todo como está y nos tenemos que reunir en tugurios infestados de ratas.

Se hizo de nuevo el silencio y volví a mirar las cartas que tenía en la mano. El hombre situado junto a Edgar se rascó la barba desaliñada.

—No sé... ¿Estarían follando cuando Kaden mató a su hermana?

Se oyó un coro de risas y chistes groseros, pero yo no oí nada. La sangre me hervía en las venas. El latido creciente era como el batir de tambores en el campo de batalla y ahogaba cualquier otro sonido. La oscuridad se arremolinó en toda la habitación mientras un dolor profundo, primordial, me perforaba el vientre. Aquel hombre había dicho en voz alta aquello que me atormentaba, la idea que me perseguía.

La verdad.

«Todo es culpa suya, joder».

Un candado en una puerta en una casa se estremeció.

—Para que quede claro. —Mi voz se impuso a las risas. Miré las cartas que tenía en la mano—. No me he follado al Destructor de Mundos. Y me he hecho muchas más pajas de las que me ha hecho él.

Se hizo el silencio en la estancia y todos me miraron. Por lo pálidos que se pusieron y por la manera en que se les aceleró el corazón, supe que el rojo vivo de mis ojos había aparecido bajo el disfraz de Malone. Sentí que la ig'morruthen se agitaba dentro de mí, todo dientes, colmillos y escamas blindadas, impenetrables. Indestructible, primordial, cabreada.

No vi más. La sed de sangre me cegó. Se habían reído de su muerte como si se la mereciera, cuando era la mejor persona del mundo, la más cariñosa, y había perdido la vida por mi culpa.

Agarré el borde de la mesa y la empujé con tanta fuerza que partió en dos al hombre que tenía delante al colisionar contra la pared.

Los demás se pusieron en pie de un salto y trataron de sacar las armas. Me volví hacia la escoria que tenía al lado y le arranqué la cabeza. El cadáver se derrumbó hacia delante y pintó de rojo todo lo que había ante él.

Donte echó mano de un arma que había en un rincón y oí el restallido de varios disparos. No sentí ningún dolor, solo la ira rugiente, vengativa, que me hervía en la sangre. En primer lugar, tenía que encargarme de su jefe. Y, una vez hecho eso, ya me ocuparía de los demás. Edgar tenía la mirada clavada en mí y detecté el momento exacto en que se dio cuenta. Supo el porqué de mi presencia. Avancé hacia él, que retrocedió unos pasos.

Lancé una patada y le destrocé la rodilla con un lateral del pie. Se derrumbó con la boca abierta en un grito silencioso.

—Quieto ahí. Tenemos que hablar.

El hombre de Santiago, el de la cadena de oro, trató de huir, pero arranqué una pata de la mesa y se la lancé, y le ensarté el pecho. Cayó de rodillas y luego de bruces.

El pop pop pop a mi espalda me dijo que Donte me seguía disparando. Me volví a tiempo para ver el relámpago de la siguiente bala.

—¡Puta! ¿Dónde está Webster?

Me miré el traje y metí un dedo por un agujero de la camisa; palpé la piel que se me cerraba. Levanté la mano y me lamí la sangre de los dedos ante la mirada horrorizada de Donte.

—Webster está... un poco disperso. ¿Te cuento a qué sabía?

Mi forma se disolvió y el humo negro se disipó mientras la imagen de Webster desaparecía y quedaba solo yo.

—Demonio —susurró, y tal vez para él era como los demonios de sus leyendas. Llevaba un traje rojo de una pieza con chaqueta a juego y tacones altos, e iba cubierta de mi propia sangre.

—No, Dianna.

Lo empujé hacia la pared y el arma se le cayó al suelo. Eché la cabeza hacia atrás y le clavé los colmillos. Su cuerpo se estremeció cuando trató de resistirse, sin resultados. Los gritos se transformaron en gemidos primero, luego en silencio, mientras bebía de él. El hambre omnipresente rugió, exigió más, nunca saciada, nunca plena, nunca... satisfecha.

Los recuerdos me relampaguearon en el cerebro a velocidad cegadora. Me aparté al oír que algo se movía a mi espalda. Me di la vuelta mientras el cadáver de Donte caía al suelo con un golpe sordo.

Edgar giró la cabeza hacia mí con el rostro retorcido de dolor. Había tratado de levantarse sin lograrlo. Se agarró la pierna y se arrastró hacia atrás para alejarse de mí.

—Me he estado alimentando más que nunca gracias a la muerte de mi hermana, ¿sabes? —le dije. Me dirigí hacia él al tiempo que me limpiaba la boca con el dorso de la mano—. Eso me ha abierto todo un mundo nuevo de poder. ¿Quieres ver un truco que he aprendido?

Alcé una mano y la oscuridad creciente de la habitación se deslizó hacia mí. Se enroscó y se retorció como si comprendiera mis pensamientos, mis sentimientos.

—Creo que no es mío. Debe de ser de Kaden, pero él me hizo y creó esto, así que mira.

La oscuridad ascendió y envolvió la luz del techo. La bombilla reventó y la estancia se sumió en una oscuridad absoluta. Me acerqué más a él y gimió en la negrura al oír el sonido de mis tacones contra el suelo de cemento. Me buscó con la mirada, pero los ojos mortales le sirvieron de poco. Arranqué otra pata de la mesa al pasar y el miedo se le dibujó en la cara. Trató de retroceder más. Pasé por encima de dos muertos, víctimas de la espantosa puntería de Donte, y me detuve ante Edgar.

—¿A que mola? —susurré.

Me agaché y lo agarré por la parte trasera de la camisa. Lanzó un grito cuando lo levanté con una sola mano. Lo lancé contra la pared y le clavé la pata de la mesa en el vientre. El grito y la sangre le estallaron a la vez en la boca. Lanzó zarpazos contra la madera.

—Tranquilo. He evitado los órganos vitales. Gabby me enseñó mucho sobre anatomía humana. Cuando estaba con ella, la ayudaba a estudiar, con las tarjetas de notas, con el helado... Era en contadas ocasiones, pero todas ellas de un valor incalculable. —Giré la muñeca e hice que gritara de dolor—. Por ejemplo, sé que si te saco esto te desangrarás en cuestión de minutos.

Apretó los dientes.

—Todos se preguntaban qué pasaría si alguna vez te soltabas de la correa. Ahora ya lo sabemos.

Giré la pata de la mesa con más fuerza.

—¿Dónde está Kaden?

—No lo sé —gruñó, y trató de agarrar la madera que lo tenía clavado a la pared.

Una pena. Decía la verdad.

—Vale. —Alcé un hombro—. Pues Santiago. Dime dónde está esa comadreja de mierda.

Trató de respirar. Se estaba poniendo lívido.

—Santiago solo nos dice dónde hay que hacer las entregas y en qué muelle estará, nada más. Está muy ocupado escondiéndose de ti.

—Bien, parece que se ha vuelto listo. —No retorcí la pata—. ¿Cuándo es la próxima entrega?

—No lo sé. Nos manda un mensaje de texto el mismo día. No sé más, lo juro.

Le rebusqué en los bolsillos. Tiré la cartera al suelo, donde cayó con un golpe sordo mientras lo seguía registrando. Al final di con el móvil. La pantalla se iluminó cuando la cogí, y vi una foto de Edgar con una mujer. Los dos se reían, y cometí el error de hacer una pausa.

—¿Quién es esta?

Volví el teléfono para que la pantalla le iluminara la cara. Los ojos se le llenaron de miedo en estado puro.

—Mi mujer.

—Ah, así que tienes un ser querido. Excelente. Dime dónde está Santiago, o de lo contrario iré a buscarla. Acabará con la mujer de Ethan.

Soltó una risita burlona ante la amenaza.

—Llegas tarde. La muerte me la quitó hace años. Murió en una cama de hospital mientras yo trataba de reunir dinero para el tratamiento contra el cáncer. —Me enseñó los dientes con una sonrisa ensangrentada—. ¿Te sorprende? ¿Por qué? Tú sabes mejor que nadie que hasta los monstruos pueden amar.

Lo miré a los ojos y, por un momento, nos comprendimos. Cambié de tema.

—Dime el código de desbloqueo.

Escupió la clave y di un paso atrás. Lo dejé allí colgado mientras desbloqueaba el teléfono. La pantalla se iluminó y vi varios mensajes de números desconocidos. Había uno nuevo relativo a los muelles.

—Por lo visto, ya hay fecha para la entrega.

Me di la vuelta y me fui hacia la puerta con el móvil en la mano. Oí a Edgar gemir a mis espaldas; seguía clavado a la pared. Se rio y la sangre le borboteó por la garganta.

—Ahora entiendo tu reacción.

No sé por qué le hice caso, pero me detuve con un pie ya en la puerta.

—¿Qué?

—Yo también he perdido a alguien. Como todo el mundo. Hay duelo, pero lo tuyo no es duelo. Has ido directa a la ira y la venganza, y eso es porque te sientes culpable.

«Culpable».

La palabra me resonó en la cabeza mientras se lanzaba contra una puerta cargada de cadenas.

Sentí como se me salían los colmillos, como las puntas me presionaban los labios.

—Dudaste, chica. Lo vi durante la partida a pesar del disfraz y lo he visto ahora cuando has mirado mi teléfono. Conozco esa expresión. Todos los monstruos tienen algo que aman. —Dejó escapar una risa húmeda—. El Destructor de Mundos y tú, ¿eh? Eso es lo que más te duele. Te enamoraste de él mientras Kaden se apoderaba de tu hermana. He pasado por lo mismo. Tal vez no estuvierais follando cuando se la llevó, pero no estabas con ella. Y no estabas con ella porque...

Se me escapó de entre los labios un sonido más animal que mortal. Me moví a tal velocidad que solo se dio cuenta cuando cayó al suelo, con las manos en el vientre y un charco de sangre que crecía a su alrededor.

—No viste nada —siseé al tiempo que lanzaba la pata de madera al otro lado de la estancia—. Vete con tu mujer muerta.

La risa débil se convirtió en un quejido. Me di la vuelta y salí de aquel puto lugar.

IX
SAMKIEL

Le di un tirón a la corbata nada más salir al pasillo de la emisora. Vincent y Logan se situaron a ambos lados de mí y caminamos entre los mortales. Algunos trataron de detenernos para hablar conmigo o pedirme que firmara algo. Me negué a aminorar la marcha y los esquivé a todos. Otro tirón, y conseguí quitarme la corbata.

—No soporto esto. No soporto los trajes, las reuniones, las entrevistas.

—Lo siento, jefe. Tengo que hacer que parezcas profesional ante el resto del mundo.

—¿En este mundo todo tiene que ser tan apretado?

Me salté los dos botones superiores de la camisa con un gemido. Lo siguiente fue quitarme la chaqueta. No era solo la ropa. Eran los espacios, las habitaciones, el mundo entero. Me sentía enjaulado.

Vincent se adelantó y me abrió la puerta. El sol proyectaba un brillo dorado sobre el mundo. Hacía un día demasiado bonito como para estar en el preámbulo de una guerra.

—Los mortales son así. Necesitan confiar en ti, creer en ti. Tenemos que transmitirles que todo lo que dijo Kaden es mentira. Necesitan seguridad.

Me limité a asentir.

—¿Cuántas apariciones más?

Logan hizo una mueca y supe que la respuesta no me iba a gustar.

—Unas ocho —dijo Vincent.

No, no me había gustado. No quería dar entrevistas. Quería buscarla. Había pasado un mes desde que mató a los Vanderkai y prendió fuego a su mansión. Un mes entero de silencio sin ninguna respuesta. Un mes desde que había impuesto el toque de queda en el mundo y nuevas normas para todos los seres vivos de Onuna. La existencia de monstruos y de dioses era pública, y los mortales obedecieron de buena gana.

Vincent había hecho algunos progresos en el sistema de alertas para los mortales, con dispositivos y herramientas que hacían que se sintieran protegidos, pero las normas seguían vigentes. Nadie debía estar en las calles después de la puesta de sol, una política muy estricta sobre todo lo que hacían y dónde lo hacían, identificación obligatoria durante los viajes… No quería que se derramara más sangre por culpa de mis errores.

Estaba desesperado por localizarla, pero no tenía ninguna pista que me ayudase a ello. Al principio pensé que daría con ella en muy poco tiempo, pero los días acabaron convirtiéndose en semanas. Tenía la sensación de que cuanto más restringía al mundo entero, más fácil le resultaba esconderse. Mi única esperanza era que cometiera un desliz.

Los pocos seres del Altermundo que seguían encerrados bajo la Ciudad de Plata dejaron de hablar tras unas pocas preguntas. Los restos calcinados que tuvimos que eliminar indicaban que cada vez ejercía menos control sobre mis poderes. Ese era uno de los motivos de que decidiera dejar los interrogatorios en manos de otros. Suspiré con creciente frustración. No me quedaban seres del Altermundo a los que preguntar. Dianna había matado a los más allegados, y los que no estaban muertos se habían escondido.

—Si salimos ahora, llegaremos a…

Un timbrazo agudo me interrumpió y Vincent se llevó el móvil a la oreja. Me miró a mí; luego, a Logan. Asintió y dijo a su interlocutor que estábamos en camino. No tuve que preguntarle qué le habían dicho, porque lo había oído.

Un hotel en llamas.

Los celestiales estaban buscando entre los escombros para reunir cualquier posible prueba y transferirla a la cofradía. Algunos llevaban bolsas y otros, dispositivos de pequeño tamaño, que brillaban con energía celestial al detectar cualquier cosa del Altermundo.

Pasé por encima de otro trozo de madera quemada en la habitación carbonizada. Todo olía a sangre, ceniza y muerte, y se me llenó la cabeza de recuerdos de campos de batalla, tambores de guerra, llamas destructoras. Ciudades convertidas en esqueletos de metal, edificios fundidos y retorcidos, y el mismo maldito olor. Me acuclillé y examiné los restos de una silla rota, y lo que parecían unas páginas reducidas a cenizas. Sabía de unos pocos celestiales y dioses capaces de controlar las llamas, pero no a ese nivel.

No como ella.

—Tenemos que avisar al consejo, Samkiel. Esto es imposible de ocultar. Hay cadáveres —dijo Vincent con voz ronca.

Me levanté y me limpié las manos contra los pantalones. La habitación, o más bien lo que quedaba de ella, era zona catastrófica. El pasillo y las habitaciones contiguas estaban limpias y en buenas condiciones. En cambio, en esa ocasión Dianna había perdido el control, se había dejado llevar por la rabia.

—Todavía no.

Vincent negó con la cabeza y soltó un bufido.

—¿Por qué? ¿Porque no quieres que venga Imogen?

—Vincent —intervino Logan, sin dejar de examinar las cenizas.

—El consejo quiere que vuelva a ser tu asesora.

—No creo que sea el momento para hablar de eso —repliqué.

—¿Eso han dicho? —quiso saber Logan.

—Sí, y sabes muy bien que Cameron y Xavier obedecerán.

Dianna conocía mis antecedentes con Imogen y su presencia podía provocar un ataque de celos, hacerla aún más volátil. Era una teoría que no quería poner a prueba de momento. Si convocaba al resto de la Mano, sería como presionarla, empujarla más hacia el límite. Y sería como concretar lo que menos deseaba: si la Mano intervenía, la perdería para siempre.

—No convoco a la Mano a la ligera. Lo sabéis bien, y no os necesito a todos de momento. Si os convoco a todos no es para perseguir y capturar, es para ir a la guerra. Kaden lo interpretará así. Y aún no tenemos ninguna pista del paradero de Dianna.

—¿Y no te interesa pelear con dos ig'morruthens? —preguntó Vincent.

—Tres, si contamos a Tobias —añadió Logan.

—Da igual, ahora no hablamos de eso.

Vincent arqueó una ceja.

—No quiero empezar una guerra, pero un poco de ayuda no nos vendrá mal. No disponemos de ninguna pista y Kaden y ella nos llevan la delantera. De nuevo. Necesitamos más gente.

—Todavía no. —Las palabras me salieron duras, cortantes, y Vincent no quiso seguir discutiendo.

Me fijé en una mancha oscura en la pared del fondo y me la quedé mirando, obsesionado. Era una marca clara de sangre arterial. Daba vértigo pensar qué temperatura había alcanzado el fuego para dejar la sangre tan marcada en la madera.

Un joven celestial entró por la puerta y se acercó a trompicones.

—Le hemos solicitado la información al propietario, tal como has pedido —dijo. Se dirigía a Vincent, que por lo visto era incapaz de enfrentarse a mí—. Estas son las imágenes de la cámara, lo único que hemos encontrado de alguien entrando y saliendo de esta habitación.

Giró la tableta hacia nosotros y pulsó los botones cóncavos. Unas luces azules centellearon y la pantalla cobró vida. Vimos un vídeo del pasillo en el que aparecían unos cuantos mortales entrando y saliendo. Me acerqué más al celestial, flanqueado por Logan y Vincent. El celestial no se movió del sitio. Las manos le temblaban tanto que no podía sostener quieta la tableta.

El corazón se me paró un instante al ver a un grupo de mujeres que se reían y bailaban. Una destacaba sobre todas las demás. Esa. Era ella. Solo que no era ella. Llevaba otro disfraz mortal, pero habría reconocido a Dianna en cualquier forma que asumiera. Era su manera de moverse, cada uno de sus gestos, por mucho que se ocultara bajo capas y trucos visuales. A mí no me engañaba. Tenía la piel mucho más blanca, no de su tono dorado bronceado habitual, de un rosado a juego con el minúsculo vestido que llevaba y con rizos rubios cortos. Chillaba y reía con las demás mientras avanzaban hacia la puerta. Levanté la cabeza y examiné la habitación. Por eso olía tanto a sangre y a muerte. Aún estaban allí.

—Al principio no nos dimos cuenta de que era ella —dijo el joven celestial—. Solo cuando... Bueno, ahora verás.

Miré la tableta e identifiqué el lenguaje corporal. Siempre utilizaba las mismas técnicas de seducción: un balanceo en las caderas, una manera de sacudir el pelo, un roce en la parte superior del torso. Me recordó a una serpiente que se acercaba a su presa muy despacio, de manera deliberada, antes de atacar. Ver aquello me resultaba doloroso, pero no podía apartar la vista. Me froté la barbilla con la mano, hambriento al verla, aunque no fuera en su forma natural. Sus vestidos preferidos siempre enseñaban más de la cuenta, y no los necesitaba para llamar la atención. Su sonrisa iluminó la habitación entera, atrajo hacia ella a hombres y mujeres por igual. Su risa era como música para mi alma.

Un hombre se le acercó por detrás y la agarró por la cintura con un brazo para atraerla hacia él. Los dos rieron y se me revolvió el estómago. El hombre le entregó a otro el maletín que llevaba y abrió la puerta. Las mujeres se apresuraron a entrar, pero Dianna se quedó atrás y se apoyó contra la pared. Movió un dedo para indicarle que se acercara; tenía unos ojos tentadores, y ponía el cebo en la trampa. El hombre lo mordió de buena gana y le pasó las manos por los costados, por las caderas, para agarrarle el culo con tanta fuerza que Dianna dio un salto. Apreté los dientes cuando él presionó el cuerpo contra el suyo y la besó en la boca.

Sabía muy bien lo que se sentía al besar aquellos labios. Era puro éxtasis. No soportaba que saborease lo que era mío. El dolor me retorció las entrañas hasta tal punto que se me cortó la respiración. Cuando era muy joven y estaba aprendiendo a manejar la espada sufrí un corte que por poco me abre en canal; ni siquiera entonces me había sentido tan mal como en ese momento. Era una agonía pura, intensa. Me habría gustado invocar el Olvido y clavárselo. ¿Cómo se atrevía a tocarla, a acariciarla? No la conocía, ni le importaba. Para él no era más que otro cuerpo. Las luces de la habitación parpadearon y la pantalla de la tableta se puso en negro por un instante. Todo el mundo me miraba. Tenía que controlarme. ¿Podía saberse qué me ocurría? Respiré hondo y traté de calmarme, de aplacar las emociones que sentía.

Apreté los puños a la espalda y la pantalla de volvió a iluminar. Nadie dijo nada, y con motivo. La parte más primitiva de su cerebro, la encargada de sobrevivir, les ordenaba que estuvieran muy quietos y callados. No estaba del todo seguro de no incinerarlos por error. En mil años no había querido a nadie, no había deseado a nadie, pero Dianna había despertado una parte de mí que creía muerta. El vacío y la soledad que se habían convertido en la realidad de mi existencia desaparecían cuando estaba con ella. Y la había perdido. Me había mostrado lo que era sentir paz y luego me lo había robado.

En la pantalla, el hombre alzó a Dianna en el aire. Ella le rodeó la cintura con las piernas y entraron por la puerta.

—¿Por qué nos enseñas esto? —preguntó Logan para excusarme tras dirigirme una mirada rápida.

—L-lo siento.

El celestial pulsó otro botón y los numeritos blancos de una esquina de la pantalla se aceleraron para marcar el paso de las horas. Habían pasado unas cuantas horas allí dentro. La rabia me invadió y traté de no pensar en todas las cosas que podían haber hecho. ¿Ese hombre la había poseído en cada rincón de la habitación? ¿Ella lo había disfrutado? ¿Había emitido los mismos sonidos que hizo una vez para mí? Me mordí los labios para no gemir como si me estuvieran arrancando las tripas.

—Mira, en esta parte —dijo el celestial, lo que me sacó de mis pensamientos. Volvió a poner el vídeo a velocidad normal. La puerta se abrió y un brillo anaranjado bañó el pasillo. Dianna salió con su verdadera forma, con la hermosa cabellera negra derramada en ondas sobre la espalda. Se dio la vuelta y caminó por el pasillo sin mirar atrás, sin hacer caso de las llamas que surgían de la habitación—. Sale sin el maletín. El hombre con el que entró traía un maletín, y ella se marcha sin él. Eso quiere decir que sigue aquí.

—¿Me has hecho ver todo esto por un maletín que me podrías haber mencionado? —pregunté sin disimular la rabia en la voz.

El celestial tragó saliva y miró a Vincent.

—N-no... —tartamudeó.

—Quedas despedido —dije.

Vincent le cogió la tableta y el celestial se alejó a toda prisa. Me di la vuelta para evitar la tentación de ir tras él y estrangularlo.

—Tienes que pensar con claridad, Samkiel. —Logan se me acercó. Su voz era apenas un susurro—. ¿Por qué crees que se dejó grabar por la cámara? Sabía muy bien que estaba ahí. Ha sido una puesta en escena. Quería mandar un mensaje. No está contenta con tu decisión de cerrar Onuna. Piensa con claridad. Y, con todo el respeto, no vuelvas a despedir a nadie.

Hice caso omiso de Logan, incapaz de procesar lo que me decía pese a que trataba de entender la situación. Los demás celestiales evitaron mirarme y volvieron al trabajo. Me adentré más en la habitación, hasta el centro. Logan y Vincent me siguieron, pero se detuvieron en seco cuando me arremangué. Retrocedieron e indicaron con gestos a los celestiales que fueran hacia las paredes de la estancia. Me concentré en el creciente nudo de dolor que sentía en el pecho y recurrí a mi poder. La piel de los brazos se me iluminó con el complejo diseño de mi pueblo, los tatuajes ardientes de plata fundida. Sabía que tenía líneas iguales en el rostro y en el iris de los ojos.

La habitación vibró cuando todos los objetos quemados y destruidos empezaron a repararse. Los celestiales se apoyaron contra las paredes para no caer. Alcé las manos y devolví el cuarto al estado en que se había encontrado hacía unas horas: las sillas, mesas y sofás volvieron a su forma original. Varios celestiales tuvieron que apartarse de un salto cuando todo volvió a ser como antes del incendio.

—Oh, dioses.

No me hizo falta mirar para saber qué había allí. Me llegó el olor de la sangre y la muerte, y ya no era un rastro persistente, sino fresco, sin el hedor de la carne quemada.

—Samkiel.

Vi el rostro de Logan, el espanto y el dolor en sus ojos. No era compasión por lo que quedaba del hombre de la cama, ni por el resto de los cadáveres de la habitación, sino miedo por su esposa desaparecida. Si Dianna era capaz de llegar a esos extremos, ¿qué podía hacer Kaden?

—La encontraremos. Te lo prometo.

Le puse una mano en el hombro y se lo apreté. Logan asintió y esbozó una sonrisa rápida. Miré más allá de él. Una joven que trabajaba para Vincent se agachó y recogió una prenda de ropa interior de encaje rojo.

Se me heló el corazón.

Cogí un puñado de tejido muy fino apenas sujeto por tiras entrelazadas, insuficientes como mecanismo de retención. Tal vez fuese algún arma que yo desconocía.

—*¿Qué es esto?* —*pregunté, y me volví hacia Dianna.*

Se había dejado algunos cajones abiertos en su dormitorio y me pudo la curiosidad.

Dianna se apartó del armario vestida con una camisa amplia y unos pantalones grises muy sueltos. Al volver del paseo por el jardín se había duchado y ya no llevaba el vestido que le había hecho. Abrió los ojos todo lo que pudo y corrió hacia mí.

—Ay, dioses, Liam, suelta eso —siseó; me quitó el tejido de la mano y me apartó a un lado. Cerró el cajón y me miró con el ceño fruncido—. No hurgues en mis cosas, ¿vale?

Me encogí de hombros con toda la indiferencia que fui capaz de fingir.

—Lo has dejado abierto. Sentí curiosidad por saber qué te había comprado tu amigo.

Sacudió la cabeza y sonrió antes de dirigirse hacia la cama.

—¿Qué es? —insistí, todavía curioso—. ¿Una prenda de vestir?

Se subió a la cama de un salto y se sentó en el centro. Mentiría si dijera que no me afectó. Dianna me resultaba placentera en muchos aspectos.

—Son bragas, Liam. —Apartó la ropa de cama.

Aquella palabra no me sonaba de nada. Tal vez no había prestado suficiente atención a los vídeos que me suministró Logan. Fruncí el ceño y fui hacia el otro lado de la cama.

—¿Eso qué es?

Se le dibujó una sonrisa en los labios.

—¡No lo dirás en serio!

Me senté en mi lado de la cama y asentí, sin entender por qué daba por supuesto que era una pregunta humorística.

—La regla número uno de nuestra amistad es que no me vas a mentir. Te he visto, literalmente y contra mi voluntad, quitárselas a una mujer. Con los dientes.

La comprensión me llegó con la fuerza de un meteoro. Sentí cómo se me abría la boca y se me calentaba todo el cuerpo.

—¿Eso es ropa interior? —Señalé el cajón.

Soltó una carcajada, una carcajada sincera.

—Claro. ¿Qué pensabas que eran? ¿Instrumentos de tortura?

No respondí.

—Ay, dioses, ¿en serio lo pensabas?

Se rio todavía más, se recostó y se arrebujó en la manta. Me metí en la cama y me puse un brazo tras la cabeza. Había otra idea que me roía como una fiera. La pregunta se me escapó antes de que pudiera evitarlo.

—¿Por qué sabe Drake lo que llevas bajo la ropa? ¿Te la ha quitado con los dientes?

Me dio un manotazo juguetón en el pecho. Reaccioné como siempre, porque eso la hacía sonreír. No con la sonrisa habitual, sino con una breve que le arrugaba la nariz.

—Aaay. —Hice una mueca y me froté el punto donde me había golpeado.

—Venga ya, quejica, que no te ha dolido. —Otra vez esa sonrisa. Tenía que ponerle un nombre—. Y no, no lo sabe. Pero iba conmigo una vez que llevé a Gabby de compras en Ruuman, hace años. Venga, duérmete y deja de pensar en mi ropa interior.

—Te aseguro que no estoy pensando en eso.

Dianna se echó a reír y cerró los ojos antes de acomodarse más en la cama.

—Nooo, claro.

—Lo juro —dije, y era mentira.

El recuerdo se desvaneció y miré a la mujer que ponía el retal de encaje rojo en una bolsa transparente antes de sellarla. Logan se volvió para ver qué estaba mirando. Apreté los dientes y me volví.

—Necesito que el equipo y tú averigüéis quién era este hombre y en qué estaba metido. Quiero nombres, familiares, lo que encontréis.

—Samkiel.

—¿Qué? —pregunté con tono brusco al tiempo que me giraba hacia Vincent.

—No será necesario. —Pasó las páginas que había recogido—. Por lo visto se llamaba Webster Malone, y aquí se detallan las transacciones de una cuenta relacionada con Donvirr Edge.

—¿Qué es eso?

—Averigüémoslo.

Le tendió los papeles al celestial que aguardaba junto a él, que los cogió y los examinó a toda prisa. Sus dedos volaron sobre la fina tableta y, en pocos minutos, la volvió hacia nosotros para mostrarnos una imagen de un atracadero. Algunas sogas colgaban de un puente de madera y al fondo se veía un barco grande.

—Es un muelle de carga dedicado al transporte de mercancías, sobre todo alimentos. En los últimos años ha habido ahí unas cuantas detenciones por juego y actividades ilegales.

—Un muelle de carga. Voy allí.

—Buena idea, vamos —asintió Logan. Echó a andar hacia la puerta.

—No, Logan. Quiero que os quedéis aquí para ver qué más podéis averiguar. Para quién trabajaba, qué más sabía.

Vincent se puso en jarras y frunció el ceño.

—Te hará falta transporte. Voy a pedirte una caravana…

—No es necesario.

No sabía si era por la rabia que me hervía dentro o por aquella habitación que ahora olía a sexo y a muerte, pero tenía que salir de allí. Tenía que alejarme de aquel lugar y de todos los que me rodeaban. Los tentáculos de electricidad chisporrotearon a mi alrededor y el cuarto vibró con la ira acumulada dentro de mí. Un momento más tarde me encontré entre las nubes. Un eco retumbante siguió mi estela, los relámpagos rasgaron el cielo y cayó una lluvia torrencial mientras me dirigía hacia Donvirr Edge.

X
SAMKIEL

La lluvia caía y golpeaba las cadenas de metal que se mecían al viento cada vez más fuerte. La tormenta me había seguido hasta allí. Yo mismo la había creado sin querer. Me cambié el traje en cuanto llegué a tierra y pasé a vestir ropas ligeras y resistentes como las que solía llevar en Rashearim. La camisa negra de manga larga con pantalones a juego me facilitó la tarea de ocultarme entre las sombras del callejón. La siesta que me había obligado a echar Logan hacía ya días me sirvió de mucha ayuda. Dormir, aunque fuera por un momento, me permitió recargarme, aunque todos mis sueños giraran en torno a ella una vez más.

Examiné la zona sin llamar la atención mientras varias personas cargaban en un barco grandes cajas de madera. Conté al menos cincuenta corazones latiendo, pero la magia que les vibraba en la piel me indicó que no eran mortales. Brujos. Eso explicaba la facilidad con la que movían los enormes bultos.

—¡Vamos! —gritó un hombre—. La tormenta no pasa y aún nos quedan dos. No podemos llegar tarde.

Una ráfaga de viento azotó el atracadero y el enorme barco gris se meció. Tenía que calmarme. Los anillos de los dedos me vibraron como suplicando que invocara un arma. Habría recibido de buen grado la oportunidad de un desahogo así. En el pasado me había servido de ayuda, pero nunca había estado tan confuso respecto a una mujer. Nunca había habido nadie que me importara tanto como me importaba ella.

Cargaron el resto de los cajones y cerraron las puertas de la parte trasera del camión. El motor se puso en marcha y encendió las luces mientras se alejaba. Ya sin el vehículo que me bloqueara la vista, me di cuenta de que no era un barco mercante normal. Era enorme. ¿Cuánta mercancía transportaba? Los árboles que había tras la cerca se inclinaron bajo la fuerza del viento y la lluvia siguió azotando la superficie de hormigón. Me subí la capucha y examiné las copas, forzando la vista en la oscuridad. Sentía que había algo o alguien, pero no vi nada.

Traté de quitarme de encima aquella sensación y me concentré en el barco mientras la gente terminaba de subir a bordo. La rampa se alzó muy despacio, crujió y desapareció. Esperé hasta que el barco salió del puerto antes de lanzarme otra vez hacia el cielo.

Caí de pie en la cubierta con un golpe sordo. Me acuclillé y esperé una fracción de segundo para asegurarme de que nadie me había oído llegar, de que no había nadie más en la cubierta. Los había seguido desde el cielo, en medio de la tormenta, unos cuantos kilómetros. Las luces de la ciudad habían quedado ya tan lejos que solo un ser del Inframundo o el Altermundo alcanzaba a verlas.

¿Hacia dónde iban? Al principio pensé que sería a Novas, la anterior base de operaciones y hogar de Kaden, pero el barco navegaba en dirección contraria. En apariencia, iban rumbo hacia el centro de la nada. Me acerqué más al puente. No había nadie al timón, pero los brujos que iban a bordo tenían el control. Percibí la magia que utilizaban.

Me llegó desde abajo el eco de unas voces.

—Yo no vuelvo a proa. Hace un frío de cojones y no para de llover. Es como si esa tormenta nos siguiera.

Oí un ruido de pies que se arrastraban y una risita maliciosa.

—Las instrucciones están muy claras —le respondió una voz—. Dijo que hubiera siempre alguien de guardia, así que ve tú.

—No, ve tú. —Se hizo una pausa y el olor del miedo flotó en el aire—. Ya has oído lo que se dice, que esa mujer es la muerte con alas. Que solo se oye un aleteo como un trueno y al momento desciende en medio de una lluvia de fuego. Va a por cualquiera que tuviera que ver con la muerte de la chica. Estamos jodidos. El muy imbécil lo tuvo que grabar.

—No hay huevos para llamar imbécil a Kaden a la cara —le replicó otro.

—Se lo llamo si vas tú a montar guardia.

Se oyeron más risas, roncas y rápidas, y luego unos pasos que se acercaban escaleras arriba.

—Vale, trato hecho, y eso sí que hay que grabarlo.

Vi sombras en las escaleras. Las pisadas sonaron pesadas contra los peldaños de metal. No había el menor intento de disimulo. El que iba delante volvió la cabeza hacia su amigo entre risas sin dejar de subir.

—Me sorprende que Santiago no se lo haya dicho aún a la cara. Es muy...

Se detuvo al ver que el otro abría mucho los ojos. Se volvió despacio hacia mí para ver qué había asustado tanto a su compañero. Me miró directamente al pecho y luego, poco a poco, subió la vista.

Tragó saliva cuando el miedo se apoderó de él.

—Joder.

—Vuestra magia es débil comparada con la de la diosa que la creó —dije al tiempo que abría otro cajón.

El contenido era como el de los anteriores: una caja tras otra de placas y barras de hierro. Las fuertes olas sacudieron el barco. La estancia olía a hierro y a la carne quemada de los brujos que habían tratado de atacarme. Santiago gruñó desde el techo donde mi poder lo tenía retenido. Pasé entre dos cajones mientras examinaba las páginas del portapapeles.

—¿Por qué transportáis tanto hierro?

—¡Vete a Iassulyn! —gruñó Santiago mientras forcejeaba contra las ligaduras invisibles.

Miré hacia arriba y bajé el portapapeles que llevaba en la mano.

—¿Has oído hablar de Iassulyn? —Apreté los labios—. Impresionante. Es un dominio al margen del espacio y el tiempo, un lugar tan salvaje que solo los condenados más viles acaban allí cuando mueren.

Moví la mano y cayó al suelo de bruces junto a mí. Alzó la cabeza. La herida de la nariz parecía a punto de abrirse de nuevo.

—¡Me has quitado las manos!

—Pues sí, sí. —Me arrodillé junto a él—. Te dije lo que pasaría si le ponías las manos encima. Debiste hacer caso.

Una risa húmeda y enfermiza le salió de entre los labios.

—Dioses, estás coladito por ella. Es patético.

—Y eso me lo cuenta el hombre que... ¿Cómo te dijo, exactamente? —Hice una pausa—. Ah, sí. No entiende un no.

Me hirvió la sangre al recordar lo que Dianna había dicho aquel día en El Donuma. Sabía que no había llegado a tocarla, pero el hecho de haberlo intentado me daba ganas de invocar el Olvido y acabar con él.

—Oye, tienes que entenderlo, era curiosidad. Todo el que la toca se convierte en un perrito apaleado. Hasta los dioses, por lo visto.

Moví la mano y su cuerpo volvió a chocar con el techo. Oí como se le rompían las costillas y soltó un gruñido, seguido por una risa ahogada.

—¿Te has parado a pensar que su atractivo reside en ella, no en lo que tiene entre las piernas?

Utilicé todo mi poder para presionar el cuerpo contra el techo hasta que el metal protestó.

—Él tenía toda la razón. —Santiago me miró, ya sin reírse—. Estás enamorado de verdad.

La expresión de sorpresa se convirtió en risa y luego en carcajadas. Bajé la mano y lo dejé en el techo antes de volverme para abrir otro cajón. No me molesté en responder.

—Estás jodido, tío. ¿De verdad crees que Kaden, nada menos que Kaden, va a permitir que la tengas? Es la primera y la única que ha hecho. No la va a liberar.

Santiago gruñó cuando la presión de mi poder lo aplastó más.

Sabía que aquello era verdad. Todo el mundo lo sabía. Kaden había demostrado que haría lo que fuera por retenerla, aunque fuera en pedazos.

—Soy muy consciente de hasta dónde puede llegar. La ha envenenado, la ha degradado, la ha amenazado. Sus monstruos la han arrastrado a un agujero, la han hecho pedazos, han manipulado a sus seres queridos para que la traicionaran. Le ha arrebatado a la persona que más amaba porque se negó a volver con él.

Volví a mover la mano y Santiago se estrelló contra el suelo. Cayó hecho un guiñapo, entre toses de dolor. Me di la vuelta y se giró para ponerse sobre la espalda. Tenía un atisbo de sonrisa en la cara, como si le pareciera divertidísimo todo lo que Kaden le había hecho a Dianna para causarle dolor. Perdí el control.

—¿Te hace gracia?

Las luces del barco se apagaron y el motor se detuvo. Se hizo una oscuridad absoluta al tiempo que un trueno retumbante restalló en el cielo con tanta fuerza que se sintió en las entrañas del barco. Dejé el portapapeles. El anillo de plata que llevaba en el dedo estaba vibrando. Unos tentáculos de niebla púrpura y negra brotaron de la hoja mortífera, y Santiago abrió mucho los ojos mientras se le borraba la sonrisa. Vi el fulgor plateado de mis ojos reflejado en su mirada.

—¿Sabes lo que es el Olvido, Santiago? —Le acerqué más la punta del arma; él forcejeó para escapar de mi presa invisible—. Es el arma que creé mucho antes de que fueras siquiera un pensamiento. La diseñé como instrumento de paz, para mi ascenso, pero en aquel momento cargaba con un exceso de ira y dolor. Los sentimientos que no podía controlar me llevaron a crear esto. Es todas las emociones espantosas que un dios no debería sentir, y aquí las tienes. Es la hoja de la muerte verdadera. No hay paz, nada de Asteraoth, nada Iassulyn. Nada. Te convierte en partículas que el universo reutiliza como mejor le parece. Tu conciencia desaparece. Desapareces tú, todo lo que te hace especial, tus recuerdos, tus sueños, tus pesadillas. Es la muerte verdadera.

Santiago tragó saliva. Rezumaba sudor y miedo. Miré la hoja que tenía en la mano y luego lo miré a él.

—No la invocaba desde que cayó Rashearim. Hasta que la conocí a ella. ¿Y sabes por qué? Porque no hay límite que no vaya a traspasar con tal de protegerla, sobre todo después de saber lo que le habéis robado. La ley suprema dicta que nadie tocará a nadie de mi corte ni nada que considere mío. Es un acto que tiene pena de muerte, y Dianna es mía. Ha llegado tu fin.

—Por lo que me cuentan, me parece que ella no se ha enterado.

Se le borró la sonrisa cuando la punta de la hoja le tocó la chaqueta del traje. El tejido se desgarró y se convirtió en cenizas que flotaron en el aire entre nosotros.

Los ojos casi se le salieron de las órbitas.

—Oye, no, no lo sé, ¿vale? No lo sé. —Tartamudeó como si tratara de hablar demasiado deprisa—. Kaden no nos cuenta nada, y menos desde que murió Alistair y ella se marchó. Ya no se fía de nadie más que de Tobias. Si de verdad quieres respuestas, habla con él.

—¿Para qué es el hierro? ¿Y los barcos?

—Solo sé que está construyendo algo.

Fruncí el ceño.

—Kaden no puede fabricar un arma capaz de matar dioses con metales y minerales del Etermundo, y es lo que necesita para acabar conmigo. El único que podía hacer algo a partir de la nada era Azrael, y hace mucho que murió.

Santiago me miró como si fuera un bicho raro.

—¿Quién dice que Azrael está muerto?

Eché la cabeza hacia atrás, sorprendido.

—Lo vi morir. Murió ayudando a escapar a su esposa durante el ataque de los ig'morruthens. La luz quemó el cielo. ¿Cómo puedes decir que no murió?

—Alistair te podía hacer ver lo que quisiera.

—¿Alistair? Alistair nunca estuvo en Rashearim. Solo tratas de ganar tiempo con mentiras.

—¿Por qué te iba a mentir? —casi tartamudeó como si tuviera miedo de que le acercara más el Olvido—. Los Reyes de Yejedin tienen casi tanto poder como vosotros.

—¿Los Reyes? Alistair no era un rey.

—Es obvio que no sabes quién es Kaden —dijo Santiago.

Aquella información me llegaba a demasiada velocidad. Si Alistair estuvo allí, Kaden y Tobias, también. Pero ¿cómo era posible? Me hacían falta más respuestas. ¿Eran los tres últimos Reyes de Yejedin? ¿Acaso Nismera y los demás dioses traidores habían llamado a los ig'morruthens… y también a los Reyes?

Había visto muerto a Azrael, lo había visto convertirse en luz azul. Me dispuse a decirle que sus palabras eran una estupidez, pero me detuve cuando el trueno volvió a retumbar en el cielo. Solo que esta vez no lo había causado mi poder.

—La muerte alada —susurró.

El corazón de Santiago se aceleró. Estaba aterrorizado, y no era de mí.

—Sácame de aquí con vida y te diré todo lo que sé. Lo prometo.

Me detuve y me di la vuelta, lo que obligó a Santiago a frenar en seco. Alcé la mano y cerré los dedos ante su rostro.

—Cállate de una vez.

No había hecho otra cosa que hablar. La llegada de Dianna lo había convertido en un pelele tembloroso. Sabía que había venido a por él y solo le faltaba mearse en los pantalones. Esperé la llegada del fuego que sabía que iba a lanzar sobre el barco, pero no lo hizo. Los brujos que había dejado inconscientes ya debían de haber despertado, y aun así no se oyó un solo grito, ni un murmullo. El silencio era lo peor.

Lo agarré por el hombro y lo empujé hacia delante.

—Sigue caminando.

—¿No sería mucho mejor que nos alejásemos de la zona central del barco? —Clavó con firmeza los talones en el suelo y trató de darse la vuelta.

—No te confundas, no me importa tu seguridad —dije al tiempo que invocaba una espada ardiente.

Le puse la punta amenazante contra la espalda. Santiago titubeó durante unos instantes que le debieron parecer eternos, pero luego suspiró y siguió caminando.

—¿De qué sirve amenazarme si al final me vas a matar? Ya me has cortado las manos. No puedo lanzar hechizos.

Lo empujé para que indicarle que siguiera avanzando y no respondí. Se detuvo ante una de las puertas ovaladas de metal y miró la palanca antes de alzar los brazos para recordarme que no tenía manos. Apreté los dientes y pasé junto a él para girar la barra de metal y empujar la pesada puerta. Se abrió y apareció ante nosotros una habitación vacía sin más salidas. Me aparté a un lado y moví la espada para obligarle a que entrara. No me fiaba ni un pelo de tenerlo detrás de mí, con o sin manos.

—Estás vivo por dos motivos. El primero es que tienes información que me hace falta —dije.

—¿Y el otro? —preguntó; se dio la vuelta al darse cuenta de que no había entrado detrás de él.

Me quedé en la entrada.

—Servir de cebo.

A Santiago casi se le salieron los ojos de las órbitas y abrió mucho la boca cuando cerré la puerta de metal.

—¡No me dejes aquí, joder! —chilló. Oí como pateaba la puerta—. ¡Me va a matar! Tú eres de los buenos, ¿no?

Giré el pestillo de nuevo para encerrarlo y me apoyé contra la plancha sólida.

—En ningún momento he dicho que fuera bueno. Eso es una fábula que contáis vosotros. Os decís que me apiadaré. Creéis que, dado que dicto la ley y gobierno los dominios, tengo que ser neutral como mínimo. Pero a veces los reyes tienen que ser monstruos. —Me aparté de la puerta con un suspiro e invoqué mi fuego. Lo canalicé a través de los ojos y fundí los bordes de la puerta, sin dejar de hablar mientras lo sellaba dentro—. Reconozco que parezco más errático, y soy consciente de que se debe a Dianna. Es muy confuso, es frustrante. Nunca había sentido por nadie lo que siento por ella. Me vuelve feroz, posesivo, pero no al estilo de tu amo. Yo jamás le haría daño y no permitiré que se haga daño a sí misma. Y eso es lo que está haciendo. Cada vez que mata, siente más dolor. Se alimenta de otros para saciar una parte de ella que nace de ese pesar. Está tratando de enterrarse bajo todas esas muertes, quiere demostrarse a sí misma que es el monstruo que decís que es. Pero no la conocéis. Es mucho, mucho más que eso. Dianna fue buena y generosa conmigo, me ayudó cuando no me lo merecía y yo voy a hacer lo mismo. No tiene a nadie más. Por culpa de Kaden y de todos vosotros.

El calor palpitante de mis ojos se apagó y miré el metal a medida que se enfriaba. Los golpes en la puerta habían cesado cuando empecé a hablar. Lo oí suspirar y luego un golpe sordo cuando se dejó caer sentado en el suelo.

—Eres un imbécil romántico.

Fue lo último que le oí decir antes de subir por la escalera de metal, salvando los peldaños de dos en dos.

XI
SAMKIEL

E l trueno retumbó de nuevo y supe que no venía de las nubes densas que cubrían el cielo. Me quedé en cubierta, incapaz de apartar los ojos del gigantesco guiverno negro que trazaba círculos en el cielo. Dianna sabía que estaba allí, con Santiago, y me la imaginé calculando los próximos movimientos.

Atravesó una nube y volví la cabeza para verla reaparecer. El batir rítmico de las poderosas alas cesó; solo se oían el aullido del viento, el roce incesante del mar contra el barco y el repiqueteo de la lluvia. ¿Dónde se había metido? Sabía que no se iba a marchar así como así. Describí un círculo y me detuve solo cuando el relámpago iluminó un instante la cubierta antes de que la oscuridad reinara de nuevo. Sentí que la tensión se me acumulaba en el pecho. Otro rayo hendió el cielo y se me paró el corazón: estaba solo en cubierta y, de pronto, la tenía a un par de metros de mí.

Fue como si se materializara a partir de la oscuridad.

Dioses, ¿siempre había sido tan hermosa? Había pasado demasiado tiempo desde la última vez que la vi y estaba hambriento de su presencia. Me devolvió la mirada con los ojos rojos fulgurantes, de una profundidad demasiado extraña como para leer ninguna emoción en ellos. El atuendo que llevaba la envolvía a la perfección. En mis sueños, cuando me dormía contra mi voluntad, había memorizado hasta la última de aquellas curvas. El viento era cortante, frío. La tormenta iba en aumento.

Inclinó la cabeza hacia un lado, inmóvil, como si escuchara algo que sonaba abajo. Comprendí lo que estaba buscando.

—No me place estar separado de ti tanto tiempo —le dije.

Se volvió bruscamente hacia mí y, por una fracción de segundo, los ojos rojos cambiaron y habría jurado que vi un atisbo de color avellana. Me invadió la alegría al ver que mis palabras aún le causaban algún efecto, por pasajero que fuera. Eso sugería que existía alguna posibilidad, un atisbo de esperanza. Siguió con la mirada clavada en mí, pero sin decir nada mientras la lluvia y el viento nos azotaban.

Sonreí con calma para intentar que siguiera concentrada en mí.

—¿Ves algo que te guste?

Los labios de Dianna se curvaron en una leve sonrisa.

—Se me había olvidado lo alto que eres. Demasiados hombres mortales, me imagino.

Lo dijo para hacerme daño, para distraerme, y lo logró. No era mía, no por completo. Dadas las circunstancias a las que nos habíamos enfrentado, nunca llegamos a tratar el asunto de la exclusividad, pero me heriría en lo más hondo que estuviera con cualquier otra persona y ella lo sabía. Se lo vi en la cara.

—Por cierto, gracias por ir dejando pistas —grité para hacerme oír por encima del trueno—. Pensaba que serías más cuidadosa. A menos que quisieras que te encontrara.

Dianna se desplazó hacia la derecha despacio, de manera deliberada; luego, hacia la izquierda otra vez. Una vez más, me recordó a un riztur, uno de esos felinos salvajes de Rashearim, grandes, esbeltos, tan bellos como temibles, como ella. Y calculaba cuál sería mi potencial como presa.

—Webster era un traficante de tres al cuarto que vendía algo más que armas. Se merecía lo que le pasó.

—Si no quisieras que te encontrara, no prenderías fuego a tu paso. —Hice otra pausa, y una parte de mí salió a la superficie—. Ni dejarías por ahí tus prendas interiores de encaje.

—¿Prendas interiores de encaje? —La risa sonó como un ronroneo, un eco de la tormenta—. Son bragas, Samkiel. Lo sabes de sobra, no son las primeras que ves.

—No, pero recuerdo con claridad las tuyas.

—Me alegro. Te las dejé como regalo de despedida —me replicó—. Es otra manera de decirte que la chica a la que quieres salvar ha desaparecido y no va a volver.

Sonreí e hice caso omiso del intento descarado de expulsarme de su vida, aunque para mí fue como una puñalada en el corazón. Pero tenía otros planes.

—He de reconocer que disfruto sabiendo que piensas en mí cuando estás con otros —repliqué por encima de la tormenta que arreciaba—. ¿Así es como te corres, o sigues necesitada, mi Dianna?

Fuera cual fuera la respuesta que tenía preparada, se le murió en los labios en cuanto dije aquello. Recuperó la compostura de inmediato, pero había titubeado cuando me oyó decir que era mía. Vi su reacción, como si aún deseara esas palabras, como si las atesorase. En ese momento, supe que había ganado. Y ella también lo supo.

—Interpretaré tu silencio como un «no».

Sacudió la cabeza. La lluvia le había pegado el pelo a la cara.

—Qué cosas. ¿Son celos eso que oigo en tu voz? ¿Acaso el Destructor de Mundos, la leyenda en persona, tiene celos? No vi eso nunca en tus recuerdos.

—No me gusta que otros toquen lo que es mío.

—¿Tuyo? —Soltó una risa brusca seguida por una voluta de humo que le salió por la nariz—. ¿Cuándo acordamos eso? ¿Cuando nos detestábamos? ¿La noche en que por fin nos tocamos? ¿O fue cuando estuve contigo mientras se la llevaban?

—Dianna. —El nombre me salió como una súplica.

—Samkiel —se burló, y chasqueó la lengua—. En cualquier caso, no tienes motivos para estar celoso de Malone. Solo duró unos minutos, luego lo despedacé.

Su sonrisa era letal. Traté de aparentar que aquella alusión tan despreocupada a su asunto no me había afectado, pero el cielo me traicionó. Un relámpago hendió el cielo, seguido por el retumbar del trueno. Mi energía estaba alterando la atmósfera. Consciente de ello, echó la cabeza hacia atrás para soltar una carcajada que sonaba a pecado. La lluvia le cayó sobre el rostro y le corrió por el cuello.

—¿Es que tienes problemitas, guapo? ¿No duermes bien?

Me miró en medio del rugido del viento.

—Seré sincero contigo si tú lo eres conmigo.

—¿Sincero?

—Sí. Sinceramente, te digo que me ayudaste más de lo que te imaginas y yo pienso hacer lo mismo por ti. No me importa lo que me digas para intentar hacerme daño. Me niego a permitir que sigas por esta senda de destrucción, Dianna.

Bajó la vista y asintió como si estuviera meditando sobre lo que le había dicho. El agua le goteaba por la punta de la nariz. Volvió a mirarme. Era tan hermosa incluso en aquellas circunstancias... No había nada en ella que pudiera asustarme por mucho que lo intentara. Los colmillos, los ojos, todo seguía siendo parte de Dianna, de la única a la que quería. La quería tal como era, desde las espesas pestañas empapadas de lluvia a la boca sensual pintada ahora de rojo oscuro y el pelo peinado hacia atrás para que le cayera sobre los hombros. Veía cómo la había cambiado la pérdida de Gabriella, toda la sangre que había consumido, pero para mí seguía siendo mi Dianna, dulce, protectora, cariñosa, apasionada.

—¿Quieres sinceridad? De acuerdo, seré sincera. —Un destello de emoción brilló en el fondo de sus ojos y la máscara feroz se le cayó por un instante. Tragó saliva sin dejar de mirarme—. Esto ha sido una pérdida de tiempo. Cada momento que pasé contigo fue una pérdida de tiempo. Fuiste el medio para conseguir un fin. Tu única misión era proteger a mi hermana y hasta en eso has fallado. Debí marcharme cuando tuve ocasión. Es lo que habría hecho cualquiera con dos dedos de frente. Y ahora está muerta por tu culpa, por mi culpa, porque no fuimos capaces de controlarnos. Por eso la mató Kaden. Me recordó que no soy una chica normal enamorada de un chico normal que le regaló flores y le dijo que era guapa. Fue una estupidez pensar que podía tener algo parecido a la normalidad en mi vida. Fui débil, fui patética, no quise darme cuenta de que toda posible normalidad había muerto conmigo en aquel puto desierto. Y no lo volveré a ser. Toma sinceridad.

Por fin lo había dicho. Dianna trataba de ocultarse detrás de amantes y actos de violencia, aquella era la armadura con la que protegía su corazón destrozado. Me había dejado el mensaje para intentar demostrarme que no quedaba nada de ella. Pero yo había visto en mi corazón que no era así. Era Dianna, era mi Dianna, y para mí era evidente lo mucho que sufría. Las palabras con las que me atacaba tenían como objetivo hacerme daño, pero nacían de un dolor abrumador. El mismo dolor que me había roído el alma tras la caída de Rashearim.

—Te equivocas, Dianna. Quieres convencerte a ti misma, pero sabes que habría hecho lo que fuera por tu hermana y por ti. Cargarnos con la culpa no te servirá para recuperarla. —Se me encogió el corazón cuando vi que los ojos le brillaban más—. Todavía te quiero. Todavía te necesito. Para siempre.

—Pues tenemos un problema, porque tú a mí no me importas. Lo he perdido todo por tu culpa. —Apretó los labios hasta que su boca fue una línea delgada—. No vales la pena.

Mis palabras la habían afectado y estaba contraatacando.

—No proyectes tus sentimientos en mí. Te conozco, por mucho que quieras fingir que no. Sí que te importo. Sé lo que sentí y sé lo que sentiste tú. Fue real. Es lo único que aún siento de ti y no me detendré ante nada con tal de recuperarte. No voy a permitir que sufras sola. Lo sabes. Soy demasiado testarudo para eso.

Un relámpago chisporroteó en el cielo. Esbozó un atisbo de sonrisa al verlo. Tragó saliva y echó hacia atrás la cabeza.

—Han escrito historias sobre nosotros. Sobre mí, la ig'morruthen, y sobre ti, Samkiel, el Destructor de Mundos. Dos seres destinados a atacarse hasta que el cosmos se desangrara. —Me miró directamente a los ojos—. No a follar.

Me limité a encogerme de hombros en medio de la tormenta.

—Los tiempos cambian.

Sonrió, pero fue una sonrisa de fastidio, no la expresión luminosa que tanto deseaba ver. Juntó las manos.

—Bueno, Samkiel, ha sido un placer, pero es que tengo que ir a matar a un brujo...

Entendí cuáles eran sus intenciones. Era obvio lo que quería evitar, y yo lo comprendía mejor que nadie. Cuando murió mi padre y destruí Rashearim, me encerré en lo que quedaba de mi mundo igual que ella encerraba sus emociones, tratando de apartarme, de bloquearme, de no sentir.

—Dianna.

Di un paso adelante, solo uno. Ella alzó la mano ante mí y el anillo oscuro que llevaba en el dedo brilló un instante cuando invocó una espada desolada de hueso serrado que alzó entre nosotros.

El mundo se estremeció a mis pies y el corazón me dio un vuelco. Inconcebible.

—¿Cómo...? —Mi voz era un susurro ronco.

Había invocado una hoja a partir de un anillo. Era imposible que contara con la magia pura necesaria para estabilizar ese poder.

—Venga, otro momento de sinceridad. Recuerdo las cosas que me enseñaste. Cómo luchar mejor, ser más rápida, cómo derribar a un enemigo más corpulento que yo, cómo ser letal. Todas las clases que me diste en aquella mansión cuando tenías tantas ganas de hacer las paces tras nuestra discusión. Recuerdo cada palabra que dijiste, incluido lo de que siempre había que contar con un arma. —Alzó la espada para sopesarla—. Me la ha hecho Camilla. Le ha llevado un tiempo, pero mira.

—¿Para eso la necesitabas? ¿Para enfrentarte a mí?

¿Por qué se me incendiaban las entrañas de rabia y celos ante aquella información?

—Sabía que te cruzarías en mi camino. Es la sangre que te corre por las venas, por ese cuerpo perfecto que tienes. Llevas en el ADN lo de salvar a la gente. Y oye, me mola todo. Lo de los anillos es una idea sensacional.

Camilla había forjado un anillo de espada. Sabía que sus poderes no tenían igual, pero no que llegaran hasta un nivel tan catastrófico. Y de pronto me encontraba con que las dos mujeres más poderosas que conocía habían unido sus fuerzas.

—Soy un ser nacido del caos, nacido para destruirte. —Alzó la espada y me apuntó—. Tú eres el protector de los doce dominios y de las dimensiones que hay entre ellos. ¿Por qué no hacemos lo que estamos destinados a hacer, guapo?

Se movió a toda velocidad, a una velocidad imposible. Invoqué una hoja y la alcé para detener el ataque justo antes de que me golpeara en la cara. Se oyó el sonido del acero, y una parte de mí se rompió.

Mi cuerpo chocó con el suelo y se me escapó el aire de los pulmones. Me puse en pie e invoqué otra arma ardiente. Me negaba a darme por vencido con ella. Dianna seguía allí. Solo había sido un relámpago, un instante enterrado bajo la ira y la venganza, pero la había visto, y con eso me bastaba.

Las luces centellearon y proyectaron un tinte azul verdoso con cada giro de los haces de luz amarilla. Examiné el agujero que Dianna había hecho en la cubierta tras atacarme con llamas hasta el punto de que lo noté. Aún tenía las ropas intactas, aparte de los pocos cortes que me había hecho con el filo de la hoja. Su manera de manejarla parecía un ballet. Me parecía impresionante hasta cuando yo era su objetivo.

Miré el fondo del agujero y salté tras ella. Nada más tocar el suelo con los pies, caí de rodillas. La espada de Dianna golpeó el metal justo por encima de mi cabeza y se quedó clavada. Tenía los ojos llameantes cuando la arrancó de la pared.

Me levanté y me hice a un lado, fuera de su alcance.

—¿Desde cuándo manejas tan bien la espada? No te gustaban nada.

Se lanzó contra mí y paré el golpe. La retuve unos segundos. Tenía mucha más fuerza de la que recordaba. Se me acercó más y sonrió para mostrar unos caninos tan afilados como la espada que esgrimía. El primer puñetazo me acertó en la mandíbula con tanta fuerza como para lanzarme contra la pared. Me aparté y volví a esquivar, y la hoja arrancó chispas de la pared justo donde había estado.

—Para alcanzar la perfección hay que entrenar —me imitó con voz burlona—. Eso también me lo enseñaste tú.

—Vaya, así que me prestas atención cuando te digo algo.

Una tubería reventó en la pared y una vaharada de vapor siseó en el pasillo.

—Te vi en la tele, ¿sabes? Charlando y riendo con esos estúpidos mortales como si no hubiera pasado nada. Les dijiste que no había nada que temer. Qué gracioso eres.

Me persiguió a través del vapor gris al tiempo que hacía girar la espada.

—Tengo que mantener las apariencias, Dianna. Por eso lo hice, y lo sabes. Los mortales ya están demasiado nerviosos.

—Sí, se te veía sufrir mucho con toda esa gente babeando por ti.

Se me pasó una idea por la cabeza.

—¿Eso te pareció? ¿Cuánto tiempo me estuviste mirando?

Lanzó otro ataque y lo paré.

—La puso ante las cámaras, Samkiel, y tú apareces como si te diera igual. Venga, vuelve a mentirme, dime lo mucho que te importo —gruñó, y me lanzó una patada al pecho.

Salí despedido contra la pared, que chirrió con el impacto. Me froté el esternón y me levanté. Sí, sin duda era más fuerte, más cruel. Recuperé el aliento mientras analizaba sus palabras.

—Tengo que calmar a todo el mundo, a los mortales, Dianna. Es la única manera de evitar que venga el Consejo de Hadramiel. Nada más. Nunca haría nada que te causara más dolor.

El vapor aún salía a chorro de la tubería y todo aparecía envuelto en niebla. Lo único que veía de ella eran los ojos rojos y la silueta. Retrocedió un paso, luego otro.

—No te preocupes por mi dolor —dijo con una sonrisa que hizo resplandecer en la penumbra los dientes blancos.

Al instante siguiente, había desaparecido. Me puse en pie de un salto y corrí hacia donde había estado. El humo me envolvió el cuerpo, pero el pasillo estaba desierto.

—Joder —masculle.

Era la palabra que había aprendido de Dianna. Me había tendido una trampa mientras lo buscaba y localizaba; y, una vez estuve a suficiente distancia de ella, había desaparecido.

Me di la vuelta y volví a guardar en el anillo el arma ardiente antes de echar a correr por el pasillo. Sabía que no iba a llegar a Santiago antes que ella, así que abrí un portal y reaparecí junto a la puerta de metal, y la arranqué de los goznes. Santiago se puso en pie de un salto, lleno de miedo y sorpresa. No le di tiempo a reaccionar: lo agarré por la pechera de la camisa y lo saqué de allí.

—Tienes muy mala pinta —dijo con gesto torvo al ver los cortes y la sangre de la chaqueta.

No me había dado cuenta de la cantidad de veces que me atacó durante el enfrentamiento, pero unos cuantos golpes habían dado en el blanco.

Me lo llevé de allí a rastras mientras examinaba cada pasillo y cada rincón, a la espera de que Dianna apareciera. Me sorprendía que no hubiera llegado hasta él. Santiago advirtió mi intranquilidad y se apresuró a seguirme el paso.

—Si no me hubieras quitado las manos habría abierto un portal para sacarnos de aquí.

—Cállate —le espeté.

Llegamos al final de un pasillo. Miré a derecha e izquierda, pero lo único que se movía eran las sombras que creaba la luz parpadeante. Empujé a Santiago hacia la derecha, hacia el indicador de la salida al final del pasillo.

—¿Se puede saber por qué me proteges?

Se me tensaron los hombros y me detuve para enfrentarme a él, con lo que tuvo que retroceder un paso.

—No te protejo a ti —dije con los dientes apretados.

—Pues vaya si lo parece —ronroneó Dianna desde la otra punta del pasillo.

Santiago abrió mucho los ojos con la vista clavada detrás de mí. Me volví despacio para enfrentarme a Dianna. Estaba apoyada contra la pared y se daba golpecitos en el tacón con la espada desolada. ¿Cómo había pasado junto a mí? Era la segunda vez.

—¿Por qué no te percibo ya?

Fruncí el ceño y oí a Santiago tragar saliva detrás de mí.

Dianna me miró a los ojos. Se encogió de hombros, se apartó de la pared e hizo girar la espada en la mano tal como yo le había enseñado.

—Es un secreto, y ya no somos amigos del alma.

Apreté los labios e iba a decirle una vez más lo poco que me gustaba aquella expresión cuando oí la voz de Santiago detrás de mí.

—Eres más Kaden que nunca.

—Una cosa así. —Se le dibujó una sonrisa en la cara—. ¿Estás preparado para morir?

Me interpuse para escudarlo con mi cuerpo.

—No, Dianna. Por mucho que quiera verlo muerto, no podemos. No puedes.

Se detuvo y su sonrisa se tornó letal. Sacudió la cabeza.

—Claro que puedo. ¿Quieres verlo?

Alcé la mano.

—Piénsalo bien. Sabe dónde está Kaden y a dónde están enviando esto. Me ha dicho que Azrael sigue vivo. ¿Sabes lo que significa eso?

Entrecerró los ojos y echó la cabeza hacia atrás. La vi bajar la espada, pero la apretó más en el puño.

—¿Eso es lo único que te importa? —dijo con una voz que era casi un susurro.

—¿Qué? No. —Negué con la cabeza y bajé la mano—. Es valioso, Dianna.

—No. —Me miró y vi por un momento el dolor en los ojos como brasas. Me apuntó con la hoja—. Ella era valiosa.

—Lo era, y Santiago lo pagará caro. ¿De verdad crees que me importa la vida de Santiago después de lo que te hizo? —Inclinó la cabeza hacia un lado. Me estaba escuchando. Contaba con su atención, y lo aproveché—. Necesito información, y se la voy a arrancar como he hecho desde hace siglos.

Dianna se cruzó de brazos con la espada en una mano.

—¿Ese es el plan? ¿Hacerle a él lo mismo que me hiciste a mí hasta que te diga dónde está Kaden?

—Sí —asentí.

—Y luego, ¿qué? ¿Matarlo?

Hice un ademán.

—Pagará por sus crímenes. El Consejo de Hadramiel se encargará de ejecutarlo como han hecho desde hace eones.

—¿Por sus crímenes? Qué heroico. —Disimuló una risita—. Eres un encanto, siempre intentas ayudar a los monstruos, pero nos podemos saltar el procedimiento. Déjamelo a mí. Ni siquiera te tienes que manchar esas preciosas manos.

—O podemos hacer otra cosa. —Tragué saliva a pesar del creciente nudo que sentía en la garganta—. Podemos llegar a un acuerdo y trabajar juntos, como ya hicimos.

—No repetiré errores. No nos salió muy bien. —Se encogió de hombros y frunció el ceño—. Así que no, gracias. A ti te gusta hacerlo todo según las normas. A mí, en cambio, me va más lo de matar y mutilar. A ver, dime, ¿qué sería para ti? ¿Un prisionero de ese mítico consejo?

—Un prisionero de guerra, sí.

Dio unos golpecitos con el pie en el suelo y bajó la vista un momento.

—Bueno, tu prisionero de guerra se ha largado, así que…

Me di la vuelta para encontrarme con el pasillo desierto. Las luces al final del pasillo seguían girando. Mascullé una palabrota y me volví hacia ella con las manos en las caderas.

—¿Cómo es que no lo oí?

Dianna descruzó los brazos y sacudió la larga cabellera ondulada al encogerse de hombros.

—Estabas muy metido en el discurso y me ha dado cosa interrumpirte. Santiago es una rata y lleva un hechizo en los pies para moverse con sigilo.

—Ah. —Una parte de mí echaba de menos aquello, y todo mi ser la echaba de menos a ella. Cuando estaba con Dianna todo encajaba, nuestra manera de trabajar juntos era perfecta, igual que su voz y sus pullas. Podía negar tanto como quisiera la conexión que había entre nosotros, pero yo la sentía allí, nítida. Dioses, cuánto la echaba de menos. Pero la nostalgia me duró poco—. ¿Lo has visto escapar?

—Sí —asintió.

—¿Y lo has dejado?

—Sí —volvió a asentir.

—¿Por qué?

Resopló y se empezó a acercar.

—Si quieres que te sea sincera, iba a ir a por ti cuando acabara con Santiago, pero ya que te tengo ahora... —Su voz se hizo más grave, los ojos le brillaron con más violencia, los colmillos le bajaron hasta el labio inferior como si la ig'morruthen estuviera saliendo a la superficie—. Se me ocurre un plan mejor.

Dianna se lanzó contra mí con la espada por encima de la cabeza. Me hice a un lado e invoqué una espada del anillo, la alcé y detuve el golpe. Los ataques fueron salvajes, brutales, y la fuerza que llevaban me provocó una mueca. Antes era fuerte, pero ahora su fuerza era casi aterradora.

Paré el segundo golpe y la hice retroceder, pero solo tardó un segundo en lanzar otro ataque, tan deprisa que no la vi retorcer las sombras en torno a ella. La tenía delante y al segundo siguiente estaba detrás de mí, igual que cuando peleamos en Zarall. Me lanzó un tajo por la espalda, pero moví la hoja tras de mí y desvié la suya. Me volví hacia ella, pero ya no estaba allí. Un súbito dolor me atravesó el omoplato. Otra ráfaga de aire y fuego me alcanzó en el costado, seguida de una punzada de dolor; la sangre me corrió por el brazo. Joder, qué rápida era. Traté de parar sus golpes, pero uno me alcanzó detrás de la rodilla y me hizo caer. Me rodeó, con los tacones repiqueteando en el suelo, y se detuvo frente a mí. Luego me obligó a levantar la cabeza con la parte plana de la espada.

—Anda, mira —dijo, con una sonrisa en los labios—. Si hasta los dioses saben hacer reverencias.

—Si me querías de rodillas, solo tenías que decirlo, Dianna.

—Qué idea tan tentadora. —Movió la hoja bajo mi barbilla para obligarme a echar la cabeza hacia atrás—. Pero déjate otra vez la barba. Me gustaba más, hacía cosquillas.

—Lo que quieras.

Su sonrisa era todo colmillos y brutalidad gélida.

—¿Lo que quiera? ¿De verdad?

—Siempre.

—Pues mira, hay una cosa que quiero de ti. —Se inclinó un poco más con la punta de la espada contra la piel—. Quiero que sangres.

Con una velocidad que no pude seguir, me agarró por el cuello y me levantó por los aires con la facilidad de un depredador. Los músculos esbeltos de los brazos se le tensaron con mi peso. Casi no toqué el suelo con los pies pese a lo mucho que la superaba en altura. Fui incapaz de decir nada antes de que me atravesara el vientre con la espada para clavarme al casco metálico del barco.

Lancé un gemido y traté de agarrar la hoja mientras ella me la clavaba todavía más. Me miró a los ojos, se mordisqueó el labio y se acercó todavía más.

—¿Te he dicho alguna vez cuánto me gustan esos ruiditos que haces? —Me hincó las uñas en el cuello—. Hazlo otra vez.

Su voz era como terciopelo líquido que me recorría la piel, el alma, incluso con la herida del vientre. Poco a poco, me soltó el cuello y me bajó los dedos por la garganta, me recorrió la clavícula y me acarició el pecho. La sangre me manaba de la herida, pero se me estaba concentrando en otra parte del cuerpo. Oyó cómo se me entrecortaba el aliento y la sonrisa se le acentuó para dejar al descubierto unos caninos afilados como puñales. Me desgarró la camisa con una uña antes de bajar la cabeza. Cuando noté la lengua contra el pecho desnudo, el gemido que se me escapó no fue de dolor. Alzó la vista y me miró entre las espesas pestañas con una mirada que no había abandonado mis fantasías desde Chasin.

—Eso es —dijo, y siguió el rastro de la sangre con la lengua por debajo de la espada.

Dio un paso atrás y el cuerpo entero se me enfrío sin su proximidad. La vi sacarse un frasquito que llevaba colgado del cuello con una cadena, oculto entre los pechos. Quitó la tapa y escupió dentro mi sangre. El deseo se transformó en temor cuando la vi cerrarlo de nuevo y guardárselo otra vez bajo la blusa.

Forcejeé para liberarme, pero no sirvió de nada. No sabía con qué me había clavado a la pared, pero no cedía. Apenas llegaba al suelo con los dedos de los pies y no podía hacer palanca para soltarme.

—No te muevas.

Me guiñó un ojo antes de desaparecer en una nube de niebla negra.

XII
DIANNA

Recorrí el pasillo mientras me limpiaba la sangre de Samkiel de la lengua y los labios con la manga. Tenía que librarme de su puto sabor. Tenía que quitármelo de la cabeza, de la boca, de... Me detuve en seco al oír el latido del corazón de Santiago un piso por debajo de donde estaba yo. El fuego me bailó en la palma de la mano y lancé una columna de llamas contra el metal del suelo. Se iluminó con un fulgor entre rojo y amarillo y se fundió, y cayó goteando al piso inferior. Salté por el agujero y aterricé con las piernas flexionadas. Santiago volvió la vista y leí en sus labios la palabra «joder» antes de que doblara la esquina tratando de escapar. Saqué las uñas y las arrastré por la pared mientras recorría el pasillo sin prisa y silbaba una antigua melodía de Eoria. El sonido era chirriante y saltaron chispas y esquirlas de metal. Iba a por él y no me importaba que lo supiera.

Era una caza y él era mi presa. Quería saborearlo. Estaba atrapado, no tenía a dónde huir ni nadie que lo salvara. Doblé la esquina justo cuando se cerraba una gruesa puerta de metal. En cuestión de segundos estaba delante de ella y la arranqué de los goznes de una patada. El estrépito retumbó en toda la sala cuando chocó con la pared y cayó al suelo.

—Esto empieza a ser de vergüenza, Santiago. Hasta para ti.

Solté una risa y entré en la habitación pequeña y mal iluminada, pero allí no había nadie. ¿Qué leches...? Lo había visto entrar, y no había otra salida.

—¿Me buscabas?

Me di la vuelta y enseñé los colmillos, preparada para destrozarle el cuello a dentelladas. Él alzó la mano y me sopló a la cara un polvo fino. Mi reacción inmediata fue parpadear, lo que me metió más adentro aquello, fuera lo que fuera. Retrocedí y choqué con la pared de metal. Un dolor lacerante hizo que me lloraran los ojos y me ardiera la garganta. Me llevé las manos a la cara y me rasqué los ojos, desesperada por limpiármelos.

—Mala cosa. No solo te deja ciego, sino que además se te mete en el sistema nervioso central. Kaden sabía que vendrías a por nosotros y nos dio algo con lo que defendernos. Supongo que a los Vanderkai y a Camilla no les sirvió de mucho.

Abrí los ojos y tuve que volver a entrecerrarlos con la vista borrosa. Lo vi doble, oscilante, hasta que conseguí concentrarme y enfocarlo.

—Te voy a hacer pedazos —estallé.

Empecé a temblar. Sentía débiles las piernas y los brazos, pero conseguí levantarme sobre las manos y las rodillas para poder ponerme de pie.

Santiago se limpió las manos contra los pantalones.

—Tu novio se pensó que le bastaría con cortarme las manos para tenerme controlado, pero por lo visto no le hablaste del regalo que me hizo Kaden cuando me uní a él, ¿verdad? —Se encogió de hombros y me dio una patada en las costillas con tal fuerza que se me escapó el aire de los pulmones—. Siempre pica cuando cree que el otro está indefenso, ¿eh?

—Eres un mierda, Santiago. Vaya novedad. —Me apreté el pecho y conseguí ponerme de rodillas apoyándome contra la pared para levantarme. Me sentía como si me hubieran arrancado la mitad de mi poder. Me erguí, traté de limpiarme el resto del puñetero polvo y avancé hacia él. Volvía a haber varios Santiagos y todos se reían de mí, lo que solo sirvió para cabrearme todavía más. A trompicones, les lancé zarpazos que solo rasgaron el aire. No paraban de cambiar de lugar—. ¿Vas a parar de moverte, joder? ¡Quédate quieto para que te mate! —rugí.

Me dio un puñetazo directo en la cara que me tiró al suelo. El polvo había surtido efecto demasiado rápido para mi gusto. Putos brujos. Una mano me agarró por el pelo por detrás y me tiró con tanta fuerza que hice una mueca. Se arrodilló a mi espalda y me echó la cabeza hacia atrás. Apreté los dientes para soportar el dolor y vi su rostro a apenas unos centímetros. Tenía una mueca burlona cargada de lujuria cuando me paseó la vista por encima, por el escote pronunciado del mono.

—Siempre me había imaginado follándote así. Me muero de curiosidad, ¿qué puede ser tan bueno como para que Kaden haya demorado sus planes mil años? —Noté su boca ardiente contra la mejilla y se me revolvió el estómago. La bestia que había dentro de mí saltó y se retorció mientras luchaba contra su hechizo. Estaba recuperando las fuerzas poco a poco—. Tengo muchas ganas de devolverte con Kaden. Igual me deja que juegue contigo como castigo por la rabieta. Porque eso es lo que es, y tiene cosas más importantes de las que preocuparse que tus llantos por tu hermanita muerta.

Lo agarré por la nuca a una velocidad vertiginosa y, con un solo movimiento, lo tiré de espaldas, aunque me arrancó un mechón de pelo. Antes de que pudiera reaccionar, me puse encima de él y le clavé los colmillos en el cuello. La sangre me cubrió la lengua, caliente y amarga, y me concentré en rebuscar entre todos sus recuerdos.

Un dolor agudo y cegador me estalló en el cráneo. Lancé un grito y me aparté de él. Sentía como si la cabeza me fuera a volar en pedazos. Rugí con los colmillos chorreando sangre.

—¿Qué me has hecho?

—¿De verdad pensabas que no teníamos un plan de contingencia? Dioses, ¿cómo puedes ser tan estúpida?

Me puse de pie como pude mientras me palpitaba la cabeza y el brujo invocaba más energía.

—Kaden ha lanzado un hechizo sobre la sangre de todos los seres del Altermundo, todos los que son de importancia para él, de manera que no puedas encontrarlo. A estas alturas ya deberías saber que no hay manera de dar con él a menos que lo permita.

—Dioses, qué panda de cobardes. Ni siquiera podéis morir con dignidad. Bueno, ya veo que vais por ahí con el rabo entre las piernas como los perritos que sois.

Había metido el dedo en la llaga. La mano de Santiago se encendió y la energía verde le brotó de la palma. Me acertó en el pecho y me hizo atravesar la pared de metal que tenía detrás. Aterricé al otro lado con un gruñido de dolor, con los pulmones paralizados y el pecho hundido. Los huesos se me soldaron bajo la piel y me senté. Por suerte, había comido suficiente, o un golpe así me habría dejado sin sentido.

—Ahora eres más fuerte, más poderosa. Mejor. Por fin te has entregado por completo, ¿eh? Ya veo que Kaden tenía razón. Solo te hacía falta un empujoncito.

Me aparté el pelo de la cara. Santiago entró por el agujero que había hecho mi cuerpo, entre el metal afilado. Brillaba iluminado por la energía que estaba utilizando, y la luz ganó en intensidad cuando invocó más poder que le fluyó hasta las manos.

Unas bandas de energía verde me rodearon el cuello y me levantaron. Mis pies se arrastraron por el suelo cuando me llevó hasta él. Le brillaron los dientes blancos cuando cerró los dedos para apretarme la banda que me ahogaba. Solo me hacía falta acercarme un poco más, conseguir que siguiera hablando, que pensara que me tenía dominada.

—No creo que pudieras matar a Kaden ni aunque dieras con él. En este momento, haría falta un ejército para detenerlo, y tú estás sola. No tienes a nadie. Cuando Kaden abra los dominios, desearás haberte quedado a su lado.

Me detuvo a unos pasos de donde estaba y me dedicó una sonrisa burlona. Los tentáculos verdes me soltaron.

—¿Ese es el gran plan de Kaden? ¿Quiere abrir los dominios con hierro? Los dominios se abrirán cuando Samkiel muera, y a un puto dios inmortal no se lo mata con hierro. Sois imbéciles.

Santiago se rio como si le hubiera contado un chiste.

—¿Tú crees? Venga ya. Solo es un ingrediente.

Disimulé una sonrisa, porque había hecho justo lo que necesitaba: hablar.

—¿Solo uno?

Se le borró el gesto de diversión al reparar en que se había ido de la lengua.

—Eres una zorra.

—Sí, pero una zorra lista.

Invoqué la hoja desolada del anillo y me puse en pie sin esfuerzo. Santiago retrocedió conmocionado, con la energía verde enroscada en los nudillos. Me lanzó la magia a la desesperada. Retrocedí y alcé la espada, que le devolvió el poder como me había dicho Camilla que haría. Lanzó otra bola de energía, luego una más, y seguimos con aquel baile durante lo que me pareció una eternidad.

Cada ataque era deliberado y mortífero. Por algo contábamos los dos con el favor de Kaden. Avancé y le lancé una patada que lo mandó volando por la estancia hacia la otra. Salté tras él, cosa que fue una estupidez. En cuanto entré, Santiago utilizó su poder para lanzarme la puerta de acero contra la cabeza. Perdí el equilibrio y retrocedí, y aprovechó para atacarme con un nudo de magia verde. Me envolvió del cuello a los pies y me paralizó los brazos contra el cuerpo. Apretó y me levantó por los aires.

Dio un paso adelante, alzó la mano y me lanzó contra una pared, luego contra la otra. El dolor me desgarró cuando se me dislocó un hombro, pero no tuve tiempo para concentrarme en eso: me lanzó contra el techo antes de estrellarme contra el suelo.

Cuando me volvió a levantar por el aire, vi su expresión de alegría demencial. Si podía, me iba a matar, y si no, me incapacitaría lo suficiente para llevarme ante Kaden. Tensé los músculos para resistirme a la magia.

—Qué ganas tengo de entregarte a él junto con el hierro. ¿Cómo dicen los mortales? Matar dos pájaros de un ti...

Santiago se detuvo en mitad de la palabra. Estiré el cuello para mirarlo. Frunció el ceño, y vi el destello de la hoja de plata.

Estaba de pie y, sin más, se desplomó en dos partes, dividido por el centro. El poder que me sujetaba desapareció y caí al suelo, de culo, con un golpe sordo. Samkiel no me quitó ojo mientras saltaba por encima del cadáver de Santiago. Se detuvo delante de donde estaba y me tendió una mano para ayudarme a levantarme. Lo miré con los ojos llenos de rabia y las aletas de la nariz dilatadas, y lo aparté de un manotazo.

—¿Por qué lo has hecho? —le grité.

Frunció el ceño, ofendido.

—¿El qué? Te he salvado.

—¿Que me has salvado? —Solté un bufido—. Santiago tenía información y se la estaba sacando hasta que te ha dado por hacerte el héroe otra vez y lo has matado.

—¿Le estabas sacando información? ¿Mientras te tenía atada con su magia y te lanzaba de un lado a otro hasta dejarte toda magullada y ensangrentada? —Parecía como si lo hubiera insultado—. Pero si estabas...

—¡No estaba nada, cretino incompetente!

Me puse en pie de un salto y me volví a encajar el hombro en su sitio con un gruñido. Pasé de largo junto a él y crucé el agujero de la pared. Soltó un taco y oí sus pisadas que me seguían, que me seguían, que me seguían como siempre.

—Dianna.

—¡No! —grité sin darme la vuelta—. Deja de tratar de salvarme, deja de tratar de ayudarme, y por todos los dioses, ¡deja de seguirme como un puto perrito perdido!

—Lo que dices carece de significado.

—Significa que dejes de hablarme como si volviéramos a ser amigos, porque no lo somos.

—Excelente. Detesto esa palabra. Quiero que seamos mucho más que amigos.

Una ola de calor me recorrió todo el cuerpo al recordar cuánto odiaba la palabra. Me lo hacía siempre. Me giré en redondo.

—¿Cuántas veces te tengo que prender fuego, tirarte de un edificio o atravesarte con una espada para que me dejes en paz?

—¿Después de esto? —Ni siquiera parecía molesto. Se encogió de hombros—. A estas alturas, empiezo a pensar que para ti la violencia son los preliminares.

—Los dos sabemos que eso no es lo que me gusta.

—¿No? —Se me acercó un paso más y me envolvió con su calor, con su olor—. Ven conmigo a casa y enséñame qué te gusta.

A casa. La expresión me atrajo de tal manera que me tambaleé. Sentí que el cuerpo se me iba como si quisiera dar un paso adelante, como si lo sopesara. Como si él fuera mi casa. Pero no. Ya lo estaba haciendo otra vez, le estaba permitiendo que me afectara, que me distrajera, que me hiciera sentir. Lancé una patada que le acertó entre las piernas a tal velocidad que no tuvo tiempo para esquivar. Se dobló por la mitad y cayó al suelo.

Lo miré con odio. No soportaba lo que me hacía sentir. Me di la vuelta y me dirigí a la salida.

—Sigue fingiendo que lo que hemos hecho y lo que hemos pasado juntos no significa nada para ti, pero yo sé la verdad. Tú me has cambiado, Dianna, y sé que yo a ti, también —me gritó.

«Eso es lo que más te duele. Te enamoraste de él mientras Kaden se apoderaba de tu hermana. He pasado por lo mismo. Tal vez no estuvierais follando cuando se la llevó, pero no estabas con ella. Y no estabas con ella porque...».

Un candado de la casa se sacudió.

Lo vi todo rojo.

—¡No sabes nada! —grité.

Las llamas me bailaron en las manos. Me di la vuelta y volví hacia él mientras se ponía en pie.

—Ese fuego me dice lo contrario. Entre nosotros hay pasión.

El corazón se me aceleró sin que pudiera controlarlo. No lo soportaba. No lo soportaba a él. Estaba equivocado. Estaba mintiendo y no hacía más que distraerme. Cerré los ojos y apagué las llamas. Sacudí la cabeza, volví a abrirlos y lo miré.

—Mira, oye, lo entiendo. Es natural. Hace mil años que no estabas con una mujer ni con nadie. Es lógico que te sientas atraído, pero no es real. Lo que hicimos, lo que teníamos... no fue real.

Nunca había visto a Samkiel retroceder tan deprisa. Cualquiera habría dicho que le había dado una bofetada o que le había dicho algo insultante.

—No se te ocurra tratar de simplificar mis sentimientos.

—Por los dioses, tienes como mil años y me metiste mano una vez. ¿Y qué? ¿Te pareció que veías a dios o qué?

Se le nubló la expresión y frunció el ceño, airado.

—Eso no fue lo único que hicimos, y lo sabes.

Me derretí por dentro y el calor me recorrió el cuerpo. Volvieron de golpe los recuerdos e imágenes de lo que habíamos hecho en aquella puñetera casa. Traté de contener mis reacciones, luché por sofocar las emociones y el hambre que me despertaron.

—Lo único que sé es que estamos en bandos opuestos. Siempre lo hemos estado. Habría matado a Zekiel, ¿o ya se te ha olvidado? ¿Se te ha olvidado que si trabajé contigo fue por mi hermana, solo por mi hermana? Porque tenías algo que a mí me hacía falta, así que hicimos un trato.

«Miente. ¡Hazle daño! —me gritó la fiera—. ¡Haz que se aleje de ti!».

El dolor se le reflejó en los ojos gris oscuro.

—No hagas eso. No lo trivialices.

—Pues fue eso y nada más, no hubo otra cosa. Si pensaste lo contrario eres más idiota que yo. Has tenido mil amantes y tendrás mil más. No soy tan especial.

Me di la vuelta y me alejé.

Samkiel se materializó delante de mí.

—¿De verdad crees que significas tan poco para mí?

Dejé escapar un gemido de frustración por él, por la conversación, por todo. Alcé la vista hacia él.

—Lo único que creo es que volví a confiarle la vida de mi hermana a un desconocido guapo cuando me tendría que haber encargado yo. Debí hacerlo yo misma.

—Dices que te enseñé cosas, pero tú también me enseñaste cosas a mí. —Samkiel entrecerró los ojos, alzó una mano y me señaló—. No lo puedes hacer todo sola, Dianna.

—Oye, no me vengas con el discurso del héroe.

Puse los ojos en blanco y di media vuelta. De nuevo apareció delante de mí, invadiendo mi espacio y obligándome a echar la cabeza hacia atrás para mirarlo. Me ponía de los nervios. El puñetero Rey Dios creía que podía tener a quien se le antojara. Que podía tenerme a mí y que me entregaría de buena gana. Traté de esquivarlo, pero me cortó el paso.

—¿Crees que no sé lo que pasa? Has dejado que Kaden te convenza. Has dejado que sus mentiras tergiversen lo que ambos sabemos que es cierto. Yo jamás te haría daño y jamás te abandonaría. ¿Qué ha sido de todo lo que dijimos? ¿Qué ha pasado con lo de que tu carga sería la mía? Sé que, ahora mismo, estás sufriendo más de lo que nadie debería sufrir. Déjame que lleve parte de tu carga.

Extendió la mano para apartarme un mechón de pelo de la cara. Una punzada de calor me quemó por dentro cuando me rozó la piel con el dedo y el corazón se me puso a mil. En ese momento, se me olvidó cuánto estaba sufriendo, el desastre que era mi mundo. Me olvidé de ella y de lo que le habían hecho. Samkiel me ofrecía un lugar donde descargarlo todo. Me ofrecía ayuda para llevar esta carga, y por eso lo detesté aún más. Podía cambiar de forma, transformarme en cualquier fiera aterradora y lanzar fuego por la boca. Mi fuerza era brutal, pero no cuando se trataba de él, de mis sentimientos. Ni mucho menos. Todas las células de mi cuerpo me pedían venganza a gritos, pero sabía que él tenía razón, que lo podía hacer. Una parte de mí, una parte encerrada tras una puerta de acero cargada de cadenas, lo ansiaba. Pero esa parte de mí tenía que morir.

—¿De verdad quieres ayudarme? Lárgate. No quiero tu ayuda y no la necesito. Te lo voy a decir por última vez a ver si te entra en la cabeza. Para mí no eres nada.

Dejé escapar un gruñido y me dispuse a darle un empujón para apartarlo de mí, pero hubo una explosión que sacudió el barco entero. Las sirenas aullaron y nos vimos lanzados contra la pared. Samkiel me miró como si me preguntara qué había hecho.

—¡Yo no he sido! —le espeté.

Se apartó y trató de recuperar el equilibrio, pero se oyó otra explosión, esta vez más cerca de nosotros. Las llamas rugieron por el pasillo y grandes trozos de metal salieron disparados, todos hacia él.

Le di un empujón y lo tiré al suelo. Cayó con un golpe sordo mientras el metal me desgarraba la espalda y me hacía gritar de dolor. Los ojos se le iluminaron con un brillo plateado de triunfo. Comprendí lo que había hecho, cómo había demostrado que mis palabras eran una puta mentira. Me levanté y abrí la boca para insultarlo, para probar que era una causa perdida, pero el océano se me adelantó. Las olas nos barrieron, nos dejaron sin aire y nos arrastraron al mar.

Santiago había dicho que Kaden tenía un plan de contingencia. Si no conseguía entregar la carga, si yo lo atrapaba y lo mataba, el barco y su contenido volarían por los aires.

Kaden no quería que lo encontrara e iba a impedirlo por todos los medios.

XIII
SAMKIEL

Parpadeé mientras recuperaba poco a poco el conocimiento. Sentí un tirón en el brazo y unas manos fuertes que me arrastraban por la fina arena. Tenía la vista desenfocada y me palpitaba la cabeza, pero la vi: era una diosa que tiraba de mí para apartarme de las olas. ¿Acaso Oceanuna me había encontrado, perdido y a la deriva? Vi su forma esbelta, el largo tajo en la espalda que se le iba curando poco a poco. El pelo oscuro y empapado que le caía enredado sobre los hombros. Mi cuerpo chocó con el suelo y sentí la quemazón en la garganta cuando escupí el agua salada, jadeante y con la vista borrosa. Unos ojos rojos me miraron desde arriba. No era Oceanuna. No era una diosa. Era una ig'morruthen. Mi ig'morruthen.

—¿Dianna?

Desapareció en cuanto pronuncié su nombre. Volvió a la oscuridad como si la oscuridad fuera su dueña, y una parte de mí tuvo miedo de que así fuera.

—Vaya pinta tienes —bromeó Vincent al verme entrar en el edificio, en la Ciudad de Plata. Estábamos a muchos pisos de altura y yo había llegado empapado, con los zapatos llenos de agua salada. No había pasado desapercibido—. Cada vez que desapareces, vuelves hecho un desastre.

—Se acabaron las entrevistas de televisión. Y quiero que me borréis de las que ya he hecho. Si los mortales quieren escuchar palabras tranquilizadoras se las tendrás que transmitir tú, Vincent.

—De... de acuerdo —tartamudeó.

Las palabras de Dianna me volvieron a resonar en la cabeza. Qué imbécil fui al no darme cuenta de lo que le iba a doler aquello. Había puesto mi trabajo, mi rango, por delante de ella.

Sacudí la cabeza sin hacer caso de los celestiales que me miraban boquiabiertos.

Las heridas se me habían cerrado, pero seguía teniendo la ropa destrozada, en jirones. Parecía como si hubiera luchado contra una fiera salvaje. Más de uno habría dicho que así era, pero Dianna era mía, era dueña de una parte de mí que hasta entonces nadie había tocado. El corazón me dolía mucho más que cualquier parte de mi cuerpo magullado.

Vincent acudió a mi lado con gesto de preocupación.

—¿Quieres hablar de esto?

—No.

—Y doy por hecho que el barco ya no existe —dijo con un gruñido.

—Está en el fondo del mar, hecho pedazos.

—¿Qué hay de Santiago?

—Muerto.

Sacudió la cabeza.

—Dianna está matando a todos los que tuvieron algo que ver.

—No fue ella.

Llegamos al ascensor y Vincent pulsó el botón.

—¿Has sido tú?

—Ese tipo era lo peor de lo peor. Nadie lo echará de menos, y no me gusta que me ataquen a mí —dije con voz grave, casi un gruñido.

O a ella.

Vincent asintió.

—Había dado por hecho que le íbamos a sacar información. Por desgracia, seguimos sin saber nada.

La puerta del ascensor se abrió y entramos. ¿Información? Solo me había contado cosas que daba por hecho que eran falsas. Que Azrael seguía con vida, que Alistair se encontraba en Rashearim cuando cayó. Cuentos. Solo podían ser cuentos. De lo contrario, lo habría sabido, lo habría sentido.

—¿Me estás escuchando?

Me volví hacia él.

—¿Eh?

—¿Cuándo vamos a hablar con el Consejo de Hadramiel?

—Cuando llegue el momento.

Los números bailaron en la pantalla, sobre las puertas. Vincent se mordió la lengua, pero asintió. Sabía que quería hacer algo. Sabía que quería que llamara a la Mano. Quería batallas como aquellas en las que habíamos peleado hacía tanto tiempo. Para él, Dianna solo era otra ig'morruthen que estaba sembrando el caos y la destrucción, y había que abatirla como si fuera un animal rabioso. Sentí sus ojos clavados en mí, pero no supe qué decirle. Había fracasado, como tantas otras veces en el pasado, y no le dije lo que había descubierto. No le dije que Dianna había estado a punto de derrotarme en una pelea, que ahora se movía como yo, que la había entrenado demasiado bien en Zarall. No le dije lo peligrosa que era.

—¿Dónde está Logan?

La pregunta lo sobresaltó. No me había dado cuenta de que había estado en silencio largo rato.

—Buscando a Neverra.

Asentí. Logan había estado tratando de encontrarla desde que todo esto empezó, cosa que me parecía bien, pero iba sin el apoyo de un equipo. Su seguridad me preocupaba tanto como la de ella. Llevábamos semanas sin pistas. Dianna era lo más parecido que teníamos a un informante en lo relativo al Altermundo, y en esos momentos no estaba de nuestro lado.

—¿Ha ido con un equipo? —pregunté para confirmarlo.

Las puertas del ascensor se abrieron en el amplio vestíbulo. Había varios bancos largos, con macetas entre ellos, contra unas paredes en las que se veían imágenes talladas que eran recuerdos del pasado, como batallas que yo habría preferido olvidar pero que las nuevas generaciones disfrutaban mucho. En aquel piso no había nadie por la noche; casi todo el mundo se había ido a casa unas horas antes. Solo quedaba el personal esencial, como lo llamaba Vincent.

—No te voy a mentir. No.

Solté un gruñido de exasperación, me detuve y me volví hacia él con un suspiro.

—Vete a descansar. De lo poco que se puede hacer esta noche me encargo yo.

Solo quedaba investigar más, buscar cosas que sabía que no iba a encontrar.

Se apoyó contra la pared del ascensor y se me quedó mirando un instante, pero al final se irguió.

—Te puedo ayudar.

Negué con la cabeza y me llevé una mano al vientre. Sentía un dolor sordo, palpitante, allí donde me había empalado.

—Prefiero estar solo.

—Ya lo sé. Eso es lo que me preocupa.

Lo decía en serio. Sabía que todos estaban preocupados. Me había fijado en que estas últimas semanas me observaban con más atención, me evaluaban constantemente. Su intención era buena, pero no me gustaba. No podían hacer nada por arreglarlo. Por arreglarme.

—Me voy a duchar y luego me acostaré, Vincent. No creo que te apetezca estar presente.

Se obligó a sonreír de mala gana.

—Bueno, no te falta razón.

Me di media vuelta.

—Dile a Logan que, si vuelve a marcharse sin equipo de apoyo, va a pasarse semanas en una celda.

—Sí, señor.

Oí la risita y luego el sonido de las puertas del ascensor al cerrarse. Lo había dicho muy en serio. No pensaba perder a ningún otro ser querido.

Mi reflejo me devolvió la mirada desde el espejo empañado del cuarto de baño. Tenía los largos mechones oscuros pegados en ondas a la frente. Volvía a tener el pelo demasiado largo, pero no me importaba. Me miré los músculos marcados, pero no me sentí fuerte. Las mil cicatrices que me decoraban el pecho, los brazos, las piernas y la espalda representaban mil fracasos diferentes. Me pasé la mano por el abdomen y recordé cómo me había atravesado Dianna con la hoja, sin esfuerzo, como si no significara nada para ella. Una parte oscura de mi cerebro pensó que tal vez Drake se había equivocado. Eso mismo había dicho ella, pero luego me salvó, aunque no hiciera falta.

Otra idea negra me pasó por la cabeza. ¿Y si no conseguía llegar hasta ella? ¿Tendría que matarla como había hecho ya con tantas bestias, seres y dioses? ¿Sería capaz de acabar con aquella sonrisa que me había dado paz cuando lo único que quería era desaparecer? Me aparté del lavabo y, con solo un movimiento de la muñeca, hice aparecer unos pantalones sueltos color arena.

Fui al dormitorio sin subir las luces. Mis habitaciones estaban en la parte superior del edificio. Una ventana panorámica me permitía ver todos los edificios de la calle, muy abajo, y las nubes que flotaban entre ellos. Era un alojamiento a la altura de un rey, de un dios, pero no me sentía digno de ninguno de los dos títulos.

Había armarios contra las paredes, junto al baño. En el centro de la habitación estaba la cama, en la que habrían cabido siete personas, y a mi derecha había una zona con sillones y una mesa. Sobre esta se encontraban en desorden los textos antiguos que había traído del consejo en mi última visita. Cogí la tira de fotos en blanco y negro y fui al balcón.

El aire fresco de la noche me recibió al salir. Abajo, la ciudad estaba en silencio. Solo se veía a los celestiales encargados de que se cumpliera el toque de queda. Me crucé de brazos y miré las fotos. Me escocieron los ojos al pasar el pulgar sobre las imágenes. Su favorita era la del centro, en la que me obligaba a mirar a la cámara. Me había dicho que le hacía gracia porque no la escuchaba nunca, pero se equivocaba. La escuchaba siempre, cada palabra, casa respiración. Siempre.

Alcé la vista hacia el cielo de la noche. Allí, cada estrella me parecía una parodia de lo que sabía que existía. Suspiré e hice algo que no había hecho en mucho tiempo: hablé con los antiguos dioses.

—Sé que, cuando un alma pasa al siguiente plano, no puedo establecer contacto. Está prohibido, pero, por favor, si Gabriella está ahí, si me oye, dejad que me ayude. Al menos, dadme una señal que me diga que estoy en el buen camino.

Observé el cielo en busca de la señal. Al final, sacudí la cabeza y me sentí muy idiota. No me podía oír, no podía hablar conmigo. Me incliné hacia atrás cuando, a mi derecha, una estrella distante parpadeó. Me volví hacia ella. Estaba a mayor altura que las demás, y era más brillante. ¿Cómo no me había dado cuenta hasta entonces?

—Puede que no fueras como nosotros, Gabriella, pero conseguiste ayudarla antes, así que eres más fuerte que yo. Tengo miedo de no llegar a ella a tiempo. He visto cosas que harían que otros pidieran la muerte a gritos y me he enfrentado a ellas, pero ahora estoy aterrado. —La estrella siguió inmutable. Por supuesto. Resoplé y miré las fotos que tenía en la mano—. Pero te prometo que no voy a dejar que se extravíe más. No voy a rendirme con ella. Tú no te rendirías.

Me di la vuelta y volví a la habitación. Me acosté y traté de descansar, y habría jurado que la misma estrella brillaba con más intensidad que las otras. O tal vez estaba perdiendo la cabeza, en busca de señales que no existían. O que la estrella había parpadeado.

XIV
DIANNA

Tres semanas más tarde

Gritó, y su alarido fue tan potente que derribó la pared de ladrillos a mi espalda. Noté que me sangraban las orejas al avanzar hacia ella. Putas banshees. Se arrodilló y se acunó el brazo roto mientras la sangre le manaba del corte en la frente. Estábamos en una fábrica abandonada llena de basura y restos. Cogí una plancha de metal y la lancé volando por el aire. Se hizo el silencio, interrumpido solo por un golpe sordo cuando la cabeza cayó al suelo.

Sasha, la líder de las banshees, estaba muerta, igual que el resto de su facción. La fábrica crujió. Las vigas ya no podían soportar el edificio tras los daños que había causado. Agarré la cabeza por la coleta azul y desaparecí.

Dejé caer la cabeza sobre el altar circular que había en el centro de la estancia, con lo que varios objetos cayeron al suelo. Camilla lanzó un grito y retrocedió.

—Ya está. Búscame otra ubicación.

Tragó saliva con las manos todavía en el aire y los ojos muy abiertos. La madera oscura del altar estaba llena de runas, plumas, patas de animales, sangre y huesos, y rodeada de polvos diversos. La cabeza de la banshee encajaba a la perfección con las demás chorradas de brujas.

Camilla sacudió la cabeza, lo que hizo ondular los largos mechones sedosos de su cabello.

—Vale, pero me va a llevar un día por lo menos.

Le lancé una mirada con los ojos llameantes. Bajó la vista.

—No tengo un día. Cada día que perdemos le da a Kaden un día más para prepararse y hacer planes, y es un día más que tengo que preocuparme por si el puñetero Samkiel nos encuentra. Date más prisa —terminé con un ladrido entrecortado.

—No me puedo dar más prisa.

Me miró a los ojos con unas pupilas llenas de chispas verdes de magia. Me crucé de brazos y un jirón de humo me salió de la nariz. Me acerqué a Camilla sin bajar la vista. Tuvo la audacia de parpadear, pero sin romper el contacto visual. Yo era unos centímetros más alta que ella y los tacones acentuaban la diferencia. No dijo nada ni retrocedió, pero el olor de su miedo me llegó en oleadas.

—Te he dejado con vida porque me sirves para mis objetivos. Si ya no es el caso, será un placer enterrarte con el resto de tu aquelarre.

Vi un atisbo de emoción en sus ojos.

—He dicho que hace falta un día. ¿No te he ayudado? Te he ocultado para que él...

Alcé la mano para interrumpirla. No quería oír el nombre de Samkiel. Era cierto que lo había conseguido esquivar durante semanas gracias al hechizo de Camilla, que había enmascarado mi poder y ubicación, pero lo sentía cerca. Cada vez más cerca, joder. Yo podía ser tan cruel como hiciera falta, una máquina de matar a sangre fría, pero cuando lo tenía delante, en cuanto lo veía o lo olía, los recuerdos y las emociones que había enterrado amenazaban con consumirme. Y no lo iba a tolerar.

Nunca más.

—Sé perfectamente lo que has hecho y ahora necesito otra ubicación. ¿Cómo es posible que un mortal se esconda de la poderosa Camilla?

—Pues seguramente porque utilizo la mayor parte de mi poder para esconder este lugar y enmascararte a ti.

Me froté las sienes.

—No te he incinerado, pero no te equivoques, eso no nos convierte en amigas. Utiliza la sangre de esta, o los ojos, o lo que te haga falta. Estaba cerca de los que había allí mientras todos mirabais cómo mataba a mi hermana sin hacer nada.

Respiró hondo.

—De acuerdo.

—Así me gusta, brujita buena. —Forcé una sonrisa—. ¿Y el talismán? ¿Ha habido suerte?

Camilla cogió un frasquito verde.

—Aunque tenga la sangre de Samkiel, necesito asegurarme de que te permite entrar y salir sin volverte del revés.

—Así que tengo que seguir esperando.

—Estas cosas llevan tiempo.

Me froté la cara.

—No tengo tiempo.

Dicho esto, di media vuelta y regresé por el pasillo; la larga capa oscura ondeaba a mis espaldas.

Me quedé en el nivel inferior del templo mientras Camilla trabajaba y me dediqué a entrenar y a hacer todo lo que se me ocurrió con tal de no pensar o dormir. El sudor me corrió por la espalda al inclinarme hacia delante mientras hacía inhalaciones lentas, profundas. Llevaba horas allí, pero aún no me parecía suficiente. La última hoja que había lanzado había ido una fracción de segundo más lenta que las anteriores. Tenía que ser más rápida. Suspiré y me erguí, me sequé la frente con el borde de la camiseta y miré a mi alrededor. Aquello era un montón de ruinas, pero también era mi hogar.

Las diversas espadas y puñales que había reunido cuando saqueé las ruinas de Novas estaban clavados en los muñecos de entrenamiento tirados por toda la sala de piedra color pardo. Estaba jadeante, pero no cansada, ni mucho menos. Si quería matar a Kaden tenía que ser más fuerte, más dura que él. Cogí otra hoja desolada y repetí todos los movimientos que Samkiel me había enseñado, todas las técnicas, todos los ritmos de respiración, todos los ejercicios de estiramiento. También tenía que ser más fuerte que él. Ya nadie podía detenerme. Nadie podía ni tocarme. Iba a ser una fuerza de la naturaleza, ruina y destrucción. Nunca volvería a ser ella, aquella persona débil y emocional. Jamás.

—*Levanta esos brazos, Mer-Ka.*

Mi padre alzó los brazos para indicarme lo que quería decir. Llevaba en la mano un puñal que relucía como el cristal. Me dijo que se lo había comprado a un comerciante durante un viaje de compras por el pueblo. Se parecía al mío, y el puño centelleaba. Pero yo quería el suyo, y me había dicho que, si me lo ganaba, me lo podía quedar. Era mediodía y el sol me caía de plano sobre la espalda, con lo que la ropa se me pegaba a la piel empapada de sudor.

—*¿Cuánto rato más tengo que entrenar, papá?*

Dejó escapar una risita y me apuntó con el puñal.

—*Tú lo has pedido, ¿no?*

Era verdad. Bajé el brazo y mis músculos cantaron de alivio.

—*A Ain se le da bien ayudaros a mamá y a ti con las medicinas y la gente, pero yo…, yo no sé qué hacer.*

—*Así que has dado por hecho que lo tuyo son las peleas y las armas.*

Una expresión inescrutable le nubló el rostro, un gesto como no le había visto nunca. No era que me estuviera regañando, ni mucho menos, sino como si supiera un secreto y yo estuviera a punto de averiguarlo.

—*No sé, es liberador. Es como bailar, pero con objetos afilados.* —*Sonreí.*

—*Sí, y también es una habilidad excelente para proteger a tu familia si fuera necesario.*

Me devolvió la sonrisa y el sol le iluminó en la cara de modo que casi pareció un dios. Tenía una mata de pelo espesa y revuelta, igual que yo. Mi madre siempre decía que había salido guapa porque me parecía a él. Los dos tenía-

mos el cabello negro como la tinta, la piel bronceada y temperamento de fuego. Mencionaba el fuego a menudo.

—Pues venga, enséñame, y luego vamos a comer.

Se echó a reír.

—Eso. Luego vamos a comer.

Quería encontrar un lugar, un objetivo, algo más allá de las dunas de arena y las tareas cotidianas. No lo sabía explicar y mis padres se limitaban a mirarme con extrañeza cuando les decía que había soñado con un mundo más allá del nuestro, más allá de las estrellas.

El recuerdo desapareció. Lancé otro puñal desolado al blanco de piedra que había improvisado al otro lado de la sala. Los que había lanzado antes estaban clavados en la cabeza en forma de cráneo: dos en los ojos, tres para fabricarle una sonrisa y dos más en la parte delantera del cuello. Lancé el último que tenía en las manos. La habitación era un caos desastroso, igual que yo. Por todas partes había blancos de piedra reducidos a cenizas y escombros.

—He localizado...

El puñal salió disparado de mi mano y se detuvo a pocos centímetros del rostro de Camilla, que lo mantuvo en el aire con su fulgor de magia verde. En cuanto bajó las manos, el puñal cayó al suelo.

Me sequé el sudor de la frente.

—No te me acerques a hurtadillas.

—Te llamé, pero estabas ocupada.

Movió las manos y reorganizó el caos que había armado en la estancia. Se me encogió el corazón al recordar lo fácil que le resultaba a Samkiel limpiar detrás de mí.

Apreté los dientes para frenar en seco los recuerdos y lo que me hacían sentir. No soportaba que me hicieran sentir.

—Cuando quiera que arregles algo, te lo diré.

—Si te estás entrenando para matar a Kaden y a un dios te hacen falta mucho más que piedras y muñecos. Te puedo ayudar.

Puse los brazos en jarras, eché la cabeza hacia atrás y suspiré.

—Has dicho que has encontrado algo. ¿El qué?

—Lobos.

No me hizo falta oír más. Sin decir palabra, asentí y pasé de largo junto a ella hacia los peldaños excavados en la piedra. Tenía que ducharme y cambiarme. Si había lobos en el bosque era porque se sentían confiados y habían salido a cazar. Cosa que para mí era excelente y, para ellos, fatal.

XV
DIANNA

El dardo se clavó y Julian dejó escapar un largo gemido.

—Premio. —Cogí el vaso y me bebí de un trago la sangre de licántropo antes de volver a dejarlo sobre la mesa con un golpe—. En todos los huevos.

Julian estaba colgado de la pared, empapado de sudor. Aulló y se estremeció cuando lancé otro dardo, que dio en el blanco.

Los tacones repiquetearon contra el maltrecho suelo de madera. Contra la otra pared había unos cuantos cadáveres desangrados, y las dos mesas de billar estaban volcadas.

—No piensas decirme donde está tu papi, ¿verdad?

Negó con la cabeza y me miró con un ojo ensangrentado. El otro estaba en la habitación, por alguna parte.

—¿Por qué demorar lo inevitable? Sabes que te voy a matar, a ti y a todos los involucrados. ¿No sería mejor acelerar el proceso?

—No.

El poder centelleó tras el ojo que le quedaba. El lobo que llevaba dentro estaba listo para matarme, pero lo había desangrado casi por completo.

Suspiré y me detuve ante él, y me eché la chaqueta hacia atrás. Me abrí un poco más el escote. El rostro de Julian se contrajo cuando le mostré el canalillo. Señalé una cicatriz diminuta que estaba curada casi por completo. Casi.

—Hace unos meses, en una tumba, me arranqué el corazón. Pensé que iba a morir, pero estaba dispuesta a dar la vida por la gente que me importaba y no vi alternativa. Si Tobias se hacía con el libro, Samkiel y mi hermana iban a morir. Pero eso fue entonces, cuando aún creía en el bien superior, en salvar a la gente y bla, bla, bla.

Se le entrecortó la respiración.

—No morí. —Alcé la vista—. Pero pensé que era una bendición morir por la gente a la que quieres. —Volví a ponerme bien la chaqueta y lo miré a los ojos—. Esto no es lo mismo. No hay gloria en tu muerte ni en la suya. No los estás salvando. Estáis condenados a muerte desde que dejasteis que Kaden la matara sin hacer nada al respecto.

—¡No podíamos hacer nada, y lo sabes muy bien! —me escupió—. Tú eras consciente de lo que haría Kaden, pero te aliaste con el Destructor de Mundos. La culpa la tienes…

Le di una bofetada con tal fuerza que salpicó la pared de sangre. Lo agarré por el pelo y lo obligué a mirarme.

—¿Dónde están los otros? —le rugí a la cara.

—No te lo voy a decir.

—Bien.

Alcé la otra mano y las garras de punta reluciente sustituyeron a las uñas. Se las pasé por el pecho a Julian, que siseó y se retorció de dolor con la camisa hecha jirones.

—Sé que los licántropos son animales de manada. Por mucho que os escondáis de mí, no andaréis muy dispersos, y menos el hijito sabelotodo que quería una noche de juerga, ¿no? También sé que os comunicáis con aullidos, y que la llamada de tu especie se oye a ochenta kilómetros en terreno abierto. —Puse la punta de las uñas en el centro del pecho, sobre el corazón palpitante—. ¿Quieres saber lo que se siente cuando te arrancan el corazón?

—No lo voy a llamar.

—Claro que sí. No hay nadie que no se quiebre bajo la presión adecuada. Tú incluido. —Perforé la piel con las uñas y se puso rígido. Incliné la cabeza hacia un lado y mi voz se volvió más grave cuando la ig'morruthen que llevaba dentro salió a la superficie—. Venga, grita, llama a papá.

La puerta principal se abrió de golpe. Me quedé sentada junto a la barra mientras me limpiaba la sangre de las cutículas.

—Sí que habéis tardado.

Los pasos precipitados recorrieron la habitación hacia el cadáver de Julian, aún colgado de la pared. Se oyó un sollozo cuando llegaron junto a él; luego, otro. Me seguí limpiando las manos. Había un punto que no conseguía limpiar. Mojé con saliva una punta de la servilleta y froté, y por fin conseguí quitarme la última mancha. Dejé la servilleta ensangrentada en la barra, me levanté y me miré las uñas, que siempre se me quedaban irregulares después de convertirlas en garras, cosa que me molestaba.

—Igual, si se lo pido bien, Camilla me hace unas permanentes. Tiene que haber alguna magia que sirva para eso, ¿no? Para evitar que se te mellen las uñas.

Caleb apareció ante mí resollando y con un gruñido grave que le salía del pecho.

—¿Qué has hecho? —me ladró.

Lancé una mirada en dirección al cadáver de Julian. Los lobos lo estaban descolgando.

—¿Yo? Yo no he hecho nada. No tengo la culpa de que hayáis tardado tanto.

—Matar a mi hijo es el peor error que has…

—No. —La habitación entera se estremeció con el sonido de mi voz. Los lobos clavaron los ojos en mí—. Tú y todos los demás cometisteis el error de pensar que yo era débil, cuando Gabby era lo único que me detenía. Aquí tenéis las consecuencias. Os lo avisé. Se lo avisé. Y lo elegisteis a él.

—Lo dices como si pudiéramos enfrentarnos a Kaden.

—Es la excusa más ridícula que he oído, todos sois seres sobrenaturales, joder. Yo me enfrenté a él. —La diminuta parte de mí que seguía bajo control y quería respuestas empezó a venirse abajo—. Dioses, Caleb, tengo más huevos que tú.

—¿Por qué mi hijo, Dianna? —sollozó—. ¿En qué te diferencias de Kaden? Julian era inocente.

Los lobos se acercaron un paso más con los puños apretados, dispuestos a morir por su alfa. El bar se quedó en silencio, nadie respiró siquiera, mientras yo seguía mirando a Caleb.

—No. Gabby era inocente. Tú utilizabas a tu hijo como sabueso. Las peleas clandestinas y los intercambios de dinero que mantenían al tanto a Kaden. Toda la información que le transmitíais, la información suya que propagabais. No me vengas con monsergas, Caleb. Todos sabemos que lo nuestro es la mentira y el asesinato. Aquí nadie es inocente. Nadie.

Caleb miró a sus lobos y dio un paso adelante.

—¿Qué quieres? —preguntó. Su tono de voz había cambiado.

—Tu sangre. Dámela o mataré al resto de tu manada delante de mí y luego la tomaré de todos modos. —Incliné la cabeza a un lado—. Tú eliges.

—Perfecto. Tómala. Mi sangre te va a destrozar la cabeza.

Le dediqué una sonrisa gélida.

—¿De verdad me tomas por idiota? ¿Pensabas que no daría con la manera de saltarme el plan de contingencia de Kaden? No soy estúpida. Camilla lanzó un hechizo a las reservas de agua. Eso limpia de magia la sangre de los imbéciles como tú.

Le cambió el gesto y tragó saliva.

—Me alegro de que lo entiendas. Ahora, dámela.

Caleb miró el cadáver de su hijo y luego a su manada, su familia. Se acercó más y todos los depredadores presentes se adelantaron hacia él. Clavó los ojos en los míos y se arremangó el jersey para dejar al descubierto el brazo. Cerró el puño con fuerza y las venas se le hincharon.

—No, gracias. —Sacudí la cabeza con una sonrisa burlona—. Me interesa algo más grande.

Tragó saliva y oí como se le aceleraba el corazón. Dejar el cuello al descubierto significaba una muerte segura para el lobo que llevaba dentro, pero obedeció y se desabotonó la camisa. Se inclinó y lo agarré por los pelos del cogote. Me llevé la parte delantera del cuello a la boca y los colmillos perforraron la carne. Los recuerdos, rápidos, centelleantes, me invadieron la mente, pero me concentré en uno concreto.

El sonido de las pisadas me siguió por el pasillo. ¿Cómo se lo iba a decir? Lo que me había pedido era casi imposible de hallar. Ahogué los pensamientos en cuanto abrí la puerta de mi despacho. Tobias estaba de pie tras mi escritorio. Cogió un abrecartas y lo examinó.

—De plata. Qué mono.

Tragué saliva y cerré la puerta para dejar afuera a unos pocos guardias de la manada. Me enderecé la corbata y fui hacia el otro lado del escritorio de caoba. Miré las páginas de fases lunares que Tobias había estado examinando.

—Lo único que hemos descubierto es lo que hay en la carpeta de la izquierda —dije, y la señalé con un ademán.

Me miró con los ojos color carmesí llameantes al tiempo que dejaba el abrecartas. Cuando salió de detrás del escritorio, cambié y se me erizó el pelaje de lobo. Se detuvo a un palmo de mí y cogió la carpeta. La abrió, examinó el contenido por encima y me miró. Me puso la mano en el hombro no como señal de orgullo, sino de amenaza.

Tragué saliva con un nudo en la garganta.

—En cuanto al resto de tus exigencias, Julian y la manada les han seguido el rastro hasta donde ha sido posible. No sabemos dónde está esa mujer.

Tobias sonrió y me sacudió el hombro con fuerza antes de soltarme. Se apartó un paso.

—No te preocupes. Has hecho lo que necesitábamos. Cuando cruce el príncipe vampiro os convocaremos a una reunión. No faltéis. Te quiere allí con todas tus bestias.

—*Allí estaremos.*

—*Más os vale. Será la última antes de que nos preparemos para el equinoccio. El momento se acerca y Kaden no se va a exponer.*

Asentí.

—*Lo sé.*

Tobias me escudriñó con ojos duros, amenazadores. Por fin, asintió y se dio media vuelta. Sentí una oleada de su poder y se abrió un portal en la pared cuando el aire vibró en respuesta. Justo antes de entrar al pozo negro bordeado de llamas volvió la cabeza para mirarme.

—*Que reine el caos* —dijo.

Alcé la cabeza y me lamí los colmillos. El recuerdo se esfumó y el bar en ruinas volvió a quedar enfocado. Me tambaleé con una rodilla en el suelo, con un Caleb inerte en brazos. Tenía la piel de un gris mortecino, pero lanzó una mirada a los lobos que apenas podían contenerse para que no atacaran.

Lo agarré por la cara y entrecerró los ojos para mirarme.

—¿Qué es el equinoccio?

Apretó los dientes y trató de incorporarse.

—Ya tienes lo que querías. Déjame.

Lo agarré por la chaqueta a la velocidad del rayo y lo puse en pie. Lo icé en volandas y lo lancé al centro del bar. Con la otra mano, alcé una pared de fuego que nos separó de los demás. Se oyeron varios aullidos y gemidos al otro lado cuando la manada trató de irrumpir.

—No se te ocurra jugar conmigo. ¿Qué es el equinoccio?

Lo cogí por el cuello y le clavé las uñas en la piel. Caleb me agarró el brazo y se puso rojo mientras luchaba por respirar. Aflojé un poco la mano para permitir que hablara.

—Solo sé que es un evento celestial importante, nada más.

—¿Cuándo?

—Lo ignoro, pero pronto. Por eso necesitaba Kaden el libro tan deprisa.

Así que todo el tiempo había tenido un plan, un plan con fecha, y yo no me había enterado. Me lo había ocultado. ¿Había planeado sacrificarme también a mí? ¿O no confiaba en mí? Fui una idiota al quedarme con él tanto tiempo, pero ya no había nada que hacer.

—¿Quién más lo sabe?

Caleb tragó saliva.

—Todos en la corte. Menos tú.

—¿Por qué? —Las palabras me supieron a ácido en la boca.

—No lo sé.

—Julian me dijo que no sabía nada, y tú también. Debería daros vergüenza. Hasta tus chuchos dejan huellas, y además tengo una bruja que me ha confirmado lo que sospechaba. No sé a quién enviaste tras de mí, pero debía tener un olfato excelente si era capaz de rastrearme hasta las fronteras de Camilla, y ser tan buen cazador que ni un dios ni yo misma fuéramos capaces de detectarlo. ¿Tu primo no era fotógrafo?

Noté en la palma de la mano que se le aceleraba el pulso.

—Me fijé en las fotos cuando Kaden las mostró. Eran de aficionado, el fotógrafo no se había parado a pensar en el encuadre. Solo había tratado de acercarse con disimulo al Destructor de Mundos y a mí. Y recuerdo que presumía de que le habías comprado una cámara nueva. Fue un regalo de cumpleaños, ¿no?

En ningún momento dejó de mirarme a los ojos.

—No podía hacer otra cosa. Kaden manda y nosotros obedecemos. Siempre ha sido así. Tengo que hacer lo que sea para proteger a mi familia. Lo deberías entender mejor que nadie.

Asentí sin prisa y chasqueé la lengua.

—Lo entiendo. —Le apreté el cuello más fuerte y bajé el muro de llamas—. Por eso quiero que vean cómo te mato. Luego me voy a comer a tu manada. Cuando los veas morir entre gritos desde el otro lado, espero que te duela tanto como me dolió a mí cuando ella murió.

Con un movimiento seco, brutal, le arranqué la cabeza y la lancé hacia el centro de la estancia. El golpe húmedo y rotundo resonó contra las paredes.

—Solo por curiosidad —dije al tiempo que me volvía y me sacudía la sangre de las manos. Una docena de lobos me lanzaron dentelladas. Sus gruñidos eran un coro de muerte, y avanzaron hacia mí—. ¿Cuántos lobos se necesitan para hacer una chaqueta de piel?

XVI
SAMKIEL

«Se te está acabando el tiempo».

Una voz desconocida me susurraba en la cabeza, pero era algo más que una voz. Era una sensación que no podía explicar. Los primeros fríos del invierno habían empezado a envolver el mundo en ligeras neviscas. Los copos caían en la calle y las aceras para cubrir de blanco la ciudad. Me encontraba en medio de mortales y celestiales ajetreados con sus asuntos. Algunos se pararon para sacar fotos con el teléfono, pero la mayoría no se cruzaron en mi camino. Otros me miraron, pero mantuvieron las distancias mientras hacían comentarios en susurros.

Ya me debería haber acostumbrado. Desde el día en que nací había estado rodeado de seres que me alababan. Era el símbolo de la paz y la esperanza, la promesa de un mundo nuevo. Era una responsabilidad que pronto me resultó una carga. Me aparté de la farola contra la que me había apoyado y me volví hacia el escaparate. El reflejo me mostró con el abrigo largo hasta las rodillas sobre una camisa y pantalones oscuros. Con un suspiro, miré más allá. Logan se levantó del asiento y el hombre de más edad le cepilló los restos de pelo de los hombros mientras sonreía y reía. Logan le dio una cantidad más que suficiente para pagar el corte de pelo. El hombre trató de rechazarla sin conseguirlo. Se oyeron las campanillas de la puerta y Logan se reunión conmigo en la calle. La gente se apartó a su paso.

Le di un vaso de café del que se desprendía una nube de vapor.

—¿Sabes que tenemos peluqueros en la cofradía?

Logan aceptó el vaso de buena gana, bebió un sorbo y echamos a andar por la acera. Éramos más altos que la mayoría de los mortales, que se apartaban a nuestro paso casi por instinto. La Ciudad de Plata se había convertido en uno de los lugares más populares de Onuna. Había crecido mucho desde su aparición y era una ciudad bulliciosa con edificios que se alzaban más allá de las nubes, llena de negocios, tiendas, almacenes y viviendas hasta donde alcanzaba la vista.

Lo miré y bebí un sorbo de café.

—Sí, lo sé, pero tenía que sacarte de la cofradía. Cuando no te encierras ahí, no se te ve el pelo en toda la noche.

Me taladró con la mirada. No explicó el motivo de sus ausencias, pero no hacía falta. Logan buscaba a Neverra, y lo haría hasta que la marca de su mano desapareciese. Por el momento no había ni rastro de ella en ese dominio, lo que resultaba inconcebible.

—Además, así te agradezco tu ayuda para —hice un breve parón para buscar la palabra adecuada— domeñar mi apariencia, supongo que podríamos decir.

Se había preocupado tanto de todos que se había descuidado de sí mismo. Llevaba el pelo revuelto y hacía ya un tiempo que la barba le tapaba la cara.

—Gracias. —Se obligó a sonreír sin ganas. Lo único que había asomado a sus ojos en las últimas semanas era ira y desesperación. Era consciente de que lo estaba perdiendo, pero me negaba a permitirlo.

—¿Quieres que hablemos de lo que te pasa?

—Tiene gracia —dijo, con una media sonrisa—. Cuando volviste era yo quien te lo preguntaba a ti.

—Las cosas cambian.

Logan era uno de mis mejores amigos, y a veces era un fastidio que lo notase todo, que captase mis estados de ánimo y me leyese como un puñetero libro abierto.

—Desde luego que sí.

Se hizo un silencio entre nosotros, sumidos en nuestros pensamientos mientras se oían de fondo las bocinas de los coches y las carcajadas de la gente.

—Ella no es así —dijo Logan.

—¿Cómo?

—Dianna. En el fondo, no es así. Gabby nos habló de ella una vez, a Nev y a mí; de lo mal que lo había pasado cuando se transformó. Nos dijo que había conseguido aferrarse a ella y hacer que volviese a ser ella misma, y sé que tú también podrás. Ahora está de duelo, nada más.

—Lo sé. Curiosamente, Gabby me dijo lo mismo a mí. No entró en detalles, pero lo mencionó.

—¿Hablaste con ella? —Logan arqueó una ceja.

—Sí. Llamé para hablar contigo, pero respondió Gabby. Habló como suele hacer Dianna, como si nadie le resultase desconocido jamás.

—Así era ella —dijo Logan con una sonrisa. Tanto él como Neverra apreciaban de veras a la hermana de Dianna. Y como consecuencia, Neverra estaba ahora fuera de nuestro alcance—. Otra cosa. Sabes que si Dianna se acuesta con alguien mientras está sumida en la desesperación, en realidad esa persona no significa nada para ella, ¿verdad?

Eso dolió. Me paré en seco, con los ojos cerrados. Tras el hundimiento de aquel estúpido barco me había sincerado con Logan, pero no habíamos vuelto a hablar de ello desde entonces.

—Es una idiotez que algo así me afecte tanto.

—No estoy de acuerdo.

—Sentí un deseo irrefrenable de matar al tipo que le puso las manos encima, ¿sabes? Como si ella misma no hubiese desperdigado sus restos por todo el dormitorio. Pero habría querido devolverlo a la vida y matarlo de nuevo. La sensación que me embargó al pensar que alguien había tenido un contacto íntimo con ella… —Sacudí la cabeza—. Esa rabia total y cegadora solo la había sentido durante el combate, pero allí estaba yo, soñando con asesinar a un simple mortal. Un humano. Como si fuese un competidor, como si pudiésemos compararnos en cualquier sentido.

Una farola parpadeó y estalló. La gente más cercana a nosotros aceleró el paso.

—Yo soy igual de posesivo con Neverra —dijo Logan con una mueca.

—Es diferente. Yo no tengo ningún derecho sobre Dianna. —Mi voz era apenas un susurro—. Tales sentimientos son una tontería por mi parte. Jamás hablamos de ello. Aunque me duela, nunca definimos los términos de nuestra relación. Todo ocurrió tan deprisa... No éramos capaces de aguantarnos el uno al otro ni un minuto, y de pronto... —Estudié la copa que sostenía como si fuese a encontrar respuestas en ella—. Al poco tiempo, no podía soportar la idea de estar lejos de ella.

Logan me estrechó el hombro.

—Creo que, si surge la oportunidad, deberías expresarle tus sentimientos.

—Siempre se me ha dado mejor resolver los problemas con los puños y las espadas que con las palabras. —Suspiré—. En mi vida nunca ha habido nadie como Dianna. Nadie que me importase tanto. Antes las cosas eran más sencillas.

—¿Más sencillas? Es muy posible. Pero estabas solo. Yo lo notaba. Por mucho que te rodeases de gente, o por muchas amantes que te buscases, veía esa mirada fugaz que se te escapaba antes de que pudieses ocultarla. Y no he visto esa mirada mientras estabas con ella, ni por un instante, así que, si para ti es real, si crees que puedes amar a esa chica, merece la pena. —Apretó los dientes y se miró el dedo de reojo—. Merece la pena sin dudarlo.

—Los discursos se te dan mucho mejor que a mí. —Sonreí con desgana. Sus palabras se habían abierto paso en mi alma.

—He pasado mucho tiempo entre dioses —respondió Logan, y bebió un trago de café.

—Tienes razón. Seguiré tu consejo. Si se da la oportunidad, no dudaré.

—Me alegro de oírlo. —Logan dejó de hablar; la nieve crujía bajo nuestros pies mientras recorríamos la acera—. He peleado a tu lado más de mil años, he luchado contra innumerables monstruos, dioses y otras cosas que preferiría olvidar, y jamás había tenido miedo hasta ahora. Es una sensación extraña e inquietante. Como si hubiésemos provocado a algún ser elemental, omnipotente, y ahora fuésemos a pagar por un delito que no hemos cometido.

Asentí. No le faltaba razón. Yo sentía lo mismo.

«Se te acaba el tiempo».

Cada vez que cerraba los ojos, oía el susurro de esas palabras.

—¿Te encuentras bien?

Levanté la vista hacia él. Sin darme cuenta me había llevado la mano a la frente y me frotaba para aliviar el dolor.

—Sí, solo es un dolor de cabeza.

—¿Son cada vez más frecuentes?

Asentí.

—Es la frustración. No tenemos pistas, nadie habla, nada se mueve. El Altermundo permanece en silencio, como si algo estuviese aguardando el momento adecuado para atacar. Me siento agotado.

—También eran los sueños, pero no quería preocuparlo con todas las premoniciones angustiosas que acosaban como bestias hambrientas.

Me miró casi como si pudiese leerme los pensamientos.

—Te estás volviendo a encerrar en ti mismo. Aunque no te hayas ido a encerrarte en las ruinas de nuestro hogar, poco a poco te estás alejando de nosotros. Intentas ocultarlo, pero lo noto.

Me detuve y él también lo hizo, encarado hacia mí.

—Hablas igual que Vincent —dije mientras daba golpecitos en el borde del vaso.

—¿Preocupado por ti, quieres decir?

—No hay nada de lo que preocuparse —mentí—. Lo que tenemos

que hacer es concentrarnos en detener el plan perverso que Kaden está urdiendo con la ayuda de ese libro.

No me creyó, y tampoco tenía tiempo para mostrarme más convincente. Por suerte, el sonido del teléfono interrumpió nuestra conversación. Logan respondió, atento a lo que escuchaba, pero sin quitarme ojo de encima.

—De acuerdo —dijo, y colgó—. Edgar ha despertado.

Cuando Vincent, Logan y yo entramos en la unidad de cuidados intensivos, Edgar, el jefe mafioso, se nos quedó mirando. Estaba enfundado en una gruesa bata blanca y de su cuerpo sobresalía una maraña de tubos en todas direcciones. Las máquinas pitaban y zumbaban ante el esfuerzo por mantenerlo vivo.

—Menuda panda de cabrones estáis hechos. —El monitor que había a su lado reflejó la súbita aceleración de su ritmo cardiaco. ¿Temor? Tal vez, pero me dio la sensación de que no éramos la causa del comportamiento errático de su corazón.

Vincent se giró para encararlo y yo me crucé de brazos. Logan se apoyó en la pared, cerca de la puerta.

—Cuéntame lo que pasó.

Volvió hacia mí un rostro cubierto de magulladuras. Las heridas y los brazos vendados eran una señal clara de que Dianna lo había lanzado a través de algo.

—Tuvimos una reunión. Estábamos esperando a Webster. —Al oír su nombre me corrió ácido por las venas. No conseguía olvidar que ella le había permitido que la tocase—. Y se presentó, pero no era él. Era ella. —El sonido del monitor cardiaco se incrementó una fracción—. Era muy rápida, mucho más que antes. Kaden siempre decía que sería una máquina de matar perfecta si se quitase de encima su humanidad. Supongo que la hermana era justo eso: su humanidad.

Eso ya lo sabía. Gabby era el corazón de Dianna, su brújula moral.

La parte de ella que la mantenía anclada al mundo, equilibrada. Gabby podía conectar con su hermana mucho mejor que yo. Sin ella, el mundo de Dianna había saltado en pedazos y había arrastrado al mío.

—Sigue —insistí, impaciente.

—Nos mató a todos. No dejaba de preguntar por los barcos de Santiago. Quería información sobre el hierro que estaba transportando Kaden.

—¿Y se lo contaste? ¿Por eso estás vivo?

—«Vivo» quizá sea exagerar. —Edgar tosió y pude oír el fluido acumulado en sus pulmones, así como un crepitar ominoso. Si no lo mataba la hemorragia, lo haría el cáncer que lo acechaba en el pecho.

—¿Cómo sobreviviste?

Bajó la cabeza y señaló el móvil con la barbilla. Miré a Vincent, que cogió el teléfono y me lo pasó. Al pulsar un botón la pantalla se iluminó y me mostró una fotografía de Edgar y una mujer en un jardín, sonrientes y rodeados de flores. Una imagen de inocencia que no encajaba muy bien con un hombre conocido por dedicarse al tráfico de personas.

—Vio la foto y se detuvo. Claro que, para entonces, ya me había empalado en la pared.

Le devolví el teléfono a Vincent, que se lo guardó. Eso debía de haber ocurrido antes de que Dianna llegase al barco. Había olido la sangre en ella, y ahora sabía de dónde procedía.

—¿De qué más hablasteis? Necesito nombres y fechas. ¿Qué ibais a hacer después de la reunión? ¿Cuánto hierro más necesita? —No le dije que había cerrado todo el tráfico marino hasta el mar de Naimer. Había celestiales apostados en cada puerto, muelle y dársena. Nada se movía sin mi permiso y desde la explosión no había habido ningún cargamento de hierro.

Edgar se encogió de hombros; el gesto tensó las vías que tenía en el brazo.

—No lo sé. Nosotros tan solo recibimos un mensaje y cumplimos las órdenes. De lo contrario se presenta Tobias. Ahora mismo, es el único que habla con Kaden. Él podría responder a tu pregunta, pero me da que no lo encontrarás hasta que Kaden esté preparado.

No me cupo duda de que tenía razón. Me froté el mentón mientras sopesaba la información que me había dado Edgar. No era lo que necesitaba.

—¿Dónde se esconde? Aparte de Novas, ¿qué otros lugares frecuenta?

—No lo sé, hombre. A nosotros, los mortales, siempre nos ha mantenido al margen. Solo su círculo más cercano está al tanto. Quizá Dianna lo sepa, pero ahora mismo está ocupada haciendo limpieza.

Cada vez me sentía más frustrado. No sabíamos nada a ciencia cierta e íbamos un paso por detrás de ella. Y me aterrorizaba la idea de no encontrarla hasta que fuese demasiado tarde. ¿Cómo era posible que Kaden se escondiese tan bien? ¿Y ella? Había puesto todos los recursos de los que disponía en este dominio tras su pista, pero sin éxito. La frustración hizo que se me descontrolara un poco de poder; las luces parpadearon y las máquinas pitaron. Vincent y Logan me miraron de reojo, pero guardaron silencio.

—Te vamos a detener por tus delitos contra el Etermundo, y permanecerás bajo custodia hasta que seas juzgado por el Consejo de Hadramiel.

Rio entre dientes y volvió la mirada hacia la ventana para contemplar la nieve que se arremolinaba arrastrada por el gélido viento. Estábamos en una planta tan alta que se podían distinguir las montañas a lo lejos.

—He vivido muchos años y he hecho cosas de las que me arrepiento, pero al menos, con juicio o sin él, volveré a ver a Evelyn. —Se le dibujó en el rostro una expresión extraña—. Me has preguntado por qué se detuvo. No lo hizo. La fotografía de mi mujer la frenó un instante, y yo habría salido de allí con menos magulladuras si no hubiese abierto la bocaza. Evelyn siempre decía que no sabía cuándo callarme.

—Explícate.

—Se dejó llevar y arrasó el almacén, pero no logó ocultar esa mirada de desesperación que he visto tantas veces en mi propio espejo. Entendí el motivo, y puede que se lo soltase a la cara, pero, de todas formas, sabía que iba a morir.

Mis músculos se tensaron de forma instintiva para protegerla, aunque sabía que no lo necesitaba. Logan se me acercó un poco y me puso la mano en el hombro.

—¿Qué le dijiste?

—Nada más que la verdad. Le dije que la auténtica razón de su ira eras tú.

—¿Yo?

La sonrisa de Edgar le hizo entrecerrar los ojos, como si mi reacción fuese todo lo que necesitaba saber.

—Sí. Hasta los monstruos son capaces de amar.

Abrí la boca para responderle, pero un fuerte estruendo resonó en el cielo y sacudió el hospital. Las luces parpadearon y se apagaron; enseguida volvieron con un zumbido grave. Vincent me lanzó una mirada inquisitiva, pero negué con un gesto. No había sido yo. Se me aceleró el corazón. Logan, Vincent y yo nos acercamos a mirar por la ventana.

Los edificios circundantes estaban a oscuras; toda la red eléctrica había caído en kilómetros a la redonda. Pero lo que me dejó pensativo fueron las tres luces de cobalto iridiscente que se dirigían hacia la Ciudad de Plata. Atravesaban la atmósfera con tanta fuerza que hacían temblar el mundo.

Me volví hacia Vincent.

—¡Los has hecho venir! —dije con voz atronadora.

Vincent retrocedió y extendió las palmas frente a él, con los ojos abiertos de par en par. Logan se puso a mi lado.

—No, no he sido yo. Lo juro.

Tenía que ser mentira, porque la Mano había vuelto y yo no la había invocado.

XVII
DIANNA

**Ocho horas antes,
en las ruinas de Rashearim**

El viento me acariciaba las finas plumas negras de las alas mientras rodeaba el gran edificio acabado en punta en las ruinas de Rashearim. Me uní a una pequeña bandada y espié a varios celestiales de tatuajes azules que entraban y salían de la enorme construcción. El sol se reflejaba en los paneles de vidrio. Un puente empedrado de oro lo conectaba con la ciudad cercana, y bajo él corría un río de aguas cristalinas. Árboles grandes y frondosos se elevaban sobre la estructura y me facilitaban permanecer oculta. Camilla me había ayudado a disfrazarme, aunque me intranquilizaba la idea de que su magia no llegase tan lejos. Pero no pasaba nada. No tenía que permanecer allí mucho tiempo, tan solo el necesario para hacerme con unas cuantas cosas.

Di una última vuelta y, dejando atrás la bandada, me dirigí hasta la cima del edificio. Era el mismo al que me había llevado Samkiel la primera vez que vinimos de visita. Vi a varias figuras apartarse de los estantes de libros y desaparecer de la vista. Frené el descenso y aterricé en la barandilla del balcón. Luego salté hacia la puerta abierta.

—No tenemos noticias de Samkiel, así que no vamos a actuar —dijo una pelirroja preciosa.

Juntó las manos. Las líneas azules de los tatuajes que le recorrían la piel aún realzaban más sus rasgos. El pelo rojo le caía en cascada sobre los hombros y casi relucía contra su piel de alabastro. Se volvió hacia una nueva voz y el largo vestido de seda onduló tras ella.

—El mundo se ha estremecido. Ha invocado el Olvido, ¿y no sabemos nada de él? Imogen dice que está preocupada; pero, como siempre, lo único que hacemos es esperar. —Me acerqué a saltitos para ver quién hablaba, con cuidado de no revelarme. Un hombre suspiró y se levantó de la gran mesa de mármol tallado que ocupaba el centro de la sala. Era alto y delgado, y la nariz le ocupaba casi toda la cara, pero no le quedaba mal. No le brillaba ninguna línea sobre la piel, así que no era un celestial. Vestía los mismos ropajes blancos y dorados que los demás—. Y en todo caso, es mejor prepararse para lo que pueda llegar que quedarnos parados una vez más, a la espera.

—Comprendo tu inquietud, Leviatán, pero ya no estamos al borde de la guerra. Los dominios están sellados, y seguirán así mientras él viva. Los dioses y las bestias de nuestro pasado murieron hace ya mucho tiempo. Si Samkiel invocó el Olvido, es que acabó con la amenaza —replicó la pelirroja.

El Consejo de Hadramiel, sin duda.

—Tu corazón y tu cabeza dicen tonterías, Elianna —dijo Leviatán.

Así que Elianna, ¿eh? Sacudí las plumas, en mi papel de pájaro, sin quitarle ojo a la sala. Los otros dos miembros del Consejo, una mujer de cabello corto y un hombre de pelo negro como la tinta, ambos celestiales, estaban atentos a la conversación entre Leviatán y Elianna. Di otro salto para acercarme un poco más, pero una gran silueta se cruzó frente a mí y me impidió la visión. Ladeé la cabeza mientras el celestial rubio que había conocido cuando vine con Samkiel se reclinaba sobre la balaustrada. Llevaba el mismo uniforme negro y dorado de la Mano, con botones y borlas entrelazadas. Resaltaba cada uno de sus músculos nervudos y poderosos, y le sentaba como un guante.

—¿Te has perdido, pajarillo?

Cameron. Así se llamaba.

Me quedé inmóvil al verlo girarse hacia mí e inclinar la cabeza. La larga coleta rubia le caía sobre la espalda. ¿Habría percibido la ig'morruthen que acechaba bajo mi piel? ¿Me había olido? Esa era su especialidad. Samkiel lo había llamado «explorador», pero sospeché que era más bien un cazador. Extendí las alas y traté de comportarme como un miembro de la especie cuya forma había adoptado, como si no entendiese ni una palabra de lo que se decía.

—¿Ahora les hablas a los pájaros? —Un hombre de voz grave se acercó.

Cameron lo miró de soslayo y se le dibujó una sonrisa en los labios. El hombre se acercaba con las manos entrecruzadas a la espalda. Vestía igual que Cameron y llevaba los rizos recogidos en dos rastas que le caían sobre los hombros. También lo reconocí: Xavier. El corazón se me disparó. Podía con ambos, desde luego, pero no era el momento ni el lugar. Había venido con un objetivo y mi intención era colarme y luego escabullirme sin ser vista.

Cameron sonrió y señaló hacia mí con un gesto.

—Creo que este pajarillo se ha perdido.

—Ah, ¿sí? —Xavier se acercó y se apoyó en la barandilla, al otro lado de mí. No me moví, ni eché a volar, ante el temor de delatarme si lo hacía. Para lo que había venido a hacer, necesitaba llegar al centro de la sala. Si peleaba con ellos perdería mucho tiempo y además alertaría a Samkiel. Me había fijado en cómo reaccionaban los animales ante los celestiales; parecía gustarles su presencia, así que mantuve la calma—. ¿O solo te estás escaqueando de otra reunión del Consejo?

—De acuerdo también —resopló Cameron—. Pero es que acabo harto de oír a Elianna y a Leviatán casi hacerse pajas mutuamente mientras discuten qué hacer a continuación.

—Solo están preocupados —dijo Xavier, pero las palabras de Cameron hicieron que se le escapase una risita—. Además, la última vez que estuvo aquí Samkiel se portó de forma muy rara, así que quizá haya motivos para preocuparse. Sobre todo, si tenemos en cuenta la muerte de Gregory.

Cameron hizo repicar los dedos contra la barbilla.

—Me caía bien Gregory —dijo.

—No, qué va. Te encantaba sacarlo de sus casillas.

Cameron sonrió y su expresión me recordó la de un niño travieso.

—Aun así, si está pasando algo en Onuna y están muriendo celestiales, ¿por qué no nos ha llamado?

—Confío en Samkiel —respondió Xavier. Se encogió de hombros y miró en dirección al bosque—. Si hubiese una amenaza auténtica, nos convocaría.

—Quizá nos odia.

—Si odia a alguien —rio Xavier—, sin duda es a ti.

—¿A mí? Más bien a ti. ¿Te acuerdas del espadón que perdiste?

Xavier resopló y ambos siguieron intercambiando bromas. Centré de nuevo la atención en la sala, donde Leviatán y Elianna aún discutían. Me desplacé unos centímetros sobre la barandilla y aleteé como si quisiera estirar aquellas alas diminutas.

—¿Qué te apuestas a que echan un polvo cuando terminen de discutir? —Cameron se frotó las manos y la risa le resonó en el amplio pecho.

Xavier volvió a reírse con un sonido melodioso y profundo.

—Que Elianna se folle a alguien es como esperar que llueva en Gouldurim. —Hizo una pausa—. Como mínimo, cincuenta monedas de oro.

—Veo tu apuesta —respondió Cameron con el rostro iluminado por una sonrisa. Volvió su atención de nuevo hacia mí. Apoyó la barbilla en una mano llena de anillos de plata que refulgían a la luz del sol—. Y tú, pajarillo, ¿has perdido tu bandada? ¿Dónde está tu familia?

«Muerta».

La palabra fue como un grito en mi interior; pero tan solo respondí con un trino.

—¿En serio? —dijo tras ellos una voz femenina, acompañada de dos penetrantes ojos azules que los taladraron con la mirada—. ¿Los dos?

Cameron y Xavier se enderezaron como si los hubiese pillado haciendo algo indebido.

La mujer sacudió la cabellera rubia y dejó a la vista un rostro perfecto. Su vestido era igual al de los otros miembros del Consejo, pero abierto en los costados para mostrar las líneas elegantes del torso. Le brillaba la piel como si fuese una criatura nacida de la luz. Era más delgada que en los sueños de Samkiel, pero aun así tenía un cuerpo sensual y lleno de curvas, y era una de las mujeres más hermosas que había visto en mi vida.

—¿De verdad te sorprende, Imogen? —Cameron suspiró y señaló la sala del trono—. A los diez minutos ya me estaba muriendo de aburrimiento.

—Eso da igual. Somos la Mano. Permanecemos, vigilamos, escuchamos. Ya lo sabes. Y tú —su voz se volvió más cortante al mirar a Xavier—, ¿no puedes hacer que se comporte en una sola reunión?

—Te pido disculpas —dijo Xavier con una mueca de diversión—. La próxima vez me esforzaré más.

Cameron le dirigió una mirada pícara.

—¡Pero si es él quien me provoca!

Ambos rieron e Imogen puso los ojos en blanco. Extendí las alas y eché a volar. Ya no podía permanecer allí ni un momento más. Se me estaban revolviendo las tripas. Los veía bromear, felices. Eran una familia y los envidiaba tanto... Su mundo seguía girando, como si el mío no se hubiese detenido en seco.

—Maldita sea, Imogen, has espantado a mi pajarillo —le oí decir a Cameron mientras rodeaba el edificio y me dirigía hacia los árboles cercanos.

Horas. Me pasé horas allí, vigilando y esperando, pero ese maldito consejo no abandonó la sala ni una vez. ¿No tenían que ir a mear o algo? Maldición. Desde mi rama podía distinguir el balcón abierto con toda claridad, así que los vi consultar libros y hablar y hablar y hablar sin parar. De vez en cuando distinguía un uniforme negro y dorado junto al balcón: Cameron y Xavier hacían rondas de vigilancia. Cada vez, la mirada de Cameron se desviaba hacia el grueso árbol donde estaba posada. No sé si sería el cansancio acumulado tras el esfuerzo de permanecer allí oculta, o quizá me estaba volviendo paranoica, pero habría jurado que no me quitaba ojo de encima.

Por si acaso, me fui a la parte más frondosa del árbol y esperé.

Y esperé.

Y esperé.

El sol se puso y el mundo por fin se sumió en el silencio.

Miré hacia el balcón, y no vi a nadie ni oí voz alguna. ¡Por fin! Sin perder un instante volé hacia allí. En cuanto crucé la balaustrada mi cuerpo se convirtió en humo negro y recuperé mi aspecto habitual. Los tacones repiquetearon sobre el suelo de mármol y el faldón de la chaqueta onduló con cada paso. El frasquito encantado que me había dado Camilla descansaba entre mis pechos. Le di una palmadita para asegurarme de que no lo había perdido.

«Vierte una gota para entrar. Dos gotas para invocar el vórtice. Tres gotas para volver al Etermundo».

La voz de Camilla, en mi cabeza, me recordó lo que tenía que hacer. Dejé escapar el aliento muy despacio mientras pensaba en lo que contenía el vial que había sobre mi pecho: la sangre de Samkiel que había recogido en el barco. Y la sangre de un dios abre muchas puertas.

La sala del consejo estaba en silencio. Las llamas de los candelabros danzaban y dibujaban charcos de luz sobre el suelo. Me giré para contemplar el balcón. Aquí era donde habíamos venido tras visitar a Roccurrem la primera vez. Lo había sujetado por los brazos y lo había obligado a mirarme, a escucharme mientras me esforzaba por exorcizar los demonios que lo atormentaban. Me importaba más de lo que estaba dispuesta a admitir. Se me enturbiaron los ojos; el dolor del pecho amenazó con desbocarse.

Y un candado en una puerta en una casa se estremeció.

No. No había sido real; como mucho, provechoso para ambas partes. Estábamos atrapados juntos mientras buscábamos aquel maldito libro. Solo eso y nada más. Y el precio había sido perderlo todo. Me aparté de la barandilla y de esos recuerdos, y centré la atención en los libros desparramados sobre la mesa. Pergaminos y otros textos antiguos que no podía leer. Hummm. Pero quizá viniesen bien. Saqué los colmillos y me mordí la mano. La sangre se acumuló en la palma. La derramé sobre los libros mientras entonaba las palabras.

—*Ves grun tella mortum.* —«Regresad al vacío».

A medida que la sangre tocaba los libros, estos desaparecieron de la habitación, uno tras otro, hasta que solo quedó una mesa vacía. Estupendo. Llegaba la hora de la verdad. Metí la mano bajo la camisa para sacar el frasquito encantado, pero me detuve.

No estaba sola.

—Vaya, pues al final resulta que no eres un pajarito, sino una mujer, y muy atractiva.

Saqué la mano del corpiño y me volví hacia la voz. La habitación tembló y se transformó.

No estaba tan oscura ni tan desierta como había creído. Cameron se encontraba apoyado con indiferencia en la espada ardiente que tenía en la mano. Xavier, a mi derecha, me observaba con los dedos entrelazados. No me hizo falta mirar para saber que Imogen me taladraba la espalda con la mirada, con la espada desenfundada.

—¿Te gusta? —Recorrí con la mano el traje pantalón blanco. La chaqueta me caía sobre los hombros y dejaba a la vista el vientre—. Pensé que el blanco se adecuaba más a vuestro estilo. Ya sabes, la bondad y la rectitud y todas esas chorradas. Quería venir arreglada y no desentonar.

Cameron dejó escapar un silbido suave.

—Menuda pieza estás hecha, ¿no?

—Ni te lo imaginas.

Cameron pareció a punto de sonreír, mientras los otros dos me rodeaban.

—Solo por curiosidad… —La pregunta era sincera. No me había dado cuenta de su presencia, y eso me preocupaba—. ¿Cómo funciona vuestro truquito de magia?

—Conoces ese lugar, así que supongo que sabes quiénes somos. Verás, Xavier desciende de Kryella, la diosa bruja. No tiene todos sus poderes, pero aun así puede crear una ilusión más que aceptable.

—Buen trabajo. —E inesperado, pensé. Joder. Aquello me iba a llevar más de lo que había planeado.

La mirada de Cameron me recorrió de los pies a la cabeza en busca de cualquier posible arma.

—Dime, pues, pajarito… ¿Quién y qué eres tú, en realidad?

XVIII
DIANNA

—Una vieja amiga.
—De Samkiel —dijo Xavier. No era una pregunta, sino una afirmación.

Cameron sonrió y se mordisqueó el labio inferior. Luego se apartó de la puerta.

—No estoy tan seguro —dijo; sus ojos me recorrieron con interés—. Conozco a todos los «amigos» de Samkiel y tú no me suenas de nada.

Xavier ladeó la cabeza y me estudió.

—¿A qué huele? —le preguntó a Cameron.

Cameron levantó la cabeza y respiró hondo. Los labios se le torcieron en una sonrisa.

—A canela. Como ese perfume encantador que Imogen dice que Samkiel nunca le regaló.

—Tú —siseó Imogen. Miró a Cameron en busca de confirmación y luego se volvió hacia mí—. Eras tú quien se hizo pasar por mí aquel día.

Levanté las manos en gesto de rendición y agité los dedos.

—Culpable.

Al segundo siguiente, dos bolas de fuego se habían materializado en mis palmas. Se las lancé a Imogen y a Xavier, que salieron despedidos de espaldas. Cameron saltó sobre la mesa y corrió hacia mí. Lancé una patada y la gran mesa de mármol salió volando hacia la pared con él todavía encima. El impacto hizo temblar las paredes y lanzó los libros por el aire. El anillo que me había fabricado Camilla vibró; me giré y una hoja desolada me apareció en la mano.

Las espadas entrechocaron y su sonido resonó en la sala del consejo. Los ojos de Xavier se dilataron; la visión del filo de hueso dentado y de mis ojos rojos le hizo saber a las claras a qué se estaba enfrentando.

—Una ig'morruthen. —La palabra se le escapó casi como un susurro.

Lo empujé un paso atrás y el impulso hizo que las trenzas le bailasen de un lado a otro. Volteé la espada en la mano y avancé.

—Sorprendente, ¿a que sí?

Noté a mis espaldas un estremecimiento de poder. Giré para apartarme hacia la derecha y paré los golpes de Imogen y Cameron. Tres contra uno. Me superaban en técnica y en número, pero era capaz de bloquear cada ataque y contrarrestar cada movimiento. Sabía lo rápidos que eran, cómo se movían y la sensación de poder que transmitían al hacerlo.

—*Tienes que respirar, Dianna. De lo contrario, te quedarás sin aliento y morirás.*

Samkiel hizo girar de nuevo aquel estúpido bastón de madera. Me daban ganas de arrancárselo de las manos y metérselo por el culo. Estaba tirada de espaldas en la estera. Me rodeó, evaluándome, con movimientos lentos como los de un depredador y una mirada que dejaba entrever que podría devorarme, pero había decidido no hacerlo.

—Ya sé pelear, imbécil.

Me levanté de un salto y aterricé con firmeza sobre los pies. Levanté el bastón y aparté el suyo de un golpe. Se detuvo frente a mí y sonrió.

—*Contra otros seres, sí, pero no contra mí y contra...*

—La Mano. —*Suspiré con una mueca de fastidio y le dediqué un gesto despectivo*—. Ya, ya. Como si no me lo dijeses día sí y día también.

Sonrió aún más; pero tenía razón. Las magulladuras y la piel enrojecida marcaban su pecho perfecto y desnudo como recordatorio de que había logrado alcanzarlo varias veces, pero yo no estaba aún en condiciones de derrotar a ninguno de ellos. Todavía no.

Me encogí de hombros.

—*Tampoco es que me vaya a tener que enfrentar contigo o con ellos.*

—*No, pero quiero que estés preparada ante posibles eventualidades.* —*Levantó el bastón y me dio un golpecito suave en la cabeza, lo que me hizo fruncir el ceño*—. *Y ahora, basta de cháchara. Acuérdate de respirar, pensar y concentrarte. Cada movimiento tiene que ser premeditado, no el producto de las emociones y los sentimientos; de lo contrario responderás de forma descuidada. Tengo el presentimiento de que Kaden usará ambas cosas contra ti. Intentará hacerte vacilar y, entonces…* —*desapareció, y al reaparecer frente a mí me barrió los pies de nuevo*—. *Date por muerta.*

Caí de culo una vez más y le lancé una mirada de odio. Al menos Drake no estaba presente. Me ponía de los nervios oír cómo se reía de mí tras cada derrota.

Samkiel adivinó mis pensamientos y ladeó la cabeza.

—*Intenta sentir mi presencia.*

Tragué saliva con fuerza. ¿Cómo podría no hacerlo? Lo sentí el día que lo conocí, y a cada instante que pasábamos juntos era más y más consciente de su presencia. Aunque tratase de evitarlo y de mantenerme a distancia, lo percibía de todos modos.

—*Mira el aire que me rodea. Nos movemos tan deprisa que podrás ver como el tirón de energía agita las moléculas.*

Desapareció y reapareció al otro lado.

—*Si prestas atención y lo notas, podrás cazarme incluso a mí.*

Asentí y me levanté de un salto. Samkiel me dirigió una sonrisa de orgullo, posesiva.

—*Eres un pajarito muy veloz.* —*La voz de Cameron me llegó desde la izquierda, pero enseguida noté el desplazamiento del aire y reapareció a mi derecha. Mi espada cantó en dirección a su cabeza. Se echó hacia atrás y la estocada erró por muy poco*—. *Muy, muy veloz.*

Aunque no bajó la guardia, parecía impresionado. Los escombros que había detrás de mí se agitaron y de entre ellos salió Xavier.

—No nos derrotarás, ig'morruthen. Nos entrenó Samkiel —dijo.

Toda traza del guerrero cordial y apacible había desaparecido. Ahora su objetivo era matar y me tenía en el punto de mira.

—¿Os ha entrenado Samkiel? —me burlé—. Qué gracia. A mí también.

Imogen lanzó la espada hacia mí con la intención de alcanzarme en el tórax. La agarré por la muñeca y se la golpeé con la empuñadura del arma. Soltó la espada con un grito. Giré sobre los pies con ella agarrada. Cameron y Xavier se quedaron inmóviles.

Hundí el puño en la cabellera rubia para sujetarla bien y le estampé la cara contra la mesa rota. Se quedó inerte. La alcé y la arrojé al otro lado de la sala. De inmediato giré y sujeté la espada de Xavier para detenerla antes de que me atravesase con ella. El acero me cortó la palma, pero lo sostuve con firmeza mientras cruzábamos la mirada.

Un segundo destello de energía a mis espaldas delató el ataque de Cameron. Me lanzó un tajo y sentí como si una lengua de fuego afilada me lamiese la espalda. Solté la espada de Xavier y esquivé su siguiente golpe, que iba dirigido a la cabeza. Me tiré al suelo y rodé para evitar la patada de una pesada bota. Salté para ponerme de pie y tuve dos segundos para recordar por qué había sido tan cautelosa cuando los conocí. Dos segundos para esquivar, para moverme, para escapar de ellos. Era como ver una danza mortal. Por cada movimiento de Cameron, Xavier hacía otro. Si uno empujaba, el otro tiraba. Era un dúo mortífero, y empezaba a estar muy harta de ellos.

Sin bajar la guardia, les permití que se acercasen. Cameron me alcanzó en el hombro y Xavier fue a por las piernas. El dolor fue lacerante, pero soportable. Los atraje hacia mí y me concentré en sus puntos fuertes y débiles. Estudié los pasos de su danza para aprender las tácticas y las habilidades que los hacían tan letales. Uno de ellos daba patadas bajas, el otro apuntaba más alto. Uno atacaba por la izquierda y el otro por la derecha, para que el adversario esquivase un ataque y se encontrase con el otro. Serían imparables de no ser por un detalle: a mí no me quedaban motivos para vivir y a ellos sí.

La hoja de Cameron se dirigió a mi costado izquierdo. Alcé la mía para detenerlo mientras Xavier me lanzaba una estocada por la derecha. Lancé la espada a la otra mano y disparé el puño al rostro de Xavier. Le alcancé de lleno y cayó de culo con un golpe seco. Cameron se abalanzó hacia mí. Giré en un círculo cerrado y di un paso hacia el costado. Mi espada centelleó. Xavier abrió los ojos como platos. Cameron se detuvo; su respiración era un borboteo.

Sonreí a Xavier. Cameron estaba entre nosotros; la sangre azulada se deslizaba hacia el suelo y se acumulaba a sus pies. Dejó caer la espada, que resonó contra el suelo, y se sujetó el vientre.

—Cuidado, no se te vayan a caer los órganos —dije. Reajusté la posición para tener mejor apoyo y le di una patada tan fuerte que lo hice volar por encima de la barandilla.

Xavier no vaciló, ni se dignó a lanzarme una mirada. En una fracción de segundo estaba de pie y corría hacia la balaustrada. Sin dudarlo, saltó del balcón en pos de su amigo caído.

Algo se movió a mis espaldas. Me giré a la derecha y vi aparecer la cabeza de Imogen. Tenía un corte profundo en la frente, pero se le debía de haber curado el cráneo lo bastante para que volviese a ser funcional. Me taladró con la mirada. Le brotaba sangre de color cobalto de la sien y le corría cara abajo. Miró detrás de mí, hacia donde habían desaparecido Cameron y Xavier, y sus facciones se retorcieron en una mueca de ira irrefrenable.

—Ya se sabe cómo son los chicos con sus juguetes, ¿verdad? —Sonreí y sacudí la sangre de mi arma mientras Imogen invocaba una espada ardiente de plata pura.

—Tú no sales viva de aquí —me dijo. Y se lanzó a por mí.

—A mí me parece que sí. —Eché mano al frasquito del pecho y lo levanté. Imogen se paró, sin saber muy bien qué era lo que yo sostenía ni qué pretendía hacer con ello. Seguía cada uno de mis movimientos con atención. Entoné el encantamiento y derramé dos gotas en el suelo. La penumbra se adueñó de la habitación, que se deformó. Frente a mí se formó una grieta, un agujero en el que se arremolinaban las estrellas y las galaxias. Me despedí de Imogen con la mano y le dije—: Ya seguiremos en otra ocasión.

Entré en el agujero y la oscuridad se cerró sobre mí y me abrazó como una amante.

Lo último que oí antes de que la grieta se cerrase fue el grito desesperado de Imogen.

XIX
DIANNA

Apoyé las manos en las rodillas para no vomitar el desayuno. Con un suspiro, me puse de pie. Putos vórtices. Jamás me iba a acostumbrar a ellos. Devolví la hoja desolada al anillo y me volví para contemplar la habitación que no paraba de dar vueltas. Tenía el mismo aspecto que cuando Samkiel me llevó allí, pero me daba la sensación de que las cosas no solían cambiar mucho en el pequeño rincón del universo que ocupaba Roccurrem. Las estrellas pasaban zumbando; su paleta de colores iba desde el púrpura oscuro a toda una gama de verdes y rosas. En el interior de aquella sala había una galaxia entera, pero no había ido allí para disfrutar del paisaje.

—¡Roccurrem! —grité—. ¡Sal ahora mismo, estés donde estés!

Avancé y, tras extender las uñas, arañé el cielo cercano, que tembló y se dobló como si quisiera apartarse de mí. Sonreí.

—Deja de hacer eso, por favor. Es doloroso.

Alcé las uñas e inspeccioné el material oscuro que se les había quedado pegado y que se deshizo en polvo. Me volví hacia Roccurrem.

—Así que este sitio te retiene y a la vez está hecho de ti. Interesante.

La materia que formaba la estancia se arremolinaba alrededor de su parte inferior como un abrigo grueso que se agitase al viento. Flotaba en el aire, a pocos metros de mí, y sus tres cabezas carentes de rostro giraban sin parar.

—Reina de Yejedin.

—Odio ese nombre.

—Hija de...

—Basta. —Levanté la mano para detenerlo—. ¿Podemos ahorrarnos lo de los nombres? Es una estupidez.

Una de las tres cabezas se detuvo y se sacudió como presa de la risa. Enseguida reanudó su rotación en sentido antihorario.

—Has llegado hasta aquí sin el Destructor de Mundos. Estás aprendiendo, y también... —las cabezas se pararon y parecieron mirarme— evolucionando.

—Yo también lo creo, gracias. —Crucé las manos a la espalda y sonreí para dejar a la vista los caninos afilados.

—Supongo que has venido para acabar conmigo. Por la muerte de aquella a la que llamas tu hermana.

Asentí y me balanceé sobre los tacones.

—Chico listo.

—¿Y cómo pretendes llevar a cabo tal tarea, si los propios dioses no consiguieron terminar conmigo?

Mi movimiento fue incluso más rápido de lo que él era capaz de seguir. Agarré aquella masa movediza por el cuello y lo levanté.

—Tengo mucha fe en la idea de que, con la presión adecuada, cualquier cosa se rompe. —Apreté y noté como le vibraba el cuerpo.

Las tres cabezas no vacilaron ni apartaron la vista de mí, pero un remolino de manos se aferró a la mía. Una estrella titiló tras él y atrajo mi atención. El centelleo me llamaba como un faro a un barco perdido en el mar. Por primera vez desde la muerte de Gabby sentí la necesidad de parar. Que extraño.

—Miles de galaxias, millones de estrellas, ¿y tú las puedes ver todas? Impresionante. —Incliné la cabeza hacia él y contemplé su extraña figura—. ¿Puedes verla? ¿Dónde está?

—Tu hermana descansa —dijo una cabeza, y otra continuó—: Muy lejos de aquí, fuera de tu alcance.

—Bien. Me alegro por ella. Por fin está tan lejos que ya no puedo hacerle daño. —No pretendía decir eso último, pero se me escapó.

—¿Así es como te sientes? ¿Crees que le hiciste daño? —me preguntó la cabeza que a mi parecer era el auténtico Roccurrem.

—Ya no importa —respondí con un gesto de indiferencia.

Mientras dos cabezas iban a lo suyo, la tercera parecía muy empeñada en observarme.

—¿Y cómo habías pensado matarme? —preguntó Roccurrem.

Exhalé por la nariz.

—Había pensado cortarte las cabezas una a una, y luego ver si podía prenderle fuego a ese extraño manto flotante que llevas puesto por ropa. No pareces tener extremidades, así que no puedo cortártelas, pero la intención era que tu muerte fuese lenta y dolorosa, no como fue la suya.

—¿De verdad me culpas a mí?

—Culpo a todos los que tuvieron algo que ver —lo interrumpí—. Tú lo habías previsto. Sabías lo que le pasaría, pero no nos dijiste nada ni a Samkiel ni a mí cuando acudimos a ti.

—Te dije todo lo que estaba por llegar, pero no me escuchaste. Te aferraste al Destructor de Mundos y pronunciaste palabras desafiantes. —Aumentó un poco la presión y la cabeza que me observaba se unió a las otras en sus giros—. Y ahora, mírate. Has alcanzado la plenitud de tu poder. Podrías quemar estrellas, conquistar mundos, cualquier cosa si así lo deseases. Y todo debe ocurrir de la forma adecuada para garantizar lo que está por venir.

Sentí una punzada de inquietud. Roccurrem notó mi aprensión y sus cabezas dejaron de girar. Lo solté y puse los brazos en jarras.

—¿Qué es lo que está por venir?

—Tu ascensión.

—¿Mi qué?

—Veo diferentes realidades, una cada segundo. En todas y cada una de ellas, tu hermana tenía que morir. En algunas antes que en otras. En esta realidad tenía que ocurrir así para que tú alcanzases tu máximo potencial. Siempre has sido el catalizador que hará arder los mundos.

Mi corazón se desplomó y se hizo pedazos.

—Entonces ¿quieres decir que, de una forma u otra, siempre iba a ser culpa mía?

Se me entrecortaba la respiración. Era cierto. Había matado a mi hermana. La sala amenazaba con engullirme por completo. Un cuchillo me atravesó el corazón herido y derrotado, un corte tan profundo que quise gritar, pero no fui capaz.

—Malinterpretas mis palabras. Gabriella cumplió su propósito como tú cumplirás el tuyo algún día. El universo recuperará el equilibrio de una forma o de otra. Así es como siempre ha sido y así es como siempre será.

Lo miré.

—¿Habías previsto todo eso?

—Sí.

Un nuevo plan se materializó de repente en mi cerebro. Y me resultaría mucho más beneficioso que la muerte de Roccurrem.

—Tu mente cambia, trama, traza planes. Veo cómo la marea de tus pensamientos redirige tu camino.

Asentí y paseé la vista por la sala.

—En una cosa tienes razón. He cambiado de idea.

Levanté los brazos y lancé unas llamas que desgarraron los muros de aquella prisión. Roccurrem se estremeció como presa del dolor mientras la masa oscura y oscilante recibía el impacto de mi poder. Presioné con más fuerza y las llamas crecieron e iluminaron el lugar con tonos de naranja y rojo vivo. Las paredes se sacudieron. Las cabezas de Roccurrem giraron de modo tan errático que temí que se le fueran a caer. La habitación olió a carne quemada y a ceniza. Roccurrem gritó, un sonido doliente como el azote del viento, pero no me detuve.

Solo replegué las llamas cuando la sala se volvió de un gris apagado y el aire se llenó de ceniza. Las estrellas que brillaban en el cielo estaban muertas y, con ellas, la ilusión que mantenía aquel sitio en pie. Me acerqué a la figura encorvada. En el silencio solo se oyó el repicar de mis tacones. Me arrodillé a su lado. La masa flotante se aferraba a él, marchita.

—¿Qué has hecho?

—Te he liberado —dije, y me incorporé. Las tres cabezas se volvieron hacia mí, sorprendidas—. Este sitio no eres tú. No es más que una ilusión para mantenerte encadenado. Te han tenido aquí encerrado durante miles de años a causa del padre de Samkiel. Bueno, pues él está muerto y tú ya no eres prisionero. Para nosotros se han acabado las prisiones, Roccurrem.

Pareció entender lo que le decía. Su figura se agitó y se elevó en aire y de nuevo flotó frente a mí. Miró a su alrededor, y luego a mí. Tiempo atrás yo había deseado que alguien me liberase de las cadenas que me ataban a Kaden. Pero nadie acudió, así que me crecieron las garras y los colmillos y me liberé a mí misma. Roccurrem no podía hacerlo, de modo que yo sería sus garras.

Su libertad.

—Me siento… —Se le quebró la voz.

—¿Liberado de un peso?

Si hubiese podido asentir, creo que lo habría hecho.

—Mejor. Ahora me perteneces a mí. —Mis labios dibujaron una sonrisa lenta y posesiva—. ¿Comprendido?

—¿Me has liberado para poderme atar a ti?

—No te preocupes. No será para siempre. Ayúdame a encontrar a Kaden y serás libre para marcharte. —Levanté la mano y en la palma brotó una bola de fuego—. Niégate y seguiré hasta que hagas juego con el resto de tu antigua celda.

—Ni siquiera los dioses pudieron matarme.

—Por suerte para mí, yo no soy un dios.

—No. —Pareció reaccionar a mis palabras con renovado respeto—. No, no lo eres. Aunque tu composición química es similar, eres mucho peor. No sigues ninguna regla, ni siquiera las leyes de la naturaleza. Serás un problema a lo largo y ancho de todas las estrellas.

Fruncí un lado de la boca. La mitad del tiempo no había quien lo entendiese. Sacudí la cabeza y apagué la llama. Luego me puse en jarras.

—Las estrellas no me preocupan. Solo quiero una cosa y tú me vas a ayudar a conseguirla. He quemado media Onuna, he matado y he cazado, pero Kaden sigue fuera de mi alcance. ¿Por qué no puedo encontrarlo? —Alcé la mano antes de que tuviese tiempo de hablar—. Y nada de responder con vaguedades, por favor.

Las cabezas giraron una vez a la izquierda y dos a la derecha, como si estuviesen enfrascadas en una conversación privada. Cuando se detuvieron, todas se volvieron hacia mí.

—Ya sabes la respuesta. Pero te niegas a decirla en voz alta.

Agaché la cabeza. Creía que era imposible, pero lo imposible se estaba convirtiendo en cotidiano.

—No está en Onuna, ¿verdad?

Roccurrem me miró sin decir nada.

—¿Cómo es posible, si todos los dominios están sellados?

Las tres cabezas se ladearon en mi dirección.

—Todos los dominios están sellados.

Gruñí y di un paso en su dirección.

—¿Qué te he dicho sobre responder con vaguedades?

—Se te acaba el tiempo. —Roccurrem sacudió las cabezas—. El rey verdadero viene hacia aquí.

Se me encogió el corazón. Joder. Me había olvidado de que el tiempo aquí corría a un ritmo diferente. Había destripado a uno de los preciosos miembros de la Mano de Samkiel y los otros habían ido a casa llorando. Maldición.

—Anda y que te den, Samkiel. —Saqué el vial de debajo de la camisa y derramé tres gotas para volver a casa. Luego miré a Roccurrem con una ceja enarcada—. ¿Listo para salir a ver mundo?

XX
SAMKIEL

Oí los gritos que llegaban del ala médica antes de poner los pies en el suelo. Corrí por el pasillo mientras las luces parpadeaban a mi paso. Sabía de quién procedían esos gritos y Cameron no era precisamente alguien débil. Varios celestiales se apartaron a toda prisa para dejarme pasar. Logan y Vincent me seguían muy de cerca. Hice un gesto con la mano y las gruesas puertas se abrieron con tanta fuerza que se salieron de las bisagras. Cuando entré, todos los ojos se volvieron hacia mí; la gran habitación blanca se sumió en el silencio. Hasta las máquinas sujetas a las paredes parecieron detenerse. Los sanadores y los ayudantes, todos enfundados en equipo médico y cubiertos de sangre, retrocedieron un paso al verme entrar a la carrera.

—¿Qué ha pasado?

—Tu novia, eso es lo que ha pasado —gruñó Cameron, e intentó sentarse. Le brotaba sangre de una herida abierta en el abdomen. Xavier estaba junto a él, con las manos sobre el pecho de su amigo y el miedo reflejado en los ojos.

—¿Dianna? —Su nombre era un susurro, una plegaria.

—¿Sabes qué? —gruñó Cameron—. No se me ocurrió preguntarle el nombre antes de que me sacase las tripas. Y oye, te entiendo. Está maciza y yo jamás te he juzgado. Ni cuando aquella diosa se plantó en Rashearim porque habías dejado de hablarle, ni cuando el rey de Talunmir amenazó con ir a la guerra porque habías dejado de hablarle a él. Y la lista sigue y sigue. Pero… ¿desde cuándo te follas ig'morruthens?

—No lo hago —dije. La cabeza me daba vueltas. Dianna los había atacado. En los restos del que fuera mi hogar, donde yo la había llevado. Me latía la cabeza y se me aceleró el pulso. ¿Tanto me odiaba? ¿Con todo lo que había pasado?

Xavier se volvió hacia mí con fuego en la mirada.

—¿Por qué nos mientes? Olía igual que la que se hizo pasar por Imogen. Sabemos que también mentiste entonces.

—Dime que no lo hiciste —gimió Vincent.

—No es el momento —lo interrumpí con sequedad. Ni siquiera recordaba cuándo había dormido por última vez, y empezaba a notárseme.

—Da igual, porque después de lo que le ha hecho a Cameron, está muerta. —Xavier se volvió hacia su amigo herido.

—Gracias, colega —dijo Cameron.

—Nadie va a tocarla. Fin de la discusión —zanjé. Me acerqué a la cama de Cameron por el lado opuesto a Xavier, a quien taladré con la mirada para que comprendiese que hablaba muy en serio.

El mal humor hizo que la plata de los tatuajes de los brazos y bajo los ojos se me encendiese y palpitase. Xavier se apartó un poco. Apreté las manos sobre el abdomen de Cameron y de ellas manó el poder. Las luces parpadearon, encendiéndose y apagándose. Cameron dejó escapar un quejido.

—¿De verdad estás defendiendo a esa cosa? —resopló Xavier, que no daba crédito.

—No es una «cosa».

—Te deseo suerte si vas a intentar interponerte entre ellos —ironizó Vincent, con los brazos cruzados y gesto de fastidio. No le hice ni caso; estaba concentrado en la piel y los tejidos del abdomen de Cameron.

El herido apretó los dientes para controlar el dolor y me miró a los ojos.

—Samkiel, ¿se puede saber qué pasa? —dijo—. ¿Ahora resulta que los protegemos?

Vincent dio un paso al frente y se situó junto a Xavier. Logan permaneció callado.

—Hay que matarla, Samkiel.

—No. —Bajé las manos, y la luz de la cara y las extremidades se me apagó. La corriente eléctrica de la habitación se estabilizó. Cameron se ajustó la camiseta y, con una mueca de dolor, se sentó en la cama revuelta.

—¿No? —Vincent puso los ojos en blanco y alzó las manos en un gesto de incredulidad—. ¿Cuántos cadáveres más tiene que dejar a su paso para que entres en razón? Hemos perdido la cuenta de a cuánta gente ha matado, y por lo visto no tiene intención de parar. Mira lo que les ha hecho a Cameron y a los demás. ¿Crees que la cosa va a terminar ahí?

—He dicho que no.

—Dioses, ¿por qué te resistes tanto? A lo largo de los siglos te has acostado con millares de personas. ¿Qué tiene ese coño que es tan especial?

La electricidad restalló por todas partes; los presentes la esquivaron, sorprendidos. De las máquinas brotaron chorros de chispas y la oscuridad se adueñó de la sala.

—Cuidado con esa puta boca. —Ni la voz ni las palabras eran mías; fue como si alguna parte oscura y posesiva de mí, de la que no tenía consciencia, se hubiese hecho con el control.

Vincent tragó saliva, pero no respondió.

Todas las miradas se centraron en mí. La habitación era demasiado pequeña y abarrotada, se me venía encima. Tenía que salir de allí. La tensión aumentó y el martilleo de mi cerebro se reanudó. No quería hacer daño a ninguno de los presentes. Los apreciaba; eran mis amigos, mi familia. Sacudí la cabeza mirando a Vincent, y me dirigí hacia la puerta.

—No nos dejes de lado —dijo Vincent sin levantar la voz—. ¿Por qué no nos lo cuentas? Ayúdanos a entenderlo.

Me detuve. Las máquinas que había destruido humeaban. Inspiré a fondo una vez, luego otra.

—Ella no es así.

—¿Estás seguro de que esta que ves ahora no es la auténtica Dianna? Solo os conocéis desde hace... ¿Cuánto? ¿Unos meses? —dijo Vincent.

—Sí, meses. Meses que hemos pasado juntos, cada hora de cada día. No la conocéis como la conozco yo. Ahora está sufriendo y reacciona a la defensiva. —Me volví hacia él, y todos y cada uno de aquellos rostros me estaban juzgando.

—Hace unos siglos te habría resultado fácil, ¿sabes? Si alguna bestia se pasaba de la raya, estaba acabada. ¿Crees que Unir permitiría tanto caos y sufrimiento? —cuestionó Vincent.

—Vincent —interrumpió Logan, cruzado de brazos, con una mirada de aviso.

Vincent se frotó la cara y sacudió la cabeza.

—¿Cuántos cadáveres más, cuántos ataques a nuestro hogar harán falta para que comprendas que la chica a la que recuerdas, la chica que tanto te importa, ya no existe?

Algo se quebró en mi interior.

—No tienes ni idea de lo que dices, ¿sabes? ¿Alguna vez te has preguntado qué sentí yo cuando cayó Rashearim? ¿Te has parado a pensar en lo que he perdido y en cómo me ha cambiado esa pérdida?

Vincent no se amilanó. El azul de los celestiales le brillaba en los ojos.

—¿Cómo quieres que lo sepamos? ¡Si no nos diriges la palabra!

—¿Y por qué habría de hacerlo? —El torrente se había desbordado y no podía pararlo—. No lo entenderíais. Vosotros no habéis perdido todo lo que conocíais y amabais, todo lo que os importaba. Tú disfrutas de esa corona falsa que te he otorgado. Todos tenéis un hogar que construí para vosotros. Os tenéis los unos a los otros. ¿Qué gané yo con mi sacrificio? —Sabía que estaba dejando escapar todas las puñeteras emociones que había mantenido enterradas durante semanas, años, siglos. Que mis palabras eran como latigazos contra la piel desnuda. Pero no podía parar—. Nada. —Mi voz era un susurro casi inaudible—. Con mi sacrificio no he ganado nada. Nada excepto pesadillas. Nada, aparte de malas caras y palabras acusadoras. Como si no hubiese dado todo lo que soy, todo lo que tengo, por vosotros. Por el mundo. —Agacharon la cabeza uno tras otro, o apartaron la vista, y en sus expresiones se coló un atisbo de tristeza. Pero no necesitaba su compasión—. Me impusieron una corona en el momento en que nací. No es mía, mi vida nunca me ha pertenecido. Es una herramienta. Mi vida consiste en sacrificarme por vosotros una y otra vez, por todos vosotros, por los millones que viven, comen y mueren en este universo y en cualquier otro. Y al final mi propio padre vinculó mi vida con los dominios que debo mantener cerrados. Podéis quejaros y gritar que lo que hago es injusto; podéis decir que me he apartado de ese camino que creéis que debería seguir. Pero ninguno de vosotros ha perdido nada.

—Te perdimos a ti. —La voz de Logan se abrió camino a través del golpeteo sordo de mi cerebro.

Le dediqué una sonrisa melancólica a mi amigo más antiguo.

—Me había ido mucho antes de que cayese Rashearim y no os disteis cuenta. Esperáis que esté a la altura de la imagen que os habéis forjado de mí. ¿Os hacéis idea de lo pesado de esa carga, de la losa que representa? Actuáis como si yo tuviese que saberlo todo, cómo arreglar cada desastre que se nos venga encima; pero no tengo todas las respuestas y nunca las he tenido. Y la gente que debería ayudarme y aconsejarme está desperdigada entre las estrellas, y los que no han muerto me miran como me miráis vosotros. —Paseé de un lado a otro, incapaz de permanecer quieto; el personal del hospital se pegaba a la pared para apartarse de mi camino—. Comprendo que he fracasado. De verdad que sí. Mi padre murió por mi culpa. Perdí la guerra y al hacerlo cerré los dominios, y nos quedamos aquí. Comprendo que os dé asco, que me despreciéis, porque yo también me siento así. —Me froté la cara. La barba incipiente me rascó la mano—.

¿Y sabéis que es lo más gracioso? Que para traerme de vuelta hizo falta aquello que nuestros textos denominan un «enemigo». Porque eso es justo lo que hizo, traerme de vuelta. Y no fue de la forma que estáis pensando. No, Cameron, tampoco como en el chiste soez que te mueres por soltar.

Cameron levantó las manos para protestar.

—No sé de qué me hablas. —No sonó nada convincente.

Tragué saliva, pero el nudo de la garganta no se iba.

—Al principio no tuve que decirle nada a Dianna. Ella me percibió tal y como era. Igual que yo la veo a ella como es, fuerte y generosa. La he visto lanzarse de cabeza al peligro para defender a aquellos a los que quiere sin pensar por un momento en las consecuencias que tendrá para ella. Es divertida y lista y muy, muy hermosa. Es una luchadora, una guerrera más fuerte que nadie a quien yo haya entrenado. Y, sobre todo, es una mujer que no pudo elegir la vida que le había tocado vivir. Dianna sobrevivió, contra todo pronóstico, por Gabby. Y Kaden se la arrebató. Dianna no es un monstruo, jamás lo ha sido. Ama y se preocupa por los demás. Y siente. Y ahora mismo, lo que siente es tristeza, dolor y pérdida. No voy a… No pienso rendirme y abandonarla. ¿Qué clase de persona sería si lo hiciese? —El silencio se había adueñado de la habitación; todos me observaban, inmóviles. Reanudé el discurso—: Os aferráis a los mismos prejuicios que los dioses que nos precedieron. Ella no nació como ig'morruthen. Kaden la convirtió. Dianna permitió que Kaden la reconstruyese de dentro a fuera, para salvar a la misma hermana que ahora ha perdido. Vosotros solo veis sangre, muerte e ira, pero no el dolor que yo percibo. Le arrojáis piedras y la juzgáis, pero permanecisteis a mi lado durante eones mientras yo derramaba muchísima más sangre de la que ella derramará jamás. Os inventasteis excusas nobles y honorables para justificar mi naturaleza destructiva, pero yo cargaré con las consecuencias hasta mi último aliento.

—Eso era diferente —objetó Vincent—. Tú eres distinto.

El anillo de la mano derecha vibró e invocó el Olvido. Empuñé la espada con fuerza y entonces la hoja zumbó, lista para alimentarse, para saborear la muerte. Un humo negro y púrpura se retorcía a su alrededor, la acariciaba. Vincent dio un paso atrás. De forma consciente o inconsciente, todos se apartaron para mantenerse a distancia del arma.

—Dime qué es esto, cuál es su función —exigí. Alcé la espada y la agité—. Explícame por qué soy un salvador si la propia espada que creé destruye mundos. Dime que soy merecedor de ese título. Dime que no soy el culpable de nuestra perdición. Dime por qué no puedo dormir. ¿Por qué me resuenan dentro del cráneo los tambores de guerra y los gritos de todas las batallas? Dime por qué mi vida se cae a pedazos. Joder, Vincent, dime cómo arreglarme, ya que lo tienes todo tan claro. No puedes, porque, pese a lo que os decís a vosotros mismos para que la culpa no os impida dormir, en realidad es lo mismo. Los crímenes de Dianna y los míos, se hayan cometido en nombre de la paz o no, no se diferencian en nada. La muerte es la muerte. Si para ti ella es un monstruo, entonces yo también lo soy.

Vincent agachó la vista y los demás siguieron su ejemplo. Todos, excepto Cameron. Devolví el Olvido al éter y se hizo el silencio. Se oyeron unos pasos apresurados en el pasillo y todos volvimos la mirada hacia la puerta destrozada.

—¿Qué ha pasado aquí? —preguntó Imogen. Se guardó un pequeño dispositivo en la túnica manchada de sangre y echó un vistazo detrás de mí.

—Vincent ha cabreado a Samkiel —dijo Cameron, como si la bronca no hubiese sido para todos—. Como de costumbre.

Imogen miró a su alrededor y asintió.

—Eso parece. Samkiel, acabo de hablar con el consejo. Están furiosos y quieren verte.

—Iré dentro de unos días. Tengo que encontrar a Dianna.

Imogen alzó la mano y en el suelo salpicado de sangre se dibujaron unas pequeñas runas.

—Gregory está muerto y me han nombrado tu asesora. Es una orden, no una petición. Quieren verte de inmediato. Samkiel, Dianna se ha llevado a Roccurrem.

La rabia se retorció en mi interior y sentí que palidecía de furia. Apreté los dientes, con la mandíbula tensa. ¿Quiénes se creían que eran, para exigir mi presencia? Iría, pero quizá se llevasen una sorpresa desagradable.

—Muy bien —acepté con un suspiro—. Cameron, vete a casa a descansar unos días. Vincent, ponlos al día de todo lo demás.

—Espera, espera… ¿Por qué me tengo que quedar yo al margen si quien ha abierto la bocaza y te ha cabreado ha sido Vincent?

—Necesitas tiempo para que se te curen los órganos —respondí con otro suspiro de cansancio.

Abrió la boca para protestar, pero luego se encogió de hombros y asintió.

—Me parece lógico.

Me volví hacia Imogen y con un gesto le indiqué que procediera. Extendió el brazo y las runas brillaron y nos transportaron a los restos de Rashearim.

XXI
DIANNA

Una semana más tarde

—Ya está. Terminado —dijo Nora al quitarme la fina capa negra de peluquería. Me levanté con un movimiento fluido y me miré en el gran espejo rectangular. Las luces brillantes del salón de belleza se reflejaban sobre mí. Me aparté de la cara un largo mechón de cabello y lo recorrí con los dedos.

—Me he enterado de lo de Gabriella. Lo siento mucho.

Me detuve y estudié su imagen reflejada en el espejo. Estaba limpiando las herramientas de trabajo. Roccurrem estaba junto a la puerta, muy tieso, con las manos recogidas frente a él, y miraba a la gente del salón.

—¿Por qué? —dije.

Nora dejó de limpiar los útiles, desconcertada por mi pregunta.

—Porque era tu hermana.

—¿Y? Todos los días muere gente. Como el roñica de tu padre, que te hizo pagar la matrícula de la universidad en vez de echarte una mano. —Me eché el pelo sobre los hombros, con cuidado de que no se enganchase en los pendientes.

Nora se quedó boquiabierta y soltó un bufido.

—Eso ha sido una grosería incluso para tus estándares. —Puso los brazos en jarras—. Te acaba de subir la factura.

Me sonreí a mí misma en el espejo. Luego me acerqué a ella e invadí su espacio personal. Echó la cabeza hacia atrás para sostenerme la mirada. El corazón le latía tan fuerte contra las costillas que ahogaba el ruido del secador al fondo de la sala.

—Y qué te parece si no te pago nada y a cambio conservas tu tiendecita estúpida en este pueblucho estúpido. Y además no me como a todos los presentes ni tiro tu cuerpo en el contenedor de basura del callejón.

Sonreí de nuevo, pero me aseguré de que se viesen los colmillos. Nora tragó saliva y asintió. Se fue a toda prisa y desapareció en la trastienda sin mirarnos a mí ni a nadie más.

Todos los presentes fingieron no haber visto ni oído nada de lo ocurrido, excepto Roccurrem. No me quitaba la mirada de encima; sus ojos alienígenas estaban cargados de secretos. Giré sobre mí misma y me miré una última vez en el espejo. Me aparté de la cara la larga cabellera y salí de la tienda; Roccurrem estaba a mi lado. El débil sol invernal nos recibió mientras la puerta se cerraba tras nosotros.

—Quizá las exhibiciones públicas de poder no sean buena idea si deseas permanecer oculta a los ojos del rey de Rashearim.

Unos cuantos humanos pasaron junto a nosotros, envueltos en abrigos y ropas gruesas para protegerse de la brisa fría. Seguían adelante con sus vidas, despreocupados. Alrededor del pabellón había mesas pequeñas y taburetes en los que se sentaban los habitantes de la ajetreada Kasvaihn para comer y pasarlo bien.

—¿Cuántas veces tendré que decir que no me importa para que entiendas que no me importa? —le dije a Reggie. Así se llamaba ahora, Reggie, no Roccurrem. Necesitaba un nombre normal mientras estuviera allí, de modo que se lo había cambiado.

Reggie me miró y frunció un ceño perfectamente humano. Había adoptado la apariencia de un hombre vestido con un traje negro informal. Cuando llegamos, vio en una valla publicitaria móvil a uno de esos desagradables modelos masculinos y lo copió. Le había dicho que necesitaba un disfraz y lo había encontrado. Era alto y delgado, de tez morena y cabello corto muy rizado. Daba el pego hasta que se ponía a hablar en lenguas y aparecían los seis ojos blancos, dos encima de los normales y otros dos debajo.

—Sí, tus actos son un grito desafiante que muestra lo poco que te importa. O quizá sea una ilusión que pretende ocultar justo lo contrario.

Sonreí manteniendo los labios apretados. Me crucé de brazos y asentí, sin apartar ni por un instante la vista de los vehículos que pasaban. Sonó una bocina, pero no desvié la atención de la camioneta negra que se aproximaba.

—De acuerdo. —Dejé caer las manos, derrotada, y me alejé de allí caminando.

Al pasar golpeé una mesa. La pareja que la ocupaba me gritó mientras sujetaban un par de bebidas. Me agaché para esquivar una rama baja y acto seguido me bajé de la acera. Un coche blanco tuvo que desviarse para no acabar atropellándome. Me paré en mitad del asfalto mientras el vehículo se me acercaba cada vez más. Una cacofonía de ruidos y de voces se alzó a mi alrededor; los transeúntes se detenían para mirarme. Me hice a un lado y me dejé caer sobre una rodilla. Extendí la mano, con las uñas convertidas en garras, y rajé los neumáticos y las llantas. La camioneta volcó; los vidrios saltaron en pedazos. Me levanté y le dediqué una sonrisa a Reggie, que me observaba desde la acera.

—¡Por favor, que alguien pida ayuda! —gritó una mujer mientras otras personas se acercaban. Me dirigí hacia la camioneta y le arranqué la puerta de los goznes. Elijah levantó la vista hacia mi rostro. Estaba medio acurrucado, con el cinturón de seguridad todavía puesto. Se llevó la mano a la frente para protegerse los ojos del sol que orlaba mi silueta.

Cuando sus ojos se ajustaron empezó a trastear con el cinturón de seguridad.

—No, no, no, no —decía.

—No te preocupes, ya te ayudo yo.

Metí la mano en el vehículo y le arranqué el cinturón. Luego cogí a Elijah y lo saqué fuera del vehículo.

—¿Te parece que nos vayamos de aquí? —Sonreí, sin darle oportunidad de responder.

El puño hizo contacto de nuevo y sacudió la cabeza de Elijah de lado a lado.

—Es un mortal. Es posible que le produzcas daños cerebrales antes de obtener la información que buscas —comentó Reggie.

—Soy consciente de ello, pero qué quieres, si no habla… —Alcé los brazos con un gesto de impotencia.

Elijah se recostó en el asiento y escupió sangre al suelo. Pese a las contusiones de la cara, hizo un esfuerzo por sonreír.

—¿Ya te has buscado otro novio, Dianna? —Chasqueó la lengua, y de nuevo mandíbula y puño entraron en contacto.

—No soy su novio ni el sustituto de Samkiel.

Puede que oír el nombre de Samkiel hiciese que el siguiente golpe fuese un poco más fuerte.

—No me hagas perder más tiempo, Elijah. —Tiré de él para sentarlo en la silla—. Dime dónde está Kaden y se acabó.

—¿No puedes alimentarte de mí y verlo tú misma? Ah, espera, que no puedes. —Se rio, de modo que le acaricié las tripas con el puño, lo que le provocó un ataque de tos.

Gruñí. Intentar leer a Santiago me había producido tal migraña que solo con recordarlo me volvía el dolor de cabeza. Había encontrado enseguida a los lobos, pero Elijah era como un insecto que se escurría a toda velocidad. Al parecer, el pequeño hechizo de Camilla con el suministro de agua se había desvanecido antes de que pudiese encontrar a Elijah, por lo que volvíamos al punto de partida.

—Me caías mejor cuando estabas asustado.

—Sí, bueno… —Escupió a un lado—. Me he acordado de que no

me matarás hasta que obtengas la información, así que ahora me siento un poco más seguro.

La luz se colaba por las grietas de la chapa metálica de la vieja fábrica abandonada. Me pasé las manos por el pelo; la sangre se pegó a los mechones y arruinó el trabajo de Nora. Frustrada, miré a Reggie.

—¿Ves? —Señalé a Elijah—. ¿De qué sirve todo esto? Se me da fatal la tortura. Preferiría reventarlo a palos y seguir con lo mío.

—Si está muerto no podrá hablar. Paciencia.

—Se me ha agotado la paciencia. —Me volví hacia Elijah, que me miraba fijamente—. Dime de una vez dónde está.

Se encogió de hombros. Tenía los labios cada vez más hinchados.

—No.

—De acuerdo. —Me acerqué a zancadas, lo agarré por el cuello y se lo torcí. El cuerpo quedó inerte, con los ojos carentes de vida.

—Cada vez estás de peor humor, pese a que te alimentas con regularidad y tienes tus actividades extracurriculares.

Gruñí y me pasé las manos por el pelo. Luego cerré los ojos y respiré de forma profunda y acompasada. Reggie tenía razón. Estaba más irascible que de costumbre, y lo único que hacía era perder el tiempo. No estaba más cerca de encontrar a Kaden que al principio. No se había dejado ver y yo me estaba quedando sin gente que matar. Necesitaba a Tobias. Si daba con el paradero de Tobias, también lo encontraría a él.

—Parece que matar a Elijah no te ha servido para alegrarte.

—No hay nada que pueda alegrarme, Reggie. —Dejé caer las manos manchadas de sangre y suspiré.

—Samkiel ha salido de la reunión del consejo y ha vuelto a su hogar, con la dama Imogen a su lado.

Le di una patada a la silla que sostenía el cuerpo sin vida de Elijah y me crucé de brazos.

—Mejor para ellos. Por lo visto, vuelven a ser inseparables.

¿La amabas?

No la amaba ni es mi... Nada de lo que ha dicho antes.

Mentiroso.

—Los celos son una emoción poderosa. Y evidencia de otra. —Se me escapó un gruñido apenas imperceptible. Le lancé a Reggie una mirada penetrante—. Yo solo cumplo tus órdenes. Me dijiste que no les quitase ojo de encima y he mantenido varios ojos fijos en ellos. Sé dónde está la Mano, si te interesa saberlo.

Bajé la vista.

—No. No los necesito.

Hacía días que había regresado con Reggie. Aquella noche lo habíamos visto marcharse, una luz plateada que ardía en el cielo en perfecta sincronía con otra azul. Ella había vuelto y se habían marchado juntos.

—Espero que tengas un plan. Estás haciendo que un dios se desespere, y eso no acabará como tú deseas.

Puse los ojos en blanco de una manera más exagerada de lo habitual.

—Estoy seguro de que Imogen lo ayuda todo lo que puede a superar la «desesperación».

Sentí que los ojos de Reggie se posaban sobre mí.

—Si crees que el regreso de la dama Imogen hará que Samkiel deje de buscarte estás muy equivocada. Él invocó el Olvido por ti.

Me esforcé por contener un escalofrío al recordarlo. El bosque, el dolor de las piernas laceradas y el hedor del portal abierto al que querían arrastrarme los irvikuva, empeñados en devolverme con Kaden. El impacto de la llegada de Samkiel, envuelto en la famosa armadura plateada; un rey de leyenda que se aparecía para salvarme. El dolor se extendió por mi pecho e hice todo lo posible por reprimirlo.

—¿Cómo sabes eso?

—Yo lo veo todo —respondió Reggie.

—Pervertido.

No contestó. Me limpié la mano en los pantalones oscuros de cuero. Quería cambiar de tema.

—Satisfaz mi curiosidad, Reggie. Cuéntame cómo terminaste allí encerrado.

—Había una profecía sobre la ruina del cosmos y su renacimiento. Un niño nacido de un celestial y uno nacido de un dios, predestinados a gobernarlo todo. A salvarlo todo.

—Y esa profecía ¿no se referirá a cierto Destructor de Mundos, por un casual?

—En lo cierto estás.

—Tenemos tiempo de sobra, así que dime. —Me crucé de brazos y lo animé a continuar con un gesto—. ¿Qué pasó después?

—La niña destinada a gobernar junto a él fue secuestrada y destruida.

—Samkiel dijo que no tenía amata y que el universo no había sido amable con él. —Me encogí de hombros—. Supongo que no mentía.

—El universo puede ser cruel. —Reggie ladeó la cabeza, en un gesto extrañamente humano—. ¿No estás de acuerdo? Con todo lo que has visto y has perdido…

No le hice caso.

—Entonces ¿cómo acabaste allí encerrado?

—Los moirai, mi familia, lo revelaron demasiado pronto. Un dios empeñado en gobernar el cosmos se enteró y se aseguró de que no hubiese más reino que el suyo. Mataron a todos los míos y Unir me salvó y me mantuvo lejos de aquellos que querían usar mis dones para hacer el mal.

Eso despertó mi interés. Me acerqué a él.

—¿Cómo se puede usar a un hado? En todas las historias que he oído donde aparecíais, erais vosotros los que controlabais nuestro destino.

—¿Controlar? No. —Reggie alzó los brazos y seis ojos de un blanco incandescente le aparecieron en el rostro. La habitación se desvaneció y nos rodeó una nube de galaxias y estrellas. Di vueltas para mirar cada estrella viajera y cada planeta de aquella galaxia que ahora ocupaba por completo la fábrica. Todo estaba iluminado de pequeños orbes amarillos y verdes. Reparé en que ese era el auténtico Reggie, todo lo que existe y la nada que llena los resquicios.

—Vemos un millar de variables distintas, cuya configuración depende de vuestros actos. He visto nacer y morir estrellas. Más de un millón de mundos con más de un millón de acciones, con una cadena que os conecta a todos y cada uno de vosotros.

Alcé la mano y toqué con el dedo un planeta, que resplandeció bajo el contacto de la uña.

—La pregunta sigue en pie. Si alguien fuese lo bastante poderoso, ¿cómo podría usar a un hado?

La habitación se reabsorbió al recuperar Reggie su forma humana. La sala, el mundo, eran grises comparados con el universo que acababa de mostrarme.

—Poder. Poder para eliminar incluso aquello que le importa a un hado.

—¿Y por eso solo queda uno de vosotros?

—Correcto.

Me pregunté si los hados sentirían pesar. Esperé a ver si mostraba algún rastro de emoción, pero no fue así. Quizá el hado y yo fuésemos más parecidos de lo que había imaginado. ¿También a él lo habían usado, lo habían masticado hasta que solo quedó una cáscara vacía, y luego escupido? ¿O era yo la única que se sentía así?

—Hay una cosa que no entiendo. Eres un hado omnisciente, ¿y no pudiste ver que te iban a encerrar?

—Vi varios desenlaces para mis moirai y para mí.

—¿Los viste morir?

Respondió sin vacilar, pero me pareció que se le entrecortaba la voz.

—He visto morir a muchos. —Su rostro permaneció estoico, inalterable—. Y antes de que te vuelvas errática... Ya he respondido esas preguntas otras veces. Hay cosas que uno debe soportar por sí mismo. Hay cosas que están destinadas a ocurrir. Ves la muerte y supones que está en tu contra, pero la muerte es algo natural. No es cruel ni amable. No toma partido. La muerte no discrimina, no odia. Es imparcial, lo es desde que apareció el primer ser y lo será mucho después de que desaparezca el último. A veces duele, pero le ocurre a todo el mundo. Gabriella y tú no sois excepciones. Una vez le prolongaste la vida, pero su nombre seguía en la lista. Solo retrasaste el proceso.

—Para. —Intenté hacerlo callar con un gesto. La migraña había vuelto con más fuerza que antes.

—Se abrirá una elección ante ti, y tendrás que decidirte. Si escoges con generosidad, el camino está predeterminado. Si eliges la venganza..., el resultado será desolador.

—¿Otra maldita profecía más? —gemí mientras me frotaba el entrecejo.

—No una profecía. Un camino, una elección, que solo puedes hacer tú.

—Acabas de repetir lo mismo con otras palabras. —Fruncí el ceño y me aparté la mano de la cara. Me volví hacia la figura desmadejada de Elijah. Había sido partícipe de la muerte de Gabby, pero no había sentido nada especial al quitarle la vida.

—Los hados son muy tramposos a la hora de escoger las palabras —dijo una voz masculina grave.

De repente, el aire de la sala se había vuelto espeso y sofocante. Me giré hacia la voz y lo vi allí, orgulloso, engreído y, muy pronto, muerto.

Kaden.

Me sonrió, con las manos en los bolsillos.

—¿Me echabas de menos?

XXII
DIANNA

Ahí estaba. Al verlo, todo el fuego y el odio se abrieron paso hasta la superficie. Se me erizó el vello y una ola de calor amenazó con ahogarme. Levanté las manos y le disparé gruesos chorros de llamas que bramaron y chasquearon como las mandíbulas de una bestia furiosa y lo destruyeron todo a su paso. El olor acre del metal quemado me irritó las fosas nasales, pero no me detuve. Algo profundo y feral había despertado en mi interior; no bajé las manos hasta que la frente se me perló de sudor.

Kaden miró de soslayo las cenizas y los restos abrasados de todo lo que había habido a sus espaldas.

—Qué numerito tan teatral —comentó. Sacudió la cabeza y se cruzó de brazos. Los músculos se le marcaban bajo la camisa oscura.

Apreté los dientes y me tragué el grito de rabia y frustración. No podía quemarlo vivo, pero daba igual. Lo haría pedazos con mis propias manos. Me moví y lancé un zarpazo con las garras hacia donde tenía la cara. Mi golpe no encontró resistencia y trastabillé, pero di un paso más y me estabilicé. Me volví hacia él y me miré las garras, limpias de sangre y restos.

—Ni siquiera estás aquí. Menudo cobarde.

Sonrió; al mirarme, un único canino se alargó.

—Precavido, más bien. El poder brota de ti y se derrama en oleadas, Dianna. Apuesto a que los seres de más allá de este dominio también lo notan y se estremecen. —Me lanzó una mirada lasciva y bajó los ojos hacia mi pecho—. Me ves y tu corazón ni siquiera se inmuta.

—Mi corazón no late por ti —retruqué con una mueca de burla.

—Ah. ¿Supongo que entonces late por él? —Se frotó la barbilla.

—Reggie. Márchate.

—Como desees —dijo. Se desvaneció y me dejó sola con Kaden, o al menos con aquel cascarón vacío.

Kaden contempló como desaparecía la negra y espesa niebla estrellada que constituía la forma auténtica de Reggie.

—¿Has secuestrado a un hado y te obedece? Impresionante, Dianna. Sabía que cuando por fin te liberases serías imparable. ¿Cómo has logrado sacarlo de la prisión de Unir?

—¿Cómo sabes eso?

—Sé muchas cosas —replicó, indiferente.

Suspiré y el humo se me escapó por la nariz.

—¿A qué has venido?

Kaden sonrió; jugaba a hacerse el dulce y tímido. Me revolvió las tripas.

—Puede que te haya echado de menos.

Me llevé la mano al pecho.

—Oh, yo también te he echado de menos. ¿No lo has notado por el reguero de cadáveres que he dejado a mi paso? Quizá deberíamos vernos de verdad, cara a cara.

—¿Sí? —ronroneó; dio un paso hacia mí—. ¿Te pondrás algo bonito para mí, como hiciste para tu Destructor de Mundos?

¿Bonito? Recorrí un sinfín de posibilidades en mi mente, tratando de averiguar a qué se refería. Luego lo comprendí. Hablaba del vestido que llevaba en el jardín, aquel día en casa de Drake; el que me había hecho Samkiel.

—Estabas allí.

Sonrió.

—Los espejos son el mejor invento de los mortales, Dianna, y un pasillo abierto para los seres antiguos. Ya te dije que tenía ojos en todas partes.

Fruncí los labios, asqueada, mientras intentaba recordar todos los sitios que había visitado y que tenían alguna superficie reflectante. Me vino a la mente Sophie cuando le habló al espejo justo antes de atacarme.

—No pongas esa cara. Son solo los que están revestidos de obsidiana. Me he asegurado de que todos los miembros de mi corte tengan al menos uno.

Peligroso. Un extraño, atractivo y peligroso, que había conocido en el desierto. Una víbora de arena es lo que me pareció y eso es justo lo que era. Pero Kaden no daba puntada sin hilo, así que había acudido por alguna razón. O bien me estaba entreteniendo, o bien se preparaba para atacar.

—Dejémonos de jueguecitos. —Cuadré los hombros y levanté la cabeza un poco más—. Ya no soy aquella niña temblorosa e indefensa, que no llevaba nada excepto una daga atada al muslo. ¿Para qué has venido? —Hablé con voz serena y monocorde. Me crucé de brazos; las mangas largas de la chaqueta me cayeron por los costados. Kaden no estaba allí. No iba a malgastar esfuerzos con una ilusión.

—No, desde luego que no, pero sé que aún guardas un arma muy atractiva entre los muslos, ¿no es así? —Se pellizcó el labio inferior mientras me rodeaba, con una mirada que era casi un contacto físico—. Y lo bastante poderosa como para que un dios modifique sus planes.

Dejé caer los brazos con un gemido e incliné la cabeza hacia atrás. No necesitaba tenerlo presente para saber que estaba tenso. Había consagrado varias vidas a estudiarlo a fondo.

—¿Te he dicho alguna vez lo desagradable que me resulta tu voz? A veces habría preferido arrancarme las orejas antes que oírte hablar sin parar.

—Nunca pensé que matarías a Drake, ¿sabes? Siempre di por hecho que os acostabais cuando os quedabais a solas.

—No, el que necesitaba varios amantes para quedar satisfecho eras tú, ¿recuerdas?

—O quizá hubiera otra razón —dijo Kaden con una sonrisa fría.

—Una que no me importa en absoluto. —Intentaba distraerme. Pero ¿de qué?—. Te lo pregunto de nuevo. —Suspiré—. ¿Qué quieres?

Se detuvo frente a la figura caída de Elijah y se metió las manos en los bolsillos.

—Le has torcido el cuello y casi le arrancas la cabeza. Me estabas viendo sin perder detalle, ¿eh?

Otra maniobra de distracción.

—Sí, Kaden, mataste a mi hermana. Todos lo sabemos. ¿Qué quieres? ¿Retransmitirlo otra vez? ¿O vas a dejar de esconderte para que pueda devolverte el favor?

Me miró de pies a cabeza sin dejar de morderse la comisura del labio.

—Has cambiado mucho, ¿verdad?

Un estremecimiento me atravesó. La bestia ig'morruthen se agitaba, lista para atacar.

—¿Qué esperabas? ¿Que me pusiese triste y me fuese a llorar a un rincón? No, esa chica desapareció hace mucho tiempo. Tú mismo te aseguraste de ello. Ahora quiero sangre. Un puñetero río de sangre.

Se me acercó y se detuvo a centímetros de mí. Tuve que levantar la vista para poder mirarlo a los ojos.

—Dioses, cuánto te echo de menos.

—¿Qué quieres?

—A ti. —Movió las manos como si pudiese acariciarme los cabellos—. Siempre a ti.

—¿A mí? ¿O estás aquí por el barco que yace en el fondo del mar?

En sus rasgos no se dibujó ni el más mínimo atisbo de sorpresa.

—Admito que me alegra ser lo único que llena tu preciosa cabeza. ¿Está celoso Samkiel?

«Es un manipulador, Dianna. No dejes que te distraiga —me susurró mi mente—. No dejes que te vea titubear ni un segundo, o de lo contrario se te comerá viva».

Tragué saliva y me erguí.

—No me importa lo que sienta Samkiel. Lo único que tengo en mente ahora mismo es matarte.

Dio otro paso hacia mí sin dejar de mirarme.

—¿Y cómo lo vas a hacer, mi linda zorrilla? ¿Poco a poco? Ya sabes que no es así como me gusta.

—Sé que estás moviendo montones de hierro.

—¿Sí? —Una mueca pecaminosa le torció los labios—. ¿Y has tenido que abrir esas bonitas piernas para averiguarlo?

Le respondí con una sonrisa que mostraba toda, toda la dentadura.

—No, eso lo hice por diversión.

—¿Diversión, o es que la furiosa sed de sangre ha vuelto y multiplicada? Conoces tu auténtica naturaleza y la has mantenido enterrada durante demasiado tiempo. Cuando te entra hambre, necesitas algo duro y tieso.

—No siempre; a veces prefiero la lengua —respondí.

—Sabes que podrías volver a tu hogar y yo me encargaría de eso.

«Hogar». Otra vez esa puta palabra. Un vacío que jamás podría llenar por culpa suya. Me clavé las uñas en los brazos.

—Vamos a dejar clara una cosa. Contigo nunca tuve un hogar. Mi hogar está ahora disperso por todo el mar de Naimer. Por tu culpa. Así pues, ¿qué estás fabricando, Kaden, y para qué necesitas tanto hierro?

Torció un poco la cabeza e inspiró hondo.

—Incluso a esta distancia, tu olor es fabuloso. Reconocería ese aroma en cualquier parte.

Se me acercó más, pero no le hice caso. Me negaba a retroceder frente a él. No lo volvería a hacer jamás. Todo mi ser ardía de furia ante el monstruo que me había hecho lo que era, aunque fuese incorpóreo en ese momento.

—¿El hierro es para crear un arma con la que matar a Samkiel? Tienes el libro de Azrael desde hace meses, pero no lo has usado aún.

Estiró la mano como si pudiese tocarme.

—¿Siempre has llevado el pelo así de largo? Echo de menos el modo en que se mueve cuando tú...

Las piezas encajaron en mi mente y se me escapó una risita.

—No tienes todo lo que necesitas. Te falta un ingrediente final y estás tratando de ganar tiempo...

El fulgor de sus ojos me hizo saber que había dado en el blanco.

Di un paso al frente para acercarme a él y, por una vez, fui yo quien invadió su espacio personal. Ya no era la niña dócil que se encogía o agachaba la vista porque lo temía. Y ya no volvería a serlo.

—¿Sabes lo más divertido? —continué—. Que no creo que seas tan malvado como quieres hacerles creer a los demás. Reúnes a toda esa gente y te rodeas de todos esos seres para no sentirte tan solo durante todo el puto rato. Diría que no eres más que un niño pequeño traumatizado, a quien no amaron lo suficiente.

En sus ojos refulgió un brillo carmesí.

—Dice la mujer que está tan desesperada por que la amen que se dedica a conspirar con el enemigo y follárselo.

—Oh, Samkiel y yo no hemos follado. Aunque estuvimos muy cerca. —Silbé con suavidad—. Las cosas que puede hacer ese hombre solo con las manos... Ni me imagino cómo será el resto. O, de hecho, sí que lo imagino.

Al decir eso último dejé escapar algo que solía ocultar las noches que me acostaba con otros. Sabía que le dolería, y si podía devolverle al menos una parte del daño que me había hecho, pues que así fuese, joder.

Cerró los dientes con un chasquido y los celos le asomaron por los ojos.

—Ah, ¿sí? Imagino que ahora mismo estará usando esas manos con su prometida.

Entre nosotros siempre era un toma y daca. Recibir un golpe para devolver otro aún más fuerte. Solo que ahora, por una vez, conocía cada punto débil y sabía dónde pincharlo para que le doliese. Sabía que había conseguido irritarlo y Kaden sabía que... Por fin procesé lo que había dicho y todos mis pensamientos se desmadraron y se detuvieron en seco.

«Prometida».

La cólera ardiente que chisporroteaba incansable en mi interior se desató. Una furia volcánica se abrió paso hasta la superficie, una emoción que habría sido estúpido creer que podía controlar de ninguna manera.

Volví la cabeza con brusquedad.

—¿De qué estás hablando?

La sonrisa triunfal de Kaden me revolvió el estómago. Se apuntó una victoria en su marcador.

—Ah, ¿no lo sabías? Imogen y él están destinados a gobernar los doce dominios. Un matrimonio concertado y todo eso. —No dije nada—. Hummm. Me cuesta creer que no lo haya compartido contigo.

—Mientes —dije con los ojos entrecerrados—. He visto el pasado de Samkiel.

—¿Por completo? Lo dudo. Incluso con tus ensueños, para eso tendrías que consumir la sangre de Samkiel a diario y, a juzgar por tu aspecto, sé que no lo has hecho.

—Mientes. —Negué con la cabeza—. Intentas distraerme. Se lo pregunté.

Me esforcé para que mis palabras no sonasen quejumbrosas, porque sería ridículo.

Kaden puso morritos para burlarse de mí.

—¿Le preguntaste? ¿Y te contó la verdad? No me hagas reír. Lo siento, ¿he tirado por tierra tu sueño de tener un castillo con vistas?

En esa ocasión no le respondí. Kaden extendió el brazo hacia mí y sentí una mano fantasmagórica que se me deslizaba por el cabello. Si hubiese estado presente de verdad se habría enrollado los largos mechones alrededor del puño.

—Un rey siempre debe tener una reina y tú no eres la suya. Ya te lo dije. Venga, por favor. Samkiel e Imogen han estado juntos casi tanto como tú y yo. ¿De verdad crees que te quiere a ti más que a ella? Solo hace unos meses que os conocéis. No le importas en absoluto. Lo suyo es salvar el mundo de seres de la noche, como tú y como yo.

Lo observé con atención en busca de cualquier indicio de que mentía, aferrada contra toda lógica a una esperanza estúpida. Pero no vi ninguno. La periferia de mi campo visual se volvió borrosa. Kaden decía la verdad.

Chasqueó la lengua.

—Lo único que has conseguido es traer de vuelta la Mano, y con ella a su novia.

Novia.

Prometida.

El mundo empezó a darme vueltas. Se me llenó la cabeza de ruido, el mismo ruido que hacía la tele cuando Gabby y yo nos quedábamos dormidas mientras nos esforzábamos por aprovechar al máximo el poco tiempo que teníamos juntas. Siempre me despertaba oyendo ese ruido de estática mientras ella seguía durmiendo con la mano pegada a la cara. Y, al igual que entonces lo apagaba y la habitación se quedaba a oscuras, silenciosa y vacía, ahora era mi cabeza la que se sentía así, mi corazón, todo mi ser. Había confiado en él. Había escuchado lo que me decía, atenta a cada palabra y a cada sílaba y, aun así, me había engañado como todos los demás. Había duda...

Y un candado en una puerta en una casa se quedó inmóvil.

—¿De verdad no lo sabías? —Reparé en que llevaba mucho rato callada—. Oh, cariño, creí que erais amiguitos del alma y todo eso. ¿Y no te lo dijo?

Parpadeé para contener las emociones que habían salido a la luz y que amenazaban con desbordarme. Tras ellas se escondía una verdad mucho más demoledora.

—Lo que pasó entre Samkiel y yo fue algo pasajero, un acuerdo de beneficio mutuo. Nunca fue permanente. No me importa a quién se folle.

Kaden sonrió y, aunque su forma física no estuviera presente, pude percibir el poder que irradiaba.

—Sabes hacer muchas cosas, Dianna, pero mentir no es una de ellas. Acuérdate, amor, de que tengo ojos y oídos en todas partes. Pronto volverán de esa reunión del consejo. Quizá deberíamos echar un vistazo con nuestros propios ojos.

Kaden metió la mano en el bolsillo y sacó una lámina de obsidiana cuya superficie, pulida como la de un espejo, reflejaba la luz. La imagen se onduló y mostró una sala, pero no una cualquiera, sino el gran salón de conferencias de la Ciudad de Plata.

—Hice que uno de mis esbirros instalase esto mientras vosotros estabais por ahí peleándoos.

—¿Por qué me lo cuentas? —le pregunté a Kaden con un hilillo de voz.

—Porque una vez hayas visto lo que te voy a enseñar, ya no creo que te importe.

Del espejo brotaron unas voces que me llamaron la atención.

Samkiel apoyaba la mano en la mejilla mientras estudiaba lo que parecía un libro antiguo. A su lado había varias pilas de papeles y un mapa o algo similar. Se lo veía cansado, casi recostado sobre la silla. Otros se movían a su alrededor. Cameron y Xavier intercambiaban chistes y Logan se dirigía al otro extremo de la sala. La Mano estaba allí, pero lo que me llamó la atención fue la rubia alta que se le acercó y le ofreció una bebida, que él aceptó. La mujer le apoyó la mano en el hombro y se lo masajeó y él respondió con una sonrisa cálida. Era un hecho insignificante que, sin embargo, puso mi mundo patas arriba.

Su prometida.

Su novia.

Ahora era ella quien lo reconfortaba; había ocupado mi lugar sin esfuerzo y yo había pasado a ser la causa de sus aflicciones.

La bilis se me acumuló en la garganta y me acordé de otra vez que Kaden me había plantado un puto espejo delante. Pero entonces no había sido una puñetera lámina de vidrio, sino la verdad de nuestra relación. Me había demostrado de la forma más desgarradora que cualquiera era reemplazable. Creí que nunca volvería a sentirme así. Había jurado no encariñarme nunca más con nadie de esa forma y me había mantenido firme. Hasta Samkiel. Ahora no tenía derecho a enfadarme.

—Hacen una pareja muy mona —dijo Kaden con un silbido.

—Absolutamente perfecta. —Me ardía el pecho, pero obligué a las palabras a salir de mis labios.

—Eso —señaló hacia el espejo— es lo que necesita. ¿De verdad crees que ella le haría daño? ¿Que lo apuñalaría? ¿Que atacaría a sus amigos y el mundo que él ha jurado proteger? Aunque me mates, Samkiel seguirá necesitando a su familia y tú nunca formarás parte de ella. Nosotros somos lo que ellos cazan, lo que temen. Ya lo sabes. Si de verdad lo quieres, ¿no sería egoísta entrometerse?

Los demás miembros de la Mano se movían por la sala sumidos en sus conversaciones. Samkiel se volvió hacia ellos y pronto se unió a la discusión. Y entonces lo vi con claridad. Castillos de marfil en mundos distantes y nubes que bailaban entre los picos. Vi pájaros que trazaban su camino entre los rayos de sol. Imogen caminaba hacia él con un vestido de oro y diamantes. Los otros, ataviados con sus mejores galas, permanecían con las cabezas agachadas. Vi coronas en las cabezas de ambos. Vi todo lo que él podría tener. Los dominios estarían en orden y no habría caos, ni muerte, ni dolor, porque yo ya no estaría. Si yo muriese, Kaden se marcharía, y en la vida de Samkiel ya no habría más oscuridad.

Lo merecía porque era bueno, amable, honorable. Sabía que no podía ser egoísta con él como lo había sido con Gabby. La había retenido, sin dejarla vivir la vida que ella quería, hasta que fue demasiado tarde. Y esa verdad angustiosa me resonaba alta y clara en los oídos, en el corazón, en el alma. Lo supe en el momento en que murió y la venganza me consumió.

Samkiel y yo no estábamos destinados a estar juntos.

Lo que había habido entre nosotros, ese momento fugaz, no era real. Samkiel se merecía a alguien mucho mejor que yo. No podía quitarle la vida que estaba destinado a vivir. Para Gabby yo había sido una maldición. No le haría lo mismo a él.

El dolor de mi corazón roto se amortiguó y suspiré de alivio cuando por fin no sentí nada. Era el último clavo del ataúd en el que estaba enterrado mi corazón. Una ola gélida me cubrió como una manta y me ayudó a fortalecerme en mi determinación.

Kaden se guardó la lámina de obsidiana en el bolsillo.

—Ellos no te necesitan, pero yo sí —susurró. Su figura imponente se me acercó e invadió mi espacio—. Siempre te he necesitado.

Me pasé la mano por las mejillas, furiosa por ser aún capaz de llorar y por haberlo hecho delante de Kaden.

—¿Ese es tu plan maestro? ¿Me enseñas a su ex y yo vuelvo corriendo a tus brazos?

—No es su ex, es su pareja actual.

—Eres patético. —Le di la espalda y me dirigí hacia la puerta.

—¿Sabes que hay una manera de recuperar a tu hermana? —me dijo, alzando la voz.

Me detuve en seco.

—¿Qué?

—Puedo hacerlo si me ayudas a abrir los dominios. Una vez muera Samkiel, todos los mundos volverán a su estado inicial. Los dominios se abrirán. Podrás verla de nuevo.

Y entonces lo comprendí todo, por fin. Yo era la pieza que faltaba en su jueguecito perverso. Yo era la clave.

Lo miré y me reí de buena gana.

—Dioses, pero qué manipulador eres. ¿Cómo no me he dado cuenta antes? Esa es la razón, la auténtica razón de este numerito. Me necesitas, ¿verdad? —Di un paso, y otro, y otro. Sonreí, con los colmillos a la vista—. Por eso no has atacado todavía. Por eso no has ido a por él.

—Siempre te he necesitado —dijo Kaden—. Y nunca lo he negado.

—¿Kaden? —Hablé en voz baja y suave, aunque me estaba tragando toda la bilis que habían liberado sus palabras. Me detuve a unos centímetros de él; a duras penas lograba controlar a la ig'morruthen que luchaba por abrirse camino a través de mi piel y destripar su forma incorpórea.

—¿Sí? —Me posó los ojos en el rostro, los labios, como si sus palabras me fuesen a importar una mierda.

Levanté una mano y se la pasé por la cara. Se estremeció como si pudiese sentir el roce de las uñas sobre su piel.

—¿Cómo puede caber en ese cerebro psicótico tuyo que yo querría traer de vuelta a Gabby a una vida como esta? Ya la condené una vez; no lo haré una segunda. Eso no sería amor, pero, claro, tú no estás muy familiarizado con el concepto de «amor».

Bajé la mano y Kaden se irguió como si saliese de un trance.

—Vamos a dejar bien clara una cosa. Jamás me vas a recuperar. Me perdiste mucho antes del regreso de Samkiel. Mantuviste a Gabby alejada de mí, la utilizaste para obligarme a hacer tu voluntad y por último me la quitaste para siempre. Reduciré este mundo a cenizas y, cuando te encuentre, te mataré. Y luego Samkiel y su prometida podrán construir su nuevo reino a partir de lo que quede.

Me giré en redondo y mi silueta vibró. Convertida en guiverno, alcé el vuelo entre una nube de polvo y me alejé de la fábrica. Samkiel tenía una familia y podría conservarla. Batí las alas con un poco más de fuerza y me elevé en el cielo, para alejarme de la fábrica, de la calle, de Kaden.

Kaden era una víbora de arena, sin duda, pero esta vez su ataque había sido certero y profundo y el veneno trazaba un camino ardiente por mis venas.

XXIII
DIANNA

Unos días después

—El aislamiento voluntario no es una estrategia saludable para los seres dotados de poderes y emociones tan fuertes como los tuyos.

El borde de la gran bañera de cerámica estaba adornado con velas parpadeantes; el agua se había enfriado hacía mucho rato. Bebí otro trago largo de la botella de vino, pero el sabor quedaba empañado por el regusto de sangre que tenía en la lengua. Levanté un pie y las uñas pintadas asomaron sobre la superficie del agua. Una burbuja de las muchas que me rodeaban estalló. No lo oí entrar, aunque nunca oía moverse a Reggie. Tenía la sospecha de que, en realidad, no caminaba.

—¿Pretendes quedarte ahí hasta que la piel se te marchite y se caiga? —preguntó Reggie.

Di otro sorbo largo y lo miré.

—¿Crees que podría pasar, o de eso también me voy a curar?

—Han pasado ya unos cuantos días desde que Kaden te provocó. Te has alimentado y te has entrenado a conciencia, pero no has salido del templo. ¿Por qué?

—Tengo la regla.

Reggie no dijo nada.

—Pues sí. —Agité la mano—. Hasta los seres de la noche menstrúan.

—Ah. ¿Kaden se refirió a ti con ese término, entiendo?

Sin hacerle caso, dejé la botella vacía en el suelo y me sumergí. Los sonidos externos se amortiguaron; no oía nada, excepto el ritmo constante de mi corazón. Me incorporé poco a poco y me aparté el pelo de la cara. Las burbujas se me adherían a la piel. Giré la cabeza y miré a Reggie a través de las pestañas, gruesas y húmedas.

—Tiene sentido que tu apetito se incremente debido a la menstruación, pero no soy comida.

Le dediqué una sonrisa.

—No te preocupes. Ya me he alimentado de sobra. Además, apuesto a que sabes a estrellas y a polvo.

Pasé el brazo sobre el borde de la bañera y cogí una tercera botella de vino.

—Tu mal humor también se ha incrementado en los últimos días. ¿Es posible que haya otro motivo?

—No.

—¿Las palabras del ser colérico que te creó, quizá?

Me detuve con la botella apoyada en los labios y lo miré, seria.

—Para seguir adelante con mis planes tengo que ser más fuerte. Kaden me lo recordó. Eso es todo. —Reggie me miró con gesto de incredulidad. Bebí y luego dejé el brazo colgando fuera de la bañera, botella en mano—. ¿Quieres oír una historia? —Reggie esperó—. Cuenta cómo me gané mi reputación de sangrienta.

Reggie ladeó la cabeza, interesado.

—Ilumíname.

—Cuando acababa de transformarme, mi cuerpo se estaba ajustando y yo trataba de adaptarme a mi nueva vida. Hice todo lo que me pidió Kaden, maté a quien él quiso, y además sin delicadezas. Lo más curioso es que lo disfrutaba. La sed de sangre es, en realidad, casi como un puñetero orgasmo. Los sentidos van a toda máquina. Kaden me dijo que era normal al transformarse, pero no tardé en reparar en lo poco normal que yo era. Pronto caí en un patrón de conducta repetitivo, aunque no recuerdo cómo empezó. La primera que lo notó fue mi hermana, como siempre. Kaden percibió la conexión que teníamos y poco a poco nuestras visitas se fueron espaciando. —Resoplé y di otro trago, con la cabeza apoyada en la bañera—. Creo que a Kaden solo le gustaba de verdad cuando me parecía más a él, cuando me sentía menos humana. El caso es que Gabby no se rindió. Me llamaba y me escribía y trataba de encontrarme por todos los medios. Dioses, creo que habría mandado un ejército a buscarme si hubiese podido. Por fin descubrió Novas, se subió a un bote en medio de la noche y se adentró ella sola en una mansión repleta de monstruos. Y exigió que le devolviesen a su hermana. —Reggie no se había movido, permanecía inmóvil por completo, de modo antinatural—. Por supuesto, Kaden se negó, así que Gabby amenazó con abandonarme para siempre. Y algo se quebró en mi interior. No podía perder a mi hermana. Joder, había dado la vida por ella. Así que de repente recordé por qué me había transformado, quién importaba de verdad y quién me iba a apoyar siempre. Y tras esa noche, todo cambió. Dejé de alimentarme sin miramientos. Kaden me permitió que la viese algo más a menudo, aunque no lo suficiente, y el resto es historia. Supongo que se podría decir que volvió a activar ciertas partes de mí. Volví a sentir, a amar; aunque nunca volví a ser la misma que antes de la transformación. —El baño se quedó en silencio—. Ahora todo eso se ha perdido —añadí con la voz ronca. Tenía lágrimas en los ojos y la botella de vino solo era un borrón. Froté la etiqueta con el pulgar y seguí hablando, en realidad para mí misma—. La única persona que me amaba de verdad, que se preocupaba por mí, que cruzaría océanos y se enfrentaría a monstruos para salvarme, ya no está. Estoy sola, total y absolutamente sola. Eso es lo que me recordó Kaden al enseñarme a Samkiel. Que él ha recuperado a su familia y yo he perdido a la mía.

—En eso te equivocas. —Las palabras eran como un susurro en el viento—. Te quedan muchas cosas por ver y por hacer. Apenas acabas de comenzar.

Hice un gesto de exasperación y me dejé caer más en la bañera. Incliné la botella para dar un trago largo.

—Sabes que lo que dices nunca tiene sentido, ¿verdad?

—Si puedo hacerte una sugerencia...

Suspiré y enarqué una ceja.

—Adelante.

—Solo quería sugerir que seas más cuidadosa respecto a con quién pasas tu tiempo libre. Los dioses, como los ig'morruthens, son seres muy territoriales. Por decirlo con suavidad, tus intentos de enterrarte cada noche en hombres y mujeres para quitarte el gusto de Samkiel son inútiles. No lo detendrán. Puede atravesar tu ilusión y ver la realidad. No me sorprendería que, en cierto modo, incluso pueda sentir tu dolor.

—No lo he hecho desde Malone y aquel estúpido hotel que quemé. —Me mordisqueé el labio inferior—. Durante un tiempo, divertirme con otros me ayudó a tapar el vacío que habita en mi pecho ahora que ella se ha ido. Pero tengo que reservar toda mi energía para lo que se avecina. Me tengo que concentrar en eso y no puedo perder el tiempo con humanos mediocres que no me llegan ni a la suela del zapato.

—Ah. ¿Y no habrá quizá otra razón?

—¿Como cuál, oh sabio?

—Quizá que tus sentimientos por Samkiel son más fuertes de lo que quieres reconocer.

Apreté los labios en una mueca.

—No siento nada.

—Tus reacciones sugieren lo contrario.

Cerré los ojos para no mirarlo. No era del todo mentira. Hiciera lo que hiciera, cada vez me sentía más vacía. Algo sufría en mi interior, algo profundo, solitario y colérico. Lo había enterrado en lo más profundo de mi ser con la esperanza de que se asfixiase. Y con todo, aun sabiendo lo malvado y manipulador que era Kaden, sus palabras habían despertado algo. Cuando vi a Samkiel y a Imogen juntos, por un momento me sentí enferma en contra de mi voluntad y de todo sentido común.

—Además —siguió Reggie—, espero que sepas que estar prometidos significa algo muy distinto en el Inframundo.

Cómo no, Reggie había dado en el clavo otra vez.

—No me importa. —Suspiré y abrí los ojos.

Señalé con la cabeza las botellas que rodeaban la bañera.

—Eso de ahí también sugiere lo contrario.

Entrecerré los ojos para mirarlo.

—¿Qué pasará si te hago pedacitos? ¿Crees que eso también afectará a mi estado de ánimo?

—Creo que ese acto que imaginas solo contribuirá a asfixiarte más. Enterrar los sentimientos no daña a nadie más que a ti misma. Te vas a ahogar en la marea que intentas aplacar, y va a ser lento y doloroso. Al final no sentirás nada, estarás entumecida. Y eso será un gran error, y no solo para ti.

Me interesé por una burbuja del costado de la bañera.

—Sabes que la mitad de las veces no se te entiende, ¿verdad?

—Sé que me oyes con toda claridad, pero te niegas a escucharme. Entiendo que estés triste por tu hermana, pero ¿por qué te hace tanto daño lo que sientes por Samkiel? ¿Qué otras cosas has enterrado?

Fue como si las palabras se arrastrasen sobre mi piel. Se me erizó el pelo de la nuca. Una parte de mi subconsciente quería que respondiese; pero la respuesta que obtendría sería cólera, no la cruda verdad.

Y un candado en una puerta en una casa se estremeció.

—Reggie, he venido a relajarme y me lo estás echando a perder. —Me pincé el puente de la nariz y se me escapó una mueca de dolor.

—No me estás escuchando —siguió Reggie—. Estaba predestinado que, si Samkiel no encontraba a su compañera, su pareja espiritual, entonces se casaría. Siempre tiene que haber dos gobernantes para los dominios. Dos líderes. Dos monarcas. Así se hacían las cosas por aquel entonces.

—Genial, les deseo lo mejor. Espero que tengan una boda a lo grande con estúpidos pájaros que canten demasiado alto, un castillo e hijos que gobiernen cuando ellos se hayan ido, dentro de mucho tiempo. —Agité la mano y salpiqué el suelo que nos separaba—. ¿Ves? Indiferencia absoluta. ¿Podemos cambiar de tema?

Juraría que oí suspirar a Reggie.

Pero sus palabras me afectaban, claro. Una pareja espiritual. Odiaba esa expresión. Otra cosa de su mundo que se había colado en el nuestro. Un alma gemela, la razón de que existiese la marca de Dhihsin. Solo los más afortunados encontraban a la suya, y les encantaba presumir de las marcas que les aparecían en los dedos. Siempre supuse que mi pareja espiritual había muerto en algún extraño accidente. Hubo una época en que pensé que quizá fuese Kaden, pero ahora la sola idea me producía náuseas.

Una pareja espiritual no podía hacerte daño. Sería como desgarrar su propia alma. Era imposible amar más a una persona y, cómo no, a Gabby le apasionaba la idea. Quería encontrar a su pareja espiritual. Me pregunté si sería Rick. Quizá sí. Había muerto por ella.

—Mira, Kaden es un auténtico manipulador, pero esta vez tiene razón. ¿En qué estaba pensando? Somos demasiado diferentes. Fue una estupidez creer que... —Me detuve. Algo se estaba despertando en mi interior.

—Si puedo... —interpuso Reggie, pero no le hice el menor caso.

—No importa. Imogen es la persona perfecta para él. A ambos les va el rollo de la bondad y la justicia. Y ambos están hechos de esa luz tan hermosa. —Tableteé con las uñas en el borde de la bañera—. Los hombres poderosos, Dianna. Cuidado con los hombres poderosos.

Asentí para mí e incliné la botella de vino.

—Sí, pero...

—Eso dijo Gabby —lo interrumpí—, y tenía razón. Ahora de ella solo quedan las cenizas, estoy atrapada entre ambos.

—¿Eres consciente de que enamorarte de Samkiel no fue lo que mató a tu hermana?

El agua de la bañera entró en ebullición y la botella de vino chocó con la pared y se hizo añicos que volaron por los aires. Las ruinas del templo temblaron y todas las velas se encendieron de repente. Las llamas se alzaron e hicieron huir las sombras de la habitación. Un gruñido profundo y poderoso se me escapó de los labios. Sujetaba la bañera con tanta fuerza que se empezó a fundir bajo mis manos.

—Si alguna vez me repites eso, te haré pedazos. —Mi voz era grave y áspera, pero Reggie se limitó a apretar aún más los brazos cruzados—. Ahora, vete.

—He visto temblar los dominios bajo el poder de dioses hechos de luz y oscuridad, y luego a esos mismos dioses incapacitados por completo debido a la soledad y el desengaño. ¿Qué va a pasar cuando no te queden más enemigos que quemar? No deseo ese destino para ti.

—Dice el hado que ha visto un millar de destinos diferentes y no hace nada al respecto, ¿verdad? —le grité—. Si querías otra cosa, quizá deberías haber ayudado un poco más antes de que Drake le llevase a mi hermana a rastras a ese maldito monstruo. De hecho, eres tan inútil como todos los demás. Putos discursos grandilocuentes cuando la sangre derramada ya se ha secado sobre las baldosas. —Notaba que perdía el control de la criatura malvada y cruel, repleta de escamas y garras y dientes, que había creado para protegernos a mí y a mi dolido y maltrecho corazón. Creía que Reggie iba a saltar y decirme que era una zorra fea y desagradable, pero no dijo nada. Inspiré con un jadeo; el agua de la bañera despedía vapor—. Y, de todas formas, ¿por qué te importa? Soy lo que Kaden y tú habéis repetido: un monstruo y una abominación, ¿no? Es lo que dijiste en aquella prisión que destruí.

—Lo que dije no significa lo mismo aquí. Solo que eres algo que no debería existir. Eso no tiene por qué significar...

Reggie se quedó rígido, con la cabeza echada hacia atrás. Las ranuras que tenía por encima y por debajo de los ojos se abrieron, y los seis ojos emitieron opacos chorros de luz. Se cerraron de inmediato y su apariencia volvió a la normalidad. Se volvió a mirarme.

—¿Qué?

—No es nada —me contestó con una sonrisa forzada.

Era un cambio de tema bastante brusco, pero lo necesitaba con desesperación y me vino de perlas.

—Vale, pues lárgate. Estoy harta de charlas. —Lo despedí con un gesto y le di la espalda. El agua de la bañera ya no burbujeaba ni desprendía vapor—. Quiero estar sola.

La mirada de Reggie no cambió, pero supe que estaba a punto de discrepar.

—No sé si sabes que, en los tiempos antiguos, los monarcas, antes de enfrascarse en batallas, solían reunirse para tratar de negociar la paz.

—Genial, pero yo no soy un monarca.

Las llamas de las velas brillaron y se consumieron por completo.

—Espero que te hagas cargo de que solo deseo ayudarte.

Apoyé la cabeza en el borde fresco de la bañera y cerré los ojos.

—Lárgate o te quemaré vivo por muy hado que seas —le advertí, y no podía decirlo más en serio.

Desapareció con un leve estremecimiento del aire.

Y un candado en la puerta de una casa repiqueteó.

XXIV
CAMILLA

Dos semanas después

Susurré de nuevo el hechizo y la magia esmeralda se me arremolinó alrededor de las manos. El pequeño anillo vibró sobre la mesa hasta que se detuvo, al terminar de cerrarse el borde. La última runa se volvió de un color esmeralda profundo y desapareció. Me limpié el sudor de la frente. Hacer tanta magia en tan poco tiempo me dejaba agotada, pero no podía decírselo a ella.

En las últimas semanas había estado de un humor tan áspero, que me daba miedo pedirle un descanso. Ya no subía aquí, sino que se quedaba con la forma de guiverno, alimentándose y esperando. Sabía lo que se avecinaba y odiaba que fuese culpa mía.

—Debería haberme esforzado más.

A mi derecha, el aire se movió y apareció Roccurrem.

—¿Tú también estás preocupada por su comportamiento?

Asentí y froté con el pulgar el anillo que sostenía en la mano.

—Lleva varias semanas comportándose de forma errática.

—Creo que ha alcanzado el punto que me temía.

—Hace tiempo que lo alcanzó. Gabby era lo único que impedía que se despeñase por el abismo, diría yo.

—Explícate —dijo Roccurrem con la cabeza ladeada.

—Es tan cruel, tan indiferente… Tan…

—No malinterpretes su comportamiento, joven bruja. Sufre. El dolor es una emoción muy poderosa que cada ser encaja de una forma distinta. No hay dos iguales. El Rey Dios también se da cuenta.

Asentí y dejé caer el anillo en el amplio mantel. Luego me volví hacia el hado.

—Y yo he tenido parte en ello. Tenía la esperanza de que Samkiel llegase hasta ella y la ayudase antes de que fuese demasiado tarde.

—Parece que estuvo muy, muy cerca. La forma que adopta Dianna ahora es una precaución.

—¿Por qué?

—Así le es más fácil no soñar con la hermana que ha perdido, ni con Samkiel. Se angustia con la idea de que la afecte tanto. Quiere seguir sintiendo dolor y él se lo calma. Samkiel la hace sentir algo diferente. La hace desear cosas que ella cree que no se merece. Y su respuesta es arremeter con violencia. Cree que su sufrimiento es el castigo por lo que ha ocurrido. Cuanto más tiempo pasa con Samkiel, más humana se vuelve, pero Kaden le tocó un punto muy sensible. Uno que él conoce bien y sabe cómo explotar.

Tragué saliva para aliviar el nudo que se me estaba formando en la garganta. Se me fue la mirada hacia las mazmorras que había bajo nosotros.

—¿Imogen?

El día que volvió Imogen, la pequeña chispa de vida que le quedaba en los ojos se extinguió. Desde entonces, la oscuridad la seguía como un manto. Para tratarse de alguien que se esforzaba tanto por reprimir las emociones, los sentimientos de Dianna eran de una asombrosa intensidad.

—Sí, pero no es solo eso. —Señaló el piso de abajo con un ademán de la cabeza—. Samkiel le recuerda lo sola que se siente. Ahora no tiene a su hermana que impida que se precipite al abismo, ni a nadie en quien pueda confiar. Las emociones de los seres tan poderosos pueden ser mortales para ellos, como veneno. Los antiguos dioses se calcificaban y se convertían en piedra. Algunos se quitaban la vida tras la batalla. Para los seres del Altermundo la depresión puede ser muy peculiar. Después de observarlo tantas veces, he aprendido que el dolor llega en oleadas, tiene sus propios ritmos. Fluye y refluye y retorna sin cesar para abrirse camino hacia el pecho, el corazón, el cerebro. Busca liberar y sacar a la luz las emociones enterradas a demasiada profundidad. La oscuridad que la impregna desde que consumió la sangre de Kaden no hace más que alimentar a su propia bestia interior. Cuando está con Samkiel, él la hace sentir, la hace ver, la hace querer. Pero me temo que esta vez Kaden haya podido ir demasiado lejos.

—Kaden. —Asentí mientras absorbía la realidad de la situación—. Siempre me ha parecido divertido que diga que no siente nada por Dianna y luego destruya a cualquiera que trate de tener algo de intimidad con ella.

—Hay algo más. Más de lo que me está permitido decir. Pero, por resumirlo de algún modo, Gabriella era su corazón, Samkiel es su alma y Kaden tiene órdenes de destruir ambas cosas. Y me temo que lo haya conseguido.

—Qué romántico.

—¿Conoces la historia de los ig'morruthens?

Rasqué los últimos restos de ceniza y madera de cedro.

—Lo cierto es que no.

—Estaba prohibido crearlos. Era un antiguo ritual, diseñado a partir del caos y de la magia más oscura, para ayudar a terminar con la guerra de todas las guerras. Uno de ellos los gobernaba a todos. Fue el primero en cambiar, en caminar sobre dos piernas. Con su sangre podía crear las bestias más horribles. Sus parientes y él eran temidos en todos los dominios. Algunas creaciones suyas reinaban bajo la tierra; eran tan grandes que podían tapar el mismo sol. Otras carecían de patas, o tenían demasiadas. Kaden es de una categoría muy alta. Antes de la Primera Guerra solo crearon dos porque eran todos los descendientes que necesitaban. Bestias aladas gigantescas que gobernaban los cielos y a las que los mortales llamaban dragones, aunque el nombre procedía de una palabra perdida. Fueron creados para pelear contra primordiales, titanes y dioses; y tuvieron demasiado éxito. Cuando un dragón llegaba al campo de batalla ya no hacían falta más guerreros. Una sola bestia alada se bastaba para extender la ruina y la destrucción a su paso. Se oía el temido aleteo en lo alto y las ciudades quedaban reducidas a rescoldos. Así que espero que comprendas cuán poderosos son, cuán fuertes, y cuánto temo lo que le pase a Dianna.

—¿Crees que destruirá este mundo?

Reggie apretó los labios.

—Tiene capacidad para hacerlo.

Asentí. El temor me devoraba raudo las tripas. Como hado que era, Reggie había visto de todo, y no podía ocultar que estaba preocupado. El miedo me revolvió el estómago. Me recliné en el altar y cogí la pequeña piedra que había fabricado para ella. Le di la vuelta y la miré de nuevo.

—Quiere esto, y sé que sabes para qué.

—Una decisión definitiva.

—¿Se lo vas a decir a él? —Alzó una ceja—. Sé a dónde vas cuando desapareces de aquí.

—Eres una reina muy poderosa. La sangre de Kryella corre por tus venas con más fuerza de lo que tú misma crees. —Roccurrem ladeó la cabeza; los seis ojos opacos estaban iluminados.

—¿Kryella? ¿La diosa de la magia? No lo creo.

—Tú también tienes un largo camino por delante, reina bruja. Te necesitarán para lo que está por llegar. Te pido disculpas por lo que tendrás que soportar. Aférrate a cada retazo de luz que puedas encontrar. Lo necesitarás.

Dianna tenía razón. Roccurrem veía las cosas más distantes, y luego solo nos daba migajas. La mayoría de las veces sus palabras no tenían sentido, pero se me hizo un nudo en el estómago al pensar qué podría estar viendo que lo llevaba a preocuparse por mí. Lo miré mientras me limpiaba las manos en los costados.

—¿Qué es lo que se avecina?
—Algo peor que Kaden. Mucho, muchísimo peor.

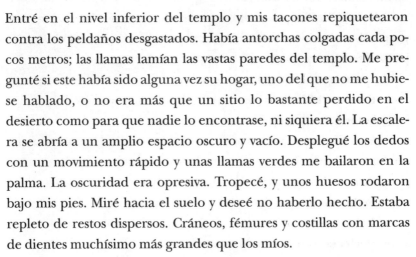

Entré en el nivel inferior del templo y mis tacones repiquetearon contra los peldaños desgastados. Había antorchas colgadas cada pocos metros; las llamas lamían las vastas paredes del templo. Me pregunté si este había sido alguna vez su hogar, uno del que no me hubiese hablado, o no era más que un sitio lo bastante perdido en el desierto como para que nadie lo encontrase, ni siquiera él. La escalera se abría a un amplio espacio oscuro y vacío. Desplegué los dedos con un movimiento rápido y unas llamas verdes me bailaron en la palma. La oscuridad era opresiva. Tropecé, y unos huesos rodaron bajo mis pies. Miré hacia el suelo y deseé no haberlo hecho. Estaba repleto de restos dispersos. Cráneos, fémures y costillas con marcas de dientes muchísimo más grandes que los míos.

El picor de la nuca era una señal, un grito de que estaba en peligro. Un aliento cálido y abrasador agitó el aire sobre mi cabeza. Alcé la mano que sostenía mi magia y me volví, con el corazón en un puño. La bestia abrió la boca; al fondo de la garganta se vislumbraba un resplandor anaranjado de llamas puras.

—Lo he terminado.

Aquellas mandíbulas colosales se cerraron con un chasquido a pocos centímetros de mí. Tuve que hacer un esfuerzo de voluntad para no cerrar los ojos.

Era enorme; estaba cubierta de un blindaje de escamas dentadas que apuntaban hacia atrás. La garra de cada una de sus gruesas y pesadas alas se clavaba en el suelo y sostenía el cuerpo, inmenso y esbelto. Tenía unas poderosas patas traseras y una cola dentada que se enroscaba en una columna medio derruida.

Dianna no habló ni se movió, solo siguió mirándome con aquellos ojos brillantes, carmesíes. Las púas y las escamas del cuerpo alargado de la ig'morruthen relucían de gotas de sangre. El morro estaba a pocos centímetros de mí; exhaló y su aliento fue como entrar en una sauna. De la garganta llegó una vibración, un sonido de conformidad. Era una táctica para asustarme; Dianna podía oír los latidos erráticos de mi corazón desbocado. Era tan gigantesca que podría tragarme de un solo bocado. Tragué saliva. El sudor me corría por la espalda. Desvió la cabeza hacia un lado y el cuerpo sinuoso la siguió; el suelo temblaba a cada paso que daba.

En parte me daba pena. Había caído tanto en unos pocos meses… Recordé los vídeos y las fotografías de los espías de Kaden. En aquella feria, con el algodón de azúcar y las luces brillantes detrás, sonreía a Samkiel y, para variar, parecía muy feliz. Cuando Dianna estaba con Samkiel no me hacía falta magia para verla brillar. Despertaba en ella algo poderoso, primordial y necesario. Algo que ahora había desaparecido.

Se había convertido en lo que Kaden siempre había querido: un arma perfecta, pura destrucción y rabia inmisericorde. Esa era la Dianna que él quería para cuando volviese Samkiel. Era un milagro que yo aún conservase la cabeza.

Alas, cola y escamas se desvanecieron en la oscuridad.

—Necesito una semana para recargarme si vamos a seguir adelante con el plan. He usado demasiada magia para ocultar este sitio, para crear la piedra y el anillo. Solo una semana, por favor.

Esperaba oí un gruñido, o que brotasen llamas del pasillo más lejano, o incluso que la sala temblase y se estremeciese. Pero la única respuesta que obtuve fue el silencio, y eso aún me asustó más.

XXV
SAMKIEL

Una semana más tarde

—Digo lo que vi y nada más. Estaban ahí y un momento después habían desaparecido. Sonó como si hubiese pasado una caravana por encima de mi casa y luego se hizo el silencio.

El hombrecillo puso los brazos en jarras; suspiré y me froté el puente de la nariz.

Vincent cambió de postura, incómodo mientras Imogen devolvía a su sitio una fotografía enmarcada.

—Entiendo su preocupación, pero contarle esto a las noticias locales solo empeora las cosas. ¿Lo comprende?

—Todo lo que sé —dijo el hombre canoso, con las manos en alto— es que hay monstruos de ojos rojos que caminan entre nosotros y no pienso correr ningún riesgo, ¿está claro?

—Y la suma de dinero que le dieron por el chivatazo no tuvo nada que ver, supongo —intervino Imogen mientras se ponía a mi lado.

Tragó saliva y abrió la boca para responder, pero lo interrumpí con un gesto.

—Ya basta. —La habitación se sacudió en simpatía con todas las terminaciones nerviosas de mi cuerpo—. Ha montado un espectáculo por unas reses desaparecidas y ha asustado una ciudad entera con cuentos acerca de una bestia alada, cuando es más que posible que las haya dejado escapar usted mismo...

—Yo jamás haría...

—Hemos terminado —dije. Giré sobre los talones y me acerqué a Vincent—. Págale el doble. Reemplaza los animales por los que tanto se preocupa. Y asegúrate de que no llame a nadie la próxima vez que sufra un «incidente». —Enfaticé la última palabra mientras miraba de soslayo la pila de botellas vacías. Salí al sol seguido de Imogen, y la puerta mosquitera se cerró de un golpe.

—Eso ha sido un poco duro, incluso para tus estándares —observó Imogen.

—No tengo tiempo para estas cosas. —Me alejé a zancadas por el camino, con los zapatos manchados de tierra.

—Largarte hecho una furia soltando groserías no nos ayudará a encontrarla antes —casi me gritó Imogen.

Me volví hacia ella al tiempo que Vincent abandonaba la casa y bajaba los escalones de madera.

—Tampoco ayudarán las visitas a domicilio por auténticas nimiedades. ¿De verdad creéis que Dianna se dedica a volar por ahí y robar animales de granja? No se está alimentando de eso.

Al pensar qué estaría consumiendo se me encogió el corazón y mi mente conjuró las imágenes más espantosas.

Solté el aliento que había contenido y me pasé la mano por el pelo con brusquedad. Imogen miraba y esperaba.

—Está sola, Imogen. Sé cómo puede afectar eso a alguien. Mi aislamiento era voluntario. Pero a Dianna, un lunático se lo ha arrebatado todo a la fuerza. Todo lo que tenía. No solo ha perdido a su hermana: también a sus amigos. Se ha quedado sin refugio ni hogar. Ahora no tiene nada, ni a nadie...

—Te tiene a ti, y eso ya es mucho. Has salvado a una cantidad incalculable de gente. Nos has salvado a nosotros y también la puedes salvar a ella. Pero, por favor, intenta afrontar todo esto con la cabeza fría.

—Lo intento. Ese es el problema. Todo lo que sé es que siento un inmenso dolor que me exige que haga algo. Sé que es ella. No puedo explicarlo, pero lo sé.

Vincent permanecía en silencio, observándonos. Supuse que me dedicaría algún comentario incisivo, pero no dijo nada. Algo se agitaba en el fondo de sus ojos que no supe reconocer.

Imogen asintió.

—Aún hay tiempo de encontrarla, y de encontrarlo a él. La batalla no está perdida, mi señor.

—Quizá no, pero algo va mal y nada de esto ayuda. —Suspiré; la cabeza me volvía a latir de dolor—. Nada ayuda.

Eso último se me escapó sin querer. Sin una palabra más, invoqué mi poder. Mi cuerpo se fundió con la energía del cielo y salió disparado hacia lo alto, acompañado del fragor inquietante de un trueno.

Me reintegré en el exterior de la Cofradía de la Ciudad de Plata. Aterricé en un balcón que se abría a la oficina. La cofradía bullía de actividad; todos corrían de un lado a otro mientras trataban de juntar los pedazos de este mundo nuevo y turbulento.

Dejé atrás el mostrador y me adentré en la sala de conferencias, donde Xavier estaba rodeado de una enorme pila de documentos, recortes de noticias y ordenadores portátiles.

—¿Alguna novedad?

Al oírme levantó la cabeza y se pasó la mano por el pelo.

—¿Lo de la granja era una chorrada?

Fruncí el ceño, confundido.

—¿Un callejón sin salida? —aclaró Xavier.

Cameron y Xavier se habían adaptado tan bien al nuevo idioma que, apenas en un mes, ya conocían muchas expresiones que a mí aún me costaba entender. Además de ser unos pícaros, también eran muy inteligentes; pero quizá esa inteligencia solo servía para aumentar el caos que provocaban entre los dos.

—Ah. —Carraspeé—. Sí, le habían desaparecido unas reses a un humano que apestaba a vino de garrafón.

Xavier asintió.

—No he...

El aire de la sala se desplazó y de inmediato empuñé una espada. Tal y como Roccurrem se materializó, la punta de acero de mi arma le rozó el cuello.

—Un movimiento en falso y tu sangre me servirá para decorar la mesa. ¿Queda claro?

El hado permaneció inmóvil.

Xavier se puso de pie de un salto con una espada recién invocada en la mano. Yo había sentido la llegada de Roccurrem y él no, y eso lo fastidiaba. De inmediato se colocó en mi flanco izquierdo, listo para defender a su rey. El aire se calmó y los papeles se asentaron de nuevo.

—No encontrarás a tu reina en las noticias ni preguntándole a humanos cortos de vista.

Flexioné la mano sobre la empuñadura de la espada.

—¿Dónde está?

—Planea sitiar la ciudad.

—¿La ciudad? —Inspiré con fuerza—. ¿Por qué?

—La tomará si...

—¿Si qué, Roccurrem? —Le apreté la punta de la espada un poco más contra el cuello. La tormenta que hacía retumbar el cielo la estaba provocando yo. Un millón de partículas de mi poder se desperdigaban por el aire y perturbaban la atmósfera. El retumbar del trueno sacudió las estanterías e hizo resonar toda la sala. Me había dicho a mí mismo que estaba perdiendo el control y esa era la prueba—. Has estado allí, con ella, y no has podido detenerla.

—No puedo. Ya sabes cómo funcionan estas cosas. Como hado, no puedo entrometerme.

Se me escapó una risotada que atrajo una mirada inquieta de Xavier.

—¿Que no puedes entrometerte? Pero si es lo único que has hecho, desde el principio. ¿No te encerraron por eso? ¿No fue la incapacidad de tus parientes de mantenerse al margen lo que llevó a vuestra caída? En teoría sois neutrales, un susurro en el viento que hila el destino de los mortales, un recipiente, una herramienta para los dioses antiguos y nuevos. Y sin embargo no estás a mi lado.

—Dianna está necesitada de cariño.

Solo con oírla mencionar, la sangre me rugió en los oídos.

—Te recomiendo que tengas mucho cuidado con las siguientes palabras que salgan de tus labios, porque podrían ser las últimas.

—El problema eres tú.

Fruncí los labios y estuve a punto de atravesarle la puta garganta con la espada. Aunque notó la presión entre las clavículas, Roccurrem no reaccionó.

—Se enamoró de ti como tú lo hiciste de ella. Y eso es un problema para tanta gente…

Esas palabras me produjeron un dolor físico en el pecho; algo se rompió dentro de mí. Los hados eran irritantes, pero también incapaces de mentir.

Roccurrem levantó la mano y de la punta de los dedos le brotó una nube de niebla y estrellas que flotó sobre nuestras cabezas y formó imágenes. Se me encogió el estómago al reconocernos a Dianna y a mí en la feria. Reproducía uno de nuestros recuerdos y, aunque el sonido me llegó distorsionado, la risa de Dianna mientras caminaba casi me hizo caer de rodillas. Dioses, ¿cuánto tiempo llevaba sin oír ese sonido? Quise salir corriendo, recuperarlo.

Miré con atención, desesperado por verla, aunque fuese así. Sostenía en la mano el cono de aquella condenada golosina esponjosa. Se volvió y me sonrió, entera, resplandeciente, rebosante de vida; la chaqueta que le di le colgaba de un hombro. La escena cambió y estábamos en el jardín de la mansión de Drake. Le ofrecí la flor amarilla. El gesto la pilló por sorpresa; se le dilataron las pupilas y los labios se curvaron en una tenue sonrisa. En sus ojos hubo un destello de emoción, una chispa de algo dulce e infinitamente especial. ¿Por qué no me había dado cuenta hasta ese momento?

—También es un problema para ella —siguió Roccurrem. Movió la mano y con un giro de muñeca hizo que la imagen cambiase—. Esos recuerdos la hacen sentir culpable.

Dianna gritó y redujo el edificio a cascotes. Me estremecí. El sufrimiento encapsulado en ese grito embrujaba mis recuerdos y alimentaba mis pesadillas.

—Está convencida de que sus emociones fueron la causa principal de la muerte de su hermana. De que quererte, incluso por un instante, fue una debilidad.

La sala volvió a su estado normal. Roccurrem entrelazó las manos. Xavier bajó el arma y un silencio apagado y sombrío se impuso en la habitación. Me temblaban las manos. Luché contra la desesperación y el dolor; no solo el mío, sino también el suyo.

—¿En qué consiste tu plan, Roccurrem?

—Cuando venga a por la ciudad, déjala entrar. Para que todo funcione es esencial que sigas ese camino.

—¿Para que funcione qué? —gruñí.

—Todo —respondió. Abrió dos pares de ojos, uno por encima y otro por debajo de los normales. Todos ellos eran blancos y opacos.

—Se te acaba el tiempo. —Miró a Xavier, que permanecía detrás de mí—. Se os acaba a todos.

¡Esas malditas palabras! Quizá era el hado quien las había estado susurrando en mis oídos todo ese tiempo.

Apreté con más fuerza la espada que sostenía sobre su cuello.

—No tengo tiempo ni paciencia para juegos y acertijos. Ahora no y, si son sobre ella, nunca. ¿Dónde está?

Un poder apenas contenido hacía vibrar la sala. La energía crepitaba y se arremolinaba contra mi piel.

—Kaden habló con ella y le provocó otra fractura en su alma, ya bastante maltrecha.

—Si la ha tocado, lo…

—Lo hizo, pero no fue un contacto físico, y aun así sus palabras la dañaron más que cualquier espada.

—¿Está herida?

—Mucho. Pero eso ya lo sabes, puedes sentirlo, ¿no es cierto? Tu preocupación no se refiere solo a su bienestar físico, sino también al mental.

—Sé lo que le puede hacer la soledad a una mente y a un corazón malheridos. También sé que Kaden usa las palabras para apartarla de mí. ¿Qué le dijo?

Asintió, sin preocuparse de la espada que le pinchaba el cuello.

—Dianna conoce los planes de tu padre para tus esponsales.

Me tembló la espada en la mano. La energía se encabritó y se resistió a mi vacilante control. No había sido consciente de que la habitación entera se estaba sacudiendo hasta que vi a Xavier aferrado al escritorio para sujetar todo lo que había encima.

—Kaden usó parte de tu pasado para aumentar la brecha entre vosotros y socavar vuestros progresos.

Se me revolvió el estómago. El corazón me golpeaba el pecho con fuerza.

—Pero Imogen y yo nunca... Se anuló por completo. Estalló la guerra y esa unión ya no era necesaria.

—Ella no lo sabe.

Solté la espada y la devolví al éter.

—Tengo que encontrarla, tengo que hablar con ella. Por favor. Es necesario.

Retrocedió y un remolino de estrellas le envolvió los pies y me recordó que se adornaba con la apariencia de un hombre, pero no lo era.

—No tienes que suplicarme, Rey Dios, porque ella vendrá a ti. Solo tienes que dejarla entrar. Busca un objeto que tú posees y lo tomará, pero, si consigues atraparla, quizá, y solo quizá, haya esperanza de un futuro mejor..., un desenlace mejor que el que yo he visto. Ha erigido una muralla alrededor de ella y de sus emociones. Tendrás que encontrar una grieta, una puerta de entrada.

Tragué saliva. Sabía que estaba a punto de irse y que ni siquiera mi poder podía invocar a un hado.

—¿Cómo? —exigí—. Dime cómo.

La masa de estrellas que le rodeaba los pies creció y lo envolvió por completo. Se disipó en el cosmos, pero sus palabras de despedida resonaron en toda la estancia.

«Kaden le arrebató a su familia. Dale una nueva».

XXVI
CAMERON

Unos días después

El sol se asomaba tras un gran rascacielos plateado y en la calle sonaban las bocinas y la gente hablaba, gritaba y reía. Me froté los ojos para tratar de despejarme.

—¿Otra vez te estás durmiendo?

Un puntapié en la espinilla me hizo despertar, sobresaltado. Bajé la mano y me incorporé en la silla. Xavier me miró y luego sacudió la cabeza.

—Vaya, perdona. ¿Acaso llevas tú varios días despierto tratando de cazar a una ig'morruthen morena o de encontrar a Neverra?

—Sí —respondió, y arqueó una ceja.

—Cierto, tienes razón —asentí—. Lo has hecho.

Ocupábamos una pequeña mesa redonda en la terraza de una cafetería muy concurrida. O al menos así la había llamado Imogen. Las palabras de aquí eran muy diferentes de las nuestras. Cuando Logan y Samkiel nos enseñaron la enorme base de datos con la miríada de lenguajes que hablaban, lo que comían, cómo interactuaban, Xavier y yo terminamos agotados. Samkiel nos había dividido en equipos y Xavier acabó en el mío, pero es que Xavier siempre estaba conmigo. Desde que nos unimos a la Mano tuve claro que seríamos inseparables. Encajábamos como un guante.

Me acomodé en la silla y me froté la nuca. Llevaba el pelo mucho más corto que antes. Xavier también se lo había cortado, pero con un degradado, y aún conservaba varias rastas en la parte superior.

—No sé yo si será para tanto...

Xavier resopló e hizo un gesto de exasperación mientras se llevaba a la boca un tenedor con un trozo de fruta. Lo seguí con los ojos, hambriento, hasta que los labios se cerraron sobre un bocado.

—Claro —dijo—, cómo no ibas a estar pensando en eso.

—Siento curiosidad por saber en qué piensa Samkiel, más bien. Nunca se había comportado así por nadie, ni siquiera por Imogen. No duerme, ni Logan tampoco. Ambos se pasan el tiempo yendo de aquí para allá como dos posesos.

—El amor te empuja a hacer esas cosas.

—¿Crees que está enamorado?

—Después del espectáculo de luces de Roccurrem, ¿qué otra cosa voy a pensar? —reflexionó Xavier. Estiré el brazo y le robé un bocado del plato. Intentó apartarme la mano con el tenedor. —No sé para qué te molestas en pedir comida, si siempre te acabas comiendo la mía —se quejó.

—La tuya siempre sabe mejor. —Sonreí con la boca llena de tortita y luego me la tragué—. Pero no te equivocas. Es típico de Samkiel enamorarse del ser más peligroso del mundo.

—Tiene sentido —contestó con una risita—. Él también es uno de los seres más peligrosos del universo.

Iba a responderle cuando volvió la camarera morena y voluptuosa que nos había atendido antes. Era la cuarta vez en menos de media hora. Me recliné sobre la mesa y me crucé de brazos. Sonrió y me recorrió con la mirada.

—¿Te lleno el vaso? —preguntó. Estaba nerviosa y su olor lo dejaba entrever.

—No, gracias, cariño.

Sus mejillas adquirieron un adorable tono rosado. Miró a Xavier, que sonrió y negó con la cabeza.

—Hummm. —Se detuvo un instante y dirigió la vista hacia el gran ventanal de la cafetería antes de continuar—. ¿Es cierto que sois miembros de la Mano?

Apoyé la mejilla en la mano y sonreí. Tragó saliva y una gota de sudor le corrió por la cara. Pese a los nervios, era lo bastante valiente para atreverse a preguntar.

—¿Y qué te hace pensar que lo somos? —le pregunté. Xavier se acomodó en la silla.

Volvió a mirar de reojo la cafetería y se enrolló en el dedo un mechón de pelo que se le había escapado de la coleta.

—Vimos… Quiero decir, vi en las noticias las luces azules que caían y he visto a… Samkiel. —Al pronunciar el nombre se sonrojó aún más. Xavier también se dio cuenta y soltó una risita. Ya estábamos acostumbrados a ver las reacciones que provocaba en la gente. Ejercía un efecto irresistible en mujeres, hombres y, al parecer, también en ig'morruthens capaces de controlar el fuego.

Me permití esbozar una sonrisa.

—Ah, ¿te gusta? ¿Sabes que no es el único con poderes? —Alcé la mano e hice bailar sobre la punta de los dedos la luz azul de los celestiales.

—No queremos más bebida, gracias —dijo Xavier para atraer su atención. La camarera asintió, aferrada a la jarra que sostenía en las manos. Le echó un último vistazo a la luz azul parpadeante y luego volvió al interior del local.

La seguí con la mirada según se iba. Las otras tres camareras se dispersaron en cuanto se dieron cuenta de que las había pillado observándonos.

—Deja en paz a los humanos, Cam.

—Pero es que se sonrojan con tanta facilidad… —A Xavier le daba igual. Le interesaban más los hombres.

—Te encanta tomarles el pelo.

—Quizá. —Le guiñé un ojo.

Xavier pinchó otro trozo de fruta con el tenedor.

—¿Tú también lo percibes? —dijo.

Sonreí en dirección al grupo de camareras que susurraban dentro de la cafetería.

—Sí que percibo algo, sí.

—Cameron. —El tono de voz de Xavier me arrancó de esos pensamientos. Le dediqué una mueca. Se movió, y la silla de metal trenzado crujió; era demasiado pequeña para aguantarlo por completo—. Hablo en serio.

El mundo entero parecía demasiado pequeño para nosotros. Y Samkiel también tenía razón respecto a las ropas que vestían.

—Sí, lo percibo. Me recuerda la batalla de Gurruth y aquella maldita sierpe gigante que se tragó toda la ciudad y casi nos devora a nosotros, pero es como si estuviésemos esperando a que abriese las mandíbulas y aún no lo hubiese hecho. —Curvé los dedos como si fueran colmillos, junté las manos y las cerré delante de su cara para imitar la dentellada de unas fauces.

Xavier se rio y me apartó las manos de un manotazo.

—Bueno, esperemos que esta vez no nos coman.

—¿Por qué? —Me encogí de hombros—. Pero si esa es la parte más divertida.

Xavier hizo caso omiso del comentario.

—¿Te contó Samkiel lo que estaban discutiendo en la reunión del consejo? —quiso saber.

Me froté las manos. Empezaba a hacer frío. Logan nos había dicho que los inviernos de Onuna se hacían largos, pero también que eran muy hermosos.

—Más o menos. Quieren a Dianna. Se llevó al hado, nos atacó y atacó a Samkiel. Solo por esos delitos ya merecería la ejecución. —Lo miré a los ojos—. Permanente, al estilo Olvido.

Xavier se mordió el interior del labio.

—¿Creen que es tan peligrosa como ese tal Kaden?

—Desde luego, y más después de que me destripara.

El tenedor se detuvo en el aire.

—Ya sabes lo que quiero decir.

—Es muy peligrosa, y no solo por el rollo «tía maciza que puede invocar el fuego con solo agitar la mano». Hay algo en ella que deja indefenso a Samkiel, y ese poder los aterroriza. Pero dio la vida por su hermana y eso merece respeto. Según Samkiel, de ahí sale toda esa pasión y violencia, las convierte en fuego y sangre. Creo que es algo que hay que valorar.

Xavier asintió y bebió un sorbo del vaso.

Las tiendas y los comercios cercanos bullían de actividad; las personas iban y venían, reían junto con sus seres queridos o hablaban en los dispositivos que portaban. En nuestra mesa se había hecho el silencio, que se alargó mientras ambos nos sumíamos en idénticos pensamientos.

—No lo hará.

—No tiene elección —dijo Xavier—. Unir creó el consejo antes de que naciese Samkiel. Es la única esperanza de mantener a los dioses a raya para que no se conviertan en lo que intentaba Nismera. Los dominios no pueden caer bajo el control total y absoluto de un dios.

—Puñetera Nismera. —Chasqueé la lengua—. Con lo buena que estaba, qué lástima que fuese tan malvada.

Xavier se rio.

—Estos últimos días está todo muy tranquilo —dijo—. Me preocupa.

—Y a mí. Samkiel creyó notarla el día que volvió del consejo, como si estuviese presente en la sala con nosotros. No ha parado de decir que percibe algo distinto, y desde entonces cada día está más mandón y desagradable. Está preocupado, pero lleva semanas sin que ocurra nada excepto las extrañas desapariciones de ganado.

—¿Crees que todavía lo vigila? ¿Que nos vigila a nosotros? —Xavier se inclinó y tamborileó con los dedos en el vaso.

—No, la verdad es que no. Creo que se está preparando para algo, y eso me preocupa. Nunca he peleado con un Rey de Yejedin y, por lo que dijo Samkiel, Dianna es una Reina. Me sacó las tripas y no tuvo ni que esforzarse.

Xavier desvió la mirada.

—Sí, gracias por recordármelo.

—Perdona. —Sonreí, incómodo. Xavier era tan protector hacia mí como yo hacia él. A su novio actual no le encantaba nuestra relación, por decirlo de una manera delicada.

—No pasa nada. —Xavier se movió en la silla como si se sintiese incómodo—. En realidad, tengo que hablar contigo de algo. Quería hacerlo antes, pero de un tiempo a esta parte hemos ido de culo y, la verdad, tampoco creo que haya un buen momento...

—Dime.

—Sé que... —Se detuvo e inclinó la cabeza hacia atrás. Le seguí la mirada. El cielo estaba encapotado y cada vez más oscuro, y se acercaban unas nubes de tormenta, densas y pesadas.

—¿Había previsión de nevada para hoy? —preguntó Xavier—. ¿O es que Samkiel ha averiguado algo más?

—Solo hay una forma de saberlo. —Nos levantamos y casi tiramos las sillas. Los poderes de Samkiel eran cada vez más explosivos, por decirlo de alguna forma, e incluso el más nimio cambio de humor afectaba el clima.

—¿Ya os vais, tan pronto?

Se me heló la sangre en las venas. Los anillos vibraron para avisar del peligro. No me podía creer que no la hubiésemos detectado antes. Estaba tan concentrado en lo que me tenía que decir Xavier que no me había dado cuenta de que los pájaros habían dejado de cantar y se habían ido volando. Xavier volvió la cabeza hacia ella con un gesto brusco. Ambos materializamos las hojas ardientes.

Dianna puso los ojos en blanco. Era un gesto muy humano, teniendo en cuenta la bestia que yo sabía que acechaba bajo aquella apariencia. Suspiró y se humedeció los labios pintados de carmín. Se quitó la chaqueta y dejó expuestos los hombros desnudos. Llevaba un vestido negro muy ajustado que le marcaba todas las curvas y mostraba que iba desarmada. Xavier y yo nos quedamos quietos, a la expectativa.

—No llevo armas —dijo. Se giró y nos enseñó las tiras del vestido que se entrecruzaban sobre su espalda. Se puso de nuevo la chaqueta y luego levantó el bajo del vestido para enseñarnos ambas piernas, firmes y bronceadas, una tras otra—. ¿Veis?

—Cuando eres un arma, no te hace falta ir armada —apuntó Xavier.

Disimulé la sonrisa como pude. Dianna asintió y se sentó. Cruzó las piernas con elegancia y se relajó; era como un gran felino cuyas garras de uñas rojas repiqueteaban contra el brazo de la silla. Habría jurado que vi saltar chispas del metal.

—¿Y el pelo? —pregunté. El recogido que le coronaba la cabeza bien podría esconder una daga.

Dianna esbozó una lenta sonrisa. Ladeó la cabeza y se deshizo el moño; la cascada de cabello negro se le derramó en ondas sobre los hombros. Una daga pequeña cayó en la mesa. Se encogió de hombros.

—Vale, tú ganas. Puede que llevase un arma. —Hizo un gesto con la mano; el movimiento sacudió las largas mangas de la chaqueta—. Ahora, sentaos.

Xavier y yo intercambiamos una mirada y luego nos sentamos a la vez. No hubo más sonido que el arrastre de las sillas contra el suelo. No pasaban vehículos, ni tocaban la bocina. Hasta el viento había amainado, como si también temiese a la mujer que se hallaba frente a nosotros.

—¿Qué tal os va?

—¿Perdón? —No pude evitar reírme.

Dianna se encogió de hombros y se ajustó el pelo detrás de la oreja.

—Es hora de almorzar, ¿no? Nunca he entendido la necesidad de desayunar tan tarde. Yo diría que más bien apetece algo de alcohol, la verdad.

Asentí. Tanto Xavier como yo permanecíamos en alerta.

—¿Para eso has venido? ¿Para hablar del almuerzo?

—No. Estoy tratando de ganar tiempo, pero parece que se me da fatal. —Suspiró y se miró las uñas—. Sé que Samkiel está ahora mismo a trescientos kilómetros de aquí, y necesito que se acerque un poco más.

Se me estaba haciendo un nudo en la garganta. Tragué saliva para suavizarlo.

—Ah, ¿sí? ¿Lo tienes vigilado?

—Por supuesto.

—Él también te vigila a ti.

Xavier me dio una patada en la espinilla para que me callase.

Dianna hizo un gesto de exasperación.

—Por supuesto que sí. Por cierto, ¿qué tal tu estómago? ¿Ya no te duele ningún órgano?

—Ah, sí, gracias por eso. —Di un sorbo—. Deberías concederme la revancha.

Su sonrisa dejó entrever las puntas de los colmillos.

—La próxima vez que peleemos tu luz cruzará los cielos.

Xavier se agitó en la silla; a duras penas lograba contener la agresividad.

—¿Le harías daño a alguien a quien Samkiel aprecia? Qué cruel. ¿Así es como demostráis el amor los ig'morruthens?

El brillo de los ojos de Dianna se hizo más intenso.

—No se me dan bien las amenazas ni los regateos, ¿sabes? Y todavía peor las negociaciones porque, la verdad, tengo bastante mal genio.

Sonó una campanilla y se me encogió el corazón, porque sabía quién venía hacia aquí. Xavier se quedó totalmente inmóvil, con la mirada clavada en Dianna, listo para reaccionar ante cualquier movimiento súbito. El corazón me latió con fuerza una vez, luego otra, mientras se acercaba la camarera. El rostro de Dianna dibujó una sonrisa burlona.

—No sabía que teníais compañía, chicos. Lo siento mucho.

—No pasa nada. —Dianna sonrió y se inclinó hacia delante con las manos recogidas.

La camarera le devolvió la sonrisa.

—Si queréis ir adentro para comer, hay sitio libre. Parece que el cielo se nos vaya a caer encima en cualquier momento. —Soltó una risita.

—Yo estaba pensando lo mismo —dijo Dianna; el tono traslucía una amenaza implícita.

Quizá provocarla no había sido una buena idea.

XXVII
SAMKIEL

—Os he dicho muchas veces a Vincent y a ti que bajo ningún concepto habrá una reunión —salté.

Imogen me seguía los pasos. Logan le había dado una tableta, que estaba usando para revisar las fotografías de los embajadores.

—Y yo te he dicho que la necesitan.

Alcé los brazos, exasperado, y me volví. Los celestiales con los que nos cruzábamos fingían no darse cuenta de que estábamos ahí.

—Es absurdo convocar una reunión en un momento así.

—No, no lo es. Tienes que reconstruir la relación con todos esos embajadores —adujo Imogen.

—No, lo que tengo que hacer…

—Ya lo sé. Encontrarla y detener a Kaden. Lo sé, pero la inquietud del consejo va en aumento. Si podemos convencer a los mortales de que todo va bien, yo podré convencer también al consejo. ¿O de verdad quieres que se presenten aquí?

—No tienen poder sobre mí.

—Eso es discutible. —Puso un brazo en jarras y me fulminó con la mirada—. Si te consideran incapaz de gobernar, tendrán una excusa para apartarte y poner al mando a Vincent y ofrecerle todo su apoyo.

Suspiré y me froté la frente.

—Serían incapaces de matar a Kaden, o incluso de tocar a Dianna.

Le di la espalda y entré de nuevo en la oficina, hecho una furia. Imogen me siguió y las puertas de dos hojas se cerraron tras ella.

—Pero lo intentarían. No busco discutir contigo, ya lo sabes. Estoy aquí para aconsejarte.

—¡Tío, te he dicho que me arregles la nariz, no que me la rompas más! —aulló la voz de Cameron desde la sala de conferencias. Me dirigí hacia allí, seguido de Imogen. Cameron dejó escapar un fuerte gruñido.

—Deja de portarte como un crío —dijo Xavier.

—¿Qué pasa aquí?

Xavier apartó las manos con expresión culpable. Cameron y él se volvieron a mirarnos.

—Cameron y yo nos tropezamos otra vez con tu novia.

—Dianna. —¿Por qué cada vez que mis labios pronunciaban su nombre sonaba como una bendición?

—Ni más ni menos —dijo Cameron, que meneaba la nariz para ponerla en su lugar—. Me ha vuelto a enseñar que no es buena idea provocarla.

—¿Qué ha pasado? ¿Dónde está?

Cameron y Xavier se miraron el uno al otro, incómodos.

—Vale, no te cabrees, pero… —empezó Cameron.

XXVIII
CAMERON

Estábamos parados en el exterior de la cafetería. El cielo era una masa de oscuridad.

—Te dije que se iba a cabrear —le susurré a Xavier.

Si Samkiel me oyó, no me hizo ni caso, pero los otros me taladraron con la mirada. Samkiel no le quitaba ojo a la puerta y tenía el cuerpo cada vez más rígido. Habían evacuado la calle y toda la zona circundante antes de nuestra llegada, pero la tensión en el aire era palpable.

—Entramos, hablo yo y nadie se mueve hasta que lo ordene. —Y entonces sí que me miró—. ¿Entendido?

Asentí, y lo mismo hicieron Xavier, Logan, Vincent e Imogen.

—Menudo cabreo lleva —musité para mí.

Al seguirlo adoptamos la misma formación que habíamos usado miles de veces. Él iba delante, aunque en el pasado todos habíamos objetado multitud de veces. Nos habían entrenado para caminar delante de los dioses y protegerlos, pero Samkiel nunca había sido como ellos, ni por un instante.

Cuando entramos sonó una pequeña campanilla, casi inaudible bajo el estruendo de la música que salía de los altavoces.

Dianna movía las caderas siguiendo el ritmo. La camarera de antes estaba acurrucada en un reservado y sollozaba con suavidad.

Samkiel puso los brazos en jarras y se quedó mirando, con la chaqueta medio abierta.

Dianna se dio la vuelta con una expresión radiante. Se metió en la boca un trozo de fruta y luego se sentó de un salto en el mostrador. Se cruzó de piernas y se reclinó hacia atrás para apoyarse en las manos. El borde del vestido se subió y dejó las piernas a la vista.

—Así que has recibido mi mensaje. Estupendo.

Samkiel permaneció en silencio.

Miré de reojo a Xavier, que asintió.

Él también se había dado cuenta. Algo no iba bien.

Imogen y Vincent, con la mano en la espada al costado, no le quitaban ojo de encima a Dianna.

Logan echó un vistazo a la camarera asustada, que se sujetaba la muñeca rota con el rostro pálido de dolor, y luego me miró.

Enarqué una ceja y él me señaló la ventana con la barbilla. Se oía el trino de unos pájaros, posados en el árbol que había junto a la ventana.

—¿Rehenes? Esto es nuevo —dijo, sin apartar la vista de ella.

Dianna se encogió de hombros.

—Tenía que llamar tu atención de algún modo. Seguro que has estado muy ocupado desde que llegó tu prometida.

Imogen palideció y un tic asomó a la mandíbula de Samkiel.

—No estamos... —empezó a decir Imogen.

Samkiel la detuvo con un gesto; Imogen cerró la boca al instante.

—¿Y de dónde has sacado esa información?

Dianna bajó la mirada y jugueteó con un mechón de cabello.

—De Kaden.

Un silencio opresivo, casi doloroso, cayó sobre todos nosotros. Me dolía el pecho como si el aire hubiese escapado de la habitación.

—¿Acudió a ti? —La voz de Samkiel destilaba una furia fría y mortífera.

—Sí, y me lo contó todo sobre tu mujer. Es un poco triste, dado que tú no me lo llegaste a mencionar.

Samkiel bajó la vista y asintió. Al instante, estalló en movimiento; agarró a Dianna por el cuello, la alzó y la estrelló contra el mostrador.

Dianna le sujetó la muñeca y se debatió para liberarse, retorciéndose y dando patadas.

Nos quedamos inmóviles como nos había ordenado, asombrados. Antes Dianna parecía tan fuerte, y ahora Samkiel la retenía con una sola mano.

—Logan —ladró Samkiel sin apartar los ojos de Dianna—, saca de aquí a la camarera y llévala a un sitio seguro.

Logan se movió tan rápido que fue como un borrón. Tranquilizó a la joven y la ayudó a salir del reservado y a la calle. Antes de marcharse, volvió la cabeza para echarnos una última mirada.

Samkiel bajó la cabeza hasta quedar a pocos centímetros del rostro de ella.

—La has cagado, Camilla.

¿Camilla?

—No eres Dianna. Lo supe nada más entrar. No hablas como ella, ni actúas como ella, ni hueles como ella. Si mi Dianna hubiese cogido un rehén, se habría alimentado, y no solo le habría roto la muñeca. Y la última vez que se encontró con Cameron le hizo algo más que partirle la nariz.

Alcé las cejas. No le faltaba razón.

—También te has olvidado de los celos de Dianna. Prendió fuego a los bosques de tu isla por un simple beso. Solo de pensar que yo tenía una prometida y que le había mentido, su furia sería tan incontrolable que Imogen no habría pasado de la puerta.

Imogen tragó saliva al recordar la última vez que se encontraron.

—Así pues, dime, ¿dónde está? —Había muerte en la voz de Samkiel.

Un remolino de magia verde envolvió la figura de Dianna y la ilusión se deshizo. Se transformó en una mujer morena y voluptuosa que desprendía tanto poder que se me erizó el vello.

—La amas de verdad —susurró Camilla.

—¿Dónde está?

—En algo tienes razón. —Camilla intentó liberarse, pero Samkiel no la soltó—. Está muy enfadada. No te he mentido. Kaden la encontró y no sé qué más le dijo, aparte de lo del compromiso, pero la ha sacado por completo de sus casillas.

—No estoy prometido a Imogen.

—Eso no es lo que ella cree.

Líneas de plata pura se le iluminaron en las muñecas y bajo los ojos. Camilla gritó.

—¿Lo notas? Son tus órganos que se cuecen de dentro afuera. Debería despellejarte viva por lo que les has hecho a ambas, por permitir lo que le hicieron a Gabriella y por ayudar a Kaden a arrebatársela, a quitarle la última persona que le quedaba, la última que amaba. Eres culpable y te haré sufrir por ello.

El poder de sus palmas se activó y Camilla gritó. Las ventanas temblaron. La energía verde se extendió para proteger a su portadora, pero Samkiel era demasiado poderoso, estaba demasiado sometido a la necesidad cegadora de defender lo que consideraba suyo. La escasa magia que pudo proyectar Camilla como gesto de desafío se disipó en cuanto entró en contacto con él.

—¿Dónde está? —gritó Samkiel a pleno pulmón.

—¡En la ciudad! —chilló Camilla. Samkiel se levantó y dejó de bombardearla con energía—. En la ciudad. Yo solo estaba aquí para distraeros mientras ella se hacía con el mapa. Eso es todo, lo juro.

—¿El mapa?

Camilla se debatía para intentar liberarse.

—Sí, el de la mansión de Drake, el que mostraba todos los túneles. No me ha explicado por qué le interesa de repente, pero es lo que ha venido a buscar.

—Está en la sala de conferencias, Samkiel —dijo Vincent.

Samkiel soltó a Camilla y ella se levantó y se frotó el cuello. Las marcas de las manos y del poder de Samkiel ya se estaban empezando a curar.

—Necesito un plan para capturarla y retenerla. A solas. —Nos miró a uno tras otro, con la mente ya enfrascada en buscar una solución.

—Yo puedo ayudar. —Todos miramos a Camilla—. Por favor. Quiero hacerlo.

La repugnancia que atravesó los rasgos de Samkiel me estremeció incluso a mí.

—Ya has hecho más que suficiente. Además, no me fío de ti.

—Puedo hacer un hechizo de sueño en dos segundos. La dejará dormida y eso te dará tiempo a someterla. Solo hay que asegurarse de que entre en contacto con su sangre.

—¿Pretendes que la envenene? —bramó Samkiel.

—No. Solo pretendo ayudar a deshacer mis errores, ¿entiendes? Sé que lo que he hecho es imperdonable, para ella y para cualquiera, pero estoy cansada de todo esto. —Se le nubló la vista—. Solo quiero ayudar.

La tormenta que arreciaba tras los ojos de Samkiel amainó poco a poco.

—Si me estás mintiendo, si lo que haces la hiere de cualquier modo, sé cómo torturarte durante mil años sin que jamás te alcance el descanso de la muerte. ¿Me entiendes?

Camilla palideció de miedo, pero asintió.

—¿Necesitas que la distraiga? —preguntó Imogen.

—Puedo ayudar —dije—. Solo necesito una línea de tiro.

—No. —Samkiel se frotó la cara con una mano.

—Venga, hombre. Nos obligaste a tomar clases de arquería hasta que nos sangraron los dedos. Puedo hacerlo. Podemos —casi supliqué, muerto de ganas de dispararle una flecha a lo que fuese.

—Nadie le va a perforar la piel. Me niego a hacerle daño o a dejar que nadie de mi familia se lo haga. Se acabó la discusión —cortó Samkiel y volvió la vista hacia mí. Si las miradas mataran, habría caído fulminado.

Decidí que tal vez no fuese el mejor momento para insistir.

—De acuerdo, entonces. ¿Siguiente plan?

—¿Y si usamos gas? —propuso Xavier.

—Muy buena idea. —Me volví hacia la hermosa bruja—. Camilla, ¿puedes hacer un gas?

Camilla paseó la mirada de Samkiel a mí, pero se negó a moverse del mostrador, temerosa de que la electrocutase con un toque.

Samkiel se pasó el pulgar por el labio inferior.

—En realidad, tengo una idea mejor —dijo.

—¿Te importaría explicárnosla? —exigí.

—Voy a necesitar que evacuéis la ciudad.

—¿Por qué? —quiso saber Vincent, sobresaltado.

—Como medida de seguridad, porque la voy a cabrear.

XXIX
IMOGEN

—¿Por qué he tenido que venir yo? —pregunté cuando aterrizamos a las afueras de la Ciudad de Plata.

Cruzamos la calle a paso ligero. La mirada de Samkiel se centraba en la cofradía.

—Porque quiero poner a prueba una teoría.

Gemí. Prefería que los sujetos de pruebas fuesen Cameron o Xavier, y no yo. Ellos dos casi siempre se ofrecían voluntarios, solo por diversión. Les encantaba.

—Márchate cuando te dé la señal y ni un momento antes, ¿de acuerdo?

—Entendido. Espero que funcione. Por el bien de todos nosotros.

—Y yo.

Esperaba llegar a la Ciudad de Plata y que nos encontrásemos fuego, gritos y edificios en llamas. Pero Dianna me había dejado una cosa clara: era por completo impredecible.

La ciudad estaba vacía. A Samkiel le preocupaba el poder que podía desencadenar Dianna, pero ¿la ciudad entera? Tragué saliva con dificultad. Hacía muchísimo tiempo que no luchábamos contra nada que pudiese manejar una fuerza tan poderosa. Solo pensarlo hacía que me corriese el sudor por la espalda. Pese al frío del invierno, la camisa de manga larga se me pegaba a la piel.

Había un vehículo abandonado en medio del asfalto. Las farolas se iluminaron al pasar bajo ellas y luego murieron. Una quietud antinatural se extendía por todas partes, como si el mundo contuviese la respiración, expectante. Un animalillo peludo salió corriendo de unos matorrales y cruzó la calle. Salté a un lado, espada en alto.

Samkiel puso la mano sobre mi espada para indicarme que la bajara.

—¿Tú también lo sientes?

—Sí —asentí.

Era como si un poder oscuro nos acechase. No era capaz de determinar el origen, pero ya lo había sentido en los restos de Rashearim. Me ponía el vello de punta. La había visto surgir de la oscuridad y su poder me había hecho vacilar. Yo jamás vacilaba. Ninguno de nosotros. Éramos guerreros entrenados desde el momento de nuestra creación para no tener miedo, para no titubear jamás. Guerreros cuya simple mención hacía huir despavoridos a cualquier bestia o monstruo; pero en ese momento no lidiábamos con un monstruo cualquiera.

—¿Y si…?

Hizo un gesto de negación.

—No lo digas —dijo con tono apesadumbrado—. Por favor.

Apreté los labios y me guardé la pregunta para mí misma. ¿Y si llegábamos demasiado tarde? ¿Y si ya no había vuelta atrás para ella? Conocía bien a Samkiel. Se arriesgaría por los demás, siempre lo había hecho, pero ¿y si no lograba llegar hasta ella, incluso con todo su poder?

Nos detuvimos frente a la cofradía. Bajé la espada al costado. El rascacielos nos devolvía la mirada; sus ventanas reflejaban los brillantes rayos del sol antes de que el cielo encapotado se los tragase por completo.

—Imogen, ¿te acuerdas de lo que te enseñé en Dunn Moran?

—¿Cuando peleábamos con la daga de cola espinosa? —Asentí.

—Sí. Los grandes depredadores perturban el medio ambiente. Los animales que lo ocupan huyen muy lejos para evitar a un superdepredador. ¿Qué oyes ahora mismo?

Giré la cabeza a un lado y al otro, para mirar primero hacia los árboles que bordeaban las aceras y luego hacia los callejones que separaban los edificios. Al fin volví la vista de nuevo hacia él.

—Nada.

—Exacto. La ausencia de animales es la primera señal.

—Por eso supiste en la cafetería que no era Dianna.

—Sí, pero también la conozco bien. —Dejó vagar la mirada, como si un recuerdo le desgarrase la mente—. Jamás podría engañarme, por mucho que lo intentase. Podría localizarla en medio de una muchedumbre, entre millones de personas.

Se me aceleró el corazón y me tembló la comisura de los labios. Le debía treinta monedas de oro a Cameron. Samkiel aún era el dios que yo recordaba, pero a la vez era muy distinto. Desde su ascensión se había alejado poco a poco, no solo de mí sino de todos nosotros. Paso a paso, se reconstruyó a sí mismo hasta ser todo aquello que su padre había querido que fuera. Samkiel se convirtió en un rey distinto de cualquier otro.

Logan decía que en los últimos meses había visto destellos del antiguo Samkiel, que había vuelto a sonreír, a reírse. Luego Dianna se marchó, y con ella una parte de él. Yo lo amaba tanto como ellos y, como ellos, moriría por él. Era nuestro deber, pero también mucho más que eso. La noche en que la Mano llegó a Onuna hicimos un pacto. Samkiel se había entregado por completo a la investigación y a la necesidad de encontrarla. Juramos que, pasara lo que pasase, haríamos todo lo posible por traerla de vuelta, porque si Samkiel la amaba, entonces era de los nuestros. Él la había elegido por su propia voluntad, sin coacciones ni empujado por el deber. No íbamos a permitirnos perderlo, como a tantos otros dioses de antaño.

Carraspeé.

—Así que está aquí.

—Sí. —Me miró de reojo—. Cíñete al plan.

Asentí y empuñé con más fuerza la espada ardiente. Luego subimos los escalones de dos en dos. Samkiel llegó a la puerta antes que yo y echó un vistazo al interior antes de sostenerla abierta para que yo pasase. Entré y Samkiel me siguió y cerró la puerta tras él con un crujido.

Las luces parpadeaban; el edificio parecía abandonado. Vagué por el piso superior mientras Samkiel buscaba en los niveles inferiores. La energía color cobalto me ardía en la palma y ofrecía un cierto consuelo; en la otra mano empuñaba el arma ardiente.

Mientras buscaba y escudriñaba los rincones, controlé la respiración y el ritmo cardiaco, pero no logré sacudirme de encima la extraña sensación de ser observada. Me detenía ante cada ventana, medio esperando ver aparecer su reflejo detrás de mí.

Había atravesado tantas habitaciones aparentemente intactas que empezaba a pensar que no estaba aquí. Quizá ya había recorrido el edificio entero y había encontrado lo que buscaba. No, de ser así lo sabríamos, o al menos eso esperaba.

Exhalé con lentitud y volví hacia el ancho pasillo. El silencio sepulcral era lo que peor llevaba. El aire estaba cargado de estática. Alcé la espada. Un chisporroteo de electricidad atravesó las luces, que intentaron encenderse sin éxito. El fondo del pasillo quedó sumido en una oscuridad amenazadora. Me aferré al puño de la espada, a la espera de que Dianna se abalanzase sobre mí y me atravesase con la misma facilidad que se lo hizo a Cameron, pero no pasó nada. Suspiré. Menuda idiota. Seguro que no era más que Samkiel que caminaba por los pisos inferiores.

Me di la vuelta y mi espada se detuvo a pocos centímetros de su cuello. Se me escapó un grito de sorpresa.

—Dioses, Samkiel —dije, bajando la espada—. ¡Me has asustado!

Se llevó un dedo a los labios para indicarme que guardase silencio.

—Anda cerca.

Al menos eso explicaba por qué las luces hacían cosas raras. Debían de haber reaccionado a la presencia de Samkiel.

—No he visto ni oído nada —susurré.

—Tenemos que darnos prisa. —Se detuvo al final del pasillo y apoyó la espalda en la pared. Se asomó a la esquina para echar un vistazo rápido y me indicó con un gesto que avanzase. Lo seguí hasta el vestíbulo principal; al avanzar comprobábamos cada puerta y cada acceso.

—He perdido el mapa. Vincent debe de haberlo cambiado de sitio. No está abajo, con los demás textos.

Se me erizó el pelo de la nuca, y me paré en seco.

—¿Cómo es posible? Lo guardabas todo junto, y Vincent no lo habría tocado. Nos lo prohibiste a todos.

Samkiel se detuvo.

—¿Lo hice?

Se dio la vuelta. Un destello anaranjado le tiñó los ojos antes de que se volviesen rojos. Resultaba tan amenazador que se me heló la sangre en las venas. Si hubiese nacido ig'morruthen, lo habrían sacrificado de inmediato. Ni siquiera un dios habría permitido que viviese algo tan poderoso, tan maligno.

—Imogen.

El Samkiel que había frente a mí levantó la vista, y sus colmillos se alargaron.

El Samkiel auténtico estaba al fondo de la sala, y nada más volverme hacia su voz supe que había cometido un error.

Una garra inmensa me agarró por el cuello y me atrajo hacia el falso Samkiel. Las uñas me perforaron el cuello.

XXX
SAMKIEL

—Los reyes de Rashearim, el rey y la reina. ¿Qué dicta el protocolo? ¿Debería inclinarme? ¿Hacer una reverencia? —preguntó Dianna; mi voz, que salía de sus labios, estaba cargada de malicia—. Me siento honrada.

—Suéltala, Dianna.

—¿Cuál es la palabra mágica?

—No quieres hacerlo. —Extendí la mano para intentar calmarlo.

—Error. —Apretó con más fuerza el cuello de Imogen—. Inténtalo de nuevo.

Había sido demasiado lento. Cuando sentí a Dianna sobre mí, supe que alcanzaría a Imogen mucho antes de que yo llegase. Ahora, una versión sombría de mí la sujetaba por el cuello y supe que una palabra errónea bastaría para convertirla en otra luz azul que atravesaba los cielos. Mi plan tenía que funcionar.

—Por favor, déjala marcharse. Este asunto nos concierne solo a nosotros dos.

—¿Y si hacemos un trato? La dejo marchar y a cambio me das el mapa. —Sonrió. Era desconcertante mirar mi propia cara.

Se me encogió el corazón, y no por Imogen.

—Ya hemos jugado antes a esto. ¿Vamos a tener que repetirlo? —dije, para recordarle aquel momento, casi seis meses antes, en que Tobias la había retenido de la misma manera.

—¿Crees que esta vez podrás ser más rápido? —Apretó la mano que sostenía a Imogen.

Sus palabras me hirieron, pero no de la forma en que ella imaginaba. Otra pesadilla sofocante que me perseguía en sueños. Mi poder se derramó e hizo brillar con fuerza las luces del techo, que me alumbraron como un foco y estallaron.

Los ojos de Dianna siguieron el movimiento y luego se posaron de nuevo en mí.

—Parece que ambos hemos ido demasiado lejos, Destructor de Mundos. Pero esto no tiene por qué acabar en un baño de sangre. Dame el mapa y puedes quedarte con tu preciosa reina. Podréis volver a casa, con vuestro pueblo, los hermosos palacios, los sirvientes fieles, y dejar las matanzas para los profesionales.

—No —salté—. A diferencia de ti, yo no abandono a quienes digo querer, de modo que no me voy a ir sin ti.

—Lástima —respondió con una voz dura y gélida—. Entonces, no vas a salir de aquí.

Dianna atrajo a Imogen hacia ella; la fuerza del tirón ahogó el jadeo suave que se le escapó a la celestial. Copiaba mis movimientos, lo cual me impedía llegar hasta la puerta. Si me veía mirar en esa dirección se daría cuenta de lo cerca que estaba de lo que iba buscando, así que tenía que apartarla de allí. Tendría que buscar otra salida. Dianna inspiró con fuerza y se le dilataron las aletas de la nariz; la cólera y la furia de los celos despertaron en el fondo de sus ojos.

—Vaya, Imogen, ¿has sido una niña mala? —ronroneó Dianna mientras le mordisqueaba la oreja a Imogen, con los colmillos a pocos centímetros de la garganta—. Hueles igual que el Destructor de Mundos.

Imogen se mantuvo firme.

—No le mientas —la presioné—. Lo va a notar.

Imogen me lanzó una mirada penetrante al darse cuenta de lo que yo pretendía. Apretó los labios.

—¿Mentirme? —quiso saber Dianna. Su voz era una mezcla espantosa de la mía y del gruñido profundo de su bestia interior.

—No sabía nada de ti, pero me alegro de que estés aquí —la provocó Imogen—. De lo contrario, jamás me habría dado cuenta de lo mucho que echaba de menos a Samkiel y de cuánto nos queríamos todavía el uno al otro.

La presión de Dianna sobre el cuello de Imogen aumentó todavía un poco más; retiró los labios y descubrió los dientes en una mueca silenciosa. Era muy extraño ver sus expresiones reflejadas en mi cara, pero podía distinguir a Dianna a través de cualquier ilusión. La conocía y sabía exactamente dónde golpear, así que apunté mis palabras con todo cuidado.

—Por favor. Te daré el mapa si la sueltas.

—¿Y qué tal si me lo das y yo no le arranco el corazón? Ya sabes, como en los viejos tiempos.

La copia siniestra de mí que era Dianna movió la mano sobre el pecho de Imogen y extrajo las garras de su corazón. Me dolía el alma al ver cuánto la había presionado Kaden, cuánto había caído. La recordaba riéndose de chistes que yo no entendía, sonriendo aunque el mundo intentase quebrarla. Lo había dado todo, convencida de que así nos salvaría a mí, a su hermana, a todos los dominios. Ahora trataba a Imogen como Tobias la había tratado a ella. Kaden la había destruido por completo. Sabía que iba a pensar que el dolor que se reflejaba en mis facciones se debía a Imogen, pero era por ella. Siempre había sido por ella.

Tenía que actuar deprisa.

Di un paso al frente y ella retrocedió.

—Ya sabes hasta dónde estoy dispuesto a llegar para mantener a salvo a quienes quiero. —Se paró—. Quiero a Imogen. Muchísimo. Y ella tenía razón. No había sido consciente de lo mucho que la echaba de menos hasta que volvió. Así que gracias. Supongo que al besarte comprendí que, en realidad, solo podía pensar en ella.

No se le escapó ningún gruñido. Comprendí, con el corazón sumido en la angustia, que en el fondo esperaba oírme decir esas cosas. Eran la confirmación de que no era nada especial, que era sustituible.

Demostraban que las terribles palabras que le había susurrado Kaden eran ciertas. Su rostro reflejó una desolación total y absoluta, y el causante fui yo. La agonía me desgarró, pero a la vez, la esperanza brilló como una estrella ardiente en mi pecho, más pura y potente que cualquier dolor. Era una confirmación ineludible: aún me quería.

Dianna apretó más y los ojos de Imogen se dilataron.

—Se ha acabado, Dianna. Toda la ciudad está rodeada. No puedes irte. No escaparás de nuevo.

—Ah, ¿sí? ¿Y cómo piensas retenerme? ¿De verdad vas a arriesgar a tu preciosa familia para lograrlo? ¿El mundo entero? Lo reduciré a cenizas. Quizá no pueda matarte a ti, pero a ellos puedo reventarlos en segundos. Pregúntaselo a Cameron. —Sonreía, mientras Imogen gemía y se debatía bajo sus dedos.

—Tenemos a Camilla, que ha tenido la deferencia de poner en este edificio el mismo veneno que hizo Sophie. Me basta con dar una orden mental y los aspersores lo liberarán.

—Vaya, vaya, vaya. ¿Y luego dices que soy yo quien ha caído muy bajo? El Samkiel que yo conocía jamás me envenenaría. No es nada heroico. —Bajó la cabeza hacia Imogen y el temor me revolvió las tripas al ver aquellos colmillos tan cerca del cuello. Los labios se le curvaron en una tenue sonrisa—. Estoy impresionada. ¿Por fin te has dejado de lloriqueos y de tratar de convencerme de que en realidad yo no soy así? ¿Que aún queda algo de mi antiguo yo?

—Has conseguido que esté desesperado y que no me quede otra opción. Una vez más.

La mano de Dianna se cerró sobre el cuello de Imogen. La levantó en el aire, con los pies colgando; se asfixiaba.

—Si alguna vez vuelves a tenerme, la hago cenizas.

—Jamás.

La habitación se llenó de humo y saltaron las alarmas, seguidas de la activación de los aspersores. Dianna se apartó dando un grito y soltó a Imogen. Me dolía que pudiese pensar que yo le haría daño. Solo era una mentira, pero se la había creído sin dudar.

Pronto se daría cuenta de que solo había agua. Sujeté a Imogen y liberé el poder suficiente para que nos lanzase varios pisos más abajo. Pude escuchar el grito de furia de Dianna y también el rugido de las llamas. Había comprendido el engaño y la rabia había reemplazado al miedo.

—¿Ese era tu plan? —sonó debajo de mí la voz burlona de Imogen. Había aterrizado sobre ella para protegerla en caso de que el edificio se colapsara. Lo que pasaba no era culpa suya y no iba a permitir que nadie de mi familia saliese herido por mí. Nunca más—. ¿Mentirle sobre nosotros y hacerla enfadar?

—Tenía que verlo con mis propios ojos.

—¿Ver qué? ¿La rabia cegadora? —preguntó Imogen. Me puse de pie para apartarme de su lado y le ofrecí la mano.

—Si aún era mi chica.

El rostro de Imogen se suavizó.

—Pues vaya manera más insensata de poner a prueba tu teoría —dijo con una mueca.

—He hecho locuras peores por la gente que quiero. —Tiré de ella para ponerla de pie. Se oyó el rugido las llamas en los pisos superiores. El humo y el vapor se filtraban por el sistema de ventilación y los aspersores trataron de sofocar el fuego de origen mágico.

Imogen se examinó con cuidado. Tenía la camisa rota, pero eso era todo.

—No me ha hecho daño.

—No.

—Así que no está perdida del todo.

Asentí, concentrado en Dianna y en el piso de arriba.

—Sal de aquí. Vuelve con los demás y espera a que yo regrese.

Imogen me cogió el antebrazo y le dio un apretón.

—Buena suerte, Samkiel.

Se marchó y salté hacia el piso de arriba. Las llamas lamían y consumían el vestíbulo por completo; el agua de los aspersores era incapaz de contener su furia. Me vino a los labios una sonrisa.

—Esto me recuerda a cuando nos conocimos.

Se limpió la cara para quitarse el agua que la cubría y con la que la había engañado. Me dedicó un gruñido. Ya no tenía mi apariencia, y se le pegaba el pelo a las mejillas. Se lanzó contra mí sin dudarlo un instante. Una mano con garras intentó alcanzarme la cara. Me aparté para evitar el zarpazo y, cuando volvió a intentarlo, la sujeté por la muñeca.

—Me has mentido —protestó mientras se echaba sobre mí.

—Me enseñaste bien. Y más que una mentira, ha sido un pequeño truco.

Me lanzó a la cara la mano que tenía libre y también se la agarré. Me di cuenta un segundo demasiado tarde de que era eso lo que pretendía. Me dio un rodillazo en la entrepierna. El dolor me atravesó y me provocó náuseas. La solté. Se giró y me dio una patada que me hizo atravesar no una, sino dos paredes.

Me deslicé por el suelo, boca arriba, hasta que me detuve. Estaba en una parte distinta del edificio, donde no había llamas ni estaban activados los aspersores. Hice unas cuantas inspiraciones profundas para tratar de aliviar el dolor y me di con la cabeza contra el suelo.

—Genial, Samkiel, muy listo. Buena idea enseñarle lo poderosas que pueden ser las piernas, para que pueda patearte el culo.

Mientras me ponía de pie entró por el agujero que yo había hecho en la pared, con la espada desolada en la mano.

—Duele, ¿verdad? —le dije—. La idea de que otro toque o se acueste con la persona que más te importa en el mundo. —Otro gruñido fuerte desgarró el aire—. Ahora ya sabes cómo me siento.

—Yo no siento nada.

—Mientes fatal, Dianna. Siempre se te ha dado mal.

Abrió la boca, con alguna respuesta mordaz preparada, pero la cerró de repente al enfocar la vista detrás de mí. Fue entonces cuando me di cuenta de dónde estábamos.

El mapa que tanto buscaba estaba sobre la mesa de conferencias, rodeado de libros. Se olvidó de mí y corrió hacia él.

En un segundo yo estaba de pie y trataba de alcanzarla, pero logró esquivar mis dedos. Mientras se alejaba recuperé el aliento. Dianna estiró el brazo para coger el mapa. En el momento en que lo tocase, desaparecería para siempre. De las puntas de mis dedos brotó un relámpago que quemó el pergamino.

Se detuvo en seco, con los brazos alzados, viendo el mapa flotar hacia el techo convertido en cenizas.

—No. —La palabra sonó como un susurro—. ¿Qué has hecho?

Luego se volvió hacia mí con los ojos ardiendo de rabia incontenible. Rugió de furia y la sala estalló en llamas.

Lo primero que pensé fue en lo mucho que me alegraba de haber evacuado la ciudad, que ahora estaba en llamas. Cada bola de fuego que me lanzaba, y que fallaba o que yo redirigía, atravesaba la pared o la ventana e incendiaba la ciudad que nos rodeaba.

Lo segundo que pensé fue que nunca había contado cuántos pisos tenía el edificio hasta que los atravesé uno a uno. Me sacudí el polvo del hombro de la armadura de plata. La había invocado como protección cuando me lanzó a través de varios pisos, para que amortiguase el impacto. No podía permitir que una lesión me frenase. No ahora, tan cerca de mi objetivo.

Me levanté mientras los cascotes se asentaban. El agujero que había hecho mi cuerpo en el techo chisporroteaba de electricidad.

—Lo echas a perder todo —siseó Dianna. Su figura delgada aterrizó a mi lado, en cuclillas.

—Tendrás que ser más específica, *akrai*. ¿Qué es lo que he estropeado? —la provoqué—. ¿Tu sentido del humor? ¿Tus bragas, tal vez?

Frunció el ceño. Me fijé en la mirada de sorpresa al oírme llamarla «mi corazón» en eoriano y eso me llenó de satisfacción. El tiempo que había dedicado a aprender aquel antiguo lenguaje había merecido la pena.

—No me llames así —rugió mientras se lanzaba a por mí. Mi espada bloqueó la suya a centímetros de mi rostro—. Cabrón bastardo, engreído, presuntuoso y arrogante.

—Si me quieres insultar, *akrai*, vas a tener que esforzarte más. He oído cosas mucho peores en boca de seres que desearían ver mi cabeza en una pica. Ni te imaginas lo que me dijeron cuando ascendí.

—Deja de llamarme así. —Se apartó con un empujón que me obligó a retroceder un paso. Quería que pensase que huía de ella, que la evitaba, pero en realidad lo que buscaba era obligarla a moverse. La necesitaba más cerca de las runas.

—¿Así es como coqueteamos? Si no te sales con la tuya me gritas y me lanzas unos cuantos pisos abajo, o quizá me dejes caer encima otro edificio.

Me alejé de ella y corrí hacia el final de la sala.

—No estoy coqueteando —protestó. Me lanzó un mandoble que cortó el aire. Me agaché para esquivarlo y rodé hasta la siguiente sala, y la espada se clavó en la pared.

—No lo tengo tan claro, Dianna —me burlé—. La verdad es que me la pone dura.

Extrajo la espada de la pared y entró en la sala.

—¿Eso no debería hacerlo tu reina?

—Y lo hace.

Me atacó con furia, enseñando los colmillos y sin darme tiempo a responder. El acero se entrechocó con la hoja desolada, y su ferocidad sacudió la habitación.

El sonido pareció reverberar a través del tiempo, como si fuese lo que ansiaba el universo, lo que deseaba. Las paredes se agrietaron y las mesas y sillas quedaron reducidas a astillas a medida que sus espadazos fallaban el blanco, uno tras otro. Era un baile mortal y poderoso entre dos seres destinados a destruirse el uno al otro desde el principio de los tiempos.

—Me haces perder el tiempo —se quejó—. Por tu culpa tendré que buscar otro puto camino. —Nuestras cabezas se entrechocaron con un chasquido que resonó por toda la sala—. ¿Tienes la más mínima idea de lo que has hecho?

—No. —Retrocedí trastabillando y logré mantener el equilibrio mientras ella se enderezaba—. Porque no me has dicho para qué necesitabas el mapa.

—Era vital y tú me lo has quitado. —Las espadas volvieron a entrechocarse con violencia—. ¡Lo has vuelto a estropear todo!

Rezumaba una rabia poderosa y abrumadora.

Retrocedí un paso para que me siguiese. Estaba cegada por la furia y no prestaba atención a dónde la estaba llevando.

—Como ya te he dicho, vas a tener que ser más específica respecto a qué estropeé la primera vez.

Un gruñido de frustración se le escapó de los labios mientras cargaba contra mí.

—Es culpa tuya. —Otro golpe—. Yo estaba bien. Todo iba bien hasta que tú apareciste y lo arruinaste todo.

Ah, así que era eso. Por fin se abría una grieta en su armadura impenetrable. Solo tenía que aplicar más presión y sabía que acabaría por abrirse de par en par.

—Comprendo que tienes que echarle la culpa a alguien, darle salida a toda esa cólera; pero culparme a mí no hará que vuelva Gabriella.

Rugió y se abalanzó sobre mí; sus ojos ardían con el brillo de un millar de brasas. La esquivé y la fuerza de su estocada, tan potente que me habría despedazado el hueso, hizo temblar la pared.

Y la grieta de su armadura se amplió.

Dianna liberó la hoja de un tirón y se llevó consigo un trozo de pared. Sacudió la espada para liberarlo y, con una última mirada de rabia, desapareció, y dejó tras de sí un humo negro. Me quedé estupefacto, pero permanecí en alerta, empuñando la espada. Aún la percibía cerca.

—¿Te gusta mi nuevo truco? —Su voz resonaba como un eco. Me volví hacia ella y no vi nada, pero todos mis sentidos protestaban.

—Lo hiciste en el barco —comprendí de repente—. ¿Cómo?

Un golpe cayó sobre la armadura e hizo que me doliera el brazo. Bajé la mirada. La plata lucía una nueva mella.

—Cuanto más me alimento, más lejos queda aquella chica traumatizada que lo daría todo por los demás. Ya sabes, esa a la que te aferras con tanta desesperación.

Otro tajo. Me volví en esa dirección.

—Me he convertido en algo realmente letal. Soy tan poderosa que a partir de ahora nada ni nadie volverá a hacerme daño. Lástima no haberlo sabido antes.

Me pareció sentirla a mi derecha y escuché el suave sonido de su respiración, pero no vi nada. Me golpeó de nuevo, esa vez en la espalda. Me volví y logré ver el destello de su abrigo que se disolvía en la oscuridad. Imposible. Era como si estuviese presente, pero a la vez, no. Y entonces me acordé de uno de los textos más antiguos que me enseñó mi padre.

—*Estás obsesionado con las bestias.*

Unir apoyó la mano extendida sobre la mesa para inclinarse a ver lo que leía.

—*Con algo tengo que pasar el tiempo, ya que no me permites estar con mis compañeros.*

—*Este es el castigo por tu conducta temeraria.*

Levanté la mirada, con una mano bajo la barbilla, sin dejar de pasar páginas. Los ojos de mi padre no se apartaban del libro en cuestión.

—*¿Has rebuscado entre mis efectos personales para encontrar eso?*

Sonreí.

—*El tedio se volvió insoportable. Además, todos los textos interesantes los tienes guardados bajo llave.*

—*¿Y qué encontraste?*

Me hice a un lado para que viese mejor el libro.

—*Ah...*

—*Bestias antiguas y muertas hace tiempo.* —*Pasé el dedo por la parte que más me había gustado*—. *Pero nunca había oído hablar de esto otro. ¿Qué es el intersticio?*

Mi padre calló unos instantes, como decidiendo si lo iba a explicar. Por fin, habló:

—El intersticio no es luz ni oscuridad. Existe, pero no existe. Es un lugar más allá del tiempo y del espacio, en el que no se aplican las reglas, y del que no se sabe lo suficiente como para explicarlo por completo. Me enteré de su existencia durante mis viajes, gracias a las leyendas que oí contar. Hay quien dice que allí se ocultaban las sombras, hace mucho tiempo, pero yo creo que es un mito. Allí ya no habita ninguna criatura poderosa.

Sus ojos reflejaron la tristeza mientras cerraba el libro y me lo quitaba.

Me volví a mirarlo.

—¿Cómo puedes estar seguro?

—¿Dudas de mis palabras? —Colocó el libro a su espalda y me respondió con una expresión divertida.

—Puede que se te haya pasado algo por alto pese a tu omnisciencia.

—Eres igual que tu madre. —En las comisuras de los labios le bailaba la sombra de una sonrisa—. Eres muy joven, y tienes mucho que aprender aún... Pero recuerda: nada puede permanecer escondido si escuchas con algo más que los oídos.

Cerré los ojos y me concentré en mí mismo. Mientras escuchaba, mi pulso se fue ralentizando. Ahí, la encontré. Era como una cuerda demasiado tensa. La podía sentir a través del tiempo y del espacio, un latido sincronizado con el mío. Se desplazaba a mi alrededor; sus pasos eran más una vibración que un sonido, como si se moviese tras un velo. Me esquivó y lanzó una estocada. Alcé la espada y bloqueé la suya, y con la otra mano le sujeté la muñeca y la retuve en este espacio.

—¿Cómo...? —dijo, con los ojos abiertos de par en par.

—No sé a qué viene la sorpresa. No hay sitio en este mundo o en cualquier otro donde puedas esconderte de mí, *akrai*.

—Eres patético. —Se revolvió para tratar de liberarse.

—¿Tú crees? Puedes maldecirme cuanto quieras. Descarga sobre mí todas esas palabras de odio, si es lo que necesitas. Puedo soportarlo.

Sus ojos reflejaron una lucha interior, como si peleara consigo misma. Tiró del brazo para tratar de liberar la muñeca.

—¿A cuántos tengo que matar para que renuncies a mí?

Ah, ahí estaba. La grieta final en la armadura que con tanto empeño había construido a su alrededor. Le cambió la cara, y me di cuenta de que la respuesta no había sido intencional; se le había escapado.

—Aunque hicieses correr un río de sangre por las calles, no dejaría de intentarlo porque te conozco a ti, la auténtica Dianna, y no esta versión que él ha creado.

Bajó la espada unos centímetros y resopló.

—Te equivocas.

—Si me equivoco, entonces Gabby también, y sé que no es así. Ella jamás se habría rendido contigo y yo tampoco lo voy a hacer. Podemos seguir con este juego hasta que arda el mundo y el siguiente lo sustituya, pero aun así seguiré eligiéndote a ti.

Se detuvo.

Antaño el nombre de su hermana servía para reconectarla con el mundo, pero ahora parecía ser el catalizador de aquellas emociones que quería destruir.

—¿Quieres salvarme? ¿Tantas ganas tienes de ser como Gabby? —siseó, una visión de colmillos y bordes afilados. Torció la muñeca con tanta brusquedad que se libró de mi agarre—. Pues puedes reunirte con ella.

Algo le arrugó las facciones, pero no fue el llanto. El fulgor de la cólera asomó a sus ojos carmesíes, en cuyas profundidades se cernía el dolor. Aprovechó la furia y la convirtió en resolución, como se había visto obligada a hacer muchas veces en el pasado. Kaden le había enseñado que los sentimientos eran una debilidad y ahora se entregaba a esa creencia más que nunca.

Me atacó tan rápido y con tanto ímpetu que mi espada se quebró bajo la fuerza del impacto. Solo tuve un segundo para invocar otra que me protegiese de su furia desatada.

—Eres un idiota, como lo era ella.

«Blam».

—Acabarás muerto por mi culpa.

Tropecé y levanté la espada para detener la suya, pero el poder de sus golpes hacía que me temblasen los músculos por el esfuerzo. Caí de espaldas e invoqué una segunda espada, que crucé frente a mí para que me sirviese de escudo y absorbiese los golpes a los que daba rienda suelta uno tras otro.

—Dianna era débil.

«Blam».

—Era una muchacha estúpida.

«Otro portazo capaz de hacer temblar el mundo».

—Que soñaba con flores y con ser feliz en medio de una guerra.

La espada se agrietó, una fisura diminuta que crecía a cada golpe.

—Era demasiado confiada y se preocupaba demasiado por los demás. Amaba demasiado, y ahora se ha ido.

«Blam».

—Ha muerto y ya no volverá.

Comprendí entonces que no hablaba de ella, sino de la hermana a la que echaba de menos con absoluta desesperación. Incluso mientras se rebelaba y luchaba con rabia ciega, vi cómo le brillaban los ojos. Una parte de ella se había hecho pedazos, y supe que Drake había tenido razón.

Había logrado llegar hasta ella.

Con un último golpe feroz, estrelló la espada contra la mía y la hizo pedazos. Al instante estaba sobre mí, sosteniendo el arma en alto con las dos manos, y amenazaba con empalarme. Pese a mi armadura, tenía la fuerza para hacerlo.

—Te arrancaré del pecho ese maldito corazón —dijo, con la respiración entrecortada—. Y así me dejarás en paz de una vez.

Pero detuvo la hoja a pocos centímetros de mi pecho. Jadeaba y le temblaban las manos y los brazos.

—Hazlo. —Empujé la punta de su espada sobre mi corazón—. Si te has ido para siempre, me niego a vivir en un mundo sin ti. Tendrás que pinchar un poco más a la derecha. Ahí yace el corazón de un dios, y el mío ya te pertenece, así que haz con él lo que quieras.

Me miraba con el pecho agitado.

—No puedes, ¿me equivoco? No eres capaz de hacerme daño de verdad.

Sujetó la espada con tanta fuerza que le temblaron las manos y emitió un gruñido ronco, pero no hizo ningún movimiento.

Me abalancé sobre ella. Se le escapó un grito de sorpresa y apartó la espada. Le rodeé el rostro con las manos y aproveché que tenía la boca entreabierta para posar mis labios sobre los suyos. Los colmillos me rozaron el labio y la punzada de dolor me arrancó un gemido. Ella no se detuvo; pero el mundo sí. La besé con cada gramo de deseo y de nostalgia que me embargaban. Puse en ese beso toda la desesperación y el amor que había sentido durante nuestra separación. Lo di todo para conseguir que me viese, para hacerla sentir.

Oí rodar su espada por el suelo. Me agarró de la armadura y me atrajo hacia ella. Su sabor y el tacto de su lengua contra la mía fueron una absoluta bendición. Se apartó despacio, con los ojos muy abiertos por el asombro y la confusión. La magia esmeralda se aferraba a sus labios carnosos y entreabiertos.

Había funcionado.

Se hundió entre mis brazos y la acuné contra el pecho.

—Tranquila, tranquila. Te tengo.

—¿Qué...? —Alzó los ojos hacia mí.

—Voy a ayudarte como te he prometido. Tus problemas son mis problemas, ¿recuerdas?

Nuestros ojos se cruzaron; en las profundidades de los suyos bullía un torbellino de emociones. Por fin había logrado llegar hasta ella, al menos por un breve instante. El hechizo de Camilla estaba haciendo efecto y se le cerraban los ojos. La velocidad del pulso se redujo a medida que el sueño la dominaba. Le acuné la cabeza mientras la arrullaba; luego la rodeé con los brazos y me puse de pie.

Avancé hasta el centro de la sala. Las runas del suelo se iluminaron y nos transportaron fuera del edificio.

XXXI
DIANNA

La Cofradía de Arariel

Me desperté sobresaltada y levanté la cabeza de golpe. Parpadeé y conseguí enfocar los ojos en una habitación blanca. Tenía los pies apoyados en el suelo, pero unas esposas pesadas de acero cubiertas de runas de color cobalto y unas gruesas cadenas me mantenían los brazos levantados por encima de la cabeza. No estaba muerta. Algo es algo. Gemí y parpadeé para adaptarme a la intensa luz blanca; luego giré la cabeza e incliné la barbilla para intentar encontrarle sentido a la gran silueta borrosa que había frente a mí. Tras parpadear un poco más, la visión se aclaró por fin.

Samkiel.

Resoplé y sacudí las cadenas.

—¿Bondage? No aparecía en tus recuerdos.

—No los has recorrido por completo, *akrai*, o te acordarías de la belleza de cuatro brazos de Tunharan. Aquello sí que fue bondage.

Se me escapó un gruñido antes de que pudiera reprimirlo. Samkiel enarcó una ceja y no hizo nada por controlar la sonrisa de diversión mientras se acercaba a mí.

—¿Te molesta?

—Lo único que me molesta es que tus amigos y tú seguís respirando —siseé.

—Fatal, Dianna. Mentir se te da fatal.

Sacudí las cadenas. Me pesaban las extremidades y me sentía muy cansada.

—Te voy a arrancar la lengua.

—¿Mientras me vuelves a besar como la última vez?

Me dejé caer y traté de visualizar lo que recordaba de las últimas horas. El mapa en llamas, mi rabia infinita, él y su maldita armadura, la pelea… y aquel beso. Un beso aderezado con magia.

—Me has envenenado. Supongo que eso significa que ambos hemos cambiado.

Samkiel me miraba con los brazos a la espalda.

—No era un veneno, ni te hizo daño. Más bien lo contrario. Solo era un hechizo de sueño con unos retoques que le pedí a Camilla. Lo diseñó para que solo se activase con la saliva, así que, para que funcionase, tú también me tenías que besar a mí.

—El hechizo debía de estar defectuoso, porque estás delirando si crees que te volveré a besar.

—Podemos probarlo de nuevo, si quieres. Les puedo pedir que se vayan. —Se hizo a un lado para mostrar las habituales barras azuladas y a Cameron y Xavier de guardia tras ellas, enfundados en su equipo táctico—. ¿Lo preferirías? ¿Y así vemos quién besa antes a quién? O pueden quedarse, si prefieres tener público.

Tironeé de las cadenas y chasqueé los dientes mientras lo miraba.

—¿No se va a cabrear tu prometida si besas a otra mujer?

—Ya salió mi chica celosa.

—No estoy celosa —siseé, y di un tirón tan fuerte que se me clavaron las cadenas en las muñecas.

—Muy convincente. —Samkiel inclinó la cabeza hacia mí. Me eché hacia atrás, pero no tenía mucho espacio. Su aliento me rozaba los cabellos cerca de la oreja y me hacía cosquillas—. Dioses, no te haces ni idea del efecto que me produce saber que me quieres tanto como yo te quiero a ti. ¿Cómo es eso que dices tan a menudo? Ah, sí. La has cagado, Dianna. Me devolviste el beso, lo que significa que mi

Dianna sigue ahí, enterrada bajo todo ese dolor y ese odio. Y no me detendré ante ningún obstáculo con tal de recuperarte. Ninguno.

Samkiel me cogió la mano y me quitó el anillo del dedo, con tanta lentitud que me produjo un escalofrío que recorrió cada parte de mi ser. Un simple contacto suyo y ya me había hecho experimentar más sentimientos que varios meses de relaciones con extraños. Traté de ocultar el suspiro que me provocó ese contacto, pero por la forma en que me miró, y el deseo que se asomó a sus ojos y los transformó en plata brillante, supe que no lo había conseguido.

Retrocedió y mi cuerpo, que anhelaba su calidez, reaccionó con dolor. Hizo girar entre los dedos el anillo que me había fabricado Camilla y por último cerró la mano y lo ocultó de la vista.

—Tengo que reconstruir una cofradía y media ciudad, por no mencionar que los mortales de varios continentes quieren respuestas. Cameron y Xavier serán tus guardias hasta que yo vuelva, y cuando lo haga iremos a los restos de Rashearim. Allí podré retenerte sin que tengas la posibilidad de dañar a nadie, ni siquiera a ti misma.

—¿Y entonces me ejecutarán, Rey Dios?

Una sonrisa presuntuosa se asomó a esos malditos labios.

—Sabes mi nombre. Dilo.

—No.

—Entonces no obtendrás más respuestas de mí. —Se giró para marcharse.

—Eres un cobarde. —Me sacudí y me incliné hacia delante. Las cadenas de las muñecas se apretaron con un sonido de traqueteo.

Samkiel se detuvo en la puerta, con Cameron y Xavier atentos para asegurarse de que no me escapaba.

—¿Qué crees que va a pasar? Me encadenas y luego, ¿qué? Aunque me retengas aquí, Kaden sigue ahí fuera construyendo algo, y no creo que sea solo una estúpida arma para matarte. Necesita hierro, Samkiel, y lleva meses haciendo acopio. ¿Qué pasará cuando se presente con el libro? Un pequeño despiste, un error, y acabarán todos muertos, como todos aquellos a quienes se suponía que tenías que ayudar.

Como tu familia, como ese estúpido planeta... y como Gabby. —Me dio la espalda, pero vi un destello de dolor en sus facciones—. No puedes salvarlos. No puedes salvar a nadie. Tanto poder, y ¿para qué? Lo tuyo es de chiste.

Ojalá le doliese. Ojalá lo alterase tanto como para cometer un error que me permitiese escapar.

—Tus palabras ya no me hacen daño, Dianna. Sé cómo es el corazón que todavía te late en el pecho. Lo he tenido entre mis manos. Ganarás tiempo si te rindes, porque no conseguirás asustarme para que me aleje de ti. No tienes la menor posibilidad.

Al oír sus palabras, apreté los dientes y tensé la mandíbula. Lo maldije mientras se alejaba y maldije esa sencilla verdad que me sacudía las entrañas. Siempre lo había sabido. Jamás me abandonaría, y la parte de mí que había encerrado tras un candado en una puerta en una casa no quería que lo hiciese.

XXXII
SAMKIEL

La puerta se cerró detrás de mí. Cameron y Xavier se habían quedado con ella para vigilarla. Me pasé la mano por el pelo y resoplé. El martilleo de la cabeza volvió, multiplicado por diez. Lo que había dicho me había hecho daño, pero entendía lo que intentaba hacer. Si no podía hacerme pedazos con los colmillos y las garras, usaría las palabras como armas. Pero en el fondo eso decía más de ella misma que de mí.

—Hemos acordonado la zona y la hemos asegurado por ahora, pero los humanos no quieren hablar con Vincent —dijo Imogen.

Bajé la mano.

—Sí, lo sé. Hablaré con ellos.

—¿Te encuentras bien? —se interesó Logan, que no me quitaba ojo.

—Lo estaré en cuanto pueda llevármela a los restos de Rashearim.

Me acompañaron mientras me dirigía hacia el salón.

—¿Dónde has pensado retenerla? —preguntó Logan.

—Se me ha ocurrido una idea. En cuanto termine de reconstruir la cofradía, me pondré con ello.

—¿Y el mapa? —quiso saber Imogen.

—De vuelta en el edificio destruido de la Ciudad de Plata. Una vez lo haya reconstruido, recuperaré también el mapa. Las cenizas aún siguen allí.

Asintieron. La puerta del ascensor se abrió.

—Imogen, vuelve al consejo. Cuéntales lo que ha pasado y hazles saber que Dianna está bajo nuestra custodia. En breve me reuniré con ellos.

Imogen asintió y a continuación se dirigió a la salida.

—¿Qué necesitas de mí? —preguntó Logan.

—Que te quedes aquí mientras yo estoy fuera. Vincent está al otro lado del mar, así que tú eres el segundo al mando. Dianna está abajo y, en su estado actual, no confío en que no intente escapar —dije mientras entraba en el ascensor.

Habíamos reparado todas las partes destruidas de la ciudad; nos dejamos la cofradía para el final. Estaba inmaculada, como si no hubiese pasado nada. En gran medida, Vincent había lidiado con los embajadores, que se sentían aliviados por saber que Dianna había sido capturada y ahora pedían una reunión antes de que nos marchásemos de Onuna.

El agua me caía por la cabeza y el vapor llenaba la ducha. Cerré los ojos y de inmediato visualicé el rostro de Dianna. Siempre pasaba lo mismo. La duda, el dolor y la ira que había visto en ella me perseguían. Otro motivo más para odiar a Kaden. La había encontrado y se le había acercado tanto como para hablar con ella. Le había susurrado mentiras para alejarla de mí y, por los dioses, deseaba su muerte más que la de ningún otro ser de este mundo... o de cualquier otro.

Abrí los ojos y dejé que el agua me masajease los músculos y aliviase el cansancio y la irritación. Kaden le había hablado de mi compromiso, pero ¿cómo lo había sabido? Quizá alguno de los libros, pergaminos y reliquias que había robado contenía esa información, pero lo dudaba. Kaden había retorcido la realidad con el objetivo de distanciarla de mí, y por el momento le iba bien. Dianna estaba en pie de guerra y no se fiaba de nadie.

Al escupirme aquellas palabras me había destrozado, como si hubiese roto lo poco que me quedaba de ella. Tal vez tendría que habérselo contado antes, pero ¿cuándo? Habíamos pasado tan poco tiempo juntos, y esa historia era tan antigua...

Seguí a mi padre a zancadas y los guardias nos siguieron; el ruido de las botas blindadas resonaba en las paredes. En cuanto cruzamos las puertas de la cámara, di rienda suelta a la ira.

—¿Ese era el anuncio que querías hacer? —bramé—. *¿Imogen?*

Las puertas se cerraron de un portazo; los guardias quedaron fuera. Los oí golpear. Agité la mano y, con apenas un soplo de poder, bloqueé la puerta y me aseguré de cerrarles el paso. Quería hablar con él, y solo con él.

Mi padre se detuvo; el manto rojo y dorado se le enroscó en las piernas enfundadas en botas altas.

—Debes casarte, Samkiel.

—Pero Imogen y yo no estamos juntos; no es lo que tú crees.

Se volvió hacia mí.

—¿Y qué voy a pensar? Nadie pasa tanto tiempo contigo. Te mantienes a distancia de todo el mundo, excepto de la Mano. Nadie es lo bastante bueno para ti; aun así, debes casarte.

—¿Por qué? —grité. *La sala retembló bajo la fuerza combinada de nuestros poderes. Había insistido tantas veces en ello que me estaba volviendo loco.*

—Porque yo no estaré siempre aquí para ayudarte. No puedes gobernar solo. Es imposible que una persona sola cargue con todo ese peso.

El cielo retumbó. La tormenta cósmica estaba a punto de estallar, y su voz la alimentaba. Otros se habrían meado en los pantalones, pero yo me había acostumbrado tanto a su cólera que casi me resultaba reconfortante. Al menos, así mostraba algo de emoción. Lo miré con atención, y al contemplar las arrugas bajo los ojos, el aspecto cansado, sus palabras me calaron hondo. Desde la muerte de mi madre se lo veía agotado. El gris se asomaba entre los rizos oscuros del cabello y la barba. Cada vez tenía la mirada más perdida, como si mi presencia por si sola ya no fuese suficiente para retenerlo.

—Los dominios deben tener un rey y una reina. Dioses, Samkiel, incluso otro rey, me da igual, pero tiene que haber dos gobernantes. Hay demasiados

dominios que custodiar. El uno gobierna arriba y el otro gobierna abajo. Así ha sido siempre y así será. No puedes hacerlo todo solo, por mucho que lo desees. Imogen es fuerte, inteligente, capaz y hermosa; y, además, ambos compartís un vínculo.

—Un lecho, no un vínculo —insistí.

—¿Y cuál es la diferencia?

—¡Que no la amo! —estallé. Se puso a llover; mi poder era una sombra del suyo.

En cuanto pronuncié esas palabras, la tensión desapareció de los hombros de mi padre. Vaciló.

—Samk...

—No la amo. Sé que es lo que desearías para mí, pero no es así. Mi corazón no canta al verla, ni arrasaría mundos por ella, ni esculpiría las estrellas, ni me alejaría de todos si muriese, como has hecho tú. No siento por ella lo que tú sentías por mi madre. No comparto con ella lo que tienen Logan y Neverra. —Mi padre era capaz de instilar miedo en seres tallados a partir del material de las pesadillas, los dioses temblaban en su presencia y los ejércitos huían en desbandada; pero al oír esas palabras de mi boca se estremeció. Odiaba arremeter así contra él, pero no podía controlarme. Necesitaba que viese, que atendiese a mis razones—. De modo que sí, disfrutamos el uno del otro, pasamos el tiempo juntos cuando no estoy recibiendo uno de tus sermones, o entrenando días y días, o en los dioses sabrán qué batalla olvidada; pero eso es todo. Solo pasamos el tiempo. Entre nosotros no ha habido nada más, ni lo va a haber.

Se le anegaron los ojos de tristeza.

—No tienes amata.

—¿Qué? —En ese momento fue mi corazón el que se rompió.

—Hablé con los hados, porque tus actividades han causado mucha preocupación en el Consejo Supremo.

—¿Qué? —Era la única palabra que me salía.

—El consejo considera tu soltería como algo perjudicial para tu capacidad de gobernar. Así que pedí información a los hados. Dijeron que había nacido alguien, pero que no sobrevivió. Ha muerto, Samkiel. La persona destinada a ser tu amata ha perecido. Y tiene sentido, ya que si tuvieses un igual hay quien intentaría detener esa unión. Tu poder por sí mismo ya es demasiado...

El fragor de mis oídos ahogó el resto de sus palabras. No recordaba sentarme en la tarima, ni que él se hubiese sentado a mi lado. Me sujetó del hombro con fuerza, como anclándome al suelo, mientras mi mundo daba vueltas.

—Lo siento, hijo mío. Pero también podría ser una suerte.

—¿Una suerte? —protesté. ¿Acaso no reparaba en que había extinguido cualquier esperanza que me quedase?

Jugueteó con los anillos de los dedos. Se asemejaban a los míos, pero los de él eran de oro sólido.

—Sí, una suerte. Ellos verán en ti al Rey de los Dioses, mientras que yo no soy más que una cáscara de lo que fui, porque ella ya no está.

Me vinieron lágrimas a los ojos. Sabía lo infrecuente que era que alguien sobreviviese a la muerte de su otra mitad.

—Aunque la idea de tener una amata es gozosa y fantástica, también es una maldición. Por todo ello eres afortunado.

—¿Cómo puedes decir eso?

Apartó la vista, como temeroso de mostrarme toda la extensión de su dolor.

—Es tu auténtica pareja espiritual. En el principio de los tiempos, el Caos nos creó en parejas o en grupos. La marca es una atadura que tira de cada uno hacia el otro. Una vez establecida, supera cualquier dicha, cualquier éxtasis. Hasta lo más difícil ya no lo es tanto. Los días son más luminosos. Todo es mejor porque la otra persona existe; y si se va, el dolor es inconmensurable. Había oído rumores de gente que moría tras fallecer su pareja espiritual, y nunca acabé de creerlos. Pero es cierto. Cuando te son arrancados, no mueres enseguida. Es una muerte lenta, dolorosa. Mueres cada mañana al levantarte, cada día que respiras, que piensas. Te quedas vacío, como una concha de lo que fuiste. Cada día me esfuerzo, y trabajo, y ayudo, y lidero; pero ya no estoy aquí, Samkiel. Parte de mí se fue con ella. De modo que sí, esa marca es cruel y mortífera, y tú, afortunado.

Se levantó con un movimiento fluido; las cadenas y la armadura resonaron en el vacío de la habitación. Al llegar a la puerta se detuvo y habló sin volver la vista:

—Solo deseo tu bien. *Necesitarás alguien que te cuide cuando yo ya no esté. Alguien que siempre esté de tu parte. Si Imogen puede acarrear al menos una parte de tu carga, que así sea.*

Se hizo el silencio.

—¿*Cuándo*?

—*Dentro de varias lunas tengo una reunión informativa. Quizá poco después.* —No dije nada—. *Lo siento, hijo mío* —dijo. Salió y cerró la puerta.

Había hablado de alguien capaz de llevar la carga de la corona, pero yo conocía a Imogen. Aun con toda su fuerza, su talento, no podría. Solo mi igual podría; y ahora que conocía mi destino, el mundo pareció oscurecerse.

La tormenta duró días y días.

El agua se había enfriado y su mordisco gélido me arrancó de los recuerdos. Tragué saliva y cerré el grifo; luego, salí de la ducha. Podía distinguir cada voz de la cofradía. Los humanos buscaban respuestas, ansiosos, y los celestiales hacían lo posible por calmarlos. Debería importarme lo que estuviese pasando. Sin embargo, lo único que oía, en lo único que era capaz de concentrarme, era un único latido, lento y regular, que procedía de una celda ocho pisos más abajo.

Una vez me preguntó si yo tenía amata. Le dije que el universo no había sido amable, cuán cruel podía llegar a ser. Pero, al escucharla en ese momento, allí abajo, sabiendo lo que había cambiado entre nosotros, supe que me equivocaba.

El universo no era cruel. Era brutal.

Invoqué unas ropas y me vestí, listo para aventurarme en los pisos inferiores. Podía darles un respiro a Cameron y Xavier si querían comer o descansar, pero primero tenía que darle el mapa a Vincent.

Crucé el gran salón y las luces parpadearon a mi paso. En la mesa central, los pocos libros que quería devolver a los restos de Rashearim formaban una pila bien ordenada, junto a una delgada tira de fotos grises que colgaban del borde.

El aire se desplazó y yo me giré de inmediato, con la espada invocada y alzada.

—Roccurrem.

—Pido disculpas por lo que está a punto de ocurrir, pero, por favor, hazte cargo de que así es como tiene que suceder. No veo ninguna otra opción.

—¿De qué estás hablando? —quise saber.

De inmediato un dolor cegador me estalló en las sienes y me hizo caer de rodillas. Dos grandes figuras caminaban junto a Roccurrem, con las bocas abiertas como remolinos de vacío.

—No podéis contenerme —masculló con los dientes apretados, tratando de hacer frente al dolor que había invadido mi cráneo.

—Perdóname, Rey Dios, pero te aseguro que es lo mejor para ella.

Intenté ponerme de pie, pero otra punzada de dolor cegador me atravesó el cráneo. Choqué con el suelo unos segundos antes de sumirme en la oscuridad.

XXXIII
KADEN

Los pasillos de Yejedin gimieron mientras caminaba por el largo corredor. Me detuve junto a la barandilla de la galería y miré el pozo de metal fundido que había debajo. Otro gran contenedor volcó su contenido de hierro y el vapor se elevó en oleadas hacia el techo abierto. El líquido espeso burbujeó y salpicó y por fin consumió el hierro. Los irvikuva ocupaban los muros con gran algarabía; saltaban de un repecho a otro y sus garras arrancaban pequeños fragmentos de piedra. Algunos alzaban el vuelo entre chillidos y burlas a los muertos que caminaban en fila de a uno hacia el cráter que había en el centro.

—Has ido a Onuna. Eres incapaz de mantenerte alejado de ella, ¿no es así? —dijo Tobias al reunirse conmigo. Me aferré a la barandilla de obsidiana y observé como arrojaban más hierro al pozo. No era suficiente. Necesitaba más.

—Pronto te va a sobrepasar.

—Lo dudo —dijo, con un resoplido desdeñoso.

Las máquinas chirriaban y gemían mientras daban forma a otro lote de armas.

—Parece que tu plan funcionó. He oído que casi se cae un edificio de la Ciudad de Plata.

—Bien. —Una sonrisa se me insinuó en los labios.

—Si la ha atrapado, la mantendrá con él.

Repiqueteé en la barandilla con los dedos.

—Lo sé. Todo va según el plan.

—¿Es más fácil capturar a ambos a la vez?

—Exacto —asentí. Y eso haría, capturarlos a ambos, aunque tenía planes muy específicos para Dianna.

—Mientras están ocupados iré a por más hierro —dijo Tobias. Desapareció entre las sombras.

Recorrí el pasillo con paso rápido, seguido por los irvikuva. Al final de la sala invoqué un portal y a través de él llegué a una sala de obsidiana. De los muros de piedra sobresalían antorchas que iluminaban un tapiz rojo y dorado que colgaba de la pared del fondo, y que contrastaba con la oscuridad sin paliativos que llenaba aquel extremo de la sala. Bajo el tapiz había un amplio escritorio flanqueado por pilas de cofres. De los otros muros colgaban armas antiguas dispuestas en grupos, como obras de arte. Un tejido, del mismo color que el tapiz, envolvía la tarima que ocupaba el centro de la sala.

Coloqué las manos sobre el lateral de la tarima. En el centro había un brillante estanque negro que vibraba y se agitaba. Me daba acceso a otros mundos y me conectaba con aquellos que estaban más allá de este dominio. Los irvikuva me siguieron y el portal se cerró tras nuestro paso. Se repartieron por la sala y se colgaron de los muros sin dejar de mirar la tarima, expectantes.

—¿Está hecho? —Una voz distorsionada salió del estanque de tinta.

—Casi —dije, e incliné la cabeza.

—La muerte de la hermana ha provocado la fractura que necesitábamos. Me encanta.

Dejé escapar un gruñido grave.

—¿Se mantienen ocupados el uno al otro? ¿La chica y él?

«La chica».

Se me tensaron los músculos de la mandíbula y el poder me envolvió. Los irvikuva reaccionaron con agresividad, gruñendo y arrastrándose hacia mí como si percibiesen una amenaza.

Les enseñé los dientes, pero no presté más atención a su algarabía.

—Sí. Samkiel la sigue como si ella estuviese en celo, pero están enfrentados. Todo vuelve a ir según el plan.

—Mejor. Aunque, a decir verdad, todo esto es culpa tuya. La convertiste y luego decidiste tener sentimientos hacia ella. Te di órdenes estrictas, pero preferiste escuchar a tu polla.

El espejo tembló bajo aquella voz, ni masculina ni femenina pero rebosante de poder puro e implacable.

Mi gruñido grave resonó por toda la sala.

—Controla tu mal genio —rio la voz incorpórea—. Resulta que mantenerla cerca hasta la creación del arma era buena idea. Pero me gustaría que permaneciesen separados un poco más.

—Te dije que era un error. —Tamborileé con los dedos en la tarima—. Yo no lo invoqué para que volviese.

—Se sentirán atraídos el uno hacia el otro como dos imanes. Me sorprende que hayan podido mantenerse alejados tanto tiempo, estando los dos en el mismo dominio. Pero ya sabes que no pueden estar juntos. Si alguna vez van a más...

—No tienes que preocuparte por eso, te lo aseguro.

La voz se hizo más grave, más fría.

—Ya lo dijiste antes; aun así, aquí todos lo percibimos.

—Bueno, he matado a la hermana, como tú querías. Las cosas cambian. Ahora es más ig'morruthen de lo que ha sido jamás. Ya la has visto. Vuelven a estar en bandos opuestos. Ella solo piensa en la venganza. Quiere cazarme y, una vez lo haga, planeo mantenerla aquí hasta que llegue el momento. —Hice una pausa para encontrar un modo de formular la siguiente frase—. Es fuerte, mi rey. Quizá podríamos usarla para lo que se avecina.

El espejo quedó liso.

—Kaden, no me estarás proponiendo que te deje quedártela de forma permanente, ¿verdad?

—Solo digo que...

—El ritual acaba con ella. Ya sabes cuál es el desenlace. No hay otra forma de abrir los dominios. ¿Quieres follarte un cadáver por toda la eternidad?

—¿Y si hubiese una escapatoria?

Otra pausa.

—¿Vas a hacer que Haldnunen la reanime? ¿Para ti?

—No. Puedo hacer que el ritual solo se lleve una parte de ella y que el resto permanezca. Sería otra ig'morruthen para dar apoyo a tu reinado. Piénsalo bien, piensa en lo que ella es. Mi poder le corre por las venas, por todo su ser. Sería como si tuvieses a dos de nosotros. Más poder para nuestras filas.

El espejo de obsidiana se quedó inmóvil, con una ligera vibración.

—Hummm. ¿Y crees que te hará caso, después de que hayas matado a su hermana?

—Lo hará cuando sepa la verdad. —Me encogí de hombros—. Además, los sentimientos pueden cambiar tras unos cuantos cientos de años. Y si no hace caso, podemos mantenerla encerrada hasta que entre en razón.

Otro largo silencio. Me mordisqueé el borde del labio. Los irvikuva sentían mi nerviosismo e intercambiaban aullidos en lo alto.

—Me gustaría disponer de más armas para enfrentarme a los que intenten rebelarse. Dada su naturaleza, resulta una idea prometedora. —La voz se suavizó; ahora se notaba más reflexiva. La esperanza se abrió paso en mi pecho.

—Se hará. Lo juro.

—Muy bien. Si tienes éxito en abrir los dominios, puedes quedarte a tu mascota.

La sensación de triunfo me embargó y me arrancó una sonrisa.

—Y ahora… —El estanque se onduló—. ¿Tengo a mi hechicero?

Me rasqué detrás de la oreja y miré de soslayo. Joder. No podía mentir. Si volvía y descubría la verdad sería mucho peor.

—Santiago ya no está entre nosotros.

Se hizo el silencio. Tragué saliva, inquieto. El material oscuro se cubrió de escarcha. Tensé los hombros, preparado para un ataque de ira, pero en vez de eso se formó una pequeña ondulación y la voz se filtró de forma intermitente.

—Si era tan fácil de matar, no me servía de nada. ¿Y la otra?

Me relajé y abrí los dedos que se aferraban al borde de la tarima. Sopesé la pregunta. ¿La otra? Rebusqué en mi mente y por fin se hizo la luz.

—¿Camilla?

—Sí —ronroneó la voz—, Camilla. Tráeme a esa.

—Como desees.

Sabía muy bien cómo conseguir a Camilla. Solo tenía que medir bien los tiempos. Me pasé la mano por la mandíbula y asentí. Me sentía muy satisfecho de esta conversación, sobre todo comparada con la anterior. Quizá la emisión había sido lo que necesitaba la Orden para ver que lo tenía todo bajo control. La muerte de Alistair había cortado en seco algunos planes y había insuflado miedo a quienes no solían tenerlo.

Mis dedos tamborilearon un ritmo sobre la tarima.

—¿Dónde está Isaiah? —pregunté.

—Volverá pronto. Lo tengo ocupado con un problema menor.

—¿Un problema? ¿Tiene que ver con el Ojo?

—No te preocupes. Mantente centrado en tu tarea, que es abrir los dominios. El Ojo es irrelevante si no se abren.

—Por supuesto, mi rey. —Sonreí.

—Otra cosa, Kaden. —Esperé—. No me vuelvas a fallar. No vamos a esperar mil años más. Si tengo que abrir los dominios a la fuerza con mis propias manos, el resultado no te gustará. ¿Me explico?

—Yo también te echo de menos.

Una risita se coló por la conexión.

—Nos veremos pronto.

El espejo se sacudió y luego se quedó liso e inmóvil. Me aparté de la tarima de un empujón y abrí un portal. Comparada con la sala de obsidiana, la habitación a la que crucé era casi una agresión visual. Me costó varios minutos ajustar los ojos a la riqueza de colores. Me senté en la silla de huesos retorcidos y apoyé los pies sobre la mesa con garras esculpidas. Una monedita centelleaba en el escritorio. Me incliné para cogerla e hice girar entre los dedos el metal de relieves desgastados.

—No tanto. Lo vas a matar, y no queremos dejar un rastro de cadáveres.

—Lo conseguí. Es la primera vez que me alimento y no mato a alguien por accidente —casi gritó Dianna.

No podía dejar de mirarle el cabello, negro como la tinta y que le caía sobre los hombros formando una cascada de ondas brillantes. Acunaba en los brazos a un hombre y los colmillos le goteaban sangre.

Se fijó en que la estaba mirando y se puso seria de repente.

—¿Qué pasa? ¿Tengo sangre en el pelo?

—En absoluto.

No sentí la oscuridad inminente que solía acechar bajo mi piel. Dianna había ingerido tanta sangre que la bestia debería haberse hecho con el control, pero la otra parte de ella se resistía con terquedad. Sabía que estaba acumulando demasiado poder, incluso teniendo en cuenta su linaje. Sabía que, tarde o temprano, tomaría las riendas y la destruiría desde el interior. Parte de mí lo temía, y eso que llevaba un milenio sin sentir miedo. Se agachó con una sonrisa y alzó al hombre caído. Mantuve las manos a la espalda. Tenía que aprender y hacerse más fuerte, sobre todo si me la iba a quedar.

Ayudó al hombre a mantenerse de pie. La había seguido por su propia voluntad, seducido por su belleza y su encanto. Incluso ahora, que apenas se mantenía de pie y se tapaba con la mano las perforaciones del cuello, la miraba con expresión embelesada. Se quejó e inclinó la cabeza a un lado.

—La compulsión funciona, si te concentras lo suficiente. No puedes modificar su voluntad, pero puedes convencerlos de que están a salvo y todo va bien. Es como sugestionarlos.

Me sonrió. El viento agitaba las capas del largo vestido y el abrigo ondulaba en torno a ella como un manto oscuro. «Una diosa», pensé. Era una diosa oscura y yo la había creado. No debería excitarme tanto, pero tenía un efecto sobre mí que incluso empezaba a preocupar a Tobias y Alistair.

—Estás bien —le dijo para obligarlo a centrar su atención en ella. El re-

flejo carmesí de sus pupilas brillaba de forma hipnótica—. Te has resbalado y te has caído. Estabas solo y te asustaste y has vuelto a entrar corriendo. Eso es todo.

—Me... Me he caído. Soy así de torpe. —Dianna lo soltó y el hombre sonrió. Trastabilló y pasó a mi lado a toda prisa; todavía se apretaba la herida del cuello. Me ajusté la gorra plana pero no tuve tiempo de felicitarla antes de que nuestros labios chocasen. Fue un beso enérgico pero casto. Me estrujó entre los brazos, lo que me arrancó un gruñido. Aún no se había dado cuenta de lo fuerte que era.

—¡Lo conseguí! —exclamó con una sonrisa deslumbrante.

Tardé un momento en recordar de qué estaba hablando. Me lo hacía una y otra vez: se colaba por barreras que nadie más había conseguido atravesar.

—Sí, lo has conseguido. —Me di cuenta de que estaba sonriendo y eso me sorprendió. ¿Cuándo había sonreído por última vez? Desde luego, mucho antes de que me encerrasen en el pozo—. Ahora podrás alimentarte sin dejar un rastro de cadáveres.

Asintió y miró de reojo al hombre que se había dado a la fuga.

—Me gusta cómo me hace sentir —susurró.

—¿Alimentarte? —le pregunté, con las manos sobre sus caderas.

—Sí. Creí que lo iba a detestar, pero si puedo controlarlo... —Se estremeció—. Es excitante.

Le alcé la barbilla.

—Necesitas practicar más. Debes tener cuidado y no excederte. De donde yo vengo, un solo ig'morruthen podía destruir una ciudad entera si se dejaba arrastrar por el deseo de sangre.

—¿Deseo? —casi ronroneó, con las manos sobre mi pecho—. Sí, eso también lo siento. ¿Es habitual?

—Mucho.

—Supongo que entonces necesito más práctica.

Los ojos le ardían de color rubí. Se puso de puntillas, con la mano en mi nuca, para posar los labios sobre los míos. La rodeé con los brazos y metí una mano en su mata de pelo. Nuestros labios se unieron y cerré los dedos sobre sus cabellos para sujetarla mientras me besaba. Me deslicé al intersticio, para poseerla mientras me fuese posible. Era consciente de que no podría retenerla, pero, malditos fuesen los viejos dioses, desde luego lo iba a intentar.

Volvimos a la pequeña fortaleza de la isla recién surgida de las aguas. Nos adentramos en el edificio en ruinas que considerábamos nuestro hogar. Tiró al aire una moneda; el olor de la sangre se sobrepuso al del metal. Me sonrió y me la lanzó.

—¿Qué es esto?

—Un recuerdo de esta noche. —Se encogió de hombros—. Para que no se nos olvide.

—¿Por qué?

—En mi tierra se suelen regalar cosas a la gente que te importa. Tú me has ayudado y me sigues ayudando. Así que, gracias.

Cerré los dedos con fuerza sobre la moneda. Sentí el roce de alguna emoción y la bestia de mi interior vibró. Se había despertado alguna emoción que ya no era capaz de reconocer y que tenía un efecto balsámico sobre una parte de mí que llevaba mucho tiempo rota.

Alargué la mano y le acaricié la piel sedosa de la mejilla.

—De acuerdo.

Me besó la palma con una mirada cálida.

—Voy a lavarme.

Desapareció en el pequeño cuarto de baño. Abrí los dedos y contemplé la moneda.

Sentí que, muy cerca de mí, la oscuridad se desgarraba.

—¿Qué estás haciendo? —Alistair me miró las manos.

—¿A qué te refieres?

—Hueles como ella.

—Eso es porque me la he follado en un callejón. ¿Qué tiene de malo?

—Ya sabes a lo que me refiero.

Tobias apareció a mi lado y trajo consigo el hedor de la muerte.

—Te has encaprichado de ella —se burló.

—Es una chica atractiva, sí.

—No es tuya —insistió Tobias.

La rabia me removió las tripas. Me guardé la moneda en el bolsillo.

—Yo la hice. Es mía.

—La cosa no funciona así. No puedes quedártela. Ese no es el plan ni lo ha sido nunca. La has cambiado. Es diferente. ¿Cuánto tiempo vas a estar por ahí desfilando con ella, como ahora? Como si estar aquí atascados no tuviese nada que ver con abrir los dominios y volver a casa —saltó Tobias.

La realidad se impuso y la rabia cedió. Alistair se cruzó de brazos en silencio.

—Ya lo sé —gruñí, con un esfuerzo para no sonar a la defensiva.

—Si descubren que prefieres tener las manos bajo su falda en vez de buscar ese maldito libro, querrás haber pensado con la otra cabeza.

Se me encendieron los ojos. Agarré a Tobias por la pechera y lo levanté hasta que nuestras caras estuvieron separadas por centímetros.

—¿Qué te hace suponer que tienes algún tipo de poder sobre mí? Soy tu rey. Que tengas una corona no significa nada para mí. La única razón por la que estáis ambos aquí es por mí. Tenéis un trabajo, una misión, gracias a mí. De no ser por mí aún estaríais acurrucados en el Pozo. No olvidéis quién y qué soy.

Como todos los Reyes de Yejedin, Tobias no soportaba que lo superasen en rango, pero era una verdad que no le quedaba más remedio que aceptar.

—No lo hemos hecho —contestó. El esfuerzo por contener la ira hacía que la voz sonase una octava más grave—. Pero, al parecer, tú sí.

Lo deposité en el suelo y le alisé la camisa; luego le di una palmada en el hombro, lo bastante fuerte para sacudirlo.

—Tiene razón —insistió Alistair—. Ella está aquí por un motivo. Todos lo sabemos. Has hecho una ig'morruthen, así que úsala. Rómpela, prívala de cariño y entrénala para que mate como en los viejos tiempos. Ese es el puñetero objetivo. No transformarla en un chucho callejero enamorado de su dueño. Dale uso. Conviértela en un arma para que podamos matarlo y largarnos de una puta vez a casa.

Les clavé la mirada hasta que ambos apartaron la vista y se marcharon. Me metí la mano en el bolsillo, saqué la moneda y me quedé mirando las sombras de la sala sumida en la penumbra. Lo que habían dicho era la verdad, pura y simple. Por primera vez desde que llegué a este maldito dominio me estaba distrayendo. Conocía mi propósito, lo que se suponía que tenía que *hacer. Me estaban esperando, contaban conmigo para abrir los dominios. ¿Qué estaba haciendo?*

Esa mujer y su sonrisa despertaban una parte de mí que ni sabía que existía. El menor contacto, la menor caricia o mirada, encendían una chispa en mi pecho. Apreté los puños hasta que las uñas se me clavaron en las palmas y la sangre goteó y manchó el suelo. Tobias se había propasado, pero tenía razón. Dianna no era mía. No podía quedármela. Su presencia tenía un propósito, y yo la estaba cagando.

Abrí la mano y las heridas empezaron a cerrarse de inmediato. La moneda manchada de sangre me devolvió la mirada. Yo era lo que él me había hecho, y era hora de recodárselo a todos.

Las semanas dejaron paso a los meses, que se transformaron en años de odio amargo, crueldad y distanciamiento. Las sonrisas se desvanecieron, las risas se apagaron y Novas creció. Las cosas cambiaron, pero en realidad todo siguió igual hasta aquella noche. Fue entonces cuando terminó de verdad.

—Sabes, recuerdo la noche que quebré su espíritu, cuando todo cambió —dije, sin dejar de dar golpecitos con la moneda sobre la mesa. La alta figura que se vislumbraba en la puerta esperó a que continuase—. Recuerdo haber oído sus pasos, y la voz que me llamaba. Quería hablar, como siempre, de algo que le importaba mucho. Incluso con la sed de sangre, no había dejado de ser aquella chica luminosa, iridiscente, llena de vida. Y yo tenía que quebrarla. Y lo hice. Le dije que pasase, y recuerdo que entró en la habitación y se quedó inmóvil. Nunca olvidaré la expresión de su rostro. Yo tenía a una mujer entre las piernas y le sujetaba el pelo con la mano mientras me satisfacía. Dianna palideció, pero no fue solo eso. Una parte de ella, radiante y preciosa, se marchitó. En aquel momento pensé que era lo mejor. Ambos necesitábamos un recordatorio de la crueldad del mundo en el que vivíamos y de que no podíamos confiar en nadie excepto en nosotros mismos.

Otro golpecito de la moneda contra el borde de la mesa.

Se fue corriendo. Aparté a la mujer de un empujón y salí tras ella sin mo-

lestarme en abrocharme los pantalones. La agarré del brazo y la obligué a mirarme. Tenía los ojos anegados de lágrimas, que le corrían por las mejillas. La gota que colmó el vaso, quizá.

—¿A dónde crees que vas?

—¡Cómo has podido...! —Intentó soltarse, sin éxito.

—Creo que es hora de que establezcamos unas normas, ¿no te parece? No puedes marcharte. No soy tu novio, o lo que sea que te hayas imaginado.

—Suéltame —gruñó con los dientes apretados—. Me voy.

—No, no te vas. Ya conoces las reglas. Trabajas para mí, ¿recuerdas?

—¿Trabajo para ti? Kaden, ¿por qué dices eso?

—Porque yo te hice, y creo que has olvidado cuál es tu lugar.

—¿Mi lugar? —Sacudió la cabeza y arrugó el rostro; las lágrimas le corrieron por las mejillas—. Yo creí que...

—Te equivocaste. Para mí no eres más que un arma. Siempre lo has sido. Y si quieres que tu querida hermana siga respirando, harás lo que yo diga y cuando yo diga. ¿Te ha quedado claro?

El dolor se le reflejó en los ojos. Respiraba con dificultad.

—¿Y tú te vas a follar a quien quieras y me vas a tratar como si fuese una mierda? Desde luego que no.

La sujeté del mentón.

—Me perteneces, pero bajo ningún concepto te pertenezco yo a ti. ¿Ha quedado claro? —No respondió, así que apreté con más fuerza—. ¿Ha quedado claro?

—Como el agua —asintió, con el cuerpo rígido. La solté y la aparté de un empujón, con más fuerza de la necesaria, pero tenía que hacerlo. Tenía que poner distancia entre nosotros de todas las formas posibles. Se frotó la mandíbula magullada como si quisiera borrar la huella de mi contacto. Me lanzó una última mirada de reojo, y se marchó.

La realidad volvió de repente y me arrancó de aquel recuerdo.

—Después de aquella noche, todo fue distinto. Nada de monedas de regalo, sonrisas tiernas, ni risas compartidas. Los salones de la caverna se volvieron tan fríos como la piedra que los conformaba. Ya solo era un arma, mi arma. Y el resto es historia. —Hice girar la moneda sobre la mesa y la observé mientras daba vueltas—. El rey me va a permitir quedármela y eso lo cambia todo. Conseguiré que vuelva a quererme; borraré la huella de lo que hice. Será más fácil cuando Samkiel desaparezca para siempre. Me aseguraré de ello.

Me puse de pie, me guardé la moneda en el bolsillo y rodeé la amplia mesa de obsidiana.

—Solo tenemos que hacerle unos retoques a ese hechizo para que funcione. ¿No estás de acuerdo, Azrael?

El temido Celestial de la Muerte tenía la mirada perdida y los brazos a la espalda. Al salir de la habitación le di una palmadita en el hombro.

XXXIV
LOGAN

—¿De verdad te estás quedando amodorrado? —La voz de Vincent me despertó con un sobresalto.

Los ventanales del edificio de la Cofradía dejaban pasar hasta el último rayo de luna, lo que sumía la sala en un resplandor plateado. Los cambios horarios me estaban jodiendo vivo. Íbamos de ciudad en ciudad a la caza de pistas y, cuando no estábamos con eso, me pasaba las noches buscando a Neverra. La captura de Dianna me había reavivado una llamita de esperanza en el pecho. Quizá ahora podríamos encontrar a Nev.

La marca del dedo seguía en su sitio, pero no podía dejar de comprobarlo a cada momento. Era la prueba de que seguía viva. A decir verdad, era lo único que me permitía seguir adelante.

Me froté los ojos. Nos hallábamos en un gran salón de conferencias, con archivos, libros y pergaminos desparramados sobre la mesa. Estaba cansado de leer y de investigar en busca de los dioses sabían qué. Estiré las piernas poco a poco y la silla crujió.

—Aquí hacen falta muebles más cómodos —dije.

—Bueno, Logan, no todo el mundo mide más de dos metros. —La mueca de burla de Vincent resaltó una leve arruga en la mejilla. En otras personas eso sería una señal de su edad. Vincent parecía estar en la treintena, aunque en realidad se acercaba más a los dos mil años. Se había recogido el pelo en una coleta, pero unos cuantos mechones sedosos le caían sobre la cara. Vincent se negaba a cortárselo; quería mantener la apariencia que tenía en Rashearim, mientras que yo prefería pasar tan desapercibido como fuese posible.

—Me troncho. —Al mirar alrededor me di cuenta de que ya solo quedábamos nosotros dos—. ¿Cuánto rato he dormido?

—Te he despertado cuando has empezado a manchar de babas los textos antiguos.

Le dediqué una peineta.

—¿Dónde están los demás?

—Imogen sigue en el consejo. Samkiel acaba de volver de reconstruir una ciudad y se está duchando. —Vincent se apartó el pelo de la cara; el aspecto desaliñado era una muestra del estrés que acumulaba. Luego siguió, con una mirada penetrante y una expresión desaprobadora—: Cameron y Xavier están haciendo de niñeras.

Asentí y me froté el pelo. Llevaba un corte en degradado recién hecho; Samkiel me había obligado a ir a la peluquería. Era curioso ver cómo habían cambiado las tornas; ahora me vigilaba a mí y se aseguraba de que no me cayese a pedazos, cuando todos sabíamos que era él quien pendía de un hilo.

Vincent abrió otro libro; se movía con brusquedad.

—¿Por qué están abajo con esa cosa? ¿Sabemos a ciencia cierta que es seguro?

—¿Por qué hablas así de ella? —le pregunté, de brazos cruzados.

Vincent soltó un resoplido.

—¿Y por qué no lo hacéis vosotros? ¿Por qué aceptáis tan tranquilos que se comporte así con ella, o ya puestos, que siga viva después de todo lo que ha hecho? Atacó a nuestros hermanos y nos robó. Me da la impresión de que los únicos que piensan ahora con claridad son los miembros del consejo. Hay que ejecutarla.

Su voz destilaba veneno y no me cupo duda de que estaba hablando en serio.

—Dianna no es Nismera.

Tensó los hombros, pero no apartó la atención del libro.

—No hay tanta diferencia.

Sabía que no querría hablar de la diosa que lo había creado y que había abusado de él de formas que aún era incapaz de contarnos; pero también sabía que era eso lo que lo reconcomía. Veía poder y maldad en Dianna y eso lo retrotraía al pasado, al tiempo que había pasado con la zorra de Nismera.

—Tampoco puedes culparla por lo que te pasó a ti.

—¿Quieres hacer el favor de callarte? No la estoy culpando de eso.

—Sí que lo haces, Vincent.

Negó con la cabeza y se mordisqueó la comisura del labio. Su irritación iba en aumento.

—¿De verdad puedes mirarla, ver lo que hace, y no sentir miedo? ¿Por ti y por los demás?

—Sí —dije, con total sinceridad.

—Dioses, si no te viese la marca del dedo creería que tú también te has encoñado de ella.

—¿Sabes por qué puedo mirarla a la cara y no temerla?

—Sorpréndeme —dijo, con gesto de cansancio.

—Por su hermana. —Me acomodé en la silla y me crucé de brazos—. Neverra y yo vivimos con ella varios meses mientras ellos estaban por ahí buscando el libro. Gabby nos contó historias, nos enseñó fotos. Se le iluminaban los ojos al hablar de Dianna y de las aventuras que habían corrido juntas. Había sido mortal, pero el cambio fue solo físico, no emocional; no afectó a su corazón, ni a su alma. Gabriella la amaba con todo su ser. Dianna habría dado la vida por su hermana y la muerte de Gabby la destrozó. —Vincent suspiró y tableteó con los dedos en el libro que sostenía—. ¿Qué crees que pasaría si yo perdiese a Neverra? ¿Si fuese una pérdida definitiva? ¿Acaso crees que me lamentaría, que lloraría todos los días hasta dormirme? ¿O que cazaría hasta la última persona responsable y los haría pagar, y que sufriesen como yo?

—Eso es diferente.

—No, no lo es. Es una forma distinta de expresar el amor, pero, en el fondo, sigue siendo amor. El dolor no es nada más y nada menos que el resultado del amor, Vincent. Gabriella era la única familia que le quedaba y él la mató. ¿Cómo te sentirías tú si muriésemos todos nosotros? ¿Si te quedases solo? —No respondió, solo contempló el libro que había frente a él mientras yo esperaba que dijese algo—. Dime. —Di unos golpecitos con el pie y enarqué una ceja. Levantó los ojos para mirarme—. ¿Qué harías si Nismera nos hubiese capturado a todos?

—No podría. La mataría antes. Y si no pudiera detenerla, haría todo lo que estuviese en mi mano para recuperaros.

—¿Y sabes por qué? —pregunté. Vincent negó con la cabeza—. Porque nos amas.

—Supongo —aceptó con un encogimiento de hombros.

Cerré el libro que tenía enfrente y me puse de pie.

—¿Tienes hambre? Podemos comer cualquier cosa, traerles algo a los demás y luego recogernos por hoy.

Él también se levantó, deseoso de cambiar de tema y de descansar de la investigación.

—Sí.

Me reí y esperé a que rodease la mesa. Luego le di un apretón en el hombro. La comida siempre le mejoraba el humor.

—¿Qué te apetece hoy?

Nos volvimos hacia la puerta y nos quedamos inmóviles.

Había dos seres en el umbral con las bocas abiertas, como oquedades carentes de labios. Respiraron hondo, y todo se volvió negro.

XXXV
DIANNA

Cameron se dio un golpecito en la muñeca para lanzar un cacahuete volando hacia el otro extremo de la sala. Xavier se inclinó hacia atrás para intentar cazarlo al vuelo con la boca. Mis guardias, esos guerreros terroríficos de la antigüedad, se tiraban chucherías el uno al otro como si fuesen adolescentes. Puse los ojos en blanco procurando no cambiar de postura; las cadenas se me clavaban en las muñecas y era muy incómodo.

—Tío, van cinco de cinco —celebró Xavier, contento.

Cameron resopló y se comió los cacahuetes que tenía en la mano. Xavier se echó a reír. Llevaban armadura nueva, de un material oscuro que no reconocí. Las gorgueras les protegían el cuello y tenían armas por todas partes. Muy inteligente.

—¿Tienes hambre? —me preguntó Cameron mientras metía la mano en la bolsa que sostenía Xavier.

—Me muero de hambre, pero no como eso —dije, con voz entrecortada. Sonreí con los caninos a la vista. Las cadenas me agotaban más de lo que me esperaba, y cada vez que me movía se clavaban más.

—Ah, ¿sí? ¿Y de qué tienes hambre? ¿De Samkiel? —preguntó Xavier.

Cameron sonrió, burlón, y le dio un empujón a Xavier en el hombro.

—Sí, todo aquel numerito era sexy, no voy a negarlo. Pero dudo mucho de que se acostase contigo delante de nadie. Es mucho más posesivo contigo que con cualquiera de sus amantes anteriores.

—Cierto —dijo Xavier.

Se me escapó una sonrisa de circunstancias y se rieron. Estaba claro que querían provocarme. Estupendo, yo también podía jugar a ese juego, pero se me daba mucho mejor que a ellos.

—¿Sabéis lo que no pillo? —pregunté—. A vosotros dos.

Dejaron de reírse y me miraron con idénticas expresiones de perplejidad.

—¿Nosotros? —dijo Cameron con una sonrisa burlona—. ¿Qué pasa con nosotros?

—¿Nunca os cansáis de fingir que no estáis interesados el uno en el otro? —La sonrisa de Cameron se desvaneció, y a Xavier parecía que le hubiese dado un puñetazo en el estómago. Se detuvo a medio masticar y desvió los ojos hacia Cameron; fue un gesto rápido y furtivo—. A ver, a Samkiel y a los otros no les va a molestar que por fin deis salida a toda esa tensión sexual reprimida —los pinché.

Cameron se rio y agitó la cabeza en un gesto de incredulidad.

—¿En serio? ¿Tu plan es provocarnos con algo que ni siquiera es cierto? Xavier es mi amigo más antiguo, y además tiene novio.

—Oh, tiene novio —me burlé, sin poder contener la risa—. Lo siento, tienes toda la razón. No hay nada que hacer; prohibido por completo.

Cameron se acercó con las manos en los costados del chaleco.

—No intentes proyectar sobre nosotros la tensión que hay entre Samkiel y tú —dijo. Miró a Xavier por encima del hombro, y este sonrió y asintió, pero noté su nerviosismo. Le vi la emoción en los ojos, capté el deseo y la necesidad, y supe que había dado en el blanco. Cameron, sin embargo, o no era consciente en absoluto, o se engañaba a sí mismo, incapaz de aceptarlo. Supuse que se trataba de lo segundo.

—Claro, solo amigos. —Me columpié sobre los talones y los miré a ambos con una sonrisa burlona—. Samkiel y yo dijimos lo mismo, y fíjate, le hice una mamada.

La expresión de Cameron se transformó en irritación y la mueca de burla desapareció.

—Lo que dices no nos afecta.

—¿Estás seguro? Yo diría que al menos a uno, sí. —Me encogí de hombros y desvié los ojos hacia Xavier, que se mantuvo callado.

Ambos me miraron con idéntica expresión de desconcierto. Tras ellos se solidificaron dos devoradores de sueños. Los guerreros los percibieron, pero cuando se volvieron para enfrentarse a la amenaza ya era demasiado tarde. Las bocas de los devoradores de sueños se abrieron de par en par y absorbieron algo que surgía de Xavier y Cameron, como filamentos finos. Apenas un par de segundos después ambos cayeron al suelo, inconscientes.

Reggie apareció tras la esquina con los brazos a la espalda. Los devoradores de sueños se apartaron para dejarlo pasar sobre los cuerpos dormidos de Xavier y Cameron. Reggie cogió la mano de Cameron y la colocó sobre un sensor que había junto a la puerta. Las barras se disolvieron. Lo soltó y entró en la celda. Llevaba una llave que reconocí. Me pregunté cómo se la habría quitado a Samkiel. Me liberó las muñecas primero una y luego la otra; la sensación de recuperar mis fuerzas fue un subidón de euforia. Las cadenas cayeron al suelo en un montón desordenado. Me froté los brazos para aliviar el dolor que casi me llegaba al hueso.

—Los demás también están dormidos —dijo Reggie.

—Llegas tarde y me muero de hambre.

—Te pido disculpas. —Señaló a los devoradores de sueños con la barbilla—. Dadas tus actividades recientes me ha costado encontrarlos, pero te debían un favor.

—Ya no importa, da igual. El mapa ha sido destruido. —Me soplé un mechón rebelde que me caía sobre la cara.

—No es cierto.

—¿Qué?

—Te lo mostraré.

Ladeé la cabeza, pero no dudé de su afirmación. Si había la más mínima oportunidad de que el mapa aún existiese, la aprovecharía. Salí de la celda, pasé sobre los cuerpos dormidos y seguí a Reggie. Los dos devoradores de sueños, con los ojos en blanco y las manos extendidas, flotaban sobre los celestiales. Cameron y Xavier, sumidos en aquel trance similar al sueño, se agitaron inquietos; unos tenues filamentos mágicos se les hundían en la cabeza.

—¿Cuántos baku ha traído? —quise saber.

—A todos.

Una sonrisa pausada me retorció los labios. Si habían venido todos, no quedaría un alma despierta en todo el edificio y nadie se daría cuenta de mi huida.

La puerta del ascensor se abrió al llegar al piso superior; me detuve un instante antes de salir. La sala estaba hecha un desastre, como si Samkiel volviese a tener problemas para controlarse. Había visto muchas situaciones similares en los ensueños de sangre. A juzgar por las apariencias, lo había intentado arreglar varias veces lo mejor que había podido.

—Como puedes ver, a duras penas mantiene el control.

Ahogué una punzada de culpabilidad.

—Me da igual.

Varias emociones fugaces asomaron al rostro de Reggie. ¿Pesar, algo más? Me encogí de hombros y rodeé el enorme sofá. La mesa estaba cubierta de pilas de libros y otros objetos. Rebusqué entre los textos y el desorden. Reggie decía que Samkiel había restaurado el mapa y no me cabía duda de que lo mantendría consigo hasta que pudiese asegurarse de que estaba fuera de mi alcance. Tiré un libro a mis espaldas, luego otro, sin hacer caso del ruido que hacían al chocar con el suelo. Reggie me miró y esperó. Al pasar la mano sobre un tomo bastante voluminoso me llevé una sorpresa.

—¿Por qué guarda esto? —Agarré la tira de fotos en blanco y negro, y contemplé las imágenes.

—Creo que ya sabes por qué.

Eran las putas fotos del fotomatón. El recuerdo trajo consigo una punzada de dolor en el pecho.

—*Se te da fatal pasar desapercibido* —le dije, y me metí más algodón de azúcar en la boca. Samkiel me lanzó una mirada penetrante. Empezaba a sospechar que era su expresión por omisión—. *¿Sabes que la gente viene a las ferias a pasárselo bien?*

—Esto no es divertido. Es ruidoso, desagradable y masificado. ¿Por qué haces ese gesto con las manos?

Estaba abriendo y cerrando los dedos para imitar su parloteo incesante sobre todo lo que le molestaba.

—*No es nada, solo me burlo de tus quejas continuas. Oye, mira, sé que esto no es como los juegos de beber salvajes ni las orgías que os montabais en Rashearim, pero al menos podrías poner algo de tu parte por divertirte.*

Si hubiese apretado los puños un poco más, le habría reventado una arteria.

—Y que yo me divierta, ¿cómo va a contribuir a que tu conocido llegue antes?

—*No ayudará* —acepté—, *pero me hará feliz.*

Vi un destello en sus ojos, pero no lo conocía lo bastante bien como para saber qué significaba. Unas risas cercanas me llamaron la atención, una pareja que salía de un fotomatón y se entretenía comentando la tira de fotos que había escupido la máquina; luego señalaron una atracción bastante grande y se marcharon a toda prisa. Sonreí. La mirada de Samkiel siguió la mía.

—Eso me preocupa —dijo, en referencia a mi sonrisa burlona—. Significa que has tenido alguna idea y que lo más probable es que no me guste.

Sonreí de oreja a oreja. Samkiel abrió la boca para decir algo, pero no le di tiempo a protestar. Lo agarré de la muñeca y tiré de él. Esperaba que se resistiese, pero no lo hizo. Lo solté enfrente del fotomatón.

Lo estudió con gestos suspicaz.

—¿Qué es este dispositivo?

Solté una risotada y luego inserté unas monedas que, ejem, quizá hubiese robado.

—Ya lo verás.

Intentó protestar, pero lo metí dentro de un empujón y cerré la cortina en cuanto estuvimos los dos en el interior. Me di la vuelta y casi choqué con su pecho. Okey, no había tenido en cuenta su tamaño, lo pequeño que era aquel espacio, y que íbamos a estar uno encima del otro. Era casi un gigante, por lo que estábamos muy apretados. Una ola de calor me recorrió el cuerpo y me ruboricé. ¿Qué cojones...?

—Eres muy hostil.

—Perdón —resoplé—. Quería que entrases antes de que pudieras buscar una excusa.

Bajó la mirada hacia mí y el corazón me dio un vuelco. Sí, lo tenía demasiado cerca.

—¿Y ahora qué pasa?

—Bueno, lo primero... —Le metí los dedos en el cabello y se lo alboroté; era tan suave... Samkiel frunció el ceño.

Me reí. El flash se disparó mientras bajaba el brazo y nos pilló a ambos por sorpresa. Samkiel dio un salto y casi le dio un cabezazo al techo de la cabina. Me reí tanto que casi se me cayó el algodón de azúcar. Otro flash. Samkiel se volvió a buscar la fuente de luz. Le vibraba un anillo, como si estuviese a punto de desenfundar un arma y luchar con la máquina.

Puse la mano sobre la suya y tapé los anillos. Miró nuestras manos juntas y luego a mí.

—No pasa nada, te lo prometo. Es inofensivo. Solo nos saca fotos —expliqué, para que se calmase.

—¿Fotos? —El flash se disparó de nuevo y yo sonreí con más ganas aún. Él parecía aterrorizado.

—Sí. Mira, así. —Aparté la mano de la suya y la llevé hacia su cara. Por poco da un respingo, pero me miró de reojo y se contuvo.

Le sujeté el mentón con suavidad y tiré para que acercase la cara a la cámara, justo en el momento que se disparaba de nuevo el flash. No sé si fue por el consumo de azúcar o porque el gran y poderoso Destructor de Mundos tuviese miedo de un fotomatón, pero me reí como no me había reído desde hacía mucho tiempo, quizá siglos. La máquina nos hizo dos fotos más antes de volver a su brillo mortecino habitual. Me metí más algodón de azúcar en la boca y me fijé en que me estaba mirando.

—¿Qué pasa?

Meneó la cabeza como si quisiera sacudirse el aturdimiento.

—Nada. Es que no te había oído reír hasta ahora.

Me encogí de hombros; luego me arreglé el pelo y salí del fotomatón. Samkiel me siguió.

—Lo siento, pero es que era muy gracioso.

—No te disculpes —dijo. Cogí las fotos que salían por la ranura del aparato—. Es un sonido placentero.

—¿Mi risa? —Resoplé y levanté las fotografías—. Sí, claro.

No dijo nada, solo se inclinó sobre mí para ver las imágenes.

—¿Y ahora qué?

Le puse la tira de fotos en un bolsillo de la chaqueta. Se mantuvo inmóvil, pero había una pregunta en sus ojos.

—Para que las guardes. Así, cuando vuelvas a tu torre de plata, con tus diosas relucientes y tu ejército celestial, podrás recordar que, mientras estabas en Onuna, te hiciste amigo de una ig'morruthen malvada y perversa.

Le sonreí y mordí el algodón de azúcar. Samkiel guardó silencio, pero enseguida un grito procedente de alguna atracción lo sobresaltó y lo puso en alerta.

—Ya veo. —Se ajustó la chaqueta y respiró hondo. Luego asintió con la cabeza—. ¿Qué otras torturas quieres mostrarme en este lugar?

Mi sonrisa fue tan malévola que, a juzgar por la manera en que agitó la cabeza, supe que era consciente de que había cometido un error.

—¿Qué opinas de los autos de choque?

—¿Te encuentras bien? —La voz de Reggie me sacó de los recuerdos y me devolvió al mundo real. Me sequé las lágrimas de los ojos y la humedad de las mejillas mientras intentaba aplacar las emociones que estaba sintiendo.

Y un candado en una puerta en una casa se estremeció.

—De fábula.

Mi poder se encendió y las llamas consumieron las fotografías.

Nuestras imágenes sonrientes se oscurecieron y se convirtieron en cenizas. Me limpié las manos y las partículas chamuscadas cayeron al suelo. Sentía la mirada de Reggie posarse sobre mí, pero hice caso omiso y continué con la búsqueda. El mapa estaba en la mesa, bajo el libro del que había sacado las fotografías; casi como si lo hubiese puesto allí para mí. Lo cogí y me lo guardé en el bolsillo trasero. Me pasé otra vez la manga por la cara. Reggie no dijo nada.

—Necesito mi anillo.

—¿Tal vez lo lleva consigo?

—¿A qué te refieres? —pregunté sin dejar de buscar en la mesa.

—Es parte de ti, ¿cierto? Por tanto, no veo por qué no lo mantendría siempre cerca de él.

No se me había ocurrido, o quizá en el fondo sí, pero no confiaba en mis reacciones si me acercaba a él por última vez. Quería que el último recuerdo que tuviese de mí fuese esta traición, este golpe final contra él y sus amigos. Necesitaba que renunciase a mí.

Joder. Me dolía el pecho. No hacía más que tratar de enterrar todos esos putos sentimientos, pero amenazaban con devorarme.

Me dirigí al dormitorio, seguida de Reggie. Percibía con claridad los poderes de Samkiel y del devorador de sueños. En el centro de la habitación había una cama enorme y dos grandes vestidores que cubrían buena parte de las paredes. Un ventanal amplio ofrecía una vista elevada de los edificios de la Ciudad de Plata y de las nubes que asomaban entre ellos. Era una habitación digna de un rey dios.

Samkiel yacía en el centro de la cama y cuatro devoradores de sueños lo rodeaban, cogidos de la mano, alimentándose. Daba la sensación de que alguien lo había puesto allí. Me pregunté si los devoradores de sueños lo habían movido para poder controlarlo.

—Son necesarios cuatro para retener al Destructor de Mundos —dijo Garleglish, el líder de los baku.

Me acerqué a él y me crucé de brazos, mientras observábamos a Samkiel, que daba vueltas en la cama con un gesto de angustia. Me dolía verlo así y tuve que refrenar el impulso de poner fin a aquello.

—Has venido —le dije. Como todos los baku, el líder era calvo y tenía la piel pálida, cubierta de manchas oscuras. Llevaba una larga gabardina negra y un gorro grueso—. Qué sorpresa. Nunca creí que fuerais a traicionar a vuestro querido Kaden.

—Seguimos a quienes tienen el poder, y ahora mismo tú, reina oscura, rebosas de él. —Ver moverse aquella hendidura que tenía por boca me provocó un escalofrío que logré reprimir.

Le respondí con una sonrisa y di un paso hacia él. Tragó saliva; me llegó una ráfaga de olor a miedo. Mejor. Pasé a su lado, me acerqué a la cama y acaricié las sábanas.

—Claro. Y no tendrá nada que ver que te haya dejado varias cabezas para decorar la puerta de tu casa, supongo.

—Preferiría que el resto de mi familia siguiese con vida, sí.

—Muy inteligente —dije, con los ojos entrecerrados.

Samkiel se retorció en la cama y se le escapó un ligero gemido. Pesadillas. Los devoradores de sueños las habían provocado para alimentarse de ellas, y Samkiel, como bien sabía yo, las tenía en abundancia.

—Ha visto más de mil mundos, pero cuando sueña, únicamente sueña contigo.

Volví la cabeza hacia Garleglish, que cerró la boca y apartó la mirada.

Sabía que no debía acercarme a él, pero una parte de mí recordaba la sensación de tener su cuerpo contra el mío. La bestia de mi interior parecía ronronear, como si quisiese despedirse del hombre con el que ambas nos habíamos encariñado. Así que, en contra de lo que me dictaba el sentido común, fui y me senté en la cama, junto a Samkiel.

Le pasé la mano por la cara. Tenía la piel pálida y pegajosa. Le aparté de la frente un mechón que se le había quedado pegado. El contacto de mi mano pareció calmarlo.

—Este sería un momento razonable para despedirse —sugirió Reggie—. Si es ese el camino que has escogido.

—Nunca ha habido otro camino.

Le pasé los dedos entre el pelo, como había hecho otras veces para sacarlo de las pesadillas. Me temblaban las manos. Esta vez, la causa de las pesadillas era yo.

Dioses, no podía negar que era un monstruo.

Otra razón más en la casi interminable lista de motivos por los que no podía quedarme: no podía ser suya, ni él mío.

Me incliné hacia él, sin preocuparme de las miradas ajenas, ni del dolor que amenazaba con despedazarme el pecho. Le acaricié la cara siguiendo la línea de la mandíbula. Las puntas de mis dedos percibieron su calidez y el levísimo roce de la barba incipiente. El corazón se me aceleró. Esas malditas facciones. Las mismas con las que aún soñaba, pese a la furia y la amargura. Cómo podía la vida ser tan cruel como para mostrármelo, sugerirme la remota posibilidad de un futuro en común, y luego escupirme a la cara, recordarme, de la forma más fría y brutal, que él y yo no éramos iguales. Que no vivíamos en un cuento de hadas épico y arrebatador, una de esas historias románticas que tanto le gustaban a Gabby. Que éramos enemigos: él, nacido de la luz; yo, creada a partir de la oscuridad.

Samkiel tenía razón. El universo era cruel.

Me ardían los ojos por el esfuerzo de contener emociones que no quería procesar. Cuando Samkiel despertase, ya haría mucho tiempo que yo me había ido. No supe por qué lo hice, y sí que no debía, pero no pude evitar besarlo, un beso de despedida, rápido y suave, para el hombre que, contra viento y marea, seguía empeñado en salvarme.

—Quizá en otra vida —le susurré antes de separarme de él.

Al levantar la cabeza vi mi anillo sobre la mesita de noche. La intrincada talla de huesos de la hoja desolada emitía un resplandor mortecino en la penumbra.

XXXVI
SAMKIEL

Mi padre apoyó la mano sobre la mesa.

—Y céntrate en otras cosas aparte de los despojos de la carne. Ahora eres rey, Samkiel. No puedes recurrir siempre a la fuerza bruta para cumplir tus objetivos. El conocimiento, hijo mío, es más poderoso que arrancar una cabeza de los hombros o atravesar a tu enemigo con la lanza. Prueba siempre con la paz. Si golpeas primero, ya no te puedes volver atrás.

Sacudí la cabeza de un lado a otro. Alguna fuerza me mantenía atrapado en los sueños. Notaba unos dedos dentados y diminutos que me escarbaban en el cerebro y extraían las pesadillas de mi cráneo. Me hallaba en una sala cuyas paredes supuraban humedad y cuya atmósfera estaba cargada de un olor espeso y almizclado. No, no era una sala. ¿Una caverna? Me volví y mis pies chocaron con el relieve irregular del suelo de piedra. Caminé hacia un portal hueco del que emanaba un opaco resplandor anaranjado. Más allá de él se oía el golpeteo de metal contra metal. Otra batalla. Sacudí la cabeza para despejarla. Las voces me llamaban, querían sacarme de ahí. Se oyeron más golpeteos sordos y el olor del... hierro.

Prometo no alejarme de tu lado...

Dianna. Me volví hacia la voz y salí de la caverna oscura. Aparecí en la habitación que ocupaba Dianna en la mansión Vanderkai. Estaba sentada en el diván, y el vestido rojo le llegaba hasta el suelo. Se lo había hecho yo, pero verla con él me había dejado sin aliento. Me miraba y jugueteaba con los dedos. Era un tic nervioso suyo.

Levanté la mano y extendí el meñique.

—¿Lo prometes?

—Creía que ya no querías más promesas —dijo, con gesto contrariado.

—Tengo derecho a cambiar de opinión. —Le señalé la mano y ella sonrió. Eso era todo lo que quería, que me volviese a sonreír.

Ladeó la cabeza y estiró el meñique. Yo me aferré a él como a un salvavidas. «Quédate conmigo», supliqué, aunque sabía que mis crecientes sentimientos hacia ella eran un error. Cuando se enfadaba y dejaba de hablarme, casi no podía soportarlo. Eran emociones nuevas para mí, que escapaban a mi control. Un chispazo de electricidad me alcanzó en lo más profundo de mi ser, y supe que ella también había sentido lo mismo.

—Sí, lo prometo.

Di un paso al frente. Lo único que deseaba era ver de nuevo a Dianna, sostenerla en mis brazos y hablar con ella.

Son necesarios cuatro para retener al Destructor de Mundos.

Me detuve en seco. ¿Retenerme? Eso no era parte de los recuerdos que compartíamos. Se me dilataron las aletas de la nariz y sentí un espasmo en la mandíbula. ¿Quién se atrevería a amenazarme con retenerme? La voz se filtró hasta mi cerebro. Era la primera vez que la oía. La escena que me rodeaba se disolvió y me encontré en otra habitación, en la otra punta del mundo; pero esta vez Dianna se apartaba de mí, con la mano alzada. Mi propia voz me pilló por sorpresa. Me di la vuelta y me vi a mí mismo entrar a zancadas. Mi otro yo pasó a través de mí siguiendo el desarrollo del recuerdo.

—Masacraste a incontables ig'morruthens —susurró Dianna. Mostraba lo que nunca habría querido ver en ella: miedo.

—Sí. —Asentí con lentitud. Pero *¿acaso no se daba cuenta? ¿No veía que ya no era capaz de hacerle daño? ¿No sabía que no permitiría que nadie se lo hiciese? Lo era todo para mí. ¿Cómo podía no darse cuenta?*

—¿Era lo que pretendías hacer conmigo al principio?

Busqué establecer contacto visual, con una punzada en el pecho. ¿Tan bajo había caído? No podía mentirle. Quizá en otros tiempos habría podido.

—De haber sido necesario.

—¿Y es necesario ahora?

—No. —Fue como si me abofeteara. Casi habría preferido que me atacase—. ¿Cómo puedes preguntarme eso? No eres un monstruo.

No para mí. Para mí, jamás.

Un zumbido intenso me invadió la mente. Apreté los dientes y me llevé las manos a la cabeza. Un dolor frío y agudo me golpeó en el subconsciente e hizo que la habitación se tambalease. Un poder como jamás había sentido se abrió camino en mi cerebro.

Ha visto más de mil mundos, pero cuando sueña, sueña contigo.

Otra vez esa voz. ¿Quién estaba hurgando en mi cabeza?

Me concentré como me habían enseñado, con inspiraciones lentas y profundas. La sala aún se movía, pero mi cuerpo se estremeció. No mucho, pero estaba de vuelta en mi habitación. Las imágenes eran borrosas, pero vi a cuatro seres con las bocas abiertas como agujeros y cuyas manos se alzaban sobre mí.

Dianna se me acercó con los ojos rojos y relucientes. ¿Se había escapado? ¿Cómo? Me sacudí para intentar obligar a mi cuerpo a despertarse. Tenía que moverme, que levantarme, pero solo conseguí volver la cabeza hacia un costado. En la otra punta de la sala había una figura con un sombrero, pero al ver quién estaba a su lado me invadió una sensación de familiaridad.

Roccurrem.

Sí, se había presentado en mi habitación y me había engañado. El dolor de cabeza me invadió de nuevo y me obligó a cerrar los ojos, pero habría jurado que Roccurrem me lanzó una mirada de complicidad. Los seis ojos blancos y opacos aparecieron a la vez, brillantes, pero nadie se movió, como si solo los viese yo.

No es un monstruo, Rey Dios, solo está rota, susurró la voz de Roccurrem en mi cabeza.

Algo me empujó de vuelta a mi subconsciente a tanta velocidad que me sentí como si cayese. Aterricé sobre las rodillas en una estancia oscura y vacía, y oí un grito tan fuerte, lleno de un dolor tan espantoso, que sacudió todo lo que me rodeaba. Era la suma de cada pesadilla y cada terror que había sentido, de Rashearim a la marcha de Dianna y todo lo que había pasado en medio. Todo se había mezclado y había creado un vacío en mi interior. Me tapé los oídos. Los gritos eran antiguos, avasalladores, tan llenos de desesperación que colmaron hasta el último resquicio de mi interior. Grité a mi vez para intentar aliviar la presión. Sentí como si el cerebro intentase escapárseme del cráneo, pero no dejé de forcejear con los seres que me retenían.

—¿Qué me está pasando? —le grité a la sala, que no paraba de dar vueltas.

—Son los baku, Rey Dios. —La voz de Roccurrem me llegaba de muy lejos, distorsionada, como si también se escondiese de ellos. De ella—. Una raza que evolucionó a partir los deskin, los devoradores de sueños.

—¿Cómo pueden retenerme?

—No pueden. Los estoy ayudando a controlarte.

—¿Por qué? —grité. Las luces que me corrían bajo la piel empezaron a zumbar. Notaba como ascendían hacia los ojos; mi poder, denso y abrumador, amenazaba con consumirlos. Quería matarlos a todos.

—Por ella.

Las luces se extinguieron y la habitación dejó de temblar. Recorrí con la mirada el espacio vacío y oscuro; los gritos y los aullidos se habían acallado.

—¿Por ella?

—Necesito que vea y que sienta antes de que llegue el Rey Verdadero. De lo contrario no quedará ningún dominio, ni siquiera para ti.

Me palpitaba la cabeza. Hice un esfuerzo por ponerme de pie. No vi a Roccurrem ni esos seis ojos lechosos. No vi nada excepto oscuridad. ¿El Rey Verdadero? Apreté los dientes; el poder amenazaba con arrancarme de allí y llevarme de vuelta a la pesadilla.

—¿Dónde está?

Iba a desmembrar a Kaden por lo que había hecho.

—Dianna está a punto de encontrarlo. —Roccurrem se materializó y nos miró a mí y a la sala con una gesto de extrañeza.

El corazón me latía a toda velocidad.

—Tengo que salir de aquí. Dianna no puede enfrentarse a él sola. No a un Rey de Yejedin.

—Si escoge el camino equivocado, me temo que tendrá que librar muchas batallas sola, Rey Dios.

Se me hizo un nudo en la garganta y el temor me desgarró las entrañas al comprender que Roccurrem no iba a ayudarme. Iba a permitir que sucediese.

—¿Por qué haces esto?

—Tiene que decidir por sí misma, sin intervención alguna, o de lo contrario su propósito no será puro.

—¿Y eso qué significa?

—Déjala escoger, Rey Dios.

—¿Escoger la muerte? —casi le grité—. Si se enfrenta con él, morirá, Roccurrem. Morirá.

—Tal vez.

Una furia, fría y más afilada que el acero, me embargó.

—Déjame salir de aquí, Roccurrem.

—No puedo.

—Si ella muere, te reduciré a átomos.

—Soy consciente de ello. —Levantó la vista, como si prestase atención a otro mundo—. Los humanos tienen un dicho: «Si amas algo, déjalo ir. Y si vuelve…».

—No tengo tiempo para acertijos ni tecnicismos. ¡Libérame!

Los seis ojos de Roccurrem se abrieron y me miraron.

—El amor es una emoción muy potente y peligrosa. Los dioses lo maldicen por el poder que tiene. Por él han caído imperios, reducidos a arena y viejos manuscritos. Por su causa han ardido mundos y volverán a arder. El amor tiene el poder de alcanzarlo todo, incluso lo inalcanzable. Úsalo.

Su silueta tembló y se desvaneció. Grité de frustración, y mi poder, ardiente y cegador, se derramó e iluminó la sala con tonos de blanco y plata. Bajé la mano y me di cuenta de que no había tenido ningún efecto sobre la ilusión. Joder. Estudié el espacio en el que me habían atrapado en busca de una vía de escape. Tenía que llegar hasta ella. Corrí de un sitio a otro, con la respiración cada vez más agitada. No había paredes, ni puertas, solo una extensión vacía inacabable e inquietantes fragmentos de recuerdos. Joder. La iba a perder. Joder. Tenía que pensar, que intentar algo. Inspiré hondo, inhalando poco a poco, y luego dejé salir el aire.

—No te dejes llevar por las emociones, Samkiel. Eso te vuelve descuidado. Piensa. Piensa —murmuré para mí mismo.

Y entonces lo vi. La voz de Dianna se abrió paso en mi mente. Un recuerdo, una salida. Algo que había dicho muchos meses antes.

«Estoy convencida de que, con la presión adecuada, todo se puede romper».

Había intentado usar mis poderes, sin éxito. Pero quizá no los había usado todos.

«El amor tiene poder. Úsalo».

Me acerqué las manos al pecho, sobre el corazón. Una leve llama brillaba en mi interior. Tomé su luz y un atisbo de poder me bailó sobre la palma, un fragmento diminuto e inestimable del fuego de Dianna. Era la parte de ella que había atravesado todas las defensas, haciendo caso omiso de las palabras cortantes, la parte que me había reconfortado durante las pesadillas febriles. La parte que me había transmitido su calidez y me había obligado a vivir de nuevo. Ella. Era la parte de ella a la que me aferraba, llena de esperanza por lo que pudiese ser.

La liberé.

Mis ojos lanzaron chorros de luz, pura y cegadora. La sala a oscuras estalló en llamas y yo salí disparado, me abrí camino no solo a través de la barrera que representaba, sino hasta la propia realidad. Los devoradores de sueños retrocedieron, sobresaltados, pero ya era tarde. Gritaron cuando la luz de mis ojos los atravesó y redujo sus cuerpos a cenizas. Un ancho tajo cruzaba la pared del dormitorio; los bordes eran un chisporroteo de ascuas anaranjadas. El techo tenía un agujero nuevo por el que se colaba el aire fresco del invierno.

Toda la ciudad se había quedado a oscuras. Se oía un zumbido profundo, los sistemas eléctricos que intentaban reiniciarse sin éxito. Me levanté de la cama con un solo movimiento. Tenía que encontrar a los otros. Pero me detuve al darme cuenta de que el anillo había desaparecido de mi mesita de noche.

Dianna había estado aquí.

Gruñí y las luces del dormitorio estallaron. Me teleporté a la habitación de Logan. Vacía. Recorrí el edificio como un torbellino, y suspiré de alivio cuando los encontré a Vincent y a él. Logan se retorcía de dolor. La boca circular del devorador de sueños se cernía sobre él, abierta de par en par, y en su interior rotaba un vórtice; consumía la energía que había arrancado de las pesadillas de Logan.

Vincent yacía a su lado y sobre él flotaba otro devorador de sueños. Invoqué un arma ardiente y le atravesé el cráneo con la hoja. Con el mismo movimiento extraje la espada y se la arrojé al otro, que intentaba huir. Los cuerpos estallaron en llamas y se consumieron, y las cenizas flotaron en el aire de la sala.

Logan y Vincent se despertaron con un sobresalto. Logan jadeaba y le corrían lágrimas por las mejillas. Alzó una mano temblorosa y se miró la marca del dedo. No me cupo duda de a qué Iassulyn lo habían enviado.

—¿Samkiel? —preguntó. Nos miraba a Vincent y a mí, confuso—. ¿Qué ha pasado?

—Devoradores de sueños —dije. Señalé el pasillo con la mirada—. Levantaos y mirad por todo el edificio. Ayudad a los demás. —Asintieron y se pusieron de pie de un salto.

Tenía que comprobar cómo estaban Cameron y Xavier, asegurarme de que Dianna no los había herido al escapar. Todo el edificio parecía sumido en un trance. Me crucé con multitud de cuerpos caídos, pero oía el ritmo pausado de sus latidos y sabía que estaban dormidos, no muertos.

Las luces del techo estallaban a mi paso. La gran puerta corredera de metal no se abrió, así que la golpeé con la espada ardiente, que la atravesó sin dificultad, pero no hizo un agujero lo bastante grande para pasar. Le di una patada y la vibración me repercutió por todo el cuerpo. Seguí dando patadas, y con cada una de ellas las luces parpadeaban enloquecidas y mi rabia se desbordaba en oleadas. Tenía la respiración entrecortada cuando por fin la puerta cedió y el metal destrozado voló por la habitación.

Las celdas estaban vacías, y las barras que cerraban la de Dianna desactivadas. Pasé junto a Nym, que estaba tirada en el suelo. Las incisiones del cuello demostraban que Dianna se había alimentado antes de irse. Cameron y Xavier estaban en el rincón del fondo, y sobre ellos había dos devoradores de sueños. Alcé la mano y la energía se acumuló en la palma. La concentré y luego la liberé. Alcanzó al que estaba sobre Xavier y lo redujo a un millón de partículas. El que flotaba sobre Cameron levantó la vista y su silueta tembló y se desvaneció en el aire. Corrí hacia Xavier y caí de rodillas a su lado. Le sujeté la cara y le di una palmada suave en la mejilla. Cameron se puso en cuclillas y gritó, sin ser consciente de que ya no estaba atrapado en una pesadilla.

—¡Cameron! —El poder que insuflé en mi voz logró abrirse camino a través de su terror.

—Pero ¿qué cojo…? —Se calló al vernos a Xavier y a mí.

Corrió al otro costado de Xavier y me miró.

—¿Por qué no ha despertado?

Devolví la espada al anillo. Luego levanté el cuerpo de Xavier y lo acuné, mientras le ponía sobre la frente la mano libre, brillante de poder.

—Los devoradores de sueños te hacen ver tus peores pesadillas. Te obligan a permanecer bajo una enorme presión mientras se alimentan de la agonía de tus recuerdos.

No me hizo falta mirar a Cameron para saber que había palidecido. Ambos sabíamos lo que había soñado Xavier.

—La cueva de los sovergos.

Asentí.

Los sovergos eran unas lombrices excavadoras de gran tamaño que desgarraban y devoraban la carne tan rápido como se movían. Kryella había enviado a Xavier y otros cuantos a una misión poco después de crearlo, y terminaron dentro de una madriguera de sovergos. Xavier perdió muchas cosas en el fondo de aquella maldita gruta antes de que yo lo encontrase.

—Despiértalo —exigió Cameron, con la voz teñida de pánico.

Asentí. El poder emanaba de mi mano y se filtraba en la cabeza de Xavier: una luz para guiarlo fuera de la oscuridad.

—Kryella me contó las pesadillas que tenía desde aquel incidente. Sabía que los devoradores de sueños lo llevarían allí.

Las manos de Cameron se posaron sobre su amigo caído.

—Lo salvaste una vez. Hazlo de nuevo.

El tono en que lo dijo me llamó la atención; había, enterrado en su voz, un extraño fogonazo de emoción. No solo preocupación, sino algo más profundo. Era un tema del que nadie hablaba, porque Cameron estaba muy lejos de admitir sus auténticos sentimientos. Así que lo dejé por el momento y ayudé a Xavier a incorporarse.

Retiré el poder de mi mano y levanté a Xavier para ponerlo de pie. Respiraba con dificultad, jadeante, y le temblaba el cuerpo entero.

—Tranquilo, Xavier, estás bien. Estás aquí.

Le di una palmadita en el hombro. Sus ojos se acostumbraron a la habitación y a la realidad.

—He visto... —Jadeó.

—Lo sé, pero ya no estás allí.

—No. —Se le quebró la voz y le brillaban los ojos—. La he visto a ella.

Antes de que pudiera pedirle explicaciones, Vincent y Logan llegaron a la carrera y se deslizaron hasta pararse a nuestro lado.

—¿Qué ha pasado?

—Los baku, una subespecie de los deskin. Provocan pesadillas y se alimentan del sufrimiento que generan.

Xavier se apartó de mí y se irguió para hacerme saber que ya se podía tener solo. Cameron se acercó a él por el otro lado, y también le indicó que se mantuviese apartado, pero no se me escapó el dolor que asomó a las facciones de Xavier. Vincent se adentró más en la sala, con Logan detrás. Me volví a mirar la celda vacía y la pila de cadenas del suelo. Ni las paredes ni las cadenas tenían marcas de quemaduras.

—Se ha escapado.

—No solo eso. —Suspiré y me puse en jarras. Quedaba una noticia peor—: Roccurrem dejó entrar a los devoradores de sueños.

XXXVII
SAMKIEL

Tres semanas después

Del cielo caían pequeños copos de nieve que cubrían el suelo poco a poco con una gruesa capa de polvo blanco. Contemplé el gran espacio abierto desde un gran palacio de Arariel. El sol, rindiéndose a la noche, se ponía entre los edificios, y su luz menguante hacía refulgir la ciudad. Las luces, las canciones, la decoración... Todo formaba parte de los festejos. Para ellos se trataba de un momento de alegría y de felicidad y les encantaba alardear de ello. Celebraban aquel maldito acontecimiento.

La gente salía de las casas, excitada, para contemplar las luces que decoraban Arariel. Las tiendecitas estaban abiertas y la música festiva flotaba en el aire. Y así seguiría cada noche durante las cinco semanas que precedían a la Caída. Las risas de felicidad se colaban por los ventanales, casi como una burla. Los humanos estaban rebosantes de vida, ajenos por completo a los peligros que los acechaban.

Había enviado a Cameron y a Xavier a hacer algo diferente, lo que fuese. Estaban cansados de tanta investigación y su descontento me ponía de los nervios. Al mirar el cielo vi tres luces azules que atravesaban las nubes como cometas. Imogen debía de haberse unido a ellos.

Logan apareció a mi lado y me entregó una máscara.

—Para el baile —dijo.

El estómago me dio un vuelco al seguir con la mirada el diseño intrincado del encaje negro. Me recordaba la ropa que le gustaba llevar a Dianna, pero arranqué ese pensamiento sin darle tiempo a arraigar.

—¿Por qué?

—Es un baile de disfraces. A los mortales les encanta —observó Vincent. Daba vueltas de un lado a otro, inquieto.

Levanté la mirada y me fijé en que llevaba una máscara a juego con el traje.

—El consejo mortal llegará dentro de dos horas —informó Vincent mientras se empecinaba en desgastar la alfombra.

—Bien —contesté.

—¿Estás seguro de que es buena idea? —preguntó Logan con un suspiro—. ¿Con todo lo que pasa?

—Precisamente por todo lo que pasa. —Vincent dejó de dar vueltas y miró a Logan—. Necesitamos un frente unido y la Celebración de la Caída es la excusa perfecta. A los humanos les encantan las celebraciones públicas. Que nos vean entre ellos ayudará a que estén menos tensos.

—¿No te preocupa que pueda haber un ataque? Llevamos varias semanas muy tranquilos. Casi como si Kaden estuviese preparando algo —dijo Logan.

—No. —Llegados a ese punto ya no tenía miedo de nada. Se podría decir que todas mis preocupaciones y mis miedos ya se habían materializado—. Nuestro siguiente plan de actuación es averiguar qué más ingredientes necesita para fabricar el arma. —Le di la espalda a la hermosa vista de la ciudad.

—Hemos buscado y leído cada registro. Ya no queda mucho más que hacer. Sea lo que sea lo que necesita Kaden, debe de estar en el Libro de Azrael.

—Entonces volvemos a la casilla de salida —resopló Logan.

—Azrael se llevó todos sus secretos a la tumba, excepto el libro —dijo Vincent, de brazos cruzados.

—Eso parece. —Miré a Vincent y le señalé la puerta con un gesto de cabeza—. Puedes retirarte, Vincent. Tengo que hablar a solas con Logan.

Sus ojos saltaron del uno al otro; por fin asintió y se marchó. Esperamos a oír que sus pasos se alejasen por el pasillo.

—Has dado la espantada una y otra vez después de las misiones. Supongo que hiciste fotografías del mapa que robó Dianna y que has recorrido las cuevas. —Logan suspiró y me sostuvo la mirada—. Y por favor, no me mientas.

—Lo he hecho.

—¿Qué te dije?

Suspiró.

—Samkiel...

—¡No! —La palabra salió de mis labios convertida en un rugido atronador. Las luces parpadearon, no en la sala, sino en toda Arariel. Los celebrantes se quedaron boquiabiertos y lanzaron miradas nerviosas a su alrededor.

—Te dije que te llevases a alguien más, y no lo hiciste. Te dije que no fueses solo, y lo has hecho. Te dije...

—La amo, Samkiel —saltó Logan con un gesto de frustración—. Ya lo sabes. Ella es todo mi mundo y me niego a dejarla ni un segundo más con ese psicópata. Me he acostado con otras mujeres, he luchado en batalla tras batalla, a tu lado y al lado de Unir, durante siglos. Y nada de eso valió la pena como lo vale ella. Así que, sí, me he escabullido. La he estado buscando.

Las luces recuperaron la normalidad y la ciudad volvió a brillar. Asentí y le di la espalda.

—Lo prohibí, y aun así lo hiciste. Desafiar una orden directa de tu rey es traición, merecedora de la pena de muerte.

Se movió para entrar en mi campo de visión periférica y se cruzó de brazos.

—¿Tienes pensado matarme?

Se hizo el silencio.

—No. —Suspiré—. Eres casi un hermano para mí. —Lo miré de reojo—. El famoso guardián de Unir. Eras mi amigo mucho antes de convertirte en mi segundo al mando y mi propio guardián. Lo único que quiero es que estés a salvo.

—No puedo rendirme y olvidarme de ella.

—Lo sé.

—Como tú tampoco eres capaz de rendirte con Dianna.

Le di la espalda de nuevo para mirar la oscuridad que se extendía más allá de la ciudad.

—Mira ahí abajo, Logan. Cientos de familias reunidas, relacionándose, riendo y amando. Ella perdió todo eso y mucho más. Kaden le quitó a su hermana y, al hacerlo, le robó lo único que la conectaba con su propia humanidad. Se llevó su ancla, ¿y la gente esperaba que no se volviese loca?

—Vincent no tiene malas intenciones, pero está asustado. Sabe que Kaden tiene el libro y se preocupa por ti. Todos nos preocupamos, en realidad. Además, ya sabes que te va a proteger a cualquier precio. Tú lo salvaste de Nismera.

—Lo sé.

Noté que la mirada de Logan me taladraba.

—Puedes marcharte. —Me puse a juguetear con la máscara que me había dado—. Bajo enseguida.

Logan no se movió.

—Tú no eres la causa de nuestra perdición, Samkiel. Nunca lo has sido.

Una sonrisa tenue me asomó a los labios.

—La guerra se desató por mi culpa, Logan. Digáis lo que digáis, yo fui la causa. Este mundo celebra haber sobrevivido a la caída del nuestro, y esa caída también fue por mi culpa. Enemigos más antiguos que yo mismo unen sus fuerzas para iniciar otra guerra, y de nuevo el motivo soy yo.

—No puedes cargar con toda la culpa, ni deberías. Las guerras y las batallas ya eran una forma de vida mucho antes de que tú o incluso tu padre llegaseis al poder. Sé que tú has tenido que aguantar mucho más que cualquiera de nosotros, pero…

—Era feliz. —Lo dije casi sin darme cuenta—. Por primera vez en mi larga vida, era feliz.

—¿Qué?

—Sé que, cuando volví, no lo parecía. En mi cabeza se acumulan miles de años de emociones, cosas que nunca he querido compartir con nadie, hasta que apareció ella. Llegó arrasándolo todo a su paso, como hace siempre. Al principio no fue nada. A duras penas nos aguantábamos, pero, de algún modo, se coló a través de todas mis defensas y al final le cogí cariño. Nunca había experimentado unos sentimientos tan intensos. Se limitó a hablarme, abrazarme durante mis peores pesadillas, y de alguna forma se abrió paso hasta mí. Ella representa todo aquello de lo que, en teoría, debo protegeros; pero una parte de mí sabe que no puedo vivir sin ella.

—¿La amas? —preguntó Logan; la comprensión se reflejaba en sus ojos.

—Está matando, alimentándose y convirtiéndose en todo lo que Kaden siempre quiso. Es implacable en su búsqueda de venganza. Por lo visto, ni siquiera yo puedo detenerla. Dianna es aquello contra lo cual nos previnieron. El monstruo que nos enseñaron a temer. Ha utilizado contra mí todo lo que compartí con ella, para intentar hacerme daño, cuando lo único que yo quería era protegerla, salvarla. Ha enviado a los devoradores de sueños contra nosotros, ha atacado al consejo, a todos vosotros. He despellejado vivo a más de uno, solo por amenazar con haceros daño. Lo que me pone enfermo es que mi sangre y mi mente me gritan que piense como rey y como protector. Que quizá no la conocía tan bien como supuse. Tal vez me mostró exactamente quién era, y entonces…

Logan ladeó un poco la cabeza, concentrado en escucharme.

—¿Y entonces…?

—Mi corazón y mi alma se rebelan y gritan su desafío, porque ella es lo único en lo que puedo pensar. Lo único que sueño cuando me lo permito, lo único que quiero reclamar para mí, aquí o en cualquier otra vida. —Me escocían los ojos cuando me volví a mirarlo; los suyos eran pozos de angustia—. ¿Por qué tengo esos sentimientos tan intensos hacia ella? ¿Por qué no puedo tratarla como a cualquier otro ser o bestia? El tiempo que pasamos juntos no debería significar nada. Nada en absoluto. He estado con incontables parejas, he viajado entre los mundos, he salvado a cientos y he combatido monstruos que podrían tragarse planetas. Y, sin embargo, esa mujer de carácter fiero me ha consumido hasta lo más profundo. La dejé entrar en los peores momentos de mi existencia y ahora la llevo en los huesos. Cada pensamiento, cada sueño, están dedicados a ella. No puedo comer, ni dormir. Ni siquiera la he poseído, Logan, no como sospechan Cameron y Vincent, pero se ha grabado a fuego en mi alma, en mi mismo ser. Y lo odio. Odio que las cosas ya no sean tan sencillas. Odio querer tanto a alguien que no me corresponde. Cada vez que se abre una puerta, o que oigo las pisadas de unos tacones, la busco. Y eso también lo odio. Odio que cada vez que veo a una mujer morena pienso que es ella. Me ha hecho sonreír y me ha hecho reír, y lo odio. Odio que me haya hecho sentir, por una vez, vivo y entero. Dianna me vio como yo era, no a un gobernante o a un rey. Me hizo sentir normal, y luego me dejó. Me abandonó como si no significase nada. —Suspiré y apoyé la cabeza contra la ventana para calmar mi corazón desbocado. Logan permaneció a mi lado, contemplando la vista, dándome tiempo, mientras yo me secaba la humedad de los ojos—. ¿Qué clase de rey o líder es incapaz de controlar sus emociones? —pregunté por fin.

—Uno con corazón.

Negué con la cabeza.

—Un rey no puede tener corazón. Mi padre insistía en que los vínculos afectivos lo arruinaban todo a la postre. Puede que tuviese razón.

—No. —Logan se encogió de hombros—. Ese es el motivo de que ellos estén muertos y tú estés aquí. Su razonamiento era erróneo.

Asentí y me pasé la mano por la cara una última vez.

—Pero mi padre tenía razón en una cosa, al menos. Es demasiada carga para llevarla solo. Traté de salvar nuestro mundo y fracasé. Traté de detenerla, y fracasé. Si Dianna muere, lo dejo. Estoy cansado, Logan. Que gobierne otro. Que se haga cargo Vincent, o el consejo. Se acabó. Tampoco es que haya sido un buen rey, ya que estamos.

Logan resopló.

—Te equivocas, Samkiel. Eres el mejor de ellos, y no lo digo solo porque te quiero, ni por la enorme cantidad de mierdas que hemos compartido. Tu sentido de la responsabilidad es colosal. Estás solo, como ella. Todos tus referentes y tus maestros han muerto. Has sacado el mejor partido posible de las peores situaciones imaginables. Sí, es cierto, te alejaste y te encerraste en ti mismo, pero ¿quién no habría hecho lo mismo? Te impusieron una corona nada más nacer. Te hicieron tragar con normas y reglamentos antes de que aprendieses a hablar. El reino y la corona eran tu vida, y los perdiste. No te culpo. Jamás lo hemos hecho, ni yo ni nadie. Y sé que quizá Dianna esté ahora mismo fuera de nuestro alcance, pero hay esperanza. Siempre la ha habido.

—¿Cómo puedes estar tan seguro? —pregunté mientras miraba de soslayo.

Logan me miró como si hubiese hecho la pregunta más idiota del mundo.

—Porque tú nos das esperanza a nosotros. Tú nos has salvado, a todos y cada uno de nosotros, de una u otra forma. He visto temblar a monstruos en tu presencia. Los dioses se postraron y los dominios se regocijaron cuando te convertiste en nuestro nuevo gobernante. Eres el mejor de todos ellos, el mejor de nosotros. Y vas a salvarla. Porque eso es lo que tú haces. Salvas a la gente.

Se me escapó una risita silenciosa.

—Tal vez deberías encargarte tú de dar los discursos.

—Creo que te lo voy a dejar a ti.

—¿Y lo de ser rey?

—También te lo dejo a ti —rio Logan.

El sol se puso por fin. Empezó a nevar. De los pisos inferiores se filtró una algarabía de ruidos. Los invitados comenzaban a llegar.

—Deberías ir a prepararte. Quiero estar solo un rato antes de que Vincent me obligue a pasar la noche charlando con unos y con otros.

Logan me aferró el hombro y apretó.

—Creo que llevas demasiado tiempo solo.

No dijimos nada más, cada uno perdido en sus pensamientos. Quizá ninguno de los dos debería estar solo en un momento como ese. Así que nos quedamos allí, mientras veíamos vaciarse el cielo a medida que el planeta seguía girando.

XXXVIII
LOGAN

No acababa de entender la insistencia de Vincent en que asistiésemos a este evento, pero si contribuía a que los mortales se sintieran seguros, adelante. Vincent había convocado a embajadores nuevos y antiguos de cada continente y el palacio de Arariel empezaba a estar abarrotado. Cuando llegaron los embajadores nuevos con sus familias, el alboroto en la gran galería era casi ensordecedor.

Pasó una hora, y otra. Estreché manos, di abrazos y forcé la sonrisa tanto que me dolió la cara. Fingí reírme con Marissa, la nueva secretaria del embajador de Encaus, pero no le quitaba ojo a Samkiel. Sobresalía por encima de la multitud. Se me escapó una mueca de burla, pero en el fondo simpatizaba con su incomodidad ante el aluvión de cumplidos y coqueteos que le llovían. Incluso de lejos me daba cuenta de que estaba a punto de hacer pedazos el traje negro que llevaba para que nadie se lo volviese a mencionar.

Samkiel había rechazado proposiciones de gente que yo sabía que estaba casada, y luego intercambiado torpes bromas con ellos cuando comprendían que hablaba en serio al rehusar sus ofertas. Sabía que era obra de Vincent, que quería que Samkiel lo superase, que volviese a ser el de antes, pero aquel Samkiel había muerto junto con Rashearim, e incluso antes.

Me acerqué un poco más a la puerta trasera mientras Samkiel, rodeado de mortales y con Vincent a su lado, fingía reírse de algún comentario. Se mostraba tan despreocupado que nadie podría imaginar la grave crisis que había sufrido un par de horas antes en el piso de arriba.

Bebí un trago de la copa sin prestar demasiada atención a la charla de Marissa sobre planes estructurales.

—… Solo la financiación para arreglar esas ciudades nos está dejando secos. Los socavones, por ejemplo; de un tiempo a esta parte he tenido que lidiar con…

—¿Socavones? —El líquido se detuvo en la garganta mientras la palabra me rebotaba por el cerebro.

Me miró a través de la máscara verde cuyo color y diseño intrincado hacían juego con el vestido.

—Sí. Tuvimos que evacuar la ciudad de Pamyel porque se formó uno bajo las fábricas. El riesgo de un vertido químico era demasiado grande.

Me dio un vuelco el corazón.

—¿Cómo es que no hemos sabido nada de todo esto?

—Sí lo sabíais —dijo, confusa—. Le envié las facturas a Vincent, que se encargó de acordonar el área, nos ayudó a limpiarla e incluso reparó los hogares afectados. Claro que todo eso pasó a la vez que aquella asaltante casi destruyó una ciudad, así que no me sorprende que no lo comunicase de forma prioritaria.

Quizá a Vincent no le pareció demasiado relevante, pero yo me había aprendido casi de memoria el mapa que Dianna ansiaba con tanta desesperación. Había explorado muchas de las áreas señaladas con la esperanza de encontrar alguna pista que me llevase a Nev. Y uno de esos malditos túneles pasaba justo bajo Pamyel.

«Buscadlo donde el mundo se abre». Las últimas palabras de Drake resonaron en mi mente.

La sangre me retumbó en los oídos; tenía el corazón desbocado. Debía marcharme de inmediato.

Marissa siguió hablando, pero yo me concentraba en lo que ocurría en la sala. Imogen bromeaba con un mortal y le rozaba el brazo con la mano. Los había visto a los tres, Cameron, Xavier y ella, entrar en el salón principal unos minutos antes y sabía que era más que probable que hubiesen asaltado la licorera donde Vincent guardaba el whisky. Cameron bailaba con una rubia. Alcanzaba a verle asomar la cabeza y un brazo que sostenía un vaso y en cuyos dedos relucían los anillos de plata.

Marissa seguía con su parloteo; yo fingía que la escuchaba, y asentía de vez en cuando mientras me frotaba detrás de la oreja; pero tenía toda la atención puesta en localizar a los demás. Tardé unos segundos en ubicar la temible cresta de Xavier. Las carcajadas lo hacían sacudirse de risa, y las risotadas retumbaban por toda la sala.

Era mi oportunidad.

Me terminé de un trago la bebida y miré de reojo a Vincent y Samkiel. Vincent empujaba a Samkiel a unirse a otra interesantísima conversación con otro grupo de embajadores que estaban deseando adularlo.

—Si me disculpas... —le dije a Marissa.

Esta me sonrió y, con un asentimiento cortés, se dio la vuelta y se dirigió hacia otro pequeño grupo de mortales.

Me moví con aire despreocupado, pero tan rápido como me fue posible; no quería llamar la atención mientras me dirigía hacia la salida más cercana. Saludé y sonreí a unos cuantos humanos, pero sin detenerme. Si iba a marcharme antes de que nadie sospechase nada, tenía que darme prisa.

Eché un último vistazo atrás para asegurarme de que Samkiel estaba de espaldas a mí y me deslicé fuera de la sala. Nada más cruzar el umbral eché a correr hacia el ascensor.

En mi habitación me quité el traje y la corbata y me puse unos pantalones negros, una camisa y una sudadera a juego con capucha y cremallera. Cogí el móvil, que estaba en el cargador circular luminoso de la mesilla de noche. La pantalla se iluminó. Miré para comprobar la hora; la cara de Neverra y la mía me miraron desde la pantalla y mi corazón amenazó con estallar. Sonreía y se inclinaba hacia mí, con el rostro junto al mío. Una de nuestras citas para comer. No tenía nada de especial, excepto que estaba con ella. ¿Cuántas veces había estado en la cama, despierto, mirando la pantalla como si la fuerza de voluntad bastase para traerla de vuelta? Habría dado mi vida solo por saberla feliz, por verla sonreír de nuevo.

Me guardé el teléfono en el bolsillo y me eché la capucha sobre la cabeza. Levanté la mano y miré la Marca de Dhihsin. Ya casi se había convertido en un acto reflejo. Seguía allí, lo que significaba que ella también, y esa era toda la esperanza que necesitaba.

—Te encontraré. Lo juro.

La nieve caía y caía, incluso en Pamyel. No tenía claro si había cambiado el tiempo o Samkiel por fin había dado rienda suelta a sus emociones. Fuera como fuese, la nieve en polvo lo cubría todo. Atravesé a pie la ciudad desierta; las únicas luces procedían de las pocas farolas que aún funcionaban. Marissa tenía razón; era una ciudad fantasma. No había luces en los hogares abandonados. Todo estaba en silencio excepto por las criaturas diminutas que buscaban comida. Consulté de nuevo el móvil. La entrada de la caverna estaba más adelante, pasado un edificio a medio construir. La brisa helada agitaba la cinta de colores brillantes que rodeaba las grandes vallas que aislaban la zona para mantener a la gente fuera.

Levanté la cinta, me agaché para pasar por debajo y me dirigí hacia las vallas. Un escalofrío me recorrió la espalda. Me detuve y miré a mi alrededor. Los anillos vibraban de anticipación. Pero nadie acechaba en los alrededores y el único latido audible parecía proceder de un pequeño animal que se escabullía entre los arbustos. Me encogí de hombros e hice un esfuerzo por calmarme. Luego me volví y levanté la mano. El poder azul se derramó de la palma y fundió el extremo de la valla. Apagué la luz azul y caminé hacia la entrada de la gruta.

Vi una luz reflejada. Dos coches se acercaban. Me agaché y los pies me patinaron sobre los guijarros. Los neumáticos crujieron y se detuvieron cerca. Mierda. ¿Me había seguido la Mano? Me agazapé detrás del edificio y atisbé a mi alrededor. No veía ni sentía a ninguno de mis hermanos, ni a Samkiel.

Me asomé a la esquina y vi varios camiones grandes. De la parte de atrás de los vehículos salía gente que se movían de forma extraña. Entonces me llegó el olor. Oh, dioses, ese hedor. Lo conocía. Una vez experimentado, no había forma de olvidarlo. No sabía cómo era posible, pero esas personas ya no estaban vivas. Se movían, pero estaban muertas.

Me mantuve agazapado, tapando la nariz con la mano para amortiguar el olor, y esperé. Cada persona llevaba lo que al principio pensé que eran trozos de chatarra cualesquiera, pero al mirar más de cerca me di cuenta de que eran objetos de hierro. Me levanté muy despacio y rodeé el edificio, procurando mantenerme fuera de la vista. Si llevaban hierro, era razonable pensar que formaban parte de la legión de Kaden y que podían llevarme hasta Nev.

Los vi adentrarse sin miedo en la negra boca de la caverna. Una vez desapareció el último esperé un par de minutos y luego avancé. Me mantuve tan agachado como pude, concentrado en mantener el poder oculto en mi interior. Era un truco que nos había enseñado Samkiel para poder acercarnos con sigilo a oponentes desprevenidos. Respiré hondo, dediqué una breve oración a los antiguos dioses, y entré en el agujero.

Fui pegado a la pared; no quería arriesgarme a usar la luz azul para iluminar el camino. Era capaz de ver incluso en la más absoluta oscuridad, aunque no tan bien como si tuviese un atisbo de luz. Pero el sonido de pasos que descendían hacia la sofocante oscuridad era fácil de seguir. En el espacio cerrado de la cueva, el hedor era abrumador. ¿Cuánto tiempo llevaba muerta esa gente?

El agua goteaba de las puntas de las estalactitas y mientras más me adentraba más calor hacía, hasta que llegó un punto en que me sentía como si atravesase una tormenta tropical. Caminamos un tiempo que se me hizo interminable, hasta que la caverna se dividió en dos túneles que caían en picado, separados por una especie de precipicio. Me quedé pegado a la pared, mirando. Los muertos se dividían; unos se dirigían a la derecha y otros a la izquierda. Me acerqué con sigilo, mirando bien dónde pisaba y me asomé por el borde. Ambos caminos llevaban al mismo sitio.

La cueva que había debajo no era natural; era evidente que la habían tallado en la roca sólida y la habían llenado con fila tras fila de ollas de hierro, viejos utensilios de cocina y gruesas barras de metal. A esa profundidad no llegaba ni una pizca de luz, pero los muertos formaron un semicírculo y se quedaron mirando la inmensa pila como si esperasen algo o a alguien. Al pararme cerca del borde, mis pies desprendieron pequeños guijarros, pero los que estaban abajo no se movieron ni emitieron sonido alguno. No daban señal de que pudiesen oírme ni de que fuesen conscientes de nada de lo que los rodeaba. Permanecían inmóviles, con las cabezas torcidas en un ángulo extraño, como si estuviesen escuchando.

Esa podía ser la pista que necesitábamos y que tal vez nos permitiera encontrar a Nev. Tenía que volver a la superficie, donde había cobertura. Tenía que contárselo a Samkiel y a los otros. Me aparté de la cornisa y, al darme la vuelta, me quedé inmóvil. Dos ojos rojos me miraban desde la oscuridad vacía. Traté de invocar una espada, pero ella era muy rápida. Una mano me rodeó el cuello y me empujó contra la pared con tanta fuerza que la agrietó. Me arañé la espalda con la piedra cuando me levantó casi sin esfuerzo. La agarré de la muñeca y apreté.

—Hola, guapo —ronroneó Dianna—. Cuánto me alegro de que hayas venido. Me muero de hambre.

Extendió los colmillos, se inclinó hacia mí y me los clavó en el cuello.

XXXIX
LOGAN

Dianna echó la cabeza hacia atrás con los colmillos manchados de mi sangre. Se lamió los labios y me sujetó el cuello con más fuerza.

—¿Dónde están los demás?

—Estoy solo —logré decir, medio asfixiado.

Me miró con una mueca de desprecio.

—¿Estás solo? Pues vaya una estupidez.

Se apartó de un empujón y se limpió la boca con el dorso de la mano. Yo me desplomé contra la pared y me apreté la herida del cuello a la espera de que se curase. Samkiel me había hablado de los ensueños de sangre y de la capacidad de Dianna para hurgar en los recuerdos de aquellos cuya sangre había consumido. ¿Sería capaz de ver lo mucho que Samkiel la echaba de menos?

Me dio la espalda y se acercó al borde para mirar la caverna oscura que había debajo.

—¿Qué haces aquí? ¿Explorar?

Me acerqué a ella mientras me frotaba el cuello.

—No, estoy buscando a Neverra —repliqué.

—¿Todavía? —Resopló—. No vas a rendirte, ¿verdad?

—Tú estás aquí por la misma razón que yo. Por alguien a quien quieres.

Volvió la cabeza hacia mí con un gesto brusco, y retrocedí. El poder se derramaba de ella y me producía un hormigueo en la piel. Me había enfrentado a monstruos de todas las formas y tamaños, pero ella me daba ganas de esconderme.

—¿Y Samkiel ha permitido que su aliado más fuerte y de más confianza la busque solo?

Tragué saliva. El dolor del cuello ya casi había desaparecido.

—No lo sabe.

Dianna ladeó la cabeza y me miró cruzada de brazos. Chasqueó la lengua, con un gesto de vaga sorpresa.

—Míralo, si se ha hecho mayor y desobedece órdenes y todo. Me impresionarías, si no te estuvieses cruzando en mi camino. —Sus ojos se oscurecieron. Su sonrisa reveló el borde afilado y mortífero de los caninos.

—¿En tu camino a dónde? —Mi pregunta pareció pillarla desprevenida y, por un momento, cejó en el empeño de intimidarme.

En vez de responderme se quedó mirando a los muertos de abajo, que permanecían inmóviles. Pero, antes de que pudiese insistir con mis preguntas, la sala estalló de actividad. Todos los humanos muertos levantaron la cabeza al unísono y emitieron un grito retumbante. Me tapé los oídos. Dianna se puso seria; extendió el brazo y me golpeó en el pecho para apartarme del borde del repecho.

—Es hora de irse, Logan.

No le hice caso, así que me empujó para adentrarnos en las sombras hasta que casi no perdimos de vista lo que ocurría abajo. Al fin, los gritos cesaron y la cueva se quedó tan silenciosa que se habría oído la caída de un alfiler.

—¿Qué era ese ruido tan horrible? —susurré, y aun así me pareció que sonaba muy alto.

—Una baliza —respondió con otro susurro. El suelo que había bajo los humanos tembló. Se formó un círculo perfecto de ascuas y partículas de hierro y polvo que daban vueltas. Chocó con la pared de piedra; el borde exterior estalló en llamas y el centro se coaguló en una mancha de oscuridad.

—¿Una baliza para qué?

—No para qué. Para quién.

Como si fuese la señal, un hombre atravesó el portal. La energía que desprendía era antigua e inconfundiblemente ig'morruthen. Tenía el pelo negro y muy corto, y su piel de ébano relucía a la luz del fuego. Llevaba una chaqueta negra abotonada con remaches de plata en el cuello. Una larga tira de tejido suave le caía sobre el hombro derecho; parecía fuera de lugar sobre el material grueso y tosco que componía el resto de su atuendo. Pero sabía lo que representaba aquella prenda: realeza. Era un Rey de Yejedin y lo reconocí por la descripción de Samkiel.

En Onuna lo llamaban Tobias, pero en Rashearim lo conocíamos como Haldnunen.

Ahora sabía qué era aquel portal giratorio y a dónde conducía. Sin mirar a Dianna, comprendí que ella también lo sabía. Ese era su plan: esperar a que se abriese un portal y buscar una forma de cruzarlo. Pero ella no sabía nada de los dominios, ni de cómo funcionaban los portales. Si bajaba y lo atravesaba, se quedaría allí atrapada, o algo peor.

El portal se amplió y monstruos terribles llenos de garras se abrieron paso a través de él. Extendieron las alas y anunciaron su presencia con gritos agudos antes de lanzarse a volar. Las gruesas alas coriáceas batieron y los llevaron hacia lo alto. Hileras e hileras de dientes chasquearon sobre las cabezas de los mortales.

Dianna me sujetó del brazo y me empujó contra la pared más lejana. Se llevó un dedo a los labios. Sentí como si el mundo se desplazara una fracción. Una película brumosa y apagada cubrió el mundo, como si estuviésemos ocultos detrás, mirando a través de una ventana torcida. Mantuvo la mano sobre la mía y vi algo como olas de oscuridad que nos rodeaban, primero a ella y luego a mí. Se dio la vuelta para encarar la gruta y apretó la espalda contra el muro, a mi lado. Uno de aquellos seres enormes se posó justo donde acabábamos de estar. Caminaba sobre cuatro patas con garras, con la nariz pegada al suelo, olisqueando.

Se le dilataron las aletas de la nariz al concentrarse en el punto donde Dianna había estado parada. No olfateaba por curiosidad. La estaban buscando. Plegó las inmensas alas contra el cuerpo. La cola, larga y poderosa, se agitaba tras él. La cabeza se giró con brusquedad hacia nosotros. Flexioné la mano, listo para invocar un arma ardiente y cortarlo en dos. La mano de Dianna se aferró a la mía y la miré. Negó con la cabeza. Sentí moverse el aire, y de repente la bestia estaba frente a nosotros.

El morro alargado y la nariz respingona bajaron hasta el suelo y lo olfatearon a pocos centímetros de nuestros pies. Me llegaba el olor denso y cálido del monstruo. Abrió las mandíbulas y una lengua roja, larga y gruesa, barrió el suelo. Le brilló el blanco de los ojos, como si saborease algo que le gustaba. Levantó la cabeza de un tirón y nos echó el aliento a la cara.

Desde el momento de mi creación me habían entrenado para no sentir miedo. Había visto monstruos capaces de engullir ciudades enteras; pero lo único que me retuvo allí en aquel momento fue la mano de Dianna apretada contra la mía y el paso adelante que dio. La bestia, alzada, era mucho más alta que nosotros. Dio unos cuantos pasos hacia donde estábamos, con la cola arrastrando detrás. Se detuvo y se inclinó hacia delante con la cabeza ladeada, como si estuviese olisqueando el aire por encima de nuestras cabezas. Las orejas grandes y cavernosas se agitaron, como tratando de escuchar nuestros latidos. Hice una mueca. Le olía el aliento a carne y a sangre y el agrio hedor me revolvía el estómago. Las garras de Dianna se alargaron y me presionaron los nudillos. Estaba preparada para matarlo, pero hacerlo alertaría a los demás. Le apreté la mano y ella dio un paso atrás. No me miró, pero tampoco avanzó.

Un silbido cortó el aire y la bestia se volvió hacia la fuente del sonido. Extendió las alas correosas y, con un poderoso impulso, se elevó y voló sobre la sima. Dianna me soltó la mano, pero permanecimos en aquel refugio de humo y sombras. Me mantuve a su lado cuando nos acercamos a la cornisa. Los humanos muertos y el hierro habían desaparecido, y Tobias tampoco estaba a la vista. Las últimas bestias cruzaron volando el portal, que comenzó a cerrarse.

El mundo se aclaró de repente y la niebla que me tapaba la visión desapareció. Parpadeé y me volví hacia Dianna para preguntarle qué estaba pasando, pero ya no estaba allí. La busqué, frenético, y la vi corriendo hacia el portal que se cerraba poco a poco. Salté y aterricé frente a ella, tan fuerte que noté el impacto en las rodillas. La sujeté de los hombros y la sacudí, quizá con más violencia de la necesaria.

—¿Estás loca? —le susurré; no sabía si aún había alguien lo bastante cerca como para oírnos—. No puedes cruzarlo. No sabes a dónde conduce, ni qué pasará cuando se cierre. —Y Samkiel me matará si desapareces para siempre. Eso último solo lo pensé.

Dianna me fulminó con la mirada y gruñó, frustrada. Me agarró las muñecas.

—Vete a casa, Logan —siseó—. De todos modos, lo más probable es que ya esté muerta.

—No. Y no digas eso. —Sin pretenderlo, la vista se me fue a la mano y a la marca de nuestra unión. Neverra seguía viva.

Me retorció las muñecas con tanta fuerza que sentí la tensión en los tendones, y se liberó de mis manos.

—¿Qué os pasa a los tíos de Rashearim? —inquirió, mientras me rodeaba y se dirigía al portal que seguía cerrándose lentamente—. ¿Sois incapaces de dejar escapar nada, o qué?

—Nunca has amado a nadie, supongo.

Dianna hizo una mueca cuando me volví a cruzar frente a ella y apretó los labios. Puso los brazos en jarras, frustrada, pero sabía que no me haría daño. Alguna parte de mí lo sabía.

—Oye, ese portal es un viaje solo de ida. Si entras, no volverás a salir.

—Evidentemente —dijo, con un tono tan pragmático que me pilló por sorpresa.

—Lo sabías.

—Claro que lo sabía. —Puso los ojos en blanco y luego agitó las manos como para espantarme—. Y ahora, vete a casa.

De repente todo encajó y me horroricé al comprender lo que pretendía.

—Por eso no te has traído a los otros contigo, a la bruja y al hado. Porque no tienes pensado volver, ¿verdad? Y por eso has tratado de alejar a Samkiel. ¿Por qué no has dejado que te ayude? Te vas a embarcar en una misión suicida.

—Si estoy en lo cierto, el portal me llevará a Kaden. El plan nunca ha contemplado la posibilidad de volver. —Me miró a los ojos mientras intentaba rodearme y yo lo impedí cortándole el paso—. Vete a casa —gruñó con los dientes apretados.

—¿Qué diría Gabby de tu misión suicida? ¿O Samkiel, ya puestos? Dianna, no puedes abandonarlo. —El miedo me inundó. Sabía lo que significaba para él y cómo lo afectaría su muerte. Ya había empezado a irse, a encerrarse en sí mismo.

«Me perdisteis mucho antes de que cayese Rashearim».

El corazón me galopaba en el pecho.

—No es mío, no puedo quedármelo —cortó—. Y si tú fueses de verdad su mejor amigo, harías que se olvidase de mí y se casase con ella.

—¿Con Imogen? —me burlé—. Eres una maldita idiota egoísta...

Me lanzó un golpe. Lo bloqueé atrapándole el puño con la palma. Golpeó de nuevo con la mano libre y le sujeté la muñeca. Tenía los músculos en tensión por el esfuerzo de retenerla. Su fuerza era asombrosa, pero yo estaba rabioso. Nos miramos el uno a la otra, enfrentados en un pulso que no tenía un vencedor claro.

—¿Cómo puedes hacerle esto? ¡Con todo lo que ha hecho por ti, lo que ha arriesgado! ¿No te das cuenta de lo mucho que le importas? Sabes cuánto ha perdido, ¿y quieres añadir más dolor?

—¡No sabes nada de mí! —Me dio un cabezazo que me hizo ver las estrellas. Retrocedí y aflojé las manos lo suficiente para que se girase y me voltease sobre la cadera. Caí al suelo y el aire se me escapó de los pulmones.

—Qué chorrada. —Tosí—. Gabriella nos lo contó todo a Neverra y a mí. El modo en que hablaba de ti… Te admiraba, quería ser fuerte como tú porque no le temías a nada. Morirías por aquellos que amas. Te quería tanto… Y ahora, mírate. Quieres rendirte sin intentarlo siquiera. Vas a desaprovechar su sacrificio como si no significase nada. Eres patética. Gabby se avergonzaría de ti.

Dianna cayó sobre mí y su puño me golpeó en la cara. Dos veces. Me agarró del cuello de la camisa y tiró de mí para incorporarme. Tenía los colmillos extendidos, y los ojos rojos y brillantes.

—Si vuelves a mencionar su nombre, no te tendrás que preocupar por encontrar a esa esposa cuya muerte es inminente. Te enviaré con ella yo misma.

Me tumbó de un empujón y luego se levantó y se dirigió al portal.

Me senté y me limpié la nariz y el labio que ya empezaban a curarse.

—Si no me llevas contigo, iré directo a Samkiel y se lo contaré todo. Le diré dónde estás y cuáles son tus planes. Vendrá y reducirá este sitio a escombros para encontrarte, y de ese modo tu plan, sea el que sea, quedará arruinado.

Se volvió hacia mí con las aletas de la nariz dilatadas y los dientes apretados.

—¿Me estás amenazando? ¿Sabes que podría matarte, aquí y ahora?

—Hazlo. No nos asustas. La Mano no te tiene miedo. Ninguno de nosotros. Sabemos que no nos harás daño porque en tal caso se lo harías a él. Niégalo si quieres, pero lo noto. Todos lo vemos. Sé que te importa lo bastante como para no querer hacerle eso.

Me dedicó una sonrisa enfermiza.

—¿Estás seguro? Porque destripé a Cameron.

—Esquivaste todos los órganos y arterias importantes.

Entrecerró los ojos.

—¿Los devoradores de sueños?

Me encogí de hombros.

—Las pesadillas son una parte de la vida. —Me puse de pie y me sacudí el polvo.

—Apuñalé a Samkiel. Unas cuantas veces.

—Y lo salvaste de hundirse con el barco. Y no olvidemos que te atrapó con un beso. Mira, podemos seguir con este toma y daca, o puedes dejarme que te acompañe. O, como te he dicho, le contaré a Samkiel dónde estás. Estoy seguro de que llegará aquí en un instante, y no creo que te deje escapar dos veces. Decídete, Dianna. El portal se cierra.

Inspiró hondo y miró al portal, cada vez más y más pequeño. Mentiría si negase que me asustaba que me dejase inconsciente y se fuese sin mí, pero esperaba, no, prácticamente rezaba por que mis palabras se hubiesen abierto camino hasta ella.

—Chivato —dijo por fin, con un suspiro. Sonreí. Era una pequeña victoria, pero me conformaría con ella—. Vale. Pero no te me cruces y no esperes que te salve el pellejo otra vez. Vienes conmigo, pero luego cada uno por su cuenta.

—Vale —asentí.

—Vale. —Se encaminó al portal sin esperar a ver si la seguía. Sabía que acompañarla sin un plan de huida era una pésima idea, pero era lo más cerca que había estado hasta ahora de encontrar a Nev y no pensaba desaprovechar la oportunidad.

—Perdóname, Samkiel —susurré y crucé el portal, que se cerró detrás de mí.

XL
DIANNA

Las montañas más altas y escarpadas que había visto jamás se elevaban en todas direcciones, con los altos picos rodeados de un humo espeso. Seguí a los humanos muertos con la vista hasta que el último de ellos salió de la cueva y se adentró en un castillo excavado directamente en la montaña. Las bestias trazaban círculos en lo alto; se estiraban y batían las alas, pero siempre cerca de la ciudadela de roca.

Miré de refilón y me paré para empujar a Logan al interior de la cueva.

—Tu piel —siseé. Los tatuajes le marcaban la piel de brillante color cobalto; las delgadas líneas conducían a unos ojos todavía más azules y que lo señalaban como un celestial.

—En algunos dominios no puedo controlarlos y Yejedin debe de ser uno de ellos.

—Estupendo. Quédate aquí y yo iré a matar a Kaden.

—Y una mierda. —Me sujetó el brazo y yo contuve las ganas de arrancarle el suyo.

—Logan, si me vuelves a agarrar —amenacé— te dejo inconsciente y te abandono en esta puñetera gruta.

Me soltó, pero esta vez no retrocedió.

—Ya te lo he dicho, no vas a ir sola.

—Pues tú no puedes venir. Brillas como una lámpara de noche de color azul. Te va a detectar hasta el último monstruo. Lo único que conseguirás es traerme problemas.

—Puede que así sea, pero solamente si entramos por la puerta principal.

—De acuerdo. ¿Qué otra entrada hay?

Miró más allá de mí, hacia abajo. Seguí su mirada con los ojos y gemí para mis adentros.

—Por Dios, tienes que estar de broma.

—En absoluto.

El olor del río me hizo fruncir los labios.

—No pienso saltar ahí.

—Vale, entonces por la puerta principal.

Y echó a andar hacia el castillo. En esa ocasión fui yo quien lo agarró del brazo y lo frenó.

—Eres un puto coñazo. Debería haber decidido matarte en cuanto apareciste por primera vez —siseé. Me acerqué algo más al borde del embarcadero—. De haberlo hecho, me habría ahorrado un montón de tiempo.

Pero no lo había hecho.

Y sabía por qué.

«Me caen bien Logan y Neverra. Son amigos míos».

Las palabras de Gabby siempre me rondaban la cabeza y me servían de brújula moral.

—Déjame ir delante. Samkiel querría…

—Regla número uno de nuestra breve asociación. No mencionamos su nombre ni hablamos de él. —Le dediqué la mirada más amenazadora que pude.

—¿Por qué? —inquirió con una mueca burlona, sin dejarse afectar lo más mínimo por mi mirada asesina—. ¿Te molesta su nombre? Dijiste que no te importaba para nada. Si es verdad, es un poco raro que te moleste, ¿no?

Entrecerré los ojos y lancé a Logan al río de un empujón. Contemplé satisfecha cómo se hundía bajo el agua, pero luego suspiré al ver que aún se veía el brillo azul bajo la corriente. Cuando salió a la superficie, miró hacia arriba y me hizo una peineta. Por primera vez en meses, sonreí.

Seguimos los muros bajo el castillo, tratando de esquivar las aguas pantanosas. Teníamos las ropas empapadas y se nos pegaba el pelo a la cara. Sacamos de los zapatos toda el agua que pudimos para no alertar a nadie con el ruido. Podía usar el calor de mi fuego para secarnos, pero oler como nuestro entorno era una excelente tapadera que nos ayudaría a no ser detectados hasta que estuviese lista.

—¿Has oído eso? —susurró Logan.

—Sí. —Era un chirrido metálico, como mil máquinas en marcha sobre nosotros.

—Está construyendo algo. Por eso necesita el hierro.

—Sí. —La única pregunta era «¿Qué?».

De repente, Logan se paró en seco. La conmoción y algo imposible de definir le cruzaron las facciones. Bajó la mirada hasta la mano.

—La siento.

—¿Qué?

—Neverra. Puedo sentirla. Está aquí. —Le brillaba tanto la piel en la oscuridad que entrecerré los ojos para no deslumbrarme. Giró en un círculo muy cerrado, jadeando. Fijó la vista en algo que había detrás de mí y se fue corriendo, convertido apenas en una luz cerúlea brillante en medio de la penumbra.

—Joder —dije, y lo perseguí.

Lo atrapé por la manga y lo obligué a volverse. El mejor amigo de Samkiel, su hombre de confianza, había desaparecido, reemplazado por un guerrero celestial, territorial y posesivo.

—Suéltame. —Me clavó aquellos brillantes ojos azules. Lo lancé contra la pared más cercana y lo sujeté presionándole la garganta con el antebrazo. Se resistió, pero no consiguió soltarse. Se comportaba de un modo feral, pero yo me había alimentado tanto que ni siquiera los miembros de la Mano eran rivales para mí.

—Antes de cargar contra los dioses saben qué, párate un momento a pensar.

—Está aquí —insistió—. Tengo que llegar hasta ella.

Hice más presión y la roca que había tras él se agrietó.

—Y lo harás, pero si entras corriendo, sin un plan, alertarás a todo el mundo y moriremos.

—Pero ¿y si…?

—Logan. —Intenté razonar, aprovechar esa pizca de esperanza que solía acompañarme—. Si ha permanecido con vida hasta ahora, unos pocos minutos más no van a cambiar nada. Piensa. ¿Qué te enseñó Samkiel?

Odiaba pronunciar su nombre, oírlo. Hacía estremecer el vacío de mi pecho, y en ese momento no podía permitir que me distrajese el dolor. Tenía que ser letal, y su recuerdo me hacía débil, indecisa. Pero si dejaba que Logan entrase corriendo, iba a arruinarlo todo.

—Tienes que controlar las emociones como nos enseñó. Piensa antes, no te dejes llevar por el instinto ni por un impulso. —El dolor sordo y vacío empezaba a hacerse notar—. Respira. Centro. Concentración. Núcleo. Así. —Respiré poco a poco, asegurándome de que Logan viese cómo inhalaba el aire por la nariz y lo retenía dentro antes de liberarlo por la boca. Moví la mano siguiendo el patrón que ya me era tan familiar, de la parte superior de la cabeza al pecho y empujar de nuevo, como me había enseñado Samkiel. Todo ello sin apartar la mirada de la de Logan, con la esperanza de que me escuchase—. Ahora, hazlo tú.

Echó la cabeza hacia atrás y se relajó. Lo solté. Inspiró hondo y empezó con el pequeño ritual de concentración; al terminar se apartó de la pared. El frenesí le había desaparecido de los ojos y la luz de la piel ya era solo un brillo suave. La necesidad de seguir aquel impulso cegador de ir en su busca era perceptible aún, pero ahora podía manejarla.

—¿Mejor?

Asintió e inspiró hondo de nuevo. Convencida de que ya se había controlado, me volví para regresar por donde habíamos venido. Alcé la mano y conjuré una llama que nos ayudase a guiarnos. Logan se puso a mi lado.

—¿También te enseñó eso?

Me mantuve un largo rato callada, para evitar que el dolor sordo me arrastrase. Y un candado en una puerta en una casa se estremeció.

—Sí.

—Es un mantra que le enseñó su padre.

—Lo sé.

Sentí la mirada penetrante de Logan.

—¿Cuándo te lo enseñó?

—No importa. —Sacudí la cabeza para cambiar de tema. No quería hablar de nada que me desviase de mi misión—. ¿Qué ha pasado antes? Parecías una persona totalmente diferente.

Me miró de reojo y pareció comprender que no quería seguir hablando de Samkiel.

—Cuando estamos cerca puedo oírla, sentirla. Lo que viste antes es, por decirlo de la forma más sencilla, mi necesidad de protegerla. Haría lo que fuera. Es una reacción instintiva. Mi cuerpo toma el control sin que yo pueda hacer nada.

Fruncí el ceño y ladeé la cabeza.

—¿En absoluto?

Logan se encogió de hombros. El pasillo de la caverna se estrechaba.

—Una vez tuvimos una pelea, como le pasa a todas las parejas. Ni siquiera recuerdo cuál era el motivo, pero discutíamos en la cocina y no reparó en que tenía la mano muy cerca del fogón. Puse la mía debajo de la suya antes de que pudiese tocarlo. Las llamas no nos hacen demasiado daño, pero jamás permitiría que le pasara nada, si puedo evitarlo. Haría cualquier cosa por ella. El instinto protector es una de las muchas consecuencias de la marca.

—¿Te refieres a la Marca de Dhihsin?

Asintió.

—Ahora que estamos cerca puedo sentirla. Tiene frío y está sola y hambrienta.

—¿Puedes oír sus pensamientos?

—Sí. Lo compartimos todo. Por eso, la marca solo aparece con tu pareja espiritual. Lo más parecido en vuestra lengua sería «alma gemela», «compañera», «pareja predestinada» o algo así; esa persona que es tu igual en todos los aspectos. Así lo describían los antiguos dioses. La marca aparece cuando se completa el vínculo y solo desaparece tras la muerte. Matar a la pareja espiritual de alguien era un delito castigado con la muerte, pero no por ello dejaba de ocurrir. Era una forma práctica de matar a ambos. El superviviente no se muere físicamente, al menos al principio, pero acaba por sucumbir al dolor, al corazón roto. Y al final... se detiene.

—Oh. —Una sensación de desagrado me hizo estremecer. Me agaché para esquivar una roca colgante—. Parece terrible.

—Es un vínculo a todos los niveles y en todos los sentidos, que conecta a dos personas. ¿Conoces la historia de Gathrriel y Vvive? —Negué con la cabeza—. Es el primer caso conocido de la marca. Al desatarse el caos primordial, todo el mundo luchó para abrirse su propio hueco en los dominios. Cuando Vvive lo encontró, Gathrriel era un poderoso guerrero herido en la batalla y al borde de la muerte. Ella juró sobre su sangre, su cuerpo y su alma, y pidió a los Sin Forma, los que estaban antes de la creación, que lo salvasen. Entonces apareció la marca. Fue la primera pareja espiritual, y los unió de todas las formas posibles. Aquel día, ella lo salvó. Salvó el mundo, en realidad. Dhihsin era la hija de Gathrriel y Vvive, y de ahí el nombre. Era una forma de honrar su amor y una de sus mayores alegrías, tras todos los retos a los que se enfrentaron. Algunos dioses despreciaban la marca y opinaban que era un desafío al orden natural.

Logan me miró de reojo, como si la historia no fuese una leyenda, transmitida y repetida para confortar y ayudar a los tontos enamorados a dormir mejor.

—Ese fue el comienzo —siguió—. Tu vida se convierte en la suya, y tu poder en el suyo, etcétera. A veces siento como si... —Guardó silencio y se miró la marca del dedo—. Espero estarla ayudando a mantenerse viva. Algunos compartimos la misma fuerza vital. Quizá la estoy curando. No lo sé.

Le vi flexionar la mano.

—Puede que lo estés haciendo.

No sé por qué quise reconfortarlo, pero tal vez era lo que necesitaba oír, porque me lanzó una breve mirada y sonrió.

Nos mantuvimos un rato en silencio. Sus palabras me daban vueltas en la mente. Amar tanto a alguien que creas una marca que trasciende el tiempo. A Gabby le habría encantado sentir algo así. ¿Cómo sería tener a la persona perfecta diseñada justo para ti? A Gabby le gustaban esas cosas, y verlo, y leer sobre ello. Le encantaba el amor, o tal vez la idea del amor.

Por otra parte, yo había visto el amor muy de cerca. Kaden me había enseñado que no era más que un sueño para niños. Todo el mundo mentía, engañaba o vendía a sus presuntos «amados», si se le ofrecía un buen precio. En mi mundo, el amor no era real, aunque quizá en el de Gabby, sí. Ella deseaba una pareja espiritual. Ella misma me lo había dicho, y tal vez Rick lo había sido. No era más que un humano, pero había muerto peleando para mantenerla a salvo, cuando yo no había sido capaz.

—¿No sabías todo esto?

La voz de Logan me sacó de mis pensamientos. Nos agachamos para pasar bajo una losa caída. Goteaba agua del techo y la humedad iba en aumento.

Negué con la cabeza, mientras mantenía la vista al frente y ponía un pie detrás de otro.

—¿Cómo iba a saberlo? Esas cosas no existen para los seres de la noche. —Mantuve la mirada impasible, aunque notaba el sudor que me corría por la espalda—. Nunca tendré un compañero.

Aunque se diese el milagro y lo tuviese, lo más probable es que fuese Kaden. Una nueva oportunidad del universo para reírse de mí y burlarse de mi alma desgraciada. Él era tan cruel como yo.

—Todo el mundo tiene —dijo Logan—, y siempre se encuentran.

—Seguro que sí —resoplé.

—Te digo la verdad, Dianna. No importa la distancia ni el tiempo. Es inevitable, aunque hagan falta mil años o más.

—Por favor. —Puse los ojos en blanco con tanta energía que me temí que se me dieran la vuelta en las cuencas—. No me digas que crees que Samkiel es mi compañero.

—No. —Se encogió de hombros—. Todos sabemos que su amata murió. Pero entre vosotros hay algo especial.

—No lo hay, te lo garantizo. Si lo crees es que estás tan confundido como él. Samkiel y yo nos odiamos desde el primer momento que nos vimos. Solo conseguimos llevarnos bien porque hicimos un pacto de sangre mientras te tenía como rehén. Y luego tuvimos que trabajar juntos para mantener viva a mi hermana, esa que ahora está muerta. ¿Te acuerdas?

La mueca sardónica de Logan se incrementó.

—Ajá.

—Además —seguí—, se había pasado mil años encerrado sin nada de acción y yo fui la que rompió la racha, así que es normal que se haya obsesionado un poco, pero eso no significa que sea real. —Logan se detuvo en seco y, en contra de mi buen criterio, yo también lo hice. Me volví hacia él con un gruñido—. Logan, te juro que si vuelves a salir corriendo para rescatarla te dejaré inconsciente. —Pero se limitó a mirarme, cruzado de brazos—. ¿Qué?

—Dioses, tienes tanta fuerza física… Pero luego entierras tus emociones a mucha profundidad para no tener que sentir nada por él, ni por nadie. Mentirte a ti misma, ¿te ayuda? ¿O hace que sea todavía peor?

Una bola de fuego salió disparada de mi mano y lo alcanzó en el hombro, rebotó en la camisa y cayó al suelo con un siseo. Se rio.

Lo taladré con la mirada. No tenía ni una marca.

Se dio cuenta de mi mirada mientras se pasaba la mano por el hombro.

—Tras el incidente de la mansión Vanderkai, Samkiel nos proporcionó ropas ignífugas.

—No pasa nada. —Gruñí, enseñando los colmillos—. Puedo destrozarte la garganta con los dientes.

Logan cuadró los hombros y se puso en jarras.

—Ah, entonces no ayuda.

—Joder, Logan, no puedes hablar en serio. Qué futuro ves para nosotros, ¿eh? Incluso antes de que yo empezase a matar. Un buen polvo de vez en cuando, a lo mejor. Pero ¿a largo plazo? No soy como vosotros, ni tampoco como él.

—Ah, ya veo que has sopesado la idea de tener un futuro con él.

—Se acabó. —Gruñí y las garras sustituyeron a las uñas—. Voy a matarte.

Logan levantó una mano para detener mi avance.

—Solo respóndeme a esto. Total, nadie se va a enterar. Es una misión suicida, ¿te acuerdas?

Hizo énfasis en la última palabra, así que lo miré con los ojos entrecerrados.

—Solo dime si has pensado en ello, aunque sea un segundo.

Una luz se encendió tras una puerta tan encerrada en mi mente que me hizo dar un respingo. La puerta se estremeció y se sacudió y unos gritos me estallaron en la mente. Apreté las manos con tanta fuerza que me clavé las garras y me hice sangre.

—No, no lo he hecho —zanjé—. Así que déjalo ya.

—OK. —Le temblaron las comisuras de los labios.

—Y déjate de putas sonrisitas. Dan repelús.

—OK. —Y se rio.

Volvimos a centrarnos en el túnel y nos quedamos callados un rato. Solo se oía el ruido de nuestros pies sobre el suelo de roca. Las llamas danzaban en mis palmas y nos iluminaban el camino. Pero el silencio no duró mucho; lo rompió un zumbido de máquinas y un rechinar de cadenas.

Levanté la mano para frenar a Logan. Al llegar a la boca del túnel apagué las llamas de las manos. Sobre nosotros se oía un ruido de pasos. Nos movimos al unísono, pegados al muro.

—¿Puedes hacer lo que hiciste antes? Para que no nos vean, digo.

Negué con un gesto.

—Para mí misma, quizá. Pero esconderte también a ti requiere mucha energía. Todavía estoy aprendiendo y necesito hacer acopio de fuerza para matar a Kaden.

Logan asintió y se asomó a la esquina para echar un vistazo. Avanzamos al mismo ritmo, ambos pegados a la pared. Seguimos el camino serpenteante bajo el edificio hasta que los ruidos y los pasos estuvieron más cerca. Sobre nosotros, en el techo, había una trampilla cuadrada con una puerta de madera, y varias otras puertas camino abajo. No había peldaños ni escaleras, lo que me permitió saber con exactitud dónde estábamos. Las cloacas. Me tragué el desgrado y traté de no pensar en ello.

—Ese es nuestro punto de entrada. —Señalé hacia arriba y Logan hizo una mueca.

—¿Es lo que creo que es?

Asentí.

—Mira, tanto tú como yo hemos desmembrado a otros seres. Esto no es nada. —No lo vi muy convencido—. No pasa nada, ya voy yo delante. Ayúdame a subir.

—¡Desde luego que no! —Logan saltó y se llevó por delante la tapa de la trampilla.

—¡Hombres de Rashearim! —maldije, con los puños apretados—. Siempre se hacen los putos héroes.

La cabeza de Logan se asomó al agujero.

—Despejado.

Estiró la mano para ayudarme, pero se la aparté de un manotazo y salté. Se apartó de mi trayectoria como pudo. Aterricé agachada y al instante me levanté. Logan se puso de pie de un salto, se sacudió saben los dioses qué de los pantalones, y miró alrededor.

Nos encontrábamos en medio de una sala de piedra poco iluminada. Incluso con el calor de este dominio, la habitación estaba fría y desolada, pero no tuve tiempo de pensar en ello. Algo me agarró de la coleta y con un doloroso tirón me hizo salir volando.

—¡Intruso! —bramó una voz a mis espaldas.

—¡Dianna! —gritó Logan.

Golpeé la pared de piedra y el dolor me cortó la respiración. Logan atravesó la pared que había a mi lado y dejó escapar un gruñido.

Traté de recuperar el aliento. Un ser gigantesco se abalanzó sobre mí a zancadas. Sus brazos, piernas y pecho parecían tallados en piedra, y lo mismo el rostro. Los ojos y la boca eran oquedades. Bramó. Me levanté de un salto e invoqué la hoja desolada. Me lanzó un puñetazo, pero lo esquivé y alcé la espada. El brazo del gigante cayó al suelo con un golpe sordo. Rugió de furia y cargó contra mí. Lo esquivé y, cuando pasaba a mi lado, interpuse la espada. Cayó de rodillas e hizo temblar el suelo. Sobrevino un momento de silencio, y luego la cabeza cayó y rodó sobre el pavimento.

El agujero de la pared vibró y Logan saltó dentro de la habitación con los tatuajes iluminados de brillante color azul.

—Dianna, tienes que... —Se detuvo con la espada medio levantada y se quedó mirando la figura decapitada que se convertía en una pila de tierra y rocas—. Ah, asunto resuelto.

Fruncí el ceño.

—¿Qué haces?

—Venía a echarte una mano, pero no te ha hecho falta.

—Era un gólem, ¿no? —Me encogí de hombros—. Hay que ir a por la cabeza.

Puso un brazo en jarras y frunció tanto el entrecejo que las cejas casi se le unieron.

—¿Y cómo lo sabías? Son antiguos, muy anteriores a tu tiempo.

—Leí algo sobre ellos en un libro.

No le dije en qué libro, ni que fue cuando Samkiel y yo nos colamos en la biblioteca del consejo. Ni de coña iba a dejar pasar aquella oportunidad. En los ratos que no estábamos ocupados mirándonos a hurtadillas el uno al otro, había aprovechado para investigar cada monstruo que pude encontrar.

Nos dirigimos a la puerta. Devolví la espada al anillo y me asomé por la esquina. El pasillo estaba vacío y hacía un calor sofocante. Le indiqué a Logan con un gesto que me siguiera pero que permaneciese agachado.

Llegaba un ruido de máquinas, pero ningún paso que corriese hacia nosotros. Pensaba que alguien habría oído la pelea, pero al parecer me equivocaba. El pasillo giraba hacia la izquierda. Tras doblar la esquina nos detuvimos y pasamos a caminar erguidos.

El pasillo llevaba a un balcón. Más allá de la barandilla de acero se veían saltar chispas rojas y anaranjadas. No estábamos en una mansión, un castillo o un hogar. Ni de lejos. No, aquello era una fábrica.

Sobre nuestras cabezas, unas enormes ruedas metálicas rodaban unas contra otras; las paredes estaban cubiertas de tubos de todos los tamaños. Logan y yo nos asomamos al balcón. Abajo había unas cuantas calderas ovaladas, grandes y gastadas, en las que burbujeaba algo que parecía lava, pero despedía un brillo entre dorado y anaranjado. Unos pequeños seres alados manipulaban las calderas; se daban golpes y empujones y se comunicaban en un idioma que no reconocí.

Se habría dicho que eran demasiado pequeños como para realizar esa tarea, pero inclinaban y movían las calderas como si no pesasen nada. Volcaron un recipiente con el metal fundido, que corrió por una estrecha canalización hasta llenar unos moldes gigantes. Las bestezuelas tiraron de una palanca y una pesada placa de metal descendió con fuerza. Cuando se elevó de nuevo, un ser de aspecto macabro alzó en el aire una espada negra de punta dentada que brillaba con un pálido tono azulado.

Armas. Para eso necesitaba Kaden el hierro.

«Solo es un ingrediente», recordé oírle a Santiago.

—Está fabricando armas —susurró Logan; su voz me sacó de mis pensamientos—. Suficientes para todo un ejército.

Se me cortó la respiración al ver la cinta transportadora que se llevaba espada tras espada a algún sitio fuera de la vista.

—Más que un ejército. —Me volví hacia Logan—. Aquí se acaba nuestra pequeña asociación.

—¿Qué? No.

—Ve a buscar a Neverra.

Me miró como si la loca fuese yo. Quién habría dicho que un rato antes quería lanzarse de cabeza al combate.

—Lo haré, pero podemos encargarnos juntos de esto. Hay demasiadas bestias aquí para que nos separemos.

Lo hice callar.

—Logan, para. —Mantuve la voz baja, pero tan seria como pude—. No soy tu amiga ni tu compañera de equipo, ni tampoco parte de tu pequeña familia celestial; pero ahora mismo tu familia te necesita. Este problema es mío y tengo que acabar con él. —Metí la mano en el bolsillo y saqué una pequeña piedra de obsidiana. Le cogí la mano y se la puse en la palma—. Encuéntrala y usa esto.

Bajó la vista hacia la pequeña piedra que sostenía en la mano.

—¿Qué es?

—Una cosa que ha hecho Camilla. Me dijo que crearía una brecha, pero solo durante un ratito. Creo que tenía la esperanza de que cambiase de opinión después de matar a Kaden, pero no tenía pensado usarla para mí. Iba a enviar de vuelta a Neverra. Si Kaden la hubiese querido matar, ya lo habría hecho.

Logan hizo una mueca como si le costase creer lo que le decía.

—¿Por qué?

—Gabby os apreciaba a ambos. Fuisteis amables con ella y la protegisteis mientras yo no podía hacerlo. Le disteis un hogar. Os lo debo. —No mentía, y esperaba que no se me hubiese quebrado la voz tanto como me parecía que lo había hecho.

—¿Me la ibas a traer de vuelta? —Logan asintió y cerró la mano sobre la piedra—. Gabriella tenía razón. Eres de lo que no hay. —Se inclinó hacia mí, me cogió la cara y me plantó un beso en la mejilla.

Lo aparté de un empujón.

—Puaj. No te me pongas sentimental.

Resopló al ver que me limpiaba la cara.

—¿Qué vas a hacer ahora?

—Voy a destruirlo todo.

No se movió, pero el conflicto que sentía era evidente. Sus instintos protectores tiraban en dos direcciones distintas. Tenía la mirada perdida y las facciones retorcidas como si sintiese dolor. Me apretó el hombro.

—Ten cuidado, Dianna. —Y se fue a toda prisa. Sus pasos se perdieron pasillo abajo.

Me volví. Un grupo de muertos controlados por Tobias vació un cargamento de hierro en las calderas. Retrocedí unos cuantos pasos, estiré los brazos e inhalé hondo. Tiré de ese núcleo de poder que había en las profundidades de mi ser, ese fragmento de mí que había estado alimentando y abasteciendo durante meses, que había guardado y perfeccionado a la espera de este preciso instante; y lo dejé arder. La niebla negra se arremolinó alrededor de mis pies y me ascendió por todo el cuerpo, transformando la piel en escamas. Mientras mi cuerpo crecía, los brazos se convirtieron en alas. Restalló un trueno; había desatado la furia y la destrucción.

La luz iluminaba nuestro pequeño cuarto de Eoria. La tormenta llegó al poco de que nuestros padres nos metiesen en la cama. Torcí el cuello para mirar por la ventana y poder ver las luces que danzaban en el cielo. Me encantaba; Ain lo odiaba. Se escondió bajo la manta. Cada nuevo restallido en el cielo la sobresaltaba. Salté de la cama y corrí a su lado.

—*Hace mucho ruido.* —*Se acurrucó aún más.*

—*Dada dice que es lo normal en esta época del año.*

Un nuevo estallido en el cielo le arrancó un gritito.

—*¿A ti no te asusta, Mer-ka?*

Los truenos devoraban el cielo.

—*Sí, pero ¿sabes lo que hago?*

—*¿Qué?* —*susurró con un hilo de voz.*

—*Me imagino una habitación con muchas puertas en la que puedo encerrar a los monstruos que me dan miedo. Y así ya no estoy asustada. Me imagino a una versión más fuerte de mí que se hace cargo y cierra la puerta con llave. Finjo ser ella y así puedo hacer lo que quiera.*

La lluvia repiqueteaba en el tejado y Ain temblaba cada vez más. Le aparté de la cara los mechones de pelo y me miró. Todavía me acordaba de cuando mamá la tuvo, lo pequeña que era entonces. Recordaba a mamá pedirme que la cuidase yo también, porque me había convertido en la hermana mayor.

—No va a pasar nada, Ain. Te lo prometo. No te va a alcanzar ningún rayo.

Tragó saliva y se arrebujó más bajo la manta.

—No son rayos. Dada dijo que son los dioses, que se pelean.

—Él no lo sabe todo.

Ain miró de reojo hacia la tormenta que arreciaba.

—¿Y si vienen a por nosotros?

—No te preocupes —dije, y volvió a mirarme—. Estoy aquí y no dejaré que te pase nada. Y si intentan atraparte, les patearé los culos.

—No puedes decir esa palabra —susurró, con una risilla.

—No me chivaré si tú no te chivas. —Tironeé de la manta—. Ahora, déjame sitio.

Un relámpago iluminó la habitación, y a nosotras en ella. Ain sacó la manita y estiró el meñique.

—Solo si me haces una promesa de meñique de protegerme —dijo.

Entrelacé el meñique con el suyo y me metí en la cama junto a ella.

—Promesa de meñique.

De mis fauces brotó un chorro de fuego que perforó un agujero en el techo. Lancé el cuerpo al aire y la cola se agitó tras de mí y me empujó hacia arriba. La forma que había adoptado era más grande que nunca. Cada muerte, cada gota de sangre, había servido para crear la bestia maldita que Kaden anhelaba con tanta desesperación. Y que pronto iba a lamentar.

La barandilla de la galería cayó y aplastó todo lo que había debajo. Las bestezuelas heridas chillaron y sus gritos me persiguieron. El humo y el vapor me envolvían y mis alas provocaban remolinos en el aire. Aquí era donde se escondía Kaden, aquí la había tenido retenida. Eché atrás la cabeza y rugí. Luego plegué las alas y me dejé caer hacia el suelo. No iba a dejar nada a mi paso excepto ruinas. De mi garganta brotaba un chorro de llamas hechas de ira y dolor.

Abrasé la fábrica y todo lo que había en su interior. Las bestias en llamas corrían de un sitio para otro, pero no podían escapar de mí. Unas cuantas trataron de huir volando, pero cayeron del cielo entre gritos. Yo era la furia y la destrucción. La venganza y el odio. El principio y el fin. Era la encarnación de la muerte. El humo se arremolinaba y formaba una nube oscura y odiosa. Batí las alas contra ella y me elevé aún más. Sobrevolé en círculos. El sonido que brotaba de mi interior iba más allá de mi mortalidad, más allá del dolor y el sufrimiento. Era un desafío, un grito de advertencia hueco y aciago que sacudía el mundo.

Un grito de guerra.

XLI
LOGAN

Corrí por el pasillo esquivando rocas que caían. Dianna por fin había desatado la furia que tenía reprimida. La fuerza de su poder sacudía cada célula de mi cuerpo y hacía que me brillase la piel. A cada rugido, los anillos vibraban, me instaban a que me protegiese. El impulso de huir era casi irresistible. Me pregunté si los viejos dioses alcanzaban a oír esos gritos. Ardía con un fuego incandescente de rabia vengadora; toda esa ira, ese odio y ese dolor por fin tenían una voz con la que expresarse. Samkiel lo debía de percibir, incluso a esa distancia. ¿Cómo no iba a hacerlo? Dianna era poderosa, estaba cabreada y quería destruirlo todo. Sospechaba que nada podría interponerse en su camino. Tenía que encontrar pronto a Neverra.

Doblé una esquina tras otra, iluminando el camino con la energía color cobalto. El vínculo que nos unía se hacía cada vez más fuerte. Era como si un cable tirase de mí hacia ella. Los gólems que surgían de las paredes y me atacaban ni siquiera conseguían ralentizarme. Los despachaba con rapidez y eficiencia, sin hacer ningún esfuerzo; las cabezas rodaban por el suelo, y ellos se desplomaban.

Otra enorme sacudida me quitó el suelo de debajo de los pies. Caí de culo. El aire volvió a temblar con su rugido catastrófico. A ese ritmo, Yejedin no iba a durar mucho. Nada iba a durar.

Rodé para ponerme de pie y seguí; crucé una sala, luego otra. El cable cada vez estaba más tirante. Mis pies casi ni tocaban los escalones que descendían hacia las entrañas del castillo. La sentía como si fuese el aire de mis pulmones; al adentrarme en la celda, cada inspiración me llenaba de su olor.

De las paredes colgaban cadenas que sujetaban cadáveres en varios estados de descomposición, abandonados ahí para que se pudriesen. Cuando la vi se me paró el corazón y el tiempo dejó de existir. La habían encadenado con los brazos por encima de la cabeza; las muñecas sujetas por las esposas estaban magulladas y ensangrentadas. Los labios cuarteados y sangrantes me hicieron saber que necesitaba agua enseguida. Levantó la cabeza, y el visible esfuerzo que le costó hizo que me subiese la bilis a la garganta. No recuerdo haberme movido, pero al instante estaba frente a ella y le rodeaba con las manos las mejillas hundidas.

—Nev, cariño.

Por fin consiguió enfocar en mí los ojos inyectados en sangre. Sobrevinieron el asombro, la incredulidad, el dolor... Y cuando por fin comprendió que el vínculo que sentía era real, las risas y las lágrimas. Se echó a llorar, y yo con ella. Trató de tocarme, pero las cadenas estaban demasiado prietas. Con un giro de muñeca, invoqué el arma ardiente y corté sobre ella, con cuidado de no hacerle daño. Se derrumbó sobre mí y yo la atrapé. Se aferró a mí y la ayudé a levantarse, la sostuve contra mí con mucho cuidado, para no romperla.

—Me has encontrado. —Se atragantó. La caverna que nos rodeaba se estremecía.

No pude contener un sollozo silencioso.

—Siempre te encontraré.

No supe cuánto tiempo pasamos así, abrazados el uno al otro; no me importaba si la cueva se hundía con nosotros dentro. Lo único que me importaba era que la tenía en mis brazos.

Por fin logré poner suficiente distancia entre nosotros como para poderla mirar bien. A través de los harapos desgarrados se veían cortes y magulladuras. No parecía tener ninguna herida peligrosa, pero estaba claro que había luchado. Siempre lo hacía.

—Déjame que te cure. —Extendí la mano y la Marca de Dhihsin empezó a brillar. Neverra asintió y puso la palma contra la mía. Cerramos los ojos. Las marcas se conectaron y le di la fuerza de mi cuerpo; mi poder se convirtió en suyo.

Sentí un hormigueo familiar; al unirse y mezclarse nuestras almas sentí como que me quitaban un peso. Abrí los ojos y vi cómo su cuerpo se recuperaba, las heridas se cerraban y el color volvía a sus mejillas.

Me tambaleé. Le solté la mano y me apoyé en la pared.

—Logan. —Me cogió del brazo—. Me has dado demasiado.

—Jamás. —Inspiré con fuerza—. Jamás será demasiado.

Se estiró y se levantó sin esfuerzo. Luego me ayudó a aguantarme de pie.

—Ahora estás débil.

—Enseguida estaré bien —dije. Le apreté el brazo—. Ahora sí.

Sonrió y me deslizó la mano sobre el pecho, como si no quisiera perder el contacto conmigo. La celda se sacudió otra vez y Neverra levantó la mirada.

—¿Qué está pasando?

Otro rugido perforó el cielo. Del techo nos llovieron pequeños cascotes.

—Se trata de Dianna. Digamos que es su forma de hacer terapia.

XLII
DIANNA

El fuego lamía y mordía el cielo. Había destruido cada estructura que se elevaba sobre el suelo y los acantilados; no había dejado nada a mi paso. No sabía qué lugar era este, pero llevaba aquí mucho tiempo y era mucho más grande de lo que me había imaginado, un mundo en sí mismo, con edificios abandonados y fortalezas a medio construir. No comprendí todo su alcance hasta que me elevé por los aires.

Las alas gruesas batieron el cielo mientras hacía vuelos rasantes y derramaba el fuego de mi garganta sobre los seres que trataban de huir, tanto en el suelo como en el aire. Chillaban y se retorcían de terror al verme llegar. Me deleité con ello. Los que no se encontraban con mis fauces y mis dientes aserrados, lo hacían con las llamas y la perdición.

Kaden se iba a encontrar sin armas y sin ayuda. Allí no iba a quedar nadie. Me aseguraría de ello. Me lo había quitado todo y tenía la intención de hacerle lo mismo a él. Sobrevolé una torre derruida y atravesé un penacho de humo que se ondulaba en el aire. Cuando se despejó vi una gran ciudadela con torretas retorcidas y brasas ardientes en su interior. El poder que emanaba de allí me invocaba.

Kaden.

Tenía que ser él.

Batí las alas con más fuerza para avanzar a mayor velocidad.

Una figura inmensa surgió de la fábrica medio derruida que había debajo. El grueso cuerpo serpentino se enroscó y se lanzó directamente hacia mí, con la boca abierta de par en par y los colmillos dirigidos hacia mi cuello. Lo esquivé, pero aquellas mandíbulas poderosas me atraparon de una dentellada y me arrastraron hacia abajo.

La sangre me manchó las escamas y, mientras caíamos, dejé escapar un rugido. Chocamos con los restos de la fábrica con un fuerte golpe. Las mandíbulas me soltaron y reboté hacia un lado. Mi forma actual se disipó; las escamas se convirtieron en piel, las alas en brazos. Me corría sangre por el hombro, pero no parecía haber heridas más graves que esa.

—¡Zorra estúpida! —aulló Tobias. El gran cuerpo retrocedió, y ya no era una bestia inmensa sino un hombre—. ¿Tienes la más mínima idea de lo que has hecho?

Me tambaleé al incorporarme. Con un siseo me llevé la mano a la herida del cuello y del hombro. Si no llego a verlo a tiempo me habría destrozado la garganta.

Tobias sonrió al ver la sangre que me corría bajo la mano.

—No sé por qué sonríes —salté—. No puedes matarme, ¿recuerdas? Ya lo has intentado antes.

—¿De verdad eres tan estúpida? En aquel templo no intenté matarte. Solo quería hacerme con el libro y contigo, pero te empeñaste en hacerte la heroína delante de tu nuevo novio.

Di un paso y titubeé. La herida no dejaba de sangrar. ¿Por qué me sentía tan débil? ¿Por qué no me estaba curando?

Tobias me recorrió con la mirada.

—Duele, ¿verdad? Y no se cura.

—¿Qué me has hecho?

—Nada. Eres tú quien se ha lanzado de cabeza contra Yejedin, convencida de que eras invencible. Solo se nos puede herir de muerte en nuestra forma verdadera. Somos más débiles cuando somos más fuertes. Un pequeño mecanismo de seguridad de la naturaleza. —Sonrió—. Gracias a eso, retenerte aquí hasta que llegue Kaden va a ser mucho más fácil.

Solo se nos podía herir de muerte en nuestra forma verdadera. Las palabras me resonaron en la cabeza. Por eso Roccurrem le dijo a Samkiel que no había resucitado nada. Hacía falta algo más que aquello para matarme.

Sonreí y cuadré los hombros sin hacer caso del dolor abrasador.

—Genial. Me aseguraré de que tu cuerpo sea polvo esparcido por el viento antes de que llegue. —Traje a la mano la hoja desolada y la apunté hacia él—. Y después le cortaré la cabeza.

La petulante mirada de satisfacción volvió al instante a sus facciones.

—No me vas a durar nada.

—Solo hay una forma de saberlo.

—Ni siquiera el abuelo de Samkiel pudo matarme. ¿Qué te hace pensar que tú sí podrás?

—Llamémoslo arrogancia.

Tobias sonrió y atacó.

XLIII
DIANNA

—¿Eso es todo lo que sabes hacer? —preguntó con una risotada.

Varias pilas de viejas vigas de hierro yacían contra los muros; las piezas sobresalían en ángulos extraños. Tenían tanto allí que debían de llevar años haciendo acopio de ello, no meses. Estiré el brazo y me sujeté de una rejilla medio rota. Empujé para ponerme de pie mientras maldecía el hombro lacerado. Había dejado de sangrar, pero los cortes seguían abiertos. Me dolía el cuerpo, pero no iba a permitir que Tobias me matase.

—No te voy a mentir. Cuando te vi matar a toda esa gente en Onuna me hiciste dudar. Y a Kaden también. No creíamos que tuvieses pelotas para matar a todos los que tuvieron algo que ver. Sobre todo, a Drake. ¿Te dolió mucho descubrir que no había ni una sola persona que te hubiese amado jamás? —Oí volar otro fragmento de metal. Me estaba buscando. Necesitaba unos instantes para recuperar el aliento. La herida de la cintura me quemaba; se estaba curando demasiado lento—. Me habría encantado verte la cara cuando viste lo poco que le importabas a quienes tú creías que te apreciaban. O cuando Kaden le partió el cuello a aquella zorra. Su existencia era un desperdicio, como la tuya.

Me invadió la rabia, pero la reprimí sin permitir que me dominase. Primero, tenía que mantener a Tobias hablando y en movimiento.

Segundo, necesitaba cabrearlo y que cambiase de forma para poder destripar al muy cabrón. Los restos que había calcinado durante mi ataque de ira anterior cubrían el suelo; fragmentos de metal, de madera y de maquinaria que podían servir como armas. Tobias podía usarlas, pero también yo. Tenía que pensar.

Estábamos en una fábrica, y las fábricas solían requerir productos químicos y líquidos inflamables para funcionar. Una sonrisa hizo que se me relajaran los labios. Salí disparada de mi escondite. El poder de Tobias fue como un mazazo; estaba justo detrás de mí. Me zambullí bajo una cinta transportadora y un segundo después oí sus botas posarse encima. Los pasos retumbaban sobre mí como un tambor. Me desplacé por el suelo con rapidez mientras echaba mano a todas las tuberías que encontraba.

—Qué triste, Dianna. Esperaba más de ti.

Su puño atravesó la cinta que había frente a mí. Rodé a un lado, como él pretendía. Saltó a mi lado y me arrastró de los tobillos. Me levantó, con una mueca sardónica, y me sostuvo cabeza abajo.

—¿Pensabas esconderte de mí para siempre?

—¿Quién se escondía? Solo estaba ganando tiempo.

Tobias enarcó las cejas y ladeó la cabeza.

Levanté la mano y dejé caer los tapones que cerraban las diversas tuberías de productos químicos que había bajo la cinta transportadora. Los ojos de Tobias se dilataron y apenas tuvo un segundo para reaccionar antes de que las llamas de mis manos alcanzasen las tuberías abiertas.

Se oyó un silbido y luego un gran estruendo, seguido de una bola de fuego que floreció sobre la fábrica. La explosión nos atrapó, a Tobias y a mí y a todo bicho viviente que hubiera en la fábrica, y nos lanzó volando en todas direcciones.

Con un esfuerzo me puse de pie. Me zumbaban los oídos. Las llamas de la explosión se alzaban hacia el cielo. Los restos del tejado se derrumbaron sobre el suelo. Fragmentos retorcidos de la maquinara yacían desperdigados, humeando. Toda la estructura del edificio chirrió y las paredes se combaron y se hundieron. La destrucción no había afectado solo a una sala, sino a todas aquellas entrecruzadas de tuberías.

Tosí. Me costaba tragar aire suficiente.

—Te has vuelto más fuerte, Dianna, más perversa —oí a Tobias detrás de mí. Me di la vuelta y lo vi caminar entre el humo. Tenía el cuerpo lleno de quemaduras y bajo la carne desgarrada se vislumbraba el esqueleto, y parte del cráneo. Dobló el cuello como si estirase un músculo y sus heridas se cerraron sin dejar el menor rastro.

—Mentiría si dijera que no estoy impresionado. Tienes todo un arsenal de recursos. Pero no has conseguido detener nada. Lo reconstruiremos, el final llegará, y tú jamás saldrás de aquí.

Tobias sostenía una de las espadas de hierro. Unas puntas rotas y dentadas se alineaban a lo largo de los bordes afilados, y le faltaba el extremo del arma.

—No contaba con ello —señalé.

Soltó una carcajada.

—Entonces ¿has venido a morir? ¿Tantas ganas tienes de reunirte con ella?

—No finjamos que no morí en el mismo instante que ella. —Escupí sangre y traté de ponerme de pie, pero resbalé.

—No puedes levantarte, ¿verdad? —Se rio entre dientes—. Ya te lo dije. Las heridas en tu forma verdadera pueden ser debilitantes. Pero no te lo voy a negar: aunque estúpido, ha sido un intento valiente.

Sin responderle, me apoyé otra vez para intentar levantarme, pese al dolor lacerante del hombro.

—Quieres vengarte por la muerte de una hermana que ni siquiera era de tu sangre.

—¿Qué significa eso? —me burlé.

Tobias se movió con velocidad cegadora; me dio un rodillazo en el cráneo que me hizo caer de espaldas. Apoyó la rodilla contra el hombro herido y oí crujir los huesos; el dolor me atravesó. Apreté los dientes y me tragué los gritos. Se inclinó más cerca de mí, con la espada rota en la mano.

—No tardarás en saberlo. —Una sonrisa burlona—. Me muero de ganas de matar a tu novio y que se abran los dominios y poder dejar este mundo.

Me clavó la espada en el vientre.

—Ups. Bueno, no pasa nada, no he tocado ningún órgano vital.

Se apartó y me clavó el hierro frío en el costado. Tercera parte de mi plan: actúa como una florecilla delicada mientras eres, en realidad, un arbusto espinoso. Si creía que me llevaba ventaja, hablaría, como hacía todo el mundo, por lo que le concedí el tiempo que necesitaba. Podía aguantar los cortes, las magulladuras, desangrarme hasta quedarme seca si era necesario, con tal de vencer al final, con tal de terminar con él y con Kaden.

—Uf. —Me miró por todos lados—. Creo que te he perforado un riñón.

—Si tratas de hacerme daño, tendrás que esforzarte más —dije con los dientes apretados.

Una sonrisa salvaje le iluminó el rostro. Retorció la espada en la herida, pero no grité ni le di la satisfacción de verme quejarme de dolor.

—Puedo debilitarte tanto que, para cuando llegue Kaden —levantó la espada y me la clavó en el vientre—, ya no serás capaz de pelear. Podrás quedarte aquí tirada y pudrirte hasta que llegue el equinoccio.

Al fin.

—Ah, el equinoccio —masculló—. Y eso ¿cuándo es?

Gruñó y sus ojos brillaron un poco más. Me retorció la espada dentro del abdomen y esta vez no pude contener un grito.

—Eres una ilusa, como lo eran los viejos dioses, si crees que vas a ser más lista que nosotros. Morirás como murieron ellos, y como murió ella. Sola. Ya no tienes familia, ni amigos, nadie que te ayude.

Torció la espada con tanta fuerza que vi estrellas, y esta vez extendí la mano.

—Yo no diría eso —dijo una voz femenina.

Tobias se giró hacia la voz y gritó cuando un arma ardiente le cruzó la cara.

Se apartó de mí maldiciendo en una lengua que no había oído nunca. Neverra, entera e intacta, se detuvo a mi lado con la espada en alto. De la hoja goteaba la sangre de Tobias. En los ojos color cobalto de la celestial ardía el desafío y el deseo de justicia.

Logan se inclinó sobre mí y me arrancó del vientre la espada de Tobias.

—Se suponía que teníais que iros —le siseé mientras me sujetaba y me ponía de pie.

Logan me miró como si fuera un bicho raro.

—Si creías que te íbamos a dejar aquí, me parece que nunca has tenido verdaderos amigos.

No sé si fue el agotamiento o la pérdida de sangre, pero esas palabras y el apoyo implícito en ellas, un apoyo que no sabía que necesitara, casi me hicieron llorar.

—¡Sois todos idiotas! —gritó Tobias. Tenía un corte sangrante que iba de la mandíbula a la sien—. Ahora veréis lo que hizo temblar a los primigenios y sangrar a los dioses. Os mataré a todos y sorberé el tuétano de vuestros huesos. —El suelo empezó a temblar.

—Espero que tengáis ganas de pelear —dije, con una mano sobre el costado que sangraba—. Porque la cosa se va a poner fea.

La figura de Tobias se sacudió y se dobló, y con él todo lo que lo rodeaba. Un millar de cadáveres rotos y reanimados se abrieron paso con las garras entre los escombros y los restos de acero. El hedor de la muerte cubrió la fábrica destruida. La piel de Tobias dejó paso a las escamas. Creció hasta alcanzar casi quince metros de altura. Al sisear, dejó a la vista colmillos más grandes que mi cuerpo. La enorme bestia serpentina se enroscó y rugió. El ejército de muertos le respondió y todos los ojos se volvieron hacia mí.

—Eres tan arrogante como tu Destructor de Mundos, Dianna.

—La boca carente de labios se torció en una amplia mueca reptiliana—. Y morirás como él.

Levanté la espada. Mi voz reflejaba hasta el último átomo de desafío que me ardía en el alma.

—Tú irás primero.

La sala estalló en un torbellino, y Tobias cargó contra nosotros.

XLIV
LOGAN

Bloqueé la inmensa cola de Tobias con la espada. Silbó y la corona que le ceñía la cabeza destelló de ira. Los muertos que había reanimado, incluso los que tenían los huesos rotos o les faltaban miembros, gritaron y se lanzaron a la carga.

Rodé para apartarme y Neverra saltó adelante y dio un tajo en las fauces chasqueantes de la gran bestia.

—Te mueves como Samkiel —le gritó Tobias a Dianna—. ¿Así que te enseñó algo cuando no trataba de meterse entre tus piernas?

—¡Joder, estáis todos más encoñados con él de lo que yo haya estado jamás! —le devolvió el grito Dianna mientras cortaba en dos un par de no-muertos chamuscados.

Era muy habilidosa, pero la pérdida de sangre la había ralentizado. Cuando llegamos, a Neverra le bastó un vistazo a Dianna y a su ropa manchada de sangre para lanzarse de cabeza. Ahora entendía por qué. Pese a la arrogancia de Dianna, yo también podía sentirlo. Su poder, que solía ser brillante, pleno y violento, menguaba. Ya no era un horno ardiente sino una brasa humeante, y Tobias quería extinguirla.

—¿De verdad creéis que podéis matarme? —preguntó Tobias. Su mirada siniestra nos recorrió—. No sois dioses. —La cola inmensa barrió hacia nosotros. Neverra se apartó de un salto y se subió al muro más cercano—. Vosotros... Vosotros no sois nada.

Las luces cerúleas de mi piel brillaron con un tono más intenso. Corrí en dirección a Neverra. Mi furia era fría y controlada, y a mi paso los muertos caían hechos pedazos. Tras de mí se oía el fragor de las llamas y el calor era abrasador. Tobias gritó de dolor y luego rugió. Dianna trataba de atraer su atención. Aterricé debajo de Neverra y la atrapé en el aire cuando saltó.

—Estoy bien —dijo. Me dio un beso rápido y luego se liberó de mis brazos e invocó la espada.

Tobias le lanzó una roca a Dianna, que chocó con el muro. Los restos del edificio se sacudieron y llovieron cascotes. Tiré de Neverra y la metí en un recoveco y enseguida me puse sobre ella para protegerla del metal y la madera que nos caía encima. El polvo era tan espeso que casi impedía ver y cada inhalación se había convertido en un esfuerzo. Este sitio no iba a aguantar mucho, y menos si Tobias se empeñaba en comportarse como un ariete vivo.

—Os dije que os marcharais —dijo Dianna.

Me volví a mirarla, sorprendido. Estaba junto a nosotros. Se había movido tan deprisa que ni siquiera la había visto. Se arrodilló y se asomó fuera del refugio improvisado que habíamos encontrado. Le corría sangre por la cabeza, lo que aún volvía más oscuro su pelo negro. No todas las rocas que le había arrojado Tobias habían errado el blanco. No tenía buen aspecto; el hombro estaba destrozado y las perforaciones del costado, abiertas. Por como fluía la sangre supe que no se estaba curando, sino que su cuerpo consumía el poder para mantenerse en marcha.

Mierda.

Tobias rugió y estrelló la cola contra el muro. Los no-muertos pululaban por el edificio, buscándola.

La agarré de la manga para que se volviese a mirarme.

—No podemos derrotarlo, Dianna. Estás malherida. Necesitamos un dios. Necesitamos a Samkiel.

—No —cortó, con los ojos encendidos. Se apartó de un tirón—. Dejadme pensar.

—¿Pensar? —Sacudí la cabeza. Ya sabía cómo iba a terminar la cosa—. No tenemos tiempo de pensar.

Dianna levantó una mano ensangrentada para hacerme callar, pero su atención seguía centrada en Tobias.

Neverra se apoyó en mí.

—Dianna. Necesitamos un plan. Logan ha gastado mucha energía curándome. Podemos ayudarte, pero...

—¡No! —interrumpió, con una mirada salvaje y febril—. Puedo hacerlo. Necesito hacerlo.

Sabía a qué se refería y también lo importante que era para ella, por la hermana que había perdido, pero nos enfrentábamos a un Rey de Yejedin sin ningún dios de nuestro lado. Por fuertes que fuésemos, hacía falta un dios para derrotar a un rey. Necesitábamos a Samkiel, por mucho que Dianna protestase o quisiera que las cosas fuesen diferentes.

Me arrodillé y las piedras se me clavaron en la rodilla.

—Dianna...

Neverra me interrumpió; no quería darle a Dianna ni la más mínima oportunidad de discutir.

—No puedes hacerlo todo sola —dijo.

Dianna volvió la cabeza hacia nosotros y una expresión primitiva y devastadora se le dibujó en las facciones.

XLV
DIANNA

Podía hacerlo. No necesitaba a Samkiel, ni a nadie más. Mientras esos pensamientos familiares me rondaban por la mente, otra parte de mí me susurraba que era una mentirosa. «No puedes hacerlo todo sola, Di». Me estremecí. La voz de Gabby se sobreimpuso a todo lo demás.

Gabby siempre me lo decía, y ahora Neverra me lo había repetido, igual que Samkiel en aquel maldito barco. Me costaba respirar; me ardían el cuerpo y los pulmones. No, en aquel momento no podía hacerlo. Tenía que pensar, que encontrar la manera. Era mi camino y estaba destinada a recorrerlo sola.

Vi el cuerpo enorme de Tobias que se deslizaba por el suelo de piedra. Tenía que pensar, que encontrar una forma de herirlo. Si hubiese... Y entonces me vino a la cabeza. Me acordé de algo que me había enseñado Samkiel cuando me entrenaba en casa de Drake.

—*Recuerda que todo tiene su punto débil.*

Puse los ojos en blanco y me apoyé en el bō. Decir que estaba harta era quedarse corto, pero a él le hacía gracia. Desde que se disculpó había querido entrenar cada día. Creo que, a su manera, era una compensación por haberse puesto de parte de Drake y Ethan, pero yo aún me sentía herida y enfadada, aunque no tuviese derecho a estarlo.

—*Dianna, ¿me prestas atención?*

Ladeé la cabeza.

—¿A ti? Casi nunca.

La diversión que bailaba tras sus ojos desapareció, sustituida por una expresión sombría.

Me enderecé y me puse seria. Dejé el bastón apoyado contra la pared. Cuanto antes terminásemos, antes podría... ¿Qué? ¿Irme a mi cuarto a enfurruñarme y evitarlo a toda costa? Muy madura, Dianna. Muy madura.

—De acuerdo, todo tiene su punto débil. Excepto..., ya sabe...s, vosotros los dioses y vuestra inmortalidad.

—Eso no significa que no tenga debilidades. —Me sostuvo la mirada—. Dame la mano.

Apreté el puño. Relajé la mano de inmediato, pero sabía que lo había visto. No sabía por qué sus estúpidos comentarios me habían dolido tanto, pero así había sido. Sin hacer caso al dolor fugaz de sus ojos, extendí la mano. La sujetó y guio los dedos hasta una delgada cicatriz que tenía en el hueco del cuello. Tragó saliva, como si mi contacto lo afectase, pero sabía que eso era imposible. Samkiel no me quería y era comprensible.

—Todo tiene una debilidad, incluso los dioses. Esta cicatriz me la hizo una diosa terrible, hace muchísimo tiempo. Si no fuese inmortal, sería un punto débil. —Aparté la mano y él retrocedió con una sonrisa forzada—. Supongo que hace más fácil cortarme la cabeza.

Junté las manos para conservar el calor de su tacto.

—Quizá no sea buena idea contarles esas cosas a las ig'morruthen malvadas —dije medio en broma, mientras miraba de reojo.

—Cuando veas una, avísame. —Usó el bastón para lanzarme el mío por los aires; lo atrapé al vuelo.

—¿Y esas bestias gigantes y temibles de tu pasado? ¿Ellas también?

—Sobre todo, esas. Si parecen fáciles, es una ilusión para hacerte creer que puedes acercarte a ellas. Para matarlas hay que golpearlas en los ojos. Las bestias con escamas suelen tener una parte blanda por debajo, donde se doblan cuando se mueven. Para matarlas, el truco es acercarse lo suficiente antes de que te hagan pedazos. Pero, como he dicho antes, todas tienen un punto débil.

Volví al presente de golpe, y miré a Tobias con nuevos ojos, estudiándolo. A verme alzó el poderoso cuerpo enroscado y le brillaron los ojos. Se rio y las púas de su corona temblaron. El pesado cuerpo golpeó el suelo, listo para cargar contra mí. Pero yo ya había visto mi objetivo. Bajo la gruesa armadura de escamas había un brillo anaranjado. Un punto débil. Me invadió una sensación de triunfo.

Tobias se abalanzó sobre mí y salté para apartarme de su camino. Logan y Neverra gritaron mi nombre, pero les hice una seña de que no se preocupasen. Tobias chocó con la pared del otro lado e hizo llover más cascotes del techo. Sacudió la cabeza y se tomó unos instantes para recuperarse. El edificio era demasiado pequeño para que su tamaño fue una ventaja. Dos cuerpos alados reanimados descendieron hacia mí y los despaché con rapidez, devolviéndolos a los brazos de la muerte.

Los no-muertos atacaron a Logan y a Neverra. Si había pensado que Xavier y Cameron eran un dúo letal, no tenían ni punto de comparación con Logan y Neverra. Cada movimiento de esos dos era tan natural como una danza cuya perfecta coreografía ambos conociesen y amasen. Se apoyaban el uno en el otro y, cuando sus espadas golpeaban, los cuerpos caían en pedazos. Al verlo con mis propios ojos entendí por fin por qué la Mano suscitaba tanto temor. Todos ellos juntos, más Samkiel, conformarían una fuerza imparable.

—¿Se puede saber qué haces? —me gritó Logan. Me puse de pie, sin hacer caso del temblor de las piernas ni la exigencia de mi cuerpo de que lo alimentase.

—¡Tengo un plan! —les grité, y la gigantesca cabeza de Tobias se volvió a mirarme con un movimiento oscilante e hipnótico.

—Voy a retenerte aquí hasta que Kaden vuelva y luego te haré mirar mientras descuartizamos a esos perros celestiales miembro a miembro —amenazó Tobias.

Se enroscó, preparado para atacar.

Se me ocurrió un nuevo plan, pero para que funcionase necesitaba cabrearlo de verdad.

Me encogí de hombros, pese al dolor lacerante.

—Puedes intentarlo, pero me imagino que aguantarán mucho más de lo que aguantó Alistair.

Entrecerró los ojos hasta convertirlos en rendijas y retrajo los labios. Dejó escapar un sonido profundo y sibilante y cargó contra mí de frente, con la boca abierta.

—¡Dianna! —gritó Neverra. Salté hacia Tobias, que me tragó entera.

XLVI
LOGAN

Al ver a Dianna correr hacia Tobias con la espada aferrada en la mano me horroricé. Él se deslizaba sobre el suelo de piedra a tal velocidad que noté la vibración en los pies. Se me paró el corazón cuando abrió las enormes mandíbulas y la engulló. Neverra y yo nos quedamos paralizados al ver como aquel cuello escamoso se contraía para tragársela entera.

Volvió la mirada reptiliana hacia nosotros; en sus ojos había un brillo triunfal. Siseó y, al retraer los labios, dejó a la vista los colmillos, odiosos y afilados. Su intención estaba clara. Éramos los siguientes. El largo cuerpo se deslizó hacia nosotros casi con pereza.

Neverra me miró con un brillo de amor en la mirada, y yo asentí. Neverra era lo único que me proporcionaba paz; si moríamos allí, al menos moriríamos juntos. La había encontrado y eso era todo cuanto deseaba. Me sonrió y levantó la espada. Mi amata conocía mi corazón; yo nunca estaba solo.

—Te quiero —le susurré.

—Y yo a ti —respondió; las palabras rebosaban todo lo que no hacía falta que nos dijésemos.

Nos volvimos al unísono y con un toque de nuestros anillos la armadura de plata fluyó sobre nuestros cuerpos. Alzamos las espadas, listos para avanzar. Tobias se detuvo con la mandíbula desencajada, como si lo hubieran pillado por sorpresa. Elevó su cuerpo colosal y se retorció. Los silbidos se volvieron frenéticos. Se miraba el abdomen y luego los costados. Entonces vimos el ascua que resplandecía en su vientre. Una espada perforó el duro pellejo, seguida por un grito tan fuerte que casi sacudió todos los dominios. La hoja se abrió camino, brillante y caliente; luego se deslizó del abdomen a la cabeza y lo abrió en canal.

Neverra y yo, asombrados, vimos caer el cuerpo gigantesco como un árbol talado cuyo impacto hizo temblar el suelo.

Dianna estaba de pie entre los restos de la bestia, con los brazos extendidos, y alimentaba con su poder el fuego que consumía el cadáver. Cuando solo quedaron ascuas y cenizas, levantó la cabeza hacia el cielo, jadeante, como un guerrero que saborease el momento de paz tras una larga batalla. Y entonces lo vi, entendí por qué Samkiel la amaba tanto, aunque se negase a decir esas palabras. Había arriesgado su corona, su trono y el maldito mundo por ella porque Dianna era una reina digna de cualquier rey.

Se limpió las vísceras de la frente y sonrió al cielo. Los restos de Tobias flotaron a su alrededor hasta que el viento se los llevó por la abertura del techo. Devolvió la espada al anillo y nos miró de reojo. Samkiel buscaba una igual, y, por los dioses antiguos, su deseo le había sido concedido.

Neverra, que compartía cada pensamiento mío a través de nuestro vínculo, me miró a los ojos y asintió. Ahora era nuestra reina. Si Samkiel la elegía, de buena gana la seguiríamos a donde nos quisiera guiar.

Dianna frunció el ceño. Tenía la cara y el cuerpo cubiertos de sangre y fluidos, y las cenizas y el hollín se le pegaban.

—¿Qué lleváis puesto?

Miré la armadura de combate plateada que nos cubría de la cabeza a los pies. Con un toque al anillo, el yelmo desapareció. Por el rabillo del ojo vi que Neverra también había retirado el suyo.

—Íbamos a ayudar.

—Ya me he encargado. —Se encogió de hombros, e hizo una mueca de asco al ver caer un trozo de entrañas. Le dio una patada para apartarlo—. Recordadme que no repita eso. Ha sido asqueroso.

Antes de que pudiésemos reírnos, la caverna se estremeció. Un rugido perforó la atmósfera, tan fuerte y atronador que tuvimos que taparnos los oídos.

Dianna levantó la cabeza para inspeccionar el cielo, con los ojos cada vez más brillantes. Abrió los labios en un gruñido silencioso. Estaba agotada y cubierta de heridas, y aun así, cuadró los hombros.

Kaden había regresado.

El aire gimió bajo el peso de un millar de alas. Kaden había llevado consigo aquellas bestias de las que nos había hablado Samkiel, las que habíamos visto en la cueva. Se me cayó el alma a los pies, y también la esperanza. Era imposible que sobreviviésemos. Sí, había curado a Neverra, pero estaba cansada y yo había agotado mi poder hasta el punto de no tenerme casi en pie. Dianna, incluso alimentada por la rabia, se estaba consumiendo.

—Dianna —dije. Seguía con la cabeza levantada, siguiendo con la vista el ruidoso enjambre de seres alados—. Nos quedaremos si así lo deseas.

Nos respondió sin mirarnos siquiera.

—Se ha acabado la fiesta, niños. Es hora de que os vayáis a casa.

—Inaceptable. —Vi tristeza y pesar en los ojos de Neverra, pero estaba lista para luchar—. O nos vamos contigo, o nos quedamos contigo.

Neverra sabía que, si nos quedábamos, todo habría acabado para nosotros. Me cogió la mano y la apretó. Al volver los ojos hacia Dianna, vi que miraba fijamente nuestras manos unidas.

—¿Habláis en serio?

—Por completo —confirmé.

Neverra asintió.

—Decidas lo que decidas, estamos contigo. Nos quedaremos y lucharemos, y perderemos juntos, o podemos buscar una salida antes de que sea demasiado tarde. Pero, sea lo que sea, lo haremos juntos.

—¿Os quedaríais? —preguntó Dianna, con el rostro tenso.

—Sí —respondí sin dudar, y Neverra asintió.

—¿Después de todo lo que ha pasado? —insistió, incrédula.

—Los amigos no abandonan a los amigos —dijo Neverra con un atisbo de sonrisa—. Y tú, sin duda, necesitas amigos nuevos.

Kaden dejó escapar otro grito de guerra. Dianna tenía la respiración acelerada. Estaba sopesando sus opciones. Aquel a quien había perseguido durante meses estaba por fin a su alcance. La venganza que anhelaba, o nosotros. No nos conocía como nos había conocido Gabby, y no nos debía nada. Así que esperaríamos a que tomase una decisión. Lo que no íbamos a hacer era abandonarla. Ya la habían abandonado y traicionado demasiadas veces a lo largo de su vida. Neverra me apretó la mano en señal de conformidad. O nos íbamos todos, o moríamos todos.

—No te abandonaremos, Dianna —dijo Neverra con suavidad—. No somos como ellos.

Dianna miró a Neverra. Tenía los puños apretados y le costaba respirar. Kaden aulló y las bestias le respondieron. Los ojos de Dianna exploraron el cielo abierto y luego se cerraron con fuerza. Una inspiración, y otra… Con cada una, Kaden estaba más cerca. Los minutos se volvieron segundos; la horda que había traído consigo oscurecía el cielo. El sonido era ensordecedor, pero logré oír a Dianna.

—Lo siento —susurró. Luego abrió los ojos y habló en voz más alta—. Nos vamos.

XLVII
SAMKIEL

Unas horas antes

Una bandada de pájaros cantaba anunciando el nuevo día. El sol se elevaba, resplandeciente, y pintaba el mundo con una miríada de colores. Besaba las cimas de las montañas y teñía de dorado los árboles, despertando por igual animales domésticos y fieras salvajes.

Rashearim palpitaba de vida, risas y música mientras todo el mundo se preparaba para sus quehaceres cotidianos. La ciudad celebraba otra victoria tras enfrentarse de nuevo y hacer retroceder a la oscuridad invasora.

Se oía al personal del castillo que comenzaba con sus rutinas. Me apoyé en la barandilla del balcón. El pelo me cosquilleaba en los brazos y la armadura sanguinolenta estaba tirada a mis pies. Miré el león de tres cabezas, y el símbolo de Unir y su poder, nuestro poder, me devolvió la mirada.

Las pesadas botas blindadas de Unir pisaron el suelo con fuerza; varios guardias lo seguían. No los necesitaba. No necesitaba a nadie, pero se quedaban y lo obedecían, como siempre.

—Estoy sorprendido. Lo normal sería que estuvieses ahí abajo, de celebración con tus amigos. ¿Te encuentras mal?

Negué con la cabeza y me erguí en toda mi altura.

Se detuvo a mi lado; era aún más alto que yo. El oro y las gemas que llevaba en el cabello centelleaban bajo el sol. Me fijé en que la del ciervo, el símbolo de mi madre, que ella le había hecho, aún se veía entre las demás joyas. Esa era especial y siempre lo sería, incluso si se empañaba.

—Recuerdo como la palma de mi mano las joyas que lucías. Y recuerdo que jamás dejarías que la suya se empañase, y también recuerdo que, cuando te ponías nervioso solías juguetear con ella. Igual que recuerdo que esto no es más que un sueño, y tú tan solo un recuerdo.

La sombra de mi padre sonrió.

—Eres sabio, mucho más sabio de lo que has sido jamás.

—¿Por qué sueño con el día después de la batalla de Hovuungard?

Los guardias que había tras él vibraron y desaparecieron. La oscuridad de las paredes más cercanas se hizo más intensa, como si aguardase con paciencia para atacar. Él, sin hacer ningún caso, señaló el horizonte.

—Más de mil mundos, Samkiel, y los he visto todos. Tú estás ahora en el centro. Tu nombre es una canción de guerra. El Destructor de Mundos, te llaman, pero eres mucho más que eso.

Me moví para apartarme de él.

—Soy un rey cuyo poder es el miedo, no en el amor ni en el respeto. Te aseguraste de ello.

—Te ayudé.

Resoplé.

—Eso creía yo al principio, pero mamá murió y tú te volviste frío y distante. Me empujaste demasiado, y yo me doblegué, y maté. Ahora mis sueños solo consisten en batallas, muerte y caos.

—Y en ella.

La oscuridad se acercó.

—¿Por qué me atormentas ahora, Rey de los Dioses?

—Te hemos enviado señales de advertencia. Pero no las has escuchado.

Fruncí el ceño y me volví para encararme por completo con la sombra de mi padre. La oscuridad se acercó unos centímetros más.

—¿Sobre ella? ¿Dianna?

Negó con la cabeza.

—No es suficiente. Para pararla, no.

El corazón me martilleaba en el pecho.

—¿*Dianna?*

—*Ahora ella es demasiado fuerte, demasiado poderosa. Devorará mundos y los reducirá a cenizas, y tú solo no bastas.*

Me concentré con los dientes apretados para tratar de controlar el sueño. El recuerdo se convirtió en premonición y la oscuridad se estrechó más; los tentáculos con forma de manos ascendieron y se acercaron a Unir, a mí, se estiraron y nos agarraron. Pero ninguno de nosotros se movió. No podíamos.

—¿*Qué tienes? Lo que eres no es suficiente. Solo, no.*

—¿Qué estás...?

Movió el brazo y me atravesó el cuerpo con una hoja forjada en oro. Un dolor ardiente e intenso me recorrió de arriba abajo. Levanté la vista para mirar a mi padre. Su rostro cambió, pero, mientras retiraba la espada, un destello de familiaridad iluminó mi subconsciente.

—*Estás solo. Morirás solo.*

Me llevé las manos al vientre; la sangre plateada se acumulaba y se me escapaba entre los dedos. Se me arqueó la espalda y una brillante luz de plata me brotó del pecho, de los ojos y del alma misma. Salió disparada hacia la atmósfera. El cielo se resquebrajó y reventó, y una antigua bestia se abrió camino a zarpazos hacia la puerta abierta. Los sentí, oí sus canciones de condenación, y las promesas de muerte entremezcladas con los gritos de los que suplicaban ser salvados. Y, por debajo de todo ello, una risa oscura, femenina y letal.

Se me dobló el cuerpo, cada chispa de energía me fue arrebatada, y la piel se me manchó con mi propia sangre.

—Tú no eres mi padre —grazné. La imagen resplandeciente de mi padre se arrodilló frente a mí.

—*No lo soy.*

La oscuridad me alcanzó por fin, pero ya era tarde. Me había ido. Sentí el tirón de Asteraoth y supe que la muerte sería una bendición para mí, pero no para el mundo que quedase detrás. Unas manos me envolvieron y tiraron de mí hacia abajo, abajo, abajo. El rostro resplandeciente de mi padre me miró y sonrió.

Le eché un último vistazo al mundo que me rodeaba mientras se abrían las *puertas que eran como remolinos de luz. Del interior salieron siluetas envueltas en sombras, enfundadas en armaduras gruesas y afiladas. Unas bestias les pisaban los talones mientras otras salían disparadas hacia el cielo. Quería quedarme y ayudar. Debía hacerlo, por mi familia, por mis amigos y por el mundo, pero ya era demasiado tarde y el vacío me asfixiaba. Era una sensación tan extraña, estar cubierto por la oscuridad, pero a la vez sentir la calidez...*

—Quédate conmigo.

Mi cuerpo se sacudió y me sacó de la pesadilla a la fuerza. Levanté la cabeza de la mesa y aparté un papel que se me había quedado pegado a la cara. ¿Cuándo me había quedado dormido? Había abandonado la fiesta en cuanto tuve la menor oportunidad, me había disculpado y había subido aquí.

Había estudiado el mapa con la idea de que podría buscar algo, quizá seguir algún rastro, pero no sabía por dónde empezar. Incapaz de sacudirme de encima la angustia del sueño, me recliné y me pasé las manos por el abdomen. Me levanté la camisa blanca que había llevado a la fiesta; la carne estaba intacta y no había nuevas heridas, solo las cicatrices de las batallas de antaño. Cerré los ojos e inspiré con dificultad un par de veces. Estaba empapado de sudor, y temblaba. Era una pesadilla, pero también mucho más. Otra visión, y parecía muy real.

Ahora ella es demasiado fuerte, demasiado poderosa. Devorará mundos.

Se refería a Dianna, y no sabía cómo llegar hasta ella. Pero lo que sí sabía es que no podía quedarme allí de brazos cruzados y fingir que el mundo no estaba en juego, mientras los humanos pedían fiestas y palabras tranquilizadoras.

«Samkiel, perdóname».

Una voz que murmuraba en el viento, con un mensaje que solo podía oír yo. Al instante me puse de pie.

Logan.

Me teleporté y aparecí en su habitación en una fracción de segundo. Me materialicé con zarcillos de electricidad centelleando bajo la piel. El dormitorio estaba vacío, la cama hecha y las bolsas tal como habían llegado. Desaparecí y me materialicé en la habitación de Vincent. Dormía a pierna suelta, pero se despertó al instante. Las luces parpadearon. La embajadora que estaba con él en la cama agarró la sábana y se deslizó hacia abajo para taparse con las mantas.

—¿Qué pasa?

—Logan. —Fue lo único que dije antes de desaparecer de la sala y disponerme a despertar a los demás.

—¿Era el canto de la muerte? —preguntó Xavier mientras yo daba vueltas frente a la entrada de la mina abandonada. Habíamos buscado de Nochari a Kashvenia, toda la noche y bien entrado el día siguiente, pero no habíamos encontrado nada. Nada, excepto minas vacías, igual que las otras veces, pero sabía que Logan recorría de nuevo esos sitios en busca de Neverra.

—No.

Suspiró y se sacudió el polvo de las mangas. Me había parecido que había algo en el último sitio donde habíamos estado. Había sentido como una ola de energía en las tripas, como si algo rugiese en mi interior por una fracción de segundo. La sensación fue como la apertura de un portal, o una señal de alerta, como si algo me dijese que estaba cerca, pero se desvaneció tan pronto como empezó. Así que nos marchamos y fuimos a buscar a Imogen y Cameron. Salieron de la mina cubiertos de suciedad y devolvieron las armas ardientes a los anillos.

—Nada —dijo Imogen. Se paró y miró a sus espaldas—. No siento ni percibo nada que tenga ninguna conexión con lo celestial.

Un timbre agudo rompió de repente el silencio y todos se volvieron a mirarme.

—¿Qué pasa?

Cameron me señaló el bolsillo.

—¿Vas a cogerla?

Bajé la vista y me di cuenta de que el sonido procedía del móvil que llevaba en el bolsillo. Logan me había obligado a llevarlo para que me pudiese comunicar con todos. ¿Y si también se había ido? ¿Y si no podía recuperarlo, o salvarlo, como a ella, como a mi padre? Me ardía el pecho, pero saqué el móvil. En la pantalla parpadeaba el nombre de Vincent. Respondí la llamada.

—¿Has encontrado a Logan? —reclamé, sin molestarme siquiera en saludar.

La línea permaneció unos instantes en silencio.

—No —respondió por fin Vincent—, pero hay otro asunto más grave, creo.

—¿Qué es?

—Vuelve a la Ciudad de Plata. Ahora mismo.

Cameron, Xavier, Imogen y yo nos materializamos en el salón principal de la cofradía de Boel. Se oía un murmullo de voces procedentes de detrás de las gruesas puertas de madera. Me acerqué con sigilo, casi sin tocar el suelo con los pies. Lancé el poder por delante de mí y abrí las puertas con un empujón tan violento que se rajaron.

—¿Cómo puedes no saber dónde está? —interpeló Vincent. Se volvió a mirarnos y la sorpresa me hizo parar tan en seco que los demás chocaron conmigo. Enseguida se recuperaron y se dispersaron a ambos lados de mí. Parpadeé, incapaz de creer lo que estaba viendo. ¿Qué hacía aquí Roccurrem?

—Rey Dios, parece que has regresado de tu infructuosa aventura —dijo el hado.

Estallé. Quizá fuese la falta de sueño, o los nervios a flor de piel, o que estaba a punto de perder a otra persona a la que apreciaba de veras. Las luces que había en el techo reventaron una a una según avanzaba hacia Roccurrem.

—Abandonar tu dominio. Traición. Ayudar y encubrir a una conocida fugitiva. Traición. Desobedecer las órdenes y mandatos de tu rey. Traición. —Me detuve a su lado—. Todos eso delitos se castigan con la muerte bajo el Consejo de Hadramiel.

—Sí, según el mandato de tu padre. Ya no sigo las órdenes de tu padre.

—No, sigues las mías.

—No, la sigo a ella.

Perdí el control y la mano se me disparó. Bajo él aparecieron runas que lo ataban a esa sala. Ya no podría irse mientras yo no lo permitiera; y si tenía algo que ver con la desaparición de Logan, lo iba a encerrar durante eones. Las luces parpadearon y todo el mundo me miró, pero mi rabia se reflejaba en el cielo, no en la sala.

—Te prometo, mi señor, que solo estoy aquí para ayudar —dijo Roccurrem. Se acercó un poco, pero no mucho.

—¿Ayudar? —resoplé, con una risa amarga—. ¿Como hiciste cuando la tenía aquí y nos echaste encima a los devoradores de sueños? ¿Ese tipo de ayuda? Eres un traidor y un mentiroso, y no pienso tolerarlo.

—Me froté la cara—. ¿Por qué has hecho como si yo no existiera? Traté de convocarte tras lo de los devoradores de sueños y me bloqueaste. Guardas secretos que me podrían ayudar a salvarla...

—Tu opinión sobre mí y sobre mis intenciones no va desencaminada, pero el desequilibrio químico de tu cerebro en lo tocante a ella anula tu capacidad lógica, Rey Dios. Todos los presentes percibimos las olas de poder que se derraman de ti, la necesidad de recuperar lo que es tuyo. Dianna forma parte integral de lo que está por venir, y tú también. Yo solo soy un recipiente de aquellos que son mucho más antiguos y mayores que tú.

—¿Dónde está?

—No puedo hablar de eso.

Todas las ventanas estallaron a la vez y dejaron entrar un viento furioso que volcó los contenedores de la sala. Los papeles y los objetos pequeños se pusieron a girar como tornados en miniatura. En el exterior, las nubes lo cubrieron todo; truenos y relámpagos desgarraban el cielo.

La energía palpitó y me atravesó, y un relámpago iluminó la sala y me produjo un cosquilleo en las manos y en los brazos. Y en el alma.

—Samkiel —avisó Vincent, pero ya era tarde.

Los zarcillos de electricidad me lamieron la cara y se concentraron en mis ojos; al instante, la oscuridad se adueñó de la ciudad. Todas las luces en kilómetros a la redonda habían estallado.

—¿Dónde está? —bramé. El tono de mi voz era una réplica de la tormenta que arreciaba.

—No puedo decirlo.

El terreno tembló, y en las profundidades de Onuna se originó un terremoto… Una grieta en el mundo. El suelo de la sala ardió bajo mis pies y la alfombra se ennegreció. Las alarmas de los coches de la calle saltaron. Los edificios se tambalearon. No recuerdo haberme movido, pero de pronto lo tenía sujeto por el cuello y lo había levantado en el aire. Las runas del suelo se desvanecieron y la figura de Roccurrem onduló; un humo que era polvo de estrellas danzó alrededor de su cuerpo formando zarcillos.

—¡Maldita sea, Roccurrem, dímelo! —No me importaba que me temblase la voz o que los tornados generados por mi poder hubiesen obligado a todo el mundo a buscar refugio. Un desastre natural, una fuerza de la naturaleza, solían murmurar los guardias de mi padre al referirse a mí. Y ahora entendía por qué. La electricidad saltó de mis nudillos a su piel y le provocó ampollas allí donde hizo contacto. Se curaban, pero sabía que de todas formas le dolía.

Los seis ojos blancos se abrieron y me miraron.

—No puedo. No importa que me amenaces, ni cómo me tortures. Debe ocurrir así, o no habrá futuro para ti ni para nadie. Te lo advertí. La decisión debe ser suya. El camino que escoja cambiará el mundo, y ni tú ni yo podemos interferir.

—¿Por qué? —escupí—. ¿Porque lo ordenan los hados?

—Estás donde tienes que estar, Rey Dios. Te pido disculpas por lo que vas a perder.

Al oír la amenaza, una rabia ciega me golpeó las tripas y el mundo se estremeció. Ajusté la posición para mantener el equilibrio y por fin me di cuenta de lo que estaba haciendo. Obligué a mi poder a recogerse, temeroso de haber provocado un desastre natural que quizá no pudiese arreglar. Pero Onuna aún daba vueltas. Los tornados se desvanecieron y las sacudidas se detuvieron. El silencio subsiguiente fue casi ensordecedor. Me forcé a respirar con calma y recuperé cada fragmento de mi naturaleza destructiva y lo encerré en mi interior. Las nubes se disiparon y el sol naciente iluminó la sala. Todos se me quedaron mirando con los ojos muy abiertos.

Solté a Roccurrem.

—Roccurrem, si ella muere... —Tragué saliva para aliviar el nudo de la garganta e intenté que mis palabras no sonasen tan premonitorias como yo las intuía.

La cabeza de Roccurrem se sacudió hacia atrás, como si algo muy lejano hubiese gritado su nombre. Su forma se desdibujó y se fundió en una masa giratoria de energía y polvo de estrellas. Retrocedió; la oscuridad palpitaba y su voz nos llegó de todas partes a la vez.

—Y el mundo se estremecerá.

Tenía la respiración acelerada y me temblaban las manos. Las palabras se quedaron flotando en el aire. Traté de sujetarlo antes de que desapareciera, pero me detuve; mis instintos se habían puesto en alerta. Algo se acercaba. Una corriente anclada a mi piel como una cuerda se tensó. Tiró de mí y miré en la dirección de la que procedía el tirón. El vórtice inicial de un portal se estaba formando en el techo; las llamas delimitaban su circunferencia. De arriba llegaban gritos de furia que resonaban en el espacio y en el tiempo. Se me disparó la adrenalina y apenas dispuse de una fracción de segundo para comprender lo que allí sucedía antes de que los irvikuva cruzasen el portal en tromba. Se esparcieron por toda la sala como un torbellino de ojos rojos, alas y garras.

Los miembros de la Mano invocaron las armas ardientes al unísono y las líneas brillantes de sus pieles refulgieron al activarse. Hacía siglos que trabajaban juntos y no necesitaban que les diese órdenes. Cameron cortó de un poderoso tajo la cabeza de un irvikuva que había sido lo bastante estúpido como para considerarlo su objetivo. Imogen saltó y voló por los aires para cortar por la mitad dos bestias a la vez. Xavier lanzó las hojas circulares que llevaba y que volvieron a sus manos dejándonos a todos bañados en la sangre de aquellos seres.

Entre aquel caos yo invoqué mi espada, pero Logan cayó a mis pies antes de poderme meter en la pelea. Se me paró el corazón al ver a Neverra aterrizar con un gruñido sobre el cuerpo magullado y cubierto de sangre de Logan. Ninguno de los dos me miró a mí; tenían los ojos abiertos de par en par y la mirada fija, clavada en el portal. Yo también levanté la vista, y la sentí antes de verla.

Dianna.

Solté la espada y me lancé adelante para atraparla mientras caía. Su cuerpo se sacudió con el impacto y el pelo se le derramó sobre la cara, en la que se leía una expresión de asombro. Estaba mugrienta, cubierta de cortes y hematomas; varios de ellos aún sangraban. El olor de su sangre despertó mis instintos animales. Estaba maltrecha, sucia y muy, muy pálida.

—¿Me has cogido?

Lo preguntó en un susurro, como si no diera crédito.

—Siempre.

Miré el portal que se cerraba, con muchas ganas de atravesarlo y terminar de una vez con todo el asunto. Solo el peso de Dianna en los brazos me hizo resistirme al impulso. Unos ojos carmesíes miraban desde el portal con hambre iracunda; estaban centrados en Dianna.

Kaden.

Al ver dónde había caído Dianna, ningún otro irvikuva se atrevió a cruzar. Permanecieron junto a su amo, con las alas recogidas y chasqueando las mandíbulas. Kaden no se movió. Permaneció inmóvil, mirándola, hasta que cerró el portal con un gruñido y una mueca de odio.

Respiré hondo y miré a Dianna. Al reparar en que se aferraba a mí la sujeté con más fuerza. Me invadió el alivio. La sensación de tenerla en mis brazos era como un bálsamo relajante para las heridas que me había causado creer que había muerto. Me apoyé en una rodilla y le aguanté las piernas con la cadera para poderle apartar los mechones de pelo de la cara.

—No se me ocurría otro sitio a donde ir —dijo, sin apartar la vista del espacio que había ocupado el portal. El dolor se apoderó de sus rasgos. Puso los ojos en blanco y se desmayó en mis brazos.

DIOSES Y MONSTRUOS

EL FENÓMENO DE *ROMANTASY* QUE TRIUNFA EN TIKTOK

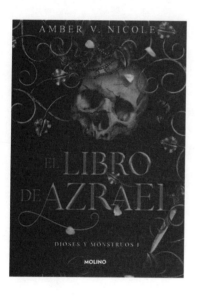
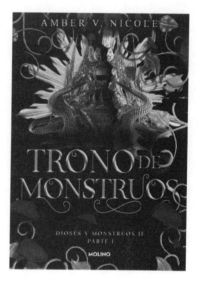

Descubre el universo Magnolia Parks

UNA CIUDAD, DOS CHICAS Y MUCHOS ROMANCES

Este libro se terminó de imprimir
en el mes de julio de 2024.